問鼎

余耕/著

1939

作家出版社

图书在版编目（CIP）数据

问鼎 1939 / 余耕著. -- 北京：作家出版社，2025.5 --
ISBN 978-7-5212-3295-0

Ⅰ．I247.5

中国国家版本馆 CIP 数据核字第 2025KT1132 号

问鼎 1939

作　　　者：余　耕
责任编辑：宋辰辰
装帧设计：意匠文化・丁奔亮
出版发行：作家出版社有限公司
社　　　址：北京农展馆南里 10 号　　邮　　编：100125
电话传真：86-10-65067186（发行中心）
　　　　　86-10-65004079（总编室）
E-mail:zuojia@zuojia.net.cn
http://www.zuojiachubanshe.com
印　　　刷：唐山嘉德印刷有限公司
成品尺寸：142×210
字　　　数：232 千
印　　　张：13.25
版　　　次：2025 年 5 月第 1 版
印　　　次：2025 年 5 月第 1 次印刷
ISBN　978-7-5212-3295-0
定　　　价：52.00 元

作家版图书，版权所有，侵权必究。
作家版图书，印装错误可随时退换。

作者简介

余耕,早年从事专业篮球训练,后转行在北京做记者十余年。自不惑之年开始职业写作,先后创作长篇小说《金枝玉叶》《做局人》《最后的地平线》等;中篇小说《我是夏始之》获得第十九届百花文学奖;长篇小说《如果没有明天》获第十七届百花文学奖,根据该小说改编的话剧《我是余欢水》在全国各地上演500余场,改编成的网剧《我是余欢水》成为现象级短剧。

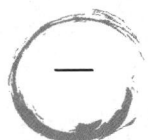

余宝驹只读过三年私塾,便开始在安阳城的通宝街上胡混了。

只读过三年私塾,不是家里供养不起,而是山西老秀才的口音让余宝驹受不了。学《声律启蒙》,不仅上下句对仗工整且合辙押韵,诵者上口,听者悦耳。从老秀才嘴里诵读出来,却酸醋味十足:"仁对义,让对恭,禹舜对羲农。雪花对云叶,芍药对芙蓉。陈后主,汉中宗,绣虎对雕龙。柳塘风淡淡,花圃月浓浓……"

山西老秀才一章读罢,私塾里众顽童已笑瘫了一众。听不懂山西口音尚在其次,关键是老秀才扯着公鸭嗓子诵读《滕王阁序》时,下面坐着的顽童们没听懂几个字,老秀才却已经哭得涕泪纵横。哭哭也就罢了,老秀才哭完之后,坐在太师椅上还要愣半天神儿，魂儿似乎已经回了盛唐。愣神也不是全神贯注的愣神儿，而是抽抽搭搭地间隔着，像个受了委屈的老娘们儿。

余宝驹不读私塾，不像其他人家的孩子撒泼耍浑，而是跟他爹讲道理。他说山西老师有口音，讲十句听不懂七八句，耗费光阴不说，还浪费供奉。又说老秀才爱哭，读《滕王阁序》哭，读《出师表》哭，读《隋文帝伐陈檄》也哭，且一哭就是老半天，不好哄。还说老秀才除了能分清哥窑定窑，其他汝窑、钧窑是甚，一概不知道……几条道理摆出来，余宝驹他爹嘴巴木讷，辩不过儿子，就说要给他换一家私塾。余宝驹说私塾里教授的东西都差不多，学一家知百家，浪费两份供奉学一样的东西，还不如回家跟爹学手艺，一来能够挣钱贴补家用，二来也算是掌握了一门吃饭的手艺。余宝驹他爹听着，也觉得有几分道理，就答应了儿子退学。退学之后，余宝驹老老实实在家里跟着他爹打了三天下手就坐不住了，调换着花样儿找借口上街，出了门不黑天回不来人。余宝驹他爹知道自己上了儿子的当，等他再想给儿子找私塾念书时，余宝驹就像一头耍惯性子的牲口，套不上辔头了。

余宝驹有个弟弟叫余良驹，两个人同父同母，但长相上出入挺大，哥哥高挺周正，弟弟却丑得不像样儿。丑就丑吧，余良驹丑到连自己家里养了十几年的大鹅都不愿意看他。狭路相逢，大鹅扭头就走，好几次转身转得急了，大鹅连鹅嘴加鹅鼻子都甩到土墙上，蹭得灰头土脸。为此，余良驹他爹心里也犯过嘀咕：这个丑娃儿是谁的种？这丑娃儿要是个铜物件儿准得回炉，就算是个金丝檀木也得当柴烧了。余良驹他娘裹着小脚，身子瘦弱得像只猴子，见了生人就会窘得脸红脖子粗，气儿都喘不匀，让她出去偷汉子差不多是要她的命。想到这一层，就算儿子再丑，当爹的心里终归还是踏实的。

余家祖上三代都在安阳城通宝街开古玩铺子，家底儿倒也殷实。庚子年冬至，义和团在安阳城里打砸抢烧，正好赶上余家古玩铺子进货。余宝驹的爷爷花费血本买进了一批新出土的古玩，除了一些玉器和铜器之外，还搭进来一只花纹怪异的铜疙瘩。余宝驹的爷爷验完货付完款当天，义和团就进了安阳城，把余家铺子里的古玩古董抢的抢、砸的砸，最后点上一把火烧了个干净。大火过后，余宝驹的爷爷眼泪一把鼻涕一把地在废墟上扒拉，从热乎乎的灰烬里没有找到一件完整的器物，只看到那块没花钱搭进来的破铜疙瘩，就抱回了家。

转过年秋末，余宝驹的爷爷一病不起，安阳城下第一场雪的时候咽了气。那一年，余宝驹他爹才十几岁，刚刚懂事儿。剩下孤儿寡母艰难维生，熬过了数年破落光景。为给儿子娶媳妇，余宝驹他奶奶变卖了两进宅院的青砖祖屋，搬进一处破旧民宅。原来家中的物件或重或大，不便搬迁，余宝驹他奶奶一一变卖。就连那块刻着奇怪花纹的铜疙瘩也贱价卖给窦记铁匠铺，窦铁匠嫌铜软派不上用场，一直把那块铜疙瘩丢在铺子外面拴狗。有一年冬天刚进三九，一支军队路过安阳城。吴佩孚属下一位师长在窦记铁匠铺歇脚过大烟瘾，师长斜睨着蔫头耷脑的大黄狗，扔下一块大洋。窦铁匠以为师长要吃狗肉，赶紧解开拴狗的链子，师长却抖掉披在身上的军用毛毯，让副官把那块破烂铜疙瘩裹起来，带走了。

余宝驹他爹开不起古玩铺子，但也没离开古玩行，托父亲生前朋友照应，他专门给安阳城各个铺子修补古物文玩。原来，余宝驹的祖上便是依靠修补起家。祖爷爷给通宝街修补了一辈子老物件，最终于晚年间起了一间古玩铺子，开始买进卖出倒腾起了古董。祖爷爷没有把生意经传给爷爷，倒是把古玩行当里的修补技艺尽数教授给了爷爷。祖爷爷不传授生意经给爷爷，不是祖爷爷要留一手，而是祖爷爷实在没有能拿得出手的生意经来传，因为他修补了一辈子老物件，掏空了所有积蓄才在通宝街开了一间铺面。生意传到余宝驹他爷爷手里，才算支应开来。爷爷精打细算，小头进，大头出，宁可没生意做，也不做赔本生意。不过，古玩铺子三年不开张，开张就能吃三年。十年光景，余宝驹的爷爷盘下了左首的姚记宣纸铺，把一间铺面折腾成了两间。其实，最让余宝驹他爷爷赚钱的门道，不是倒卖，而是修补。诀窍在于爷爷得到祖爷爷修补真传，再破烂的物件都敢要敢收。在遍地都是宝的安阳，破烂物件等于白送，白送的物件经了余宝驹他爷爷的手，马上变成了完整物件，价码也就涨上去了。再过十年光景，余宝驹他爷爷又盘下了右首的侯记古玉轩，把两间铺面折腾成了三间大铺面。通宝街上，有三间大铺面的生意超不过十家。有了这番光景，余宝驹他爷爷就带出来光宗耀祖的劲儿，茶前酒后常常生出几分张狂。义和团进安阳城闹事那年的端午节，余宝驹他爷爷烫了两斤绍兴黄酒，就着得月楼的一盘爆肚，喝得神采飞扬。

　　酒酣处，余宝驹他爷爷把余宝驹他爹叫到跟前，说道："俺们余家，明面上开的是古玩铺子，暗地里还是依靠修补衬着底。能有今日这番光景，幸亏是祖宗留下来的修补技艺帮衬着哩。二十年前盘下左首姚记宣纸铺，十年前盘下了右首侯记古玉轩,拿下左右'妖猴(姚侯)',使俺们'琳琅阁'成了通宝街上屈指可数的十大铺面,照着这个势头走下去,到了俺们孙子那一辈儿,半条通宝街都得改姓余记哩……"

余宝驹他爹生性腼腆,也听话,把祖宗的修补技艺一样没落,统统装进脑子里。别人修补古玩分工很细,修瓷器的专修瓷器,修铜器的专修铜器,修字画的专修字画,余宝驹他爹一通百通,什么都能修补。余宝驹他爹不仅什么都能修补,而且修旧如旧,连古玩行里的老玩家都瞧不出破绽。据说,北平城的大藏家也经常拿东西来安阳,专程找他补救老器物,被行里人尊称"余万通"。

余万通把修补古物文玩的场子支开后,家中的光景逐渐好起来,瘦弱得像猴子一样的女人竟然也怀上了娃儿。进了余家数年,余宝驹他娘肚子里一点动静都没有,急得余宝驹的奶奶都动了让儿子休妻的念头。余宝驹他爹是个软肠子,不忍写休书。

余宝驹他奶奶数落余宝驹他爹,说:"续不起房,纳不起妾,可不就得休妻,好不容易置块地还不长庄稼,留着埋人哩。"

"宝驹是个孝顺娃儿,生怕娘被休了,就来救娘了。"自打余宝驹记事起,隔三岔五就听他娘念叨这句话。

生下余宝驹之后,这个瘦弱得像只猴子一样的女人又没了动静。余宝驹他奶奶又唠叨起来,说一个娃儿不好养活,草狗一年都能养两窝崽……余宝驹他娘没有反问婆婆,怎么熬了一辈子只生了余宝驹他爹一个崽,她给婆婆搓完了旱烟叶子,就赶紧洗手做扁粉菜去了。忍受了五年之后,这个瘦小的女人再次为自己挽回了颜面,生下了余良驹。孩子丑是丑了点儿,可毕竟堵住了婆婆的那张被旱烟叶子熏臭了的大嘴。

余氏兄弟俩年龄相差五岁,加上余良驹丑陋不堪,没有争宠之嫌,所以,哥哥余宝驹对弟弟余良驹打小疼爱有加。就算吃碗扁粉菜,哥哥也会把粉条和猪血滗出来,倒进弟弟碗里。有一次,街上来一个卖石榴的,余宝驹伙同安顺子和麻子脸宋小六,夹杂在人群里偷了四个石榴。三个小混混躲到街角无人处,眨巴眼工夫一人吃掉一个大石榴。安顺子咂巴着嘴,问余宝驹另一个石榴呢。余宝驹说要留着,带回去给弟弟余良驹吃。安顺子不服气,说石榴是三个人一起偷的,你凭什么带回去给你弟弟。说着说着两个人就揪巴起来,宋小六赶紧从中拉架。余宝驹从怀里掏出那个最大个的石榴,递给了宋小六,让他做个中间人,谁打赢了,石榴就归谁。

原来,安顺子比余宝驹年长一岁,出来混街的年头更长,是通宝街上的孩子头儿。安顺子是个圆头圆脸的小胖子,胖子是这个年头的稀罕物,他个头不高,身子骨也不算强壮,能够在通宝街上混成小头头,全凭计谋过人。计谋过人不是安顺子有多聪明,而是仰仗安顺子他爹是个唱坠子弦的。安顺子还没有断奶,他娘就得痨病过世了。也就是说,安顺子还没断奶,就由他爹背着走州过县,四处唱坠子弦。安顺子他爹最拿手的一部坠子弦就是《三国演义》,从拜师学艺到独自挑摊儿,从养家糊口到染上喉疾终了,一部《三国演义》由头唱到尾。唱坠子弦的大多是夫妻档,原本师兄师妹从小一块儿学艺,长大后要走州过县卖艺糊口,为了图个方便,师兄师妹大都变成了夫妻帮。安顺子他娘就是安顺子他爹的师妹,产下安顺子后得了痨病过世。安顺子他爹跟他娘还没有热乎够,安顺子他娘就因为生安顺子死了。打那开始,安顺子他爹开始不待见安顺子,总觉得是扫把星儿子把他娘硬生生挤走了。要不是安顺子他娘临终嘱托男人把孩子带大,估计安顺子他爹早就把安顺子送人了。安顺子他爹不待见安顺子,不是整日里打骂虐待,而是不跟安顺子说话。不跟安顺子说话,安顺子只能听他爹唱坠子弦。安顺子听他爹唱坠子弦，除了《三国演义》，就没有听过别的曲目。安顺子他爹只唱《三国演义》，倒不是他爹只会唱《三国演义》，有安顺子他娘的时候，夫妻俩能唱《王二姐思夫》《小寡妇上坟》《徐母骂曹》《蓝桥会》《玉堂春》很多曲目。如今，剩下自己一个人跑单帮，还要拉扯一个刚断奶的屎孩子，安顺子他爹只能唱《三国演义》了，因为《三国演义》里不用女角。因此，安顺子还不会说话，就会哼唱坠子弦了。对于《三国演义》里面的《华容道》《借荆州》《借东风》《连环计》《苦肉计》《空城计》《草船借箭》《三气周瑜》《七擒孟获》《六出祁山》，安顺子张嘴道来，不差一句戏词儿。安顺子十岁那年冬天，随他爹到了安阳，夜宿马车店遇到了另一拨唱坠子弦的。这拨唱坠子弦的姓吴，是一家子，年轻的两口子带一个小女儿，另收了一个半大小子当徒弟。冬季夜长，没有揽到生意的吴家班，便在马车店马棚里排演《龙三姐拜寿》。《龙三姐拜寿》里面人物众多，乐善好施的刘员外生了十七个儿子，十六个儿子当了官，儿子们带着媳妇家眷给刘员外祝寿，是一出极喜庆的戏码。吴家班四个人，一人串好几个角色，咿咿呀呀唱得好不热闹。安顺子躲在马棚外面，把一出零零散散的《龙三姐拜寿》从头看到尾，惊得舌头伸出嘴巴老半天，最后冻僵了差点收不回去。安顺子回到马车店的大通铺上,问他爹,咋不唱《龙三姐拜寿》哩?这一问算是问到了伤心处。安顺子他爹进店就看到了吴家班,晚饭后也听到了吴家班在马棚里咿咿呀呀排演,心里就开始泛酸醋。想起安顺子他娘,若不是这婆娘走得早,自己如今至少也是五六口子的人家,安家班也得算是一个大班子。

看到他爹愣神,安顺子壮着胆子又问了一句:"咋不唱《龙三姐拜寿》哩?"

安顺子他爹把自己的魂儿拽回来,狠狠瞪了儿子一眼,粗声粗气地说:"我问问你娘去。"

说罢,安顺子他爹就走出了马车店,一路往西去了,再也没有回来。自此,安顺子开始在通宝街上乞讨为生。三五年之后,安顺子便在通宝街上混成了孩子头,全凭他对《三国演义》里面各种计谋烂熟于胸,关键时刻总能用上一两招。

自打余宝驹入伙以来,无论身高、长相、谋略,都高出安顺子一截。说到谋略,余宝驹虽然只读了三年私塾,但四书已经学完,《论语》《孟子》《大学》《中庸》纵览春秋七国智慧,比安顺子的三国谋略自然高出一筹。有一年入秋,通宝街专营名家字画的墨宝轩失窃,被盗李东阳、文徵明、董其昌、吴昌硕、王时敏等人字画十六幅，价值不菲。巧合之处，余宝驹、安顺子、宋小六带着几个小喽啰于失窃当天晌午，来到墨宝轩索要"赏钱"。墨宝轩自打开张以来，迎来送往都是安阳城里有头有脸的人物，对于几个混街的泼皮无赖根本不放在眼里。掌柜的韩钰昌一声叱喝，柜台里蹿出几个手持青铜长矛的精壮伙计，把余宝驹等人一气儿轰出店外。宋小六扭身准备回去抄家伙，扬言要血洗墨宝轩，被余宝驹和安顺子擒住，说是要从长计议。不承想，三个街痞尚未来得及从长计议，墨宝轩于当天夜里便被飞贼洗劫。掌柜的韩钰昌前往警察局报案，最大的嫌疑对象自然是余宝驹、安顺子和宋小六这拨街痞混混。于是，警察局侦缉队上街，不消片刻工夫就把余、安、宋在内十几个混混缉拿归案。一顿皮鞭子过后，除了余宝驹、安顺子和宋小六之外，其他人全部招供，承认偷窃了墨宝轩的字画。至于如何下手、如何得手、如何出手、赃物几何、赃物何处，一人说了一个样儿。警察一听，就知道不是这拨人干的，但又懒得侦查破案，只好放走小喽啰们，单拿余宝驹、安顺子和宋小六三个小头目磨洋工。三个人倒也嘴硬，接连十几天臭揍，硬是咬牙挺住了，警察局看墨宝轩的韩掌柜不再跑警察局问字画下落了，也就把余宝驹等人放了。三盏不省油的灯吃了一个大哑巴亏，这回真的要从长计议了。余宝驹把手下兄弟撒出去，四处打探是谁对墨宝轩下的手。安顺子挨个询问手下，以确定墨宝轩这单买卖是不是自己人干的。宋小六则独自关上门来磨刀霍霍，准备随时去宰人。两天工夫不到，有一个叫四宝的带消息回来，说是墨宝轩失窃乃是监守自盗，起因是韩掌柜的三姨太太跟韩掌柜的大徒弟私通，当天夜里席卷了十六幅名家字画，私奔了。私奔就私奔吧，据说大徒弟还给韩掌柜用正楷留下四句话：若想学得会，抱着师娘睡；若想大翻身，跟师娘私奔。

余宝驹闻听，一股火就蹿上头来，他恼火的不是大徒弟留下的四句话，而是韩掌柜报案当天就知道了三姨太和大徒弟私奔之事，他却不去警察局销案，硬是让自己和安顺子、宋小六在牢房里煎熬了十日之久。宋小六拎起刀来就要出门，说是豁出去他一个人，先宰了韩掌柜图个痛快。安顺子伸手抱住了宋小六，说鲁莽只能坏事，他建议晚上到墨宝轩点一把火烧个干净。余宝驹摆了摆手，说两个办法都行不通。一是杀人偿命，死了韩掌柜，也得搭上宋小六，划不来；二是一把火点着了，烧了墨宝轩没有问题，若是把半条通宝街都烧了，弟兄们日后去哪儿混饭吃？安顺子和宋小六问余宝驹，你有什么好主意？余宝驹说，这个要慢慢筹划，眼下把墨宝轩盯紧了，找适当机会下手，让他一辈子都翻不了身。计议从长，一晃到了中秋节。墨宝轩忽然间热闹起来，店里的伙计忙忙碌碌进进出出，店内店外粉刷油漆一新。余宝驹唤来四宝询问，得知墨宝轩每年中秋节都会邀请安阳名流到店中雅聚，欣赏古今名家书画。今年，因墨宝轩遭逢变故，韩掌柜不遗余力要把中秋雅聚搞得比往年热闹，不仅邀请遍了安阳地界上所有头面人物，还从洛阳和郑州的大藏家手中租借来众多珍品，供嘉宾们赏玩，其中就有米芾临摹王献之的《中秋帖》，算是河南地界上价值连城的珍品。余宝驹一拍四宝的大腿，说机会来了。

　　近中秋节气，遍野秋实，安阳城外都是等待收割的庄稼，也是蝈蝈蚂蚱等昆虫蹦跶最欢实的时日。余宝驹在通宝街的墨宝轩外徘徊一圈，走进日本人开办的洋货店里，买了一只网眼兜。随后，他又走进通宝街西头的菜市，从李屠户的杀猪摊上买了三只猪尿脬。回到落脚处，余宝驹掏出网眼兜交给宋小六，让他带几个兄弟到郊外专门捉个头健壮的大蚂蚱。宋小六一边捉蚂蚱一边嘀咕，余宝驹不思报仇雪恨，到野地里捉蚂蚱干球用？天色擦黑前，宋小六等人捉回来一网眼兜蚂蚱，个个壮硕有力，拼命在网眼兜里挣扎撕扯。余宝驹从瓷盆里掏出三只猪尿脬，让安顺子把蚂蚱分成三份，装进猪尿脬。众家兄弟不知道余宝驹要搞什么幺蛾子，私下议论个不停。三只猪尿脬装满了蚂蚱之后，余宝驹问道，哪位兄弟今天蹿肚子拉稀？四宝和另外一个兄弟举手，一个说是昨晚吃坏了肚子，一个说是昨晚着凉了。余宝驹把三只猪尿脬交给两人，让他们到屋后寻个僻静处，往三只猪尿脬里屙屎，并叮嘱二人，务必是稀汤带水的屎。片刻工夫，四宝与那位兄弟一手提裤子，一手提着猪尿脬走进来。余宝驹接过三只猪尿脬，使劲晃荡了几下，让猪尿脬里面的稀屎跟蚂蚱充分混合在一起。随后，把另外两只猪尿脬分别交给安顺子和宋小六，说咱们巡街去。天色已晚，通宝街大多数店铺已经打烊，只有墨宝轩里面灯火通明，韩掌柜正带着伙计们悬挂名家字画，准备第二天的中秋雅聚。余宝驹带着安顺子和宋小六，在墨宝轩对面寻了一处犄角旮旯躲避起来，一直挨到半夜。韩掌柜背着手，在店中巡视一番颇感满意，他叮嘱几个伙计关好门窗，轮番值班看管好店里的物件，不得有半点闪失。四五个伙计痛快地应承，让韩掌柜早点回去歇息。待韩掌柜前脚出门，众伙计便撂下手中物件，各寻合适处，倒地就睡。躲在暗处的余宝驹，见墨宝轩里熄了烛火，便推醒了左右睡着了的安顺子和宋小六，三个人趁黑摸到墨宝轩的窗边。余宝驹侧耳屏气，听到店里面传来此起彼伏的鼾声，他示意宋小六撬开窗户。宋小六从兜里掏出一把半尺长的薄片刀，塞进窗户缝隙，一点一点拨开窗栓。余宝驹举起手中的猪尿脬，将早就急不可耐的蚂蚱倒进窗户里面。安顺子和宋小六依法效仿，把三只猪尿脬的"屎蚂蚱"尽数倒进墨宝轩中。随后，余宝驹又轻轻合上窗户，以确保不让蚂蚱飞出窗外。

翌日，墨宝轩的情形可想而知，饿了一天一夜的蚂蚱从猪尿脬里出来之后，满屋子里乱飞乱蹦，所过之处无一幅字画能得以幸免。若是瓶瓶罐罐、青铜玉器倒也好说，擦擦洗洗就能把污秽之物清除，可墨宝轩偏偏经营的是字画，而且是租赁来的历代名家墨宝。中秋节刚过，韩掌柜便登门拜访余万通，请他前往墨宝轩帮忙修复字画。余万通推说手头活多，接不了墨宝轩的买卖。韩掌柜知道余万通心里的疙瘩，就是因为自己诬告余宝驹盗窃墨宝轩的字画，只好放下身段来央求余万通，声言只要能够修复字画，价码任由余万通要。

仅此一件事，余宝驹、安顺子和宋小六三人便分出了斤两。加上处事公正，一年下来，余宝驹的威望又比安顺子高出来一截。对此，安顺子心里早就憋着一股火，他把《三国演义》从头理到尾儿，与争夺位子有关的计谋只有曹操曹孟德的"挟天子以令诸侯"，却跟自己的处境又搭不上茬口，一部《三国演义》坠子弦在脑子里过了两遍，还是无计谋可寻。今日里，余宝驹因为一个石榴起了私心，安顺子索性就拿石榴说事儿，杀一杀余宝驹的威风。平日里，余宝驹处事公平端正，也是他赢得小混混们信任的原因。今天，余宝驹觉得石榴酸甜可口，便想给在家发烧的余良驹带一个回去，而且还特意留了最大个的。毕竟还都是孩子，做不到处处一碗水端平。余宝驹和安顺子都是年轻气盛的当口，两个人把话说绝了，便开始扭打在一起。也就是吃个石榴的工夫，鼻嘴冒血的余宝驹已经把鼻青脸肿的安顺子死死摁在胯下，一顿拳头结结实实打在安顺子的腮帮子上，安顺子的腮帮子立刻肿得像个石榴。不动手时，双方都要顾及个颜面，一旦撒泼耍浑撕破脸，余宝驹和安顺子必分高下。经历了这次冲突之后，通宝街的痞子头儿彻底移主了，余宝驹成了名正言顺的大哥。

余宝驹十七岁那年在家里舞枪弄棒,把一柄紫檀如意上的蝙蝠翅膀打断了。断就断吧,结果那么小的一只翅膀竟然碎成三截。紫檀如意是安阳城一个老进士送来修补云纹的,余万通用老楸木雕刻出一片云纹,接茬、打磨、黏合、上色、做旧,只用了一天工夫就把紫檀如意弄好了,且修补如初。余万通跟老进士他儿子约定三日后取如意,第二天他便去了濮阳,给一位当地大藏家修补一对万历年间的金丝楠木太师椅。这种事情常有,余万通修补好器物放在家中,跟老婆交代一声事先约定的价钱,物主上门交钱取货两不耽搁。安阳距离濮阳来回路程至少四天,加上还要干活,余万通此去至少得六七天光景。

余宝驹慌了手脚,这柄如意据老进士的儿子说是官中物件。余宝驹自己也能掂量出高低,这柄紫檀如意通体黝黑,分量如铁,闻上去还有淡淡的兰香味儿,确实不是寻常物件。余宝驹从小跟着他爹屁股后面转,至于古董修补技艺,他一样没有学会,倒是学会了看物件、估价钱。修补古玩,大都根据物件价值定价,越是值钱的东西,修补价钱越高。因此,余万通虽然不开古玩铺子,但是对器物打眼一瞧,就能把价钱估摸个大概。余宝驹是个躁脾气,想不出辙来的时候就满院子里面遛自己。看到哥哥在院子里撒着欢儿小跑,余良驹"嗖嗖"两声吸回两绺大鼻涕,说自己能把如意修补上。

余宝驹当即站定了身形,用一副死马当作活马医的口气对弟弟说:"你试试吧。"

余良驹从地上捡起碎成三截的蝙蝠翅膀,仔细瞅了瞅,模仿着他爹的样子,咂巴咂巴嘴接着摇了摇头,意思是修补难度相当大,让物主做好出大价钱的心理准备。余良驹接着演他爹的做派,把一截蝙蝠翅子凑到鼻子下面闻了闻,蝙蝠翅子截断了两绺大清鼻涕,大清鼻涕顺着断翅子滴答到条案的刻刀上,余良驹浑不理会,说:"原来就修补过,这个翅子不是紫檀,也是老楸木的。"

余宝驹笑道:"别装爹了,赶紧操持起来。"

余良驹比量着如意上的蝙蝠翅膀,在他爹用过的半截老楸木上画了一条线，让哥哥帮忙锯下来一块。余良驹捏着余万通的刻刀，只花了半天光景，一只还原如初的蝙蝠翅膀就有了。接茬、打磨、黏合、上色、做旧，余万通用过的工序，余良驹一道不少。天黑时分，一柄完整如意摆上条案，直把余宝驹看得瞠目结舌，不由得在心中暗自称奇。余良驹帮他度过一劫，余宝驹心中愈发疼爱这个奇丑无比的弟弟。

说来也奇怪，自打余良驹修复了老进士的如意后，余宝驹便不觉得弟弟长得丑了。家里那只老鹅也不再回避余良驹，走碰了头也顶多把脖子扭到一边，大概是眼不见，心不烦。余良驹他娘把这些变化，当成一桩怪事讲给他爹听。

余万通听完，在鞋底上磕了磕旱烟锅子，说："咦！怪个啥，大鹅老了，转不动身，只能扭脖子。"

有了丑儿子做帮手，余万通几乎没再推辞过活儿，因为余良驹的小手比他的老手做活儿快。至于修补技艺，老余稍加点拨，小余就能举一反三，甚至还能琢磨出更好的点子来。

瞅着这个丑儿子，余万通很是欣慰："咦！还以为你个囟球又丑又傻，是个吃干饭的哩。"

余良驹"嗖嗖"两声吸回两绺大清鼻涕，对他爹不紧不慢、不软不硬地说："以后不要推活儿了，有生意就接下来,老余不愿意使唤的,就让小余来干,砸不了余万通的招牌。"

余万通说:"你个囟球,出了两天徒弟工,就摆起了师傅谱,你爹的绝活儿还没教你哩。"

余良驹说:"俺哥不稀罕你的绝活,最后你还得求着俺来学……这样吧,让俺吃顿大肉,以后你教啥,俺学啥。"

余万通正在高兴头上,说吃顿大肉就吃顿大肉。余良驹听罢,一扭身去了后院,不一刻工夫,便提着一只血淋淋的大白鹅走进了灶房,让他娘赶紧炖肉。

长得高挺周正的余宝驹,比丑弟弟余良驹大五岁,至今没有学会一样修补。余万通看他不是那块料,干脆就放任他去街上胡混了,一心一意把修补古董的技艺传授丑儿子余良驹。余良驹跟他哥哥恰好相反,是个慢性子,凡事不看出个究竟来不开腔,只要开腔必定有瓷实的主意。遇到一些疑难的、吃不准的修补活儿,余万通甚至会让余良驹拿主意。余良驹有了过硬拿手之后,隔三差五要挟"吃一顿大肉"。半年下来,余家的鸡鸭被他吃个精光,最先被他吃掉的当然是家中的大鹅。

一心一意混街的余宝驹倒也不是瞎胡混,一年光景下来,他成了安阳城通宝街上的孩子头。余宝驹领着安顺子和宋小六一帮半大小子，整天泡在古玩铺子密集的通宝街上，除了倒卖一点古董古玩，时不时也能给他爹和弟弟揽到一些修补活儿。按说，以余万通的名号不愁没活儿干，可余宝驹揽的活儿不一样。古玩行里有一句老话，贬损是买家。自己手里的宝贝让别人来贬损一番，买卖成不成交，心里都气不顺。余宝驹与买家不同，他专门夸人家手里的宝贝，尤其是对那些缺边少沿的古玩。当然，余宝驹不是厚着脸皮瞎夸，他打小跟着他爹余万通虽然没有学会修补技艺，但过手无数奇宝珍玩，不仅是一个识货的主儿，还能断代估价，直夸得物主心悦诚服。买主砍价拦腰砍，余宝驹估价则是翻倍估，哪个物主能不高兴。夸就夸吧，余宝驹夸着夸着就能给物件挑出毛病来，当然都是一些细枝末节、他不说别人都瞧不出来的毛病。挑出了毛病，就等于揽到了活儿，这些无关紧要的活儿，弟弟余良驹一天就能赶出十件八件来。这一年，到了岁末盘点，余家小哥儿俩挣的钱竟然比余万通还多。

　　余家的红火日子维持了五年，家境逐渐殷实起来。余宝驹他娘托亲戚给余宝驹四下张罗，想结一门当户对的亲，给儿子娶个媳妇儿进门。余宝驹他娘跟他爹商量了几回，老余竟然不着急，他在鞋底上磕了磕旱烟锅子，说："咦！

过些日子再说哩。"

老余不着急给儿子娶媳妇倒也罢了，余宝驹自己也不着急，他照着镜子，梳着油头对他娘说："安阳城里最不缺的就是女人，着啥急哩。"

余宝驹自打混街以来，也有五六年光景了，他人长得周正，加上脑子活泛嘴巴利落，没用两年就在安阳城里混出了名号。男人混出名号，就有女人上赶着投怀送抱，尤其是展春园里那些风月女子，每回都围堵余宝驹争相邀宠，所以余宝驹怎么会着急娶媳妇呢。

老余不着急给儿子结亲是有心结的，这个心结便是想要赎回他娘当年卖掉的祖宅。老余他娘为了给儿子娶媳妇卖了祖宅，卖掉祖宅意味着日子过得衰败，也是家中主事儿男人的耻辱。余宝驹的爷爷过世，家中主事儿的就是余宝驹他爹，老余扛着这份不体面过了二十多年。如今余家家业眼见起色，也该是为余家挽回颜面的时候。余家家道中落，其实怪不得老余，应该怪老余他爹老老余。把话再扯远一点，也怪不得老老余，应该怪义和团。但老余余万通不这么想，他觉得是因为给自己娶媳妇，他娘才被迫卖掉祖宅。所以，打他成亲那天起，祖宅就成了老余心中一个化不开的结。这几年，在两个儿子的帮衬下，家里的积蓄渐渐丰厚起来。老余盘算一下余钱，赎回祖宅，再给儿子办一场体面的婚事,刚好支应得开。于是,老余放下手中活计,完全交给丑儿子余良驹来做。他寻了一位从前老街坊,作为说合人,找到祖宅现在的房主老林,协商赎回祖宅一事。老林他爹曾经在安徽歙县当了八年县太爷,在任的时候还算清廉,不贪赃不枉法不受贿。卸任时,老林他爹从安徽运回来两大马车老坑金星歙砚。凭着在任时候的积蓄,老林他爹买下了余万通他娘急于出手的余家老宅。老林他爹死后,老林整日里游手好闲,没有个正经事干不说,还染上了抽大烟的瘾,很快把家里败落得四壁皆空。老林家有两房妻妾、六个孩子,九张嘴,老林时不时地拿一两块他爹留下的歙砚典当,才能支应一家老少活命。就在这个节骨眼上,老余找的说合人来到林家,说余家想赎回祖宅。

老林听说余家要赎回祖宅,眼睛都不带眨巴一下,一口回绝了:"咦,囟球!这是想让俺当败家子哩。"

说合人把老林的话带给老余,老余"吧嗒吧嗒"抽了一晚上旱烟,把这事儿说给老婆听了。余宝驹他娘心思重,知道老余是个犟种,祖宅赎不回来,老余就没心思给儿子成亲,不给儿子成亲,她就抱不上孙子,抱不上孙子,她在余家的地位就超越不了前年得痨病死去的婆婆。想到此处,余宝驹他娘就嘤嘤呜呜地哭了一早晨。余宝驹睡醒后,坐在门槛上喝了一碗胡辣汤,上街之前看到他娘眼睛肿得像个烂桃,经他再三逼问,他娘才把事情原委道了出来。

余宝驹听后笑了笑,对他娘讲:"多大事哩,俺还以为俺爹要纳妾哩。"

余宝驹出家门直奔通宝街,片刻工夫就让安顺子和宋小六召集来十几个小混混。安顺子提起一只破麻袋来,往地上一倒,"叮叮咣咣"倒出来十几把从窦记铁匠铺借来的锤子。一干混混们抄起锤子直奔林家,把林县太爷的两大车歙砚砸了个稀巴烂。老林当时就傻眼了,两大车歙砚可是他一家子活命的本钱,老林把手里的大烟枪往地上一掷,死死拽住余宝驹要去县府见官告状。余宝驹嘿嘿一声冷笑,说你爹倒是个聪明人,他不贪钱贪歙砚,一块歙砚你卖一百二十块大洋,这八百多块歙砚可就是十万大洋,够你家满门抄斩的!

三日之后,先前的说合人来找老余,说是老林同意卖宅子,只是价格比余家当年出手时高出两成。老余掂量一夜,觉得老林还算公平厚道,翌日便在说合人见证下签字画押成交。老余粗粗看了一眼房契,便揣入怀中,随后举手作揖向老林道谢。老林一把推开老余,提着一袋子银圆"叮叮咣咣"摇晃着走出门。老余一脸茫然,买卖不成体面在,如今买卖成了,老林却如丧考妣,不知何故至此。

说合人知其原委，却也打着哈哈不予道破，指着老林后背道："囟球小家子气，自个把日子败了，倒是恼恨起咱们了。"

余宝驹本不想成婚，安阳城十八家窑子里，不乏自己中意的风情女人。他娘给他张罗铁匠老窦的女儿凤玉，凤玉本本分分像块铁砧子，余宝驹路过窦记铁匠铺时见过凤玉几回，凤玉不光皮色黢黑，奶子还没有她爹老窦的胸脯子厚实。

余宝驹不想再听他娘唠叨，推说要去通宝街看个新奇物件，就带着安顺子溜出家门。安顺子说通宝街今儿没有新奇物件，展春园里倒是有。余宝驹知道安顺子又想去展春园鬼混，他近些日子迷恋上了细腰窄背、身上没有四两肉的秋香。秋香本想巴结余宝驹，余宝驹却独独喜欢腚大膀圆的莲宝，她只好攀附二当家安顺子。余宝驹和安顺子在通宝街转悠一圈，今天是农历八月初一，宋小六正带着手下兄弟挨个店铺收头钱。每个月初一和十五是收头钱的日子，余宝驹把头钱定得很低，所有店铺交之踊跃从无拖欠。余宝驹收了头钱，就得维护通宝街的正常交易，凡有坑蒙拐骗偷抢劫掠等纠纷发生，一概由余宝驹出面调解和维护。

看到通宝街上一片盛世和谐，余宝驹便跟安顺子勾肩搭背去了展春园。安顺子说秦淮河的天上人间偷逃花捐乐户捐上百万,被政府查办关闭,天上人间的姑娘们都来了展春园,让余宝驹前去开开眼界。余宝驹闻听笑出声来,说他端午节去洛阳,道上的朋友也是这番说辞,非要带他去洛阳最好的妓院会一会天上人间的姑娘。安顺子很是好奇,问道,天上人间的姑娘如何?余宝驹笑道,全是豫西口音,跟展春园的姑娘们毫无二致。二人说着闲话,一路走进展春园,安顺子要了一间包房,点了几道常吃的杭帮菜,热了一坛绍兴花雕酒。安顺子问鸨母,天上人间的姑娘是真是假?鸨母"啪叽啪叽"拍着自己干瘪的胸脯,说展春园是百年老号,姑娘绝不会掺假。安顺子又问鸨母,天上人间的姑娘们是哪里口音?鸨母回道,为了不让安爷余爷觉得生分,展春园只要咱们豫西姑娘。听到此处,安顺子便知余宝驹所言不虚,只好让鸨母叫来两位熟识姑娘陪酒。

一坛子花雕灌下去,余宝驹把近日苦水吐了一遍,他问安顺子:"凤玉配得上我吗?"

安顺子腾出嘴来劝慰余宝驹:"娶媳妇又不是逛窑子,安阳十八家窑子你都日遍了,遇到过黄花闺女吗?老窦家的闺女不会亲嘴不会骚,可人家是黄花闺女啊,凶球才会找个妓女做老婆。"

秋香一把揪住安顺子的腮帮子,怒骂道:"日你娘哩!整日里说攒钱给老娘赎身,都是骗人的鬼话哩……"

迎亲的日子定在阴历九月初十。此前,余宝驹张罗着兄弟们把祖宅粉刷一新,光是被砸碎的金星歙砚就抬出去二十多筐子。余万通拿着一块残缺的歙砚,一会儿说可惜,一会儿叹造孽,他不知道这些可以登堂入宫的皇家歙砚尽数毁在自己儿子手中,心疼得差点落泪。

成婚之日,余家祖宅甚是热闹。虽说都在古玩行里讨生活,余家做的生意非但跟同行没有竞争,反而还会帮着其他店铺把残缺的器物修补如初、卖出好价钱。因此,通宝街上所有古玩铺子几乎都跟余家有交情,前来贺喜的掌柜络绎不绝。连墨宝轩韩掌柜也封了一个沉甸甸的随喜红包,前来余家道贺。余宝驹在安阳城声名日隆,连一向目中无人的韩掌柜见到余宝驹,都要抱拳作揖称呼一声"余爷"。

身着长袍马褂披大红的余宝驹今儿也是光彩照人,他引着新娘凤玉拜完天地拜父母,礼毕便招宾呼朋入席喝喜酒。久历风月的余宝驹望着羞涩有加的凤玉,不由得心中一动:这等良家女子与那些窑子里的姑娘果然不同。凤玉不会梳妆施粉,余宝驹便把莲宝和秋香叫来做伴娘,顺便给凤玉梳洗打扮。余宝驹他娘闻听儿子叫来两个窑姐做伴娘,生怕委屈儿媳妇,颤巍巍地奔进洞房,欲赶走莲宝和秋香。凤玉赶忙起身,笑盈盈地安慰婆婆道:"两位姐姐周到体贴,听宝驹铺排就是了。"

人逢喜事精神爽,余宝驹起身离开父母和凤玉所在的主桌,一手端杯,一手执酒壶,转悠到其他酒席给宾客们敬酒。突然间,一声尖厉的啸声由远而近,众人尚未回过神来,便被一股巨浪撞倒在地,接着就听到"轰隆"一声巨响,热闹的婚宴瞬间静了下来。

日本人的飞机轰炸安阳后第三天,开始地面进攻,安阳城守军是崔毅部的一四二师,孤军奋战只守了一天,安阳城就被日本人攻陷。鬼子从小西门首先破城,沿着大院街、北马道一路烧杀进了安阳城,屠杀手无寸铁的安阳百姓千余人。

余宝驹命硬,新婚之日,他刚起身去别的桌子敬酒,日本人一颗炸弹就扔了下来,不偏不倚正好扔到主桌上,他爹他娘还有他那没开封的媳妇凤玉被一并炸死,喜事办成了丧事。余宝驹披麻戴孝,一张俊脸皱拧成钟馗的脸,他跪在三座新坟前发下狠话:日死你娘日本人!

余良驹没有放狠话,也没有像他哥哥那样号啕大哭,只一声不吭地看着他哥哥手下的弟兄们烧纸钱。他的腮帮子被炮弹皮撕开一个大口子,说话漏风,吃饭漏汤,一张丑脸更加狰狞。纸钱还没有烧透,远处就传来一阵密集的枪炮声,宋小六上气不接下气地奔了过来,脸上的麻子坑都涨得通红,说是日本人打过漳河了。安顺子建议余宝驹带着兄弟们上林虑山躲一躲,说是林虑山山深林子大,日本人找不着。

余宝驹止住悲恸,思量一会儿,脱下麻衣孝服,说道:"弟兄们要躲,俺不拦着,俺不能躲,俺得拎三个日本鬼子的头,来祭俺爹俺娘俺媳妇。"

安顺子问大家伙儿怎么想,余良驹用他还漏风的嘴骂道:"日你娘废话,俺当然跟俺哥杀鬼子了。"

宋小六也不走,说是要跟着大哥一起干。

余宝驹领着一干弟兄回到安阳城,就近找到一处兵营。说明来意后,一个军官模样的人问他们会不会用枪,余宝驹说不会。军官招呼来了另一个军官,让他带着余宝驹他们去城墙根下,学怎么打枪。一群泼皮混混一知半解地摆弄了半天步枪,算是勉强学会了装弹、瞄准、射击。随后,一人发一支汉阳造、二十发子弹,就准备保城守家了。余宝驹忍不住摸了一把军官屁股上斜挂着的短枪,问能不能给他也发一支。军官用鼻子哼了一声,说这支短枪能换六支汉阳造。宋小六问,这是什么枪,这么短还这么贵?军官说这枪叫毛瑟枪,也叫驳壳枪,又叫快慢机,还叫大肚匣子。余宝驹问军官,这玩意儿到底叫什么?军官说军队里习惯叫它"自来得"。安顺子说"自来得"这个名字好,还说枪跟人差不多,贵人连名带号加字都有好几个名字,好枪也是这么个理儿。

第二天一早,余宝驹和他的兄弟们还在掩体里死睡,一颗炮弹就在十几米远处炸响了。一轮炮火之后,日本人的地面部队开始进攻。一经交手,余宝驹才发现,要打倒一个鬼子兵远非易事。他很快打光二十发子弹,才算摸索到一点射击技巧,却只击中一个鬼子兵的大腿。余良驹悟性挺好,他只用了五颗子弹就悟出门道,剩下的十五颗子弹至少撂倒了八个鬼子兵,死活不知道。待余宝驹问其他人要子弹的时候,才发现手下的弟兄们溜走一半,剩下的人已经两死一伤。一队国军从前面的掩体撤下来,其中一个就是教他们打枪的"自来得"军官,他对余宝驹喊道:"你们快撤吧,我们已经顶不住了。"

"你们要是撤了,可就剩下俺们老百姓了。"余宝驹冲着"自来得"军官嚷嚷道。

军官说:"撤退是上头的命令,俺们当兵的得听招呼。"

余宝驹想争辩两句,因为他还没有干掉三个日本鬼子,突然一颗炮弹在身边炸响,"自来得"军官的半拉脑壳连同脑浆糊了他一脸。余宝驹惊魂未定,摸了一把脸,招呼弟兄们逃命。撤退的路上,余宝驹扔掉碍手碍脚的汉阳造,从一个死去的军官手里拽出一支自来得短枪,觉得很是趁手,他叮嘱弟兄们都把汉阳造扔掉,多捡些自来得短枪和子弹。

自此之后,安阳城变成了日本鬼子的天下。

历经两年战祸,通宝街上的生意大不如从前,铺面关掉将近一半。安阳城四周,大路设卡,小路设岗,全由日本人或皇协军把守。安阳地界上出个贵重器物,自然逃不过日本人的眼线。南京和北平的古玩客,以往一年就得跑一两趟安阳。如今,安阳火车站是日本人重点据守要地,有钱人也不肯前来犯险。

余宝驹和他的弟兄们继续在通宝街上混街,除了收头钱之外,也开始倒卖一些古董古玩。随着日本军队一起到安阳的,还有一些做生意的日本商人,这些商人大都来自关外,开酒馆的、开妓院的、开澡堂子的居多。另外,还有一些专门收购古董的日本商贩。余宝驹给手下定了规矩,就算日本人出价再高,也不能把古董卖给鬼子。不让手下人跟日本人交易也就罢了,余宝驹还盯着通宝街上开张的铺子,只要有日本人买走了货,第二天他就带着人砸铺面。外地人不敢来安阳买卖古董,当地人又没有财力尽数收藏,余宝驹还不让跟日本古董贩子交易,通宝街上的生意越发萧条,日甚一日。

安顺子劝告余宝驹:"生意不是这么做的,头钱也不是这么收的。养小鸡是为了下鸡蛋,下十个鸡蛋拿走一个,是收头钱。十天下一个蛋,下一个蛋还被咱们拿走了,那是不让鸡活命了。"

余宝驹对安顺子说:"你啰唆个屁,直接说杀鸡取卵不就得了。"

余宝驹打小就在通宝街混古玩行,其中的道理无须安顺子劝说,他心里跟明镜似的比谁都明晰。现如今,兵荒马乱的通宝街日渐清冷,若是再不让古玩铺子跟日本人交易,估计整条街都得关张。通宝街关张,自己手下这帮兄弟也就失了根基,都得喝西北风去。接下来数日,余宝驹也不曾想出好法子,只好闷在展春园莲宝处喝酒解闷。展春园里的生意也大不如从前。往昔,安阳城南来北往大都是贩卖古董珍宝的商人,见过世面且出手阔绰。如今,展春园的生意只剩下当地人,讲究近赌远嫖的安阳人敢进展春园、进得起展春园的，也就是余宝驹等屈指可数几个人。生意如此惨淡，余宝驹在展春园一住便是半个月，喜得莲宝满身白肉都荡漾着殷勤，对余爷更是尽心尽力伺候。余宝驹晨间醒来，莲宝早就把信阳毛尖沏好，鼓动粉唇吹得茶水不冷不热刚好入口。夜间就寝，莲宝不让余宝驹劳动身子洗漱，而是把牙粉挑到自己舌尖上，再把舌头伸送到余宝驹嘴里。漱口水也是用温热的毛尖茶水，莲宝先是含上一口送进余宝驹嘴里。待余宝驹漱干净口腔里的牙粉，莲宝让他把漱口水吐进自己嘴里。余宝驹不肯，他把漱口水吐进痰盂里，对莲宝说："你不必作践自己，爷在你这里多待些时日就是了。"

又过了些天，一日午间，余宝驹跟莲宝正行云雨之欢，春房的花门突然被推开，余良驹一步闯进来，他把浑身大汗淋淋的大哥从莲宝身上掀下来，瓮声瓮气地说道："大哥不必心烦，俺已经想好法子了。"

闻听此言，余宝驹赤裸着身子跳下床来，问道："啥法子，快说来听听。"

余良驹瞅一眼床上的莲宝，对余宝驹说道："穿上裤子，随俺回家瞧瞧。"

原来，余良驹就着祖宅院子里的炸弹坑，起了一个土窑，烧制出瓷瓶瓷罐瓷碗，凡是他见过的器型尽在其中。他拿着一只新出窑的梅瓶，让余宝驹给梅瓶断代，看得余宝驹直咂巴舌头。这是一件霁蓝釉白龙云纹梅瓶，小口、短颈、丰肩、瘦底、圈足的元代蓝釉精品，此等品相只有江西景德镇官窑才能烧制出来，余宝驹很难相信手里这只梅瓶出自自家院子里的土窑炉。他心里清楚，这只梅瓶只要稍加做旧去掉贼光，说是元代、说是宋代，都能骗过行家。而在器物做旧方面，这个丑弟弟的技艺远超父亲余万通。余宝驹欣慰地点点头，他已然明白余良驹的用意。

兄弟俩对视一眼，余良驹说道："把这些个卖给日本人吧。"

余良驹不是神仙，垒土窑之前，他带足拜师学艺的盘缠，跑到洛阳待了三个月有余，遍访烧窑制瓷高手。从拉坯、利坯、制坯到仰烧、叠烧、覆烧、素烧，从浸釉、蘸釉、吹釉、浇釉、荡釉到印花、贴花、刻花、划花、剔花，从青白釉、卵白釉、兔毫釉、釉里红、釉上彩、釉下彩到孔雀绿、梅子青、雪花蓝、珐琅彩，余良驹尽收囊中。钱使到了，心用诚了，人家洛阳师傅正经教，余良驹也是正经学，这三个月顶得上普通学徒三年光阴。待诸般烧陶制瓷技艺学会之后，余良驹融入余家祖传的陶瓷修补绝活，作假造假就成了手到擒来的事儿。

又过了一个月，通宝街上开张的店铺里摆满了余良驹烧制的瓶瓶罐罐。余宝驹又给各个铺子立了规矩：真货卖给中国人，假货卖给日本人。胆敢有铺面以真乱假，把真货卖给日本人，他照旧砸铺面。把假货铺开后，余宝驹免去所有店铺头钱，好让众商家尽心卖假古董。

安阳的日本古董贩子，对古董说懂也不懂，说不懂也懂一些。他们每天在通宝街上转来转去，最感兴趣的是铜器，其次是玉器，实在物色不到这两样，才肯出手买瓷器。没过几天，安顺子看出了门道，他说："日本人奸着哩，知道安阳地界上出铜器玉器，他们来安阳就奔着这两样，咱们烧的瓷器倒是看不出假来，他们就是不肯出大价钱。"

"不肯出大价钱，那是咱们不会卖。"余宝驹说。

安顺子说："人家要马，咱们牵头驴，这不是会卖不会卖的事儿。"

余宝驹端起碗来，"咕咚咕咚"两口喝干了茶水，把碗丢给了余良驹，说："老二，你明天上街把碗卖了，让弟兄们看看怎么卖出大价钱哩。"

翌日，余良驹换一身破烂裤袄上街，他寻了一个路口朝阳铺面，蹲在门口晒太阳。候了大概一袋烟的工夫，两个穿着讲究的日本男人走过来，余良驹站起身来迎上去。

他先是四处张望几眼,而后从厚棉袍子里面缓缓掏出一只花里胡哨的瓷碗,递给眼前两个日本古董贩子。

"正宗康熙粉彩,仔细捧好了,万一摔了可就要了俺身家小命。"余良驹拉长刀疤脸,神色凝重地叮嘱。

两个日本人捧着瓷碗仔细端量起来。穿和服的日本人从怀里掏出一只放大镜,对着瓷碗上的粉彩细细看了一会儿,默不作声地递给穿西装的日本人。他把双手抄在宽大的和服袖子里面,上下打量着余良驹,用略带关东腔的中国话说道:"你们安阳造假的水平再高,也骗不了日本专家的眼睛,这只康熙粉彩瓷碗是个赝品。"

"既然你不识货,那俺只好另寻买主了。"余良驹伸手从穿西装的日本人手里一把抢过来瓷碗,小心翼翼揣进怀里。他从西装日本人的眼里看出犹疑不定的眼神,便知道这个日本人也断不准这只碗的真伪。

"请等一下……"穿和服的日本人伸手拦住了做欲走状的余良驹,"让我再看一眼。"

余良驹突然神情紧张起来,说:"不行,俺得走了。"

穿和服的日本人一把拽住余良驹,还未等他再开口,两个穿制服的警察跑过来,其中一个警察死死抱住余良驹。另一个麻子脸警察薅住余良驹的棉袍领子,气哼哼地骂道:"日娘你个小兔崽子!昨晚掘了刘知州的墓,今天就敢上街卖东西,他妈的穷疯了吧!"

余良驹哭丧着脸矢口否认,两个警察却不管他嘴里嚷嚷什么,拖着他便往回走。一旁的两个日本人对望一眼,齐齐抢上前去拦住仨人。穿和服的日本人指着余良驹对两个警察说:"这个人是日本人的朋友,我们有要紧事情商量,你们不能带走他。"

麻子脸警察略带迟疑地问道:"日本人怎么会跟盗墓贼做朋友,先生您……您确认这个人是你们的朋友?"

穿和服的日本人傲慢地点点头。就在这时,一队巡逻的日本宪兵齐刷刷地走过来,两个警察只好松手。麻子脸警察推了余良驹一把,骂道:"日娘你小子躲得过初一躲不过十五,赶紧把东西交到警察局了事,不然有你好看的。"

等两个警察走后,穿和服的日本人把手伸到余良驹面前。余良驹摇了摇头,苦笑着从厚棉袍子里面再次掏出那只康熙粉彩瓷碗,递到穿和服的日本人手里。经过一番讨价还价之后,瓷碗以六十块大洋成交。

余良驹吹着口哨,上了展春园的二楼,推门进了一间包房,穿着警服的麻子脸宋小六笑嘻嘻地迎上前去,跷着大拇指说:"二哥演戏真地道。"

宋小六的年龄比余良驹大四岁,因为余宝驹在安阳城黑道上的地位日渐突出,所以,大伙儿都尊称余良驹为二哥。余良驹自打腮帮子上被日本人的炮弹皮撕开一个口子之后,本就丑陋的脸上又添了几分狠相,人们背后都管他叫赛钟馗。余良驹黑着一张钟馗脸,对宋小六说:"小六子,你要是敢再薅我的脖领子,我就跟你翻脸。"

"二哥这张脸,不翻脸跟翻脸也差不了多少。"宋小六嬉笑着说道。

宋小六祖籍山东东平县,出身于习武世家,加上自幼受到地缘熏陶,深染水泊梁山好汉的遗风,为朋友屁大点儿事,他就能豁出命去。宋小六生性好动,六岁那年生水痘,水痘冒头之后瘙痒难耐,别人家孩子被大人吓唬两句,乖乖地不抓不挠不碰水痘,过几天也就痊愈了。宋小六打小手欠,觉得满脸刺痒,伸手把自己挠个满脸花,就此留下一脸麻子坑。宋小六十三岁那年三伏天,齐鲁大旱,东平县将近一年没有落几个雨点儿。赤野千里,几乎看不到一星星绿,放眼望去大地干得直冒黄烟儿。上年岁末,东平县换了一任新县长,县长姓魏,四十多岁。魏县长笃信道教,来东平上任前便知东平大旱,遂携一相识道长共赴东平理政。道长姓曹,马脸,瘦高个,当时也就四十多岁,对外却声称自己一百二十四岁。曹道长说自己诞于嘉庆,长于道光,给咸丰瞧过病,为同治驱过鬼,光绪执政时支持维新变法,宣统上位后被放逐山野，民国体制不周灾祸连年，他悲悯天下苍生，这才出山济世。曹道长的这通牛皮，魏县长首先信了，且信得不打折扣。曹道长对外声言一百二十四岁，魏县长拧起眉头来，对外人说，道家内敛，观其道行，年岁当不下两百。走马上任东平县之后，魏县长负责问省府济南要粮赈灾，曹道长负责画符求雨。两个月过后，韩复榘主席亲自批的赈灾粮到了，曹道长求的雨还没下下来，理由是这一片的雨水归了"及时雨"宋江掌管，近些年因缺香火供奉，宋江正闹脾气。求不来雨也就算了，曹道长画符给魏县长，说不下雨也不能发放赈灾粮，理由是老百姓怨声载道也是求雨的一道符。魏县长不仅同意缓发赈灾粮，还同意曹道长在水泊梁山设三丈三的法坛，驱赶宋江的法魂。自宋朝以来，东平人习武成风，十户人家有七户都是练家子。扣着赈灾粮不发放，东平县人对曹道长已经怨气满腹，听说他要上水泊梁山设法坛，驱赶"及时雨"宋江的法魂，东平县的练家子们不干了。仅用三天时间，梁山上的法坛堆好了，东平县的练家子们也串通好了，约定开坛之日，灭了姓曹的妖道。练家子们原本商定，于开坛之日，众人一拥齐上打死妖道，就算官府追查，也是法不责众。宋小六家世代习武，他祖爷爷专门请人修改了家谱，说自己是大宋朝楚州安抚使兼兵马都总管、水泊梁山一百单八将中排名第一、三十六天罡星之首的天魁星宋江之后。宋小六闻听姓曹的妖道设法坛驱赶自己老祖宗，更是怒不可遏。开坛当天，整个东平县的练家子们都赤手空拳上山，唯独宋小六私藏一把短刀于腰间。正午时分，曹道长道冠道袍焕然一新，手持桃木剑步上法坛。领头的练家子刚刚发出信号，宋小六人小身子轻，几个箭步就冲上法坛，掏出短刀便把曹道长扎个透心凉，让所有人看得清清楚楚。就在众人愣怔之时，突然间天空阴云密布，不一刻，豆大的雨点砸落下来，酣畅淋漓的大雨下了整整三天，把龟裂的梁山水泊灌了个沟满河涨。除妖得雨的宋小六，一夜之间成了民间英雄，众人当场商量一番，捐凑一些钱款，让他远走高飞。半年之后，宋小六辗转流浪到河南安阳，结识了余宝驹和安顺子，就此扎下了根基。魏县长痛失曹道长之后，本欲通缉凶手宋小六，却被师爷劝阻。师爷说，僧道祸政，自古有之，省府的韩主席上任以来，把济南府大小庙观的僧道撵了个干净，若是知道魏县长跟一个牛鼻子走得这么近，估计该问责了。魏县长闻听，不由得出了一身冷汗，韩主席厌恶僧道一事早有耳闻，只怪自己一心想得道长生，忽略仕途险恶。于是，魏县长听从师爷计议，将曹道长被杀一案，报拟地方僧道自戕所害，结案封存。

宋小六搂着余良驹的肩膀，说笑着进了里屋，两个人虽然在嘴上各不相让，但神情举止间没有丝毫隔阂。里屋圆桌上围坐了一圈人，余宝驹居中，安顺子和穿警服的苟耀才左右相陪，展春园里较有姿色的三个妓女莲宝、秋香和安阳红，插花坐在三个男人中间，不停地夹菜劝酒。余宝驹招呼弟弟和宋小六落座，随后让身边的妓女安阳红出去找弟弟的相好前来服侍。余良驹摆手制止住了安阳红，说是吃点东西就走人，要回家干活儿。安顺子说瓷器不好卖，干脆别劳神了。余良驹说就是因为瓷器不好卖，才着急回家砌个铜窑炉，准备做铜器卖。苟耀才说铜器倒是好卖，可铜材不好找，日本人对铜材把得死死的，生怕中国人弄去做子弹。余良驹说做子弹的铜材做成器物，一个都卖不出去，日本人一眼就能认出来，他要的是老铜材。宋小六说老铜材本身就是个器物，还做啥？余良驹说，窦铁匠的铺子里有一堆零碎的老铜材，都是破损的老器物，把这堆东西回炉能做不少值钱的物件出来。余宝驹望着弟弟，脸上泛起得意之色，觉得自己这个丑弟弟无所不能，他起身对大伙儿说道："是个好主意哩，日本人总是盯着铜器上的字数算价钱，咱们给他里里外外都烧上字，日娘赚他狗日的！"

"最近，日本人又涨行市了，铜器上一个字涨到十块钱，"宋小六转头对余良驹说，"二哥，你做一把夜壶，把孙子的兵法三十六计全都烧上去，咱们一次就能把半条通宝街买下来了。"

余宝驹笑道："烧制铜器的时候，还没有孙子，也没有兵法三十六计，日本人清楚得很。"

"咱这假货总是卖给日本人，大哥您想想，他们早晚有一天会识破……日本人得罪不起啊！"苟耀才面有难色。

余良驹说："别说废话，不坑日本人，还坑自己人不成！"

苟耀才原先也是余宝驹手下的兄弟，大伙儿顺嘴了以后，管他叫"狗尿苔"。苟耀才平时闲着没事喜欢说下流话过嘴瘾，只要是裤腰带以下的话题，他一搭上嘴，立刻两眼放光、思如泉涌。为了偷鸡摸狗方便，余宝驹花钱疏通关系，让善于察言观色的苟耀才进了警察局。苟耀才进了警察局之后还挺上道，不到两年工夫竟然混成巡警队队长。他整日里吃三喝四，身后跟着几个警察满安阳城巡视，很是风光。风光就风光吧，苟耀才还时不时带着几个跟班警察到余宝驹面前显摆，弄得余宝驹手下弟兄们心里痒痒的，都想去当警察。苟耀才第三回带着跟班来余宅的时候，余宝驹当着跟班的面，掏出了五十块现大洋递给他，说是日本人最近买了很多假货，给弟兄们分红利过中秋节。勾结盗匪是重罪，勾结盗匪欺骗日本人那就是死罪。

只此一遭，苟耀才再也不敢带着手下回来显摆了。

四

井道山原本不肯带妹妹来中国,一是考虑中日两国正在交战,二是觉得自己没有精力照顾妹妹。若是把一个十九岁的女孩独自留在东京,井道山也不放心。父母过世的时候,十三岁的妹妹松子尚未成人。六年以来,井道山虽醉心于中国史学研究,但也没有疏忽对松子的关爱。长兄如父,他尽量弥补痛失双亲对妹妹带来的缺憾。关爱归关爱,一个近四十岁尚未成家的男人,终归是生活中的失败者。因此,他总觉得亏欠松子。井道兄妹同是单眼皮,哥哥的单眼皮太薄,薄得几乎兜不住眼珠子,打个喷嚏都让人担心他会把俩眼珠子喷出来。妹妹的单眼皮就不一样了,薄厚匀称还是个杏核眼,看着就惹人疼爱。

井道山也不是没想过成家,找个女人至少能照顾妹妹,可他秉性内敛木讷，很难招惹女人喜爱。东京帝国大学工学部院长很欣赏井道山的才华，有心撮合自己的女儿嫁给井道山。经过几次接触，井道山对院长女儿也动了心思，他甚至征求过松子的意见，要不要娶院长的女儿。松子拍手称快，说是早就希望家中多个女人做伴儿。院长的女儿是个十足的美人，皮肤白嫩得就跟白漆漆过的一样，引得工学部的男生们经常挤到院长家里讨论学术问题。因为苦于找不到新的讨论点，有些问题已经被拿来反复讨论了几遍，连好为人师的院长都觉得腻歪了。院长不看好这些嫩瓜蛋子，他独独欣赏木讷呆板的井道山，说他是东京帝国大学里唯一具备学术精神的"苦行僧"。苦行僧井道山几经院长暗示之后，在松子生日那天请院长女儿到家中做客。吃饭时，井道山有些紧张，窘到一句话都没有，年小的松子担心冷场，嘚啵嘚啵说了一些她这个年龄的女孩子该说的傻话。饭吃到一半，来了一个古董贩子，给井道山送来一个物件，是块儿又重又破烂的大铜疙瘩，井道山如见救命稻草，抱起烂铜块儿一头扎进书房，再也没有出来。可怜的院长女儿被可怜的松子缠了整整一下午，松子倒也有收获，她终于知道了月经是怎么回事。

一段姻缘就此错过，井道兄妹继续过着不像正经生活的日子。倒是松子省心，她像个尾巴一样，天天跟在哥哥屁股后面。井道山在东京帝国大学文学部讲中国殷商文化，松子就坐在下面听殷商文化；井道山在研究所扒拉甲骨文，松子就拿着毛刷帮他清理甲骨；井道山盯着那块烂铜发呆，松子盯着烂铜拓片跟着哥哥一起发呆。六年的耳濡目染，井道松子最终竟以突出高分考进东京帝国大学文学部，做了哥哥的学生，开始学习中国史学。同修中国史学，自然避免不了推敲汉语，有了语言环境，兄妹二人经常会在专业学术讨论中使用汉语。不了解情况的人，会误以为这对日本兄妹是一对中国父女。

望着兄妹俩一前一后回家的背影，工学部院长叹了口气，对漂亮女儿说："井道君才是帝国之宝啊！多亏还有一个形影不离的妹妹照顾他。"

"哪个女孩喜欢整天跟着个怪物，松子是担心他走丢了。"院长女儿幽怨地说。

井道山自打得到那块烂铜之后，便如同着魔，盯着从铜块上拓印下来的图案，一看就是一天。研究殷商文化，避免不了要从黑市上购买一些从中国贩运过来的殷商器物，如甲骨、青铜器、陶器、玉佩之类，时间稍久，古董贩子们都知道东京帝国大学的井道山教授收购青铜器。于是，经常有人主动送货上门，只要不是漫天要价，井道山大都来者不拒。对于中国殷商文化的研究，井道山最有心得的是甲骨文。几十年来，东京帝国大学中国史学研究所通过各种手段陆陆续续收集到三万多片甲骨，而这些甲骨竟然全部来自中国河南安阳的一个小村子。井道山好几回梦见自己去了安阳，睡在一个土坑里，土坑里面埋着一层一层厚厚的甲骨，有的甲骨上甚至刻着片假名和日本地图……虽然井道山从未去过安阳。

井道山经常对松子唠叨的一句话是："能够读懂三千年以前的人类文字，能了解三千年以前人类的所思所虑所为，这是一件多么神奇又了不起的事情。"

对于殷商时期的青铜器，井道山打眼一看图案和纹饰，就敢开口断代。可眼前这块不知为何种器物的青铜残器，不仅纹饰复杂，图案也是他闻所未闻见所未见的，毫无规律可循的枝枝杈杈里面透着几分诡异。通过工学部院长帮忙，青铜金属物质鉴定分析出来了，井道山确定这是商代一块青铜器的残部，至于其他信息仍是一无所获。同一时期的器物，肯定会被镌刻同一时期的符号，即便有些纹饰略有不同，凭借枝蔓演绎出来的信息，也能追溯回主干。这块残器的金属物质分析明明是商代，可为何纹饰和图案跟商代的完全不同，这让井道山百思不得其解。井道山眉宇中间的川字纹越来越深，神情更加木讷了，日复一日盯着青铜残器发呆。若不是松子每天三顿催促他吃饭,估计早就变成饿殍了。松子担心哥哥因为这块破铜疙瘩出了精神问题,就想转移他的注意力,说:"我记得好像在哪块甲骨上,看到过类似纹饰。"

松子说完这句话后,井道山倒是不盯着那块破烂青铜看了,他又一头扎进研究所存放甲骨的地下恒温室,再也不出来了。这是一个甲骨的地下世界,三万多片动物的骨头,没有登记、没有归类、没有标注,全凭井道山一个人一双手不分昼夜地查看检索。松子说,甲骨是殷商人用来占卜的工具,如此多通灵之物,又在地下埋藏了三千多年,保不齐会沾染一些灵异气息。井道山头也不抬地说,踏进科学的殿堂,当有科学精神,科学精神最要紧的是不被宗教和政治左右,更不要妄谈灵异鬼神。松子举起一片甲骨,说世间有些事情灵怪诡异,不由得你不信,中国最早发现甲骨的学者王懿荣,研究甲骨文半年之后便自杀了。松子又说,接替王懿荣研究甲骨文的是刘鹗,刘鹗刚刚写完研究心得《铁云藏龟》,便被袁世凯流放新疆,结果突发脑溢血客死他乡。松子接着说,就连学贯古今的国学大师王国维,也没能逃脱甲骨带来的杀伐之气,最后也自杀了。

井道山放下手中的一片龟背骨,抬起头来笑了笑,说,你怎么不说另外一位研究甲骨文的大学者罗振玉,他在天皇的庇佑下，至今还健康地活着呢。松子说，罗振玉和刘鹗是儿女亲家，死一个顶着就够了。松子也觉得罗振玉没死不够有说服力，便补充道，中国人都骂罗振玉是汉奸，他现在活着比死了还不如呢。松子现编的恐吓故事，对具有科学精神的井道山没起丝毫作用，他把自己埋在骨头堆里，继续扒拉着找寻他想要的东西。

松子无奈，只好一天三顿给他送饭送茶。井道山一边吃饭一边叨咕，说只要是商代的青铜器，就必然能寻到有规律的信息。松子正盯着地下室墙上的一幅地图观看，地图是一幅中国地图，标明了甲骨出土的位置，随口答话："地图就没有规律可循……"

井道山突然扔掉了手中的茶杯，他连站起来的时间都省了，直接双手并用爬进了地下室里屋，从地上抓起已经皱皱巴巴的青铜器拓片，看了片刻后才站起身来，对松子喊道："你真是个考古天才！这就是一幅地图，是一幅地图的一部分！"

松子本以为给哥哥解开了疑团，不料井道山变本加厉，继续在恒温地下室里疯狂地检索着甲骨，因为他真的找到了和青铜图案相近的一片甲骨。

某日晚间，松子提着食盒给哥哥送饭，看到哥哥正在收拾地上的记录资料，神情有异于往常。松子问他怎么了。

井道山回过头来递给松子一片甲骨，上面刻着两条并行的曲线，旁边有四个清晰的甲骨文字。

井道山穿上和服，对松子说："这四个字不认识吧？是'商邑龙怀'。"

"商邑龙怀是什么？"松子问。

井道山异常兴奋，他拉着松子来到墙边的中国地图前，说："我从三万多片甲骨中，找到了二十七片跟青铜器相关的甲骨，发现了一个大秘密。"

松子问道："什么秘密？"

井道山手指地图中的河南安阳，说："安阳在甲骨文中被称作商邑，这里就是甲骨出土之地，是晚商时期一个帝都遗址。"

"龙怀呢？"松子问。

"古代中国人敬畏龙图腾，常把水喻为龙，那么安阳的龙指的就是这条洹河。洹河在甲骨出土的帝都遗址有一个大拐弯，我想，这就是所谓的'龙怀'。"

松子收拾着地上的甲骨拓片："这里是'龙怀'又怎么样？"

"参考中国的《河图》和《洛书》，帝都遗址在洹河以北，龙怀之地当在洹河之南。而那块青铜器上的图案，则是商代早期的一位开国帝王的陵墓。甲骨文显示的信息，埋葬这位开国帝王的时候，已经是商代的第三位王，而且是举三代帝国的财富，厚葬了这位开国帝王。"井道山两眼放光，舔了舔干裂的嘴唇，咽了一口唾沫，"那块青铜器则是第四位商王的作品，他在祭祀母后时烧铸了一只巨鼎，并在铜鼎上隐藏了开国帝王陵墓的准确地图。"

松子也起了好奇心："那块铜疙瘩是一只巨鼎？"

井道山十分笃定地点点头："是的，是一只巨鼎的鼎耳，而这只鼎耳仅仅是地图的一部分，要想找到这位帝王的陵墓，必须先找到这只巨鼎。"

松子说："好了，既然你破解了青铜疙瘩的秘密，就回家好好睡觉吧。"

"不！我要去中国，要去安阳，龙怀之地！"井道山说。

五

冬末，一个阴沉的午后，一架KI34中岛军用运输机，忙不迭地降落在安阳机场。刚刚呕吐完的井道兄妹狼狈地爬出机舱，伊藤太乙已经在舷梯旁迎候了。井道山急忙抹一把下巴颏儿上的秽物口水，随后在和服上擦了擦手，这才跟老同学握手寒暄。井道山是在动身前夕才知道，驻扎安阳的宪兵司令是自己的大学同学伊藤太乙。离开东京前一天，日本军方一位高官召见井道山，说是收到东京帝国大学呈送上来的报告，得知他要前往中国河南进行考古考察，军方已经关照了中国河南前线驻军，要确保井道山兄妹在中国的安全问题。井道山说自己在报告里申请的是民间科学考古与交流，不必劳动军方。军方高官强调日中两国正在交战，如果没有军方的保障，民间科考交流很难在中国腹地进行。军方高官还极力赞扬了井道山的科学精神，说他的猜想如果被证实，不仅说明日本在甲骨文方面的研究远远领先于中国，而且还能证明日本文化才是汉文化的宗师。

井道山讪笑一声："考古就得尊重史实，关于文化宗师疑问，我在十年前的论文里就早有结论，日本文化深受中国影响和熏陶，这是不争的事实。"

伊藤太乙见到井道松子后，不歇气地惊叹，说自己上大学的时候见到的松子还是个懵懵懂懂的小女孩，等再次见面，松子已经变成绝色佳人。夸得松子笑颜嫣然，一扫飞行颠簸带来的疲乏。松子的生活里只有一个死气沉沉的哥哥，难得有男人让她如此开心。大学里的男同学对松子也是敬而远之，因为她有个古怪的哥哥井道山，而且还是他们的老师。

让井道山没有想到的是，伊藤太乙居然已经在安阳城玲珑胡同，给他和妹妹准备好了一处住所，据说是原来安阳县知事的府邸，距离宪兵队司令部只相隔一条街。这处府邸是一套青砖青瓦的高墙大院，一进院门的影壁墙上镶嵌着一个石刻"福"字，影壁墙上方攀着一株碗口粗的凌霄，虽是冬季落叶季节，藤类独有的蜿蜒遒劲感，顿时让这处院子添了几分古朴。绕过影壁墙，院子中间是一个水池，厚厚的冰层中间矗着一块玲珑多孔的太湖石。

井道山由衷地感叹："中国人的情怀雅俗兼具，从衣食起居便可窥得一斑。"

"本来想让井道君住到宪兵司令部，那里比较安全，可是想到井道君不喜欢我们这些弄刀舞枪的武夫，所以，我才给你和松子挑选了这个地方。"伊藤太乙用手指了指结冰的水池，"我已经问清楚了，这个水池的冰层下面沉着六口荷花大缸，每到夏季，荷香扑鼻，井道君素爱荷花，这里正好对你的口味啊。"

松子很是兴奋，她双手抓着哥哥井道山的胳膊嚷道："真希望夏天马上就到。"

井道山对伊藤太乙说："伊藤君做任何事都力求完美，这一点，从学生到军人，您一直没有改变。"

井道山话音刚落，院子外面突然传来"噼噼啪啪"的爆响，井道山和松子的脸色瞬间变得惊慌起来。伊藤太乙摆了摆手，说不是打枪，是支那人在放鞭炮，现在正好是中国农历的大年初五。

井道山定了定神，为自己的失态干笑两声。伊藤太乙推开正屋房门，请井道兄妹二人进屋叙谈。井道山顾不上再看房屋布局，急忙忙问伊藤太乙备好了安阳地图没有，伊藤太乙笑他这么多年还是一副沉不住气的孩子脾性。伊藤太乙说，时间多的是，为了保障井道山的科考顺利，他已经安排测绘兵实地测量，重新绘制安阳的军事地图，测绘已经进行将近一个月，估计再有三两天就可以完成。

伊藤太乙用手敲了敲屋子正中央的黄花梨八仙桌，说："井道君，你来安阳算是来对了地方，这里遍地都是宝贝啊。我从当地民间收购了几样东西，改天你去帮我鉴定一下，看看我是不是被那些中国混蛋给骗了。"

井道山说："我现在就可以帮你鉴定。"

伊藤太乙笑着摇了摇头，说是旅途劳顿先行歇息，自己回宪兵司令部处理公务，晚上在大竹料理店为井道兄妹二人接风洗尘。

苟耀才换了一身便装，悄悄溜进余家祖宅，看到余良驹正往炉子里面添一堆碎铜块。他笑嘻嘻地一边口唤着"二哥"一边调侃道，安阳城里到处都是金山银山的大买卖，你为啥非窝在家里鼓捣破铜烂铁？余良驹往炉子里啐了一口唾沫，说自己命贱吃不了干饭，运歪做不了大买卖，只能靠手艺活命。苟耀才讨个没趣倒也不恼，哼着靠山吼，迈着戏步进了正屋。

余宝驹摇着绢扇正在喝茶，对苟耀才打趣道："装模作样扮着寒酸,又憋不住地唱着高调,莫不是有好事哩?"

苟耀才道:"大哥到底是大哥,一眼就能把兄弟从嗓子眼看穿到屁眼。"

余宝驹说:"就算你能捋直了自己那一肚子下水让俺看,俺还嫌脏了眼,有啥好事儿赶紧说。"

苟耀才煞有介事地四周张望了一下,余宝驹一摆手:"得得得,你还是憋回肚子里吧,这屋里有老鼠。"

苟耀才为讨一个好价钱,执意把戏做足,他收了一脸谄媚,俯下身来在余宝驹的耳旁悄声说:"大哥您想想,日本宪兵司令伊藤太乙是个收藏大家,正月十六是他的生日,俺们警察局邱局长为了讨好伊藤司令,前天夜里扒了董家村后面的大坟,拉了足足一马车宝贝。"

"日娘的凶球!"余宝驹一巴掌拍在茶几上,"东西放在哪儿?"

苟耀才说:"在警察局的仓库里。"

余宝驹撂下茶杯,喊了一嗓子"老二",余良驹汗淋淋地窜进屋里,问啥事儿。余宝驹让他赶紧召集安顺子和宋小六前来议事,余良驹瞅了一眼洋洋自得的苟耀才,转身出了正屋。顶多两袋烟的工夫,余良驹、安顺子和宋小六前后脚进了余家老宅子。宋小六进屋时,手里还攥着一把"窜天猴",说是来的路上在街边买的。苟耀才用毛笔蘸着水,在茶几上勾出警察局仓库的简图,又用玉米粒标出警察的固定哨,用黄豆标记游动哨,随后又用水笔圈了一条游动哨的路线。宋小六说拿货不难,但是"连锅端"有点费劲,一大马车物件拉着在安阳城里走太惹眼。余良驹用鼻子哼了一声,说拿货还嫌货多。安顺子有些犹疑,他觉得进盗墓贼家取货还能说得过去,两把自来得短枪往盗墓贼腰眼子上一顶,想把盗墓贼的老婆拿走都没问题。可要去警察局仓库偷一大马车物件出来,这是阎王殿里讨公道、鬼头刀上舔狗血,随时丢命的活儿。五个人颠来倒去商量到半夜,还是没有想妥如何避开大街上巡逻的警队和日本宪兵。苟耀才说,因为春节期间放鞭炮太多,为了防止国共和土匪浑水摸鱼,安阳城每天晚上分派了八拨巡逻队,日本宪兵三拨、警察五拨,巡视范围几乎遍及整个安阳城,赶着大车走哪条街都避免不了遭遇巡逻队。安顺子说,那就等过了正月十五再下手取货。苟耀才说不行,正月十六就是伊藤太君的生日,邱局长安排十六日上午就得把东西送进宪兵司令部。

一时间,五个男人都沉默了。宋小六无聊地走出正屋,"嗖嗖嗖"在院子里放了几个窜天猴。

余宝驹突然眼前一亮,站起身来说:"俺有办法哩。"

六

农历正月十五晚上,安阳城一改往日静谧,被舞社火的、看花灯的人流搅和得热闹起来。很多人家门前挂起牛油灯笼,孩子多的人家门前挂的是五子登科灯笼,新婚人家门前挂的是送子娘娘灯笼,书香门第挂的多是灯谜。街道巷陌间,孩子们挑着"气死风"灯,傻呵呵地笑着闹着,爆竹、窜天猴、滴滴金不绝于耳也不绝于眼。

余氏两兄弟和宋小六夹杂于观灯游街人群里,朝着警察局方向走去。避过游动哨后,三人闪进警察局大院后面的胡同,干净利索地攀上院墙,翻进警察局大院。三人辨别一下方位,按照荀耀才的图示,爬上仓库房顶。仓库库房至少有一丈二高,四周没有窗户,只在房顶留了南北对流的通气孔。余良驹三两下拆掉通气孔上的木头格栅,顺下一条绳子，绳子上打着密实的绳结便于攀爬，绳头固定在通气孔的横梁上。宋小六使劲拽了拽绳子，觉得还算结实，随后钻进通气孔，抓着一个个绳结下到仓库。等他点着蜡烛之后，看到仓库中央整齐地码放着三十多件器物，有铜器，有瓷器，还有一些看不出质地、叫不上名字的器物。宋小六抓起一件铜器，前后甩了两下，对着上方通气孔扔了上去。器物被抛起来到达最高点时，有一个卸力——力衰——下落的过程，这个过程相对缓慢，力道堪堪被探进通气孔半个身子的余良驹接住。余良驹抓住铜器，头也不回，转手递给身后的余宝驹。余宝驹从口袋里摸出一个竹笛，夹在铜器边沿上，然后抓着铜器前后甩了两下，竹笛便发出"嗖嗖"的声响，他随后就朝着黑暗中一个方向用力掷出去。铜器带着啸声，划过警察局门口站岗的两个固定哨，被站在警察局大门对面房顶上的安顺子接住。他也如法炮制，铜器呼啸着又被他掷向前方。就这样，邱局长费劲巴拉掘坟弄回来的宝物，从警察局仓库里一件件"飞"出，飞过警察的头顶，飞过日军巡逻队的上空，飞过安阳城数条街道，"飞"进余家老宅子。警察局大门口两个站岗的警察也有点纳闷，其中一个嘟囔说："今天晚上的窜天猴，怎么尽是哑炮？"

这便是余宝驹行窃警察局仓库宝物的法子——"不落

地"。余家老宅距离警察局仓库,走直线也就七条街,若是赶着马车拉着器物必须经过三条主要街道,无论如何也避不开日本宪兵和警察的巡逻队。再说,元宵节的深更半夜各个行当全都歇业过节,安阳城里一下子冒出一辆驮东西的马车势必惹眼。余宝驹一向足智多谋,他受宋小六放窜天猴的启发,给物件绑上竹笛,即使在黑夜里也能辨别物件飞来的方向,听声音就能知道物件的远近距离。随后,他把手下比较可靠的兄弟,按照二十步左右一个个分布开来,白天踩好点,夜间直接攀上人家房顶,埋伏就绪便只等竹笛声。粗听起来,竹笛和窜天猴是一个声音,细辨之下,还是很容易分清两者的不同。更为谨慎起见,余宝驹着手下兄弟进行两个晚上预演,将竹笛夹在余良驹烧制的元青花梅瓶和粉彩鱼缸上,让众人感受不同重量需要运用多大力道。两个晚上预演,摔碎三件瓷器,最终确保了正月十五晚上"不落地"顺利实施。

"不落地"取货的办法很是巧妙,可终究还是出了岔子。苟耀才以往的习惯总是夸大事实,说辛家庄的辛把头带人扒坟,挖出来二十多件铜器。晚上,余宝驹他们去辛家庄"取货",把辛把头打个半死,从草垛子里找出来也就六件,一件铜簋,两件铜镜,三把铜夜壶。深更半夜大老远跑一趟辛家庄取货,就拿到三件铜器,铜夜壶没有人要,又被丢回到草垛子里。余宝驹处事公平，每次"取货"，只要货物一出手，参与的弟兄们都会分到红利。苟耀才只负责提供情报，不亲自参与取货、出货，所以他每次都会故意夸大，目的无非想多分点红利。安顺子当场就开骂，说狗尿苔的狗嘴回回都是吐象牙，其实根根都是烂地瓜。根据往常经验，苟耀才说梁局长扒了董家村大坟，拉回来一大马车物件，大家在心里都给打了一个折扣。打了折扣之后，余宝驹就没有按照"一大马车"的数量带竹笛，口袋里只装了三十来个。最后上来的是一件六棱梅瓶，余宝驹一摸口袋没有了竹笛。他甩了甩梅瓶，瓶口识风，倒也有啸声。于是，他心存侥幸，对着安顺子那个位置掷了过去。安顺子已经习惯辨别竹笛的声调了，梅瓶瓶口虽然带着动静，可终归不是竹笛声。就在安顺子犹疑的时候，梅瓶已经飞到眼前，正好击中了他的胸口。"哗啦"一声，梅瓶落在地上，距离警察局大门口不远处，摔了一个粉碎。余宝驹听见响声，情知出了岔子，吹响一声呼哨，通知弟兄们撤退。安顺子被梅瓶砸中，差点摔下房顶来，听到余宝驹的信号，顾不得疼痛，沿着房顶逃窜而去。两个在警察局大门口站岗的固定哨听见动静，立刻跑过来查看，发现地面上有一堆瓷片，情知不妙，马上吹响警笛。余宝驹等人身上没有带货，又熟悉安阳城里环境，很快便各自隐去。

警察局邱局长叫邱连坤，行伍出身，河南汤阴县人，惯以岳飞后代自居。每当他自报家门后，不待别人发问，邱局长就自问自答起来：你心里准犯嘀咕了，姓邱的怎么会是岳爷的后代呢？说来话长，长归长，事儿还得说清楚。秦桧在风波亭害死岳爷和大公子岳云之后，担心岳家兄弟们报仇，便派重兵围住了岳家庄斩草除根。俺祖上岳霖，也就是岳爷的三公子，为了保住岳家香火，隐姓更名邱雨林，这才逃出秦桧的黑手……这一段儿，从北伐战争一直讲到西安事变，被老兵油子邱连坤絮叨得烂熟，气口拿捏得恰到好处，比茶馆里说书人还有气场。可自打日本人来了之后，邱局长就换了篇儿，绝口不提是岳爷后代了。换篇儿就换篇儿，可邱局长一换篇儿就走远了，从南宋上溯到了先秦，他跟日本人说自己是秦朝徐福之后。报完家门后，邱局长照旧自问自答起来：太君心里准犯嘀咕了，姓邱的怎么会是徐福徐爷的后代呢？说来话长，长归长，事儿还得说清楚。秦始皇委派徐福带着童男童女出海求仙药，临行前，徐爷担心自己求不来仙药连累家人，就取了"求仙药"的求字给儿女们改了姓氏，后来求姓因为谐音就演变成了邱姓。徐爷出海之后呢，遇一仙岛叫平原，岛上春光明媚，百姓友善。于是，徐爷便在此岛安居炼丹，最后做了平原王。平原王远在支那的子孙们，因为早就改称姓邱了，秦始皇想株连九族，最终也不知该抓谁去。瞧瞧俺们祖上，那就叫一个高瞻远瞩深谋远虑哩。

全警察局，甚至全安阳城，都知道邱连坤怕日本人，也知道他巴结日本人，伊藤太乙过个生日，他就敢扒董家村的大坟。令他没有想到的是，竟然有人敢闯进警察局大院"取货"，而且丝毫线索都没有留下。邱连坤站在仓库里跳着脚骂，说安阳城就是贼窝子，说安阳人全都是贼坯子。骂完之后还不解气，他把当晚固定哨、游动哨、巡逻队负责人全部关进了号子，严刑讯问。苟耀才虽然是巡逻队队长，但他早早就调开了代班，跑到展春园鬼混一宿，找了三个妓女作人证。邱连坤连夜召开案情分析会，警察局侦缉队队长孙发贵分析，说作案人数应在十人以上，能知道物件存放在警察局仓库，还能来去无踪无影，肯定有内应。巡逻队队长苟耀才接着孙发贵的话题继续分析，说有这个能力又有这个实力的贼，十有八九是林虑山土匪褚大奎所为。邱连坤让侦缉队和巡逻队联合办案，限期三日内出结果，追回失窃物件。

七

井道山兄妹连续几天沿着洹河考察。伊藤太乙为此次考察绘制的新军事地图很清晰，尤其是洹河两岸的村落、古树、土包，一一标记。伊藤太乙原本为他们配备了两辆车和一小队宪兵，被井道山拒绝了。他说自己进行的是科学考察，无需劳动军方。伊藤太乙知道老同学的脾性，便给他们安排了一辆轿车和一个司机，全天候随行。结合鼎耳图案和甲骨上的信息，井道山沿着洹河一路找到了文官村，在这个村子里盘桓数日，觉得这里便是甲骨上记载的"龙怀之地"。

连续几天，一对衣衫不俗的男女出现在文官村后面的洼地里，引起了村人猜测。文官村距离安阳城较远，又北临洹河，相对闭塞。村里来一个货郎、商贩、锔瓷器的都算是一景，何况是一对衣着华丽、坐小轿车来的男女。一男一女没有进村，而是由司机直接把车开到洹河边上，他们从河边往南，一直走到文官村后的北洼地。走就走吧，这两个人还不是光走路，而是走一会儿停一会儿，停下来的时候，还在纸上比比画画写字儿。这对男女第三天出现在文官村是正晌午时分，文官村几乎有一半人站在村北头看热闹，大人们看那对穿洋服的男女，孩子们看小轿车。大家伙儿七嘴八舌地议论着男人的洋大氅和棉礼帽，二流子吴宝贵盯着穿裙子的女人，不无疼惜地说："这冻天冻地的，女娃儿穿个裙子就不怕冻着屄？"

村民们跟着吴宝贵的下流话哄笑一会儿，就在这时候，吴宝贵的哥哥吴宝才手里拎着一只死兔子，打更北边走过来。村民们止住了说笑，齐齐地望着吴宝才，看他会不会跟北洼地里穿洋服的这对男女搭话儿。原来，吴宝才和吴宝贵兄弟俩在村里是出了名的碎嘴子爱说话，爱说话归爱说话，哥哥吴宝才说话过脑子，弟弟吴宝贵说话却都是下流话。就在吴宝才快要走近穿洋服的男女时，司机突然冒出来，伸手拦住吴宝才，用手指了指旁边，意思是让他靠边走。村民们几乎同时发出一声叹息，他们都指望着吴宝才能跟那对洋服男女搭上话儿，带回来一点谈资。吴宝贵扭头用眼神在人群里找到了吴庆德，他喊道："三叔，那是你家的地,他们凭什么不让俺哥走道儿?"

吴庆德说:"你别吵吵,看看动静若是不对头,俺自会跟他们理论。"

井道山向司机摆了摆手,对吴宝才用中国话问道:"先生是这个村里的人吗?这个村是叫文官村吗?"

吴宝才点头称是,说:"不敢称先生,俺就是文官村一个种地的农民,请问,先生到文官村来是探亲还是访友?"

井道山回道:"不探亲也不访友,我们是来进行科学考察。"

吴宝才没有听过"科学考察"这个词儿,问道:"考啥,察啥哩?"

井道山解释道:"考察中国的殷商文化。"

"井道先生,我们的考察行动已经被军方列为最高机密,请您不要向中国人泄露!"司机在一旁突然用日语打断两个人谈话。

井道山用日语反问道:"我申请的是民间科考,军方有什么道理把我的科考列为最高机密?"

司机语塞:"这个……这个我就不知道了,请井道先生慎重。"

听到司机说日本话,吴宝才吓了一跳,他吃惊地望着井道山和井道松子:"你们……你们是日本人?"

井道山冲着吴宝才点点头，说道："我是日本研究中国历史的学者，我叫井道山，这位是我的妹妹井道松子。"

司机似乎真的着急了，他再上前一步，把身体挡在了井道山和吴宝才中间，用日语说："井道先生，我们该回城了，时间再晚就不安全了。"

井道兄妹离去后，村民们呼啦啦围上来，拽住吴宝才问个没完没了。一村民问道，这仨人鬼鬼道道弄啥哩？吴庆德问，他们是哪里人？吴宝贵问，那个女人俊不俊？

吴宝才说："是安阳城里的富户，家里的老爷子快不行了，他们想找一块墓地，大概是相中了三叔这块风水宝地哩。"

冬季里，农村人睡得早，熬着没事干也是白费灯油。吴宝才呆坐在黑屋炕头上，一直等到月亮露头，他才起身出屋，从院子夹道里抽出洛阳铲，直奔北洼地。吴宝才有一手下扣套兔子绝活，他认得兔子走的道儿，一个冬天下来至少能套住五六十只，除了自己家里解馋不说，还能拿到集市上换几个体己钱。吴宝才九岁就跟着他爹探墓挖墓，最早只知道金子银子珠子值钱，后来瓶瓶罐罐也能卖钱了。现在才知晓，那些以前没人要的铜器竟然也能卖出大价钱。吴宝才十二岁那年，跟着他爹第一次下到墓里，他倒是没有半点害怕，只一心想从古墓里找到一把能够"迎风断发、削铁如泥"的宝剑。为了早一天找到宝剑，吴宝才动了真心思，没事就撒欢儿出去转悠，四处踅摸有可能找到物件的风水地。因此，吴宝才盗墓三年，宝剑没有找到，探墓经验确实日渐长进。盗墓是个背人的行当，都是昼伏夜出，就算是同一个村子，也没有人知道吴家父子干的勾当。能守住这个秘密，源于吴家四口人的性情。吴宝才他爹性情阴郁，整天阴着脸，三天说不了两句话，他自然不会把盗墓的事儿说出去。吴宝才他娘是个哑巴，就算是想把盗墓的事儿说出去，都难。吴宝才他弟弟吴宝贵也爱说话，但大多是半吊子话，加上他脑子有些不太灵光，压根就不知道他爹和他哥哥的行径。吴宝才生就一副笑模样，见人不笑不说话，一张嘴就能让人心里熨帖。吴宝才一天能说一箩筐话，但是盗墓的事儿半个字都露不出去。所以，文官村里男女老少，没有人说吴宝才一个不字。吴氏父子以往盗墓，打通了地道之后，担心墓穴里有毒气，都是吴宝才他爹第一个钻进去，在里面点个明火，喘匀净了气，再唤儿子吴宝才进去。在墓里找完东西，往外走的时候，也是吴宝才先出来，他爹随后。到了吴宝才十五岁那年，吴宝才他爹改了规矩。进墓穴的时候，还是吴宝才他爹先进去，但是出墓的时候，则是吴宝才他爹先出来，吴宝才随后。

吴宝才问他爹，为啥改规矩？他爹说，自古有狠心子女，无狠心爹娘，父子搭伙盗墓，一旦遇到大物件，先出来的儿子能把爹闷死在墓穴里，却从来没有先出来的爹把儿子闷到里面的。自打记事以来，吴宝才头一次听到他爹一口气说了这么多话。吴宝才十七岁那年，爷俩探到了一个大墓，第二天夜里去挖墓的时候，发现有一伙人已经开始动手了。吴宝才他爹想入个股，对方没有答应，说僵了就动起手来，结果他爹被另一伙盗墓贼打死了。盗墓贼内讧向来死了白死，见不得人，也告不得官。若是盗墓贼遇上盗墓贼，更是打死活该，死了就地埋。自打他爹死了，吴宝才在家里套了一年兔子。搂草打兔子，套兔子是个捎带手的事儿，没有人家会拿套兔子当主业。说是套了一年兔子，其实就是套了一个冬天兔子。因为野兔子虽然一年四季都有，可只有立秋后的兔子肉才好吃。开春后，一直到立秋前，野兔子肉是酸的，狗都不爱吃。可是，吴宝才已经打小养成习惯，不管走到哪儿，都会留意风水形势。百尺为形，千尺为势。势为远景，形为近观。形是势之积，势是形之祟。左右前后谓之四势，山水应案谓之三形……对于风水，吴宝才无师自通，谓之天才。让一个风水天才整日里琢磨兔子走哪条路，确实大材小用。再说了，吴宝才打小的夙愿未偿，一直还没能找到"迎风断发、削铁如泥"

的宝剑。于是，一年之后，技痒难耐的吴宝才再次抄起了洛阳铲，四处打探。听了他爹的话，吴宝才没有拉兄弟吴宝贵下水，他爹当时的原话是："这是个遭天谴的行当，不能一家子人都干这个缺德事儿，留下一个送纸钱的吧。"

井道兄妹第一次出现在北洼地里，吴宝才就留意到了，连续跟踪两天之后，第三天故意走上前去搭讪，想摸一下对方底细。得知对方是日本人，而且考的察的都是中国殷商历史，他心里登时欢实起来。吴宝才对殷商文化虽然没有概念，但自打河北岸小屯挖出龙骨之后，他也多少了解到，商朝是一个比唐朝还要早很多年的朝代，而且安阳地界上挖出来的铜器，大都是这个朝代的。所以，井道山一提到殷商，吴宝才自然而然就联想到了大墓、铜器……就北洼地的形势来看，应该是一处好墓地，精通风水的吴宝才在那里下过几次探杆，但都没有发现过异象。井道兄妹连续三天都在这里晃荡，使他再次对北洼地有了盼头。趁着月色，吴宝才在北洼地里连下了五六处探杆，累得通身是汗，也不见个动静。远处，安阳机场的探照灯时不时扫过来，就着光亮，吴宝才仔细查看着坑土，觉得最后一次下探杆的坑土有些异常，沙子较多。他站起身来，绕着探杆转了两圈，选定了一处地方，再次打下洛阳铲。丈八长的探杆快打到头的时候，忽然"噔"的一声闷响，震得吴宝才双手有些发麻。他急忙拔出探杆，等到探照灯再次扫过来，吴宝才看到洛阳铲的铲头上，划出了一个锃亮的豁口。凭着经验判断，这肯定不是石头。几声狗叫惊醒发呆的吴宝才，他收起探杆，一路小跑奔回了文官村。他把洛阳铲顺在自家夹道里，只把铲头卸下来揣进怀中。吴宝才没有进屋，而是转身再次出门，直奔村东头的吴庆德家。在安阳探墓行当里，有个不成文的规矩，在谁家地里探出了物件，谁家就算这个物件的股东，分股比例可以商议。这便是盗墓贼的盗亦有道。吴宝才今晚最后打探杆听见动静的那块地，正是吴庆德家的，按宗族辈分，吴宝才称呼吴庆德三叔。

吴庆德长得活像个刀螂，腿长胳膊长，脖子也长。他明面上是个木匠，暗地里也是盗墓行当里一把能手，经手的铜器能摆满自家的马棚。吴庆德家东西两院各有一个马棚，东院马棚比西院马棚大一倍。吴宝才虽然管吴庆德叫三叔，但是两个人年纪相仿，只是差在辈分上。因为都是在这个行当里讨饭吃的宗族本家，所以，吴庆德和吴宝才彼此心知肚明，遇上大物件，免不了还会搭伙合作。干上这个行当后，吴庆德给自己画了一条线，有名有姓有土有后人的墓，打死也不动。有名有姓有后人的墓不动，同行都理解。有些墓没名没姓没有后人，只剩下一个土堆，吴庆德也不会去碰。吴宝才曾问过吴庆德缘由，他说这一行发的是不义之财，没名没姓没土没后人的物件遇到了，就当是种地土里刨出来的，心里就不用凄惶了，走夜道就不恐后哩。吴庆德祖传的本分是木匠，木匠是个寂寞的手艺，做个大箱子、大柜子、大橱子、太师椅、八仙桌、罗汉床，从看料、备料、下料、断肩、打线、下锯、开榫、打眼、粗光、细光、精光，一直到成型、雕花，最后小漆一遍、大漆无数遍……遇上大主顾，一个活儿能干一两年。人磨手艺，手艺也磨人。二十啷当岁的吴庆德，被木匠活儿磨得寡言少语，却也越发心思缜密。遇事儿，在心里不翻十几个来回，绝不开口主张。因此，吴庆德说出来的话，钉是钉铆是铆，大家都会当个事儿听，听了也会当个事儿办。

吴宝才敲开吴庆德家的门，还没有等他张嘴叫三叔，吴庆德就问道："在俺家地里找到物件哩？"

吴宝才吃了一惊，对这位年纪相仿的老把式紧着佩服一番，接着就把白天和晚间经过讲叙一遍，随后，从怀里掏出洛阳铲铲头，递给吴庆德。吴庆德看一眼铲头，用掏烟袋锅的铜铁丝把煤油灯芯往上挑了挑，火苗顿时蹿高一倍。吴庆德捏着铜铁丝在烟荷包上擦干净煤油，这才接过吴宝才手中的铲头，凑到了煤油灯下，用心端详起来。只用了半袋烟工夫，吴庆德把铲头轻轻放在了桌子上，说："金银挂屑，石头挂渣，这非渣非屑，肯定是一件铜货。"

"能把俺手腕子震得发麻的铜货，那得多大哩？"吴宝才瞪大了眼珠子，一时间都忘了眨巴。

吴庆德使劲嘬一口旱烟袋，嘘出一股浓烟，自言自语说："俺家那块地你下过探杆，怎么今天又想起去下杆子？是不是白天那两个穿洋服的人跟你说过啥？"

吴宝才冲着吴庆德竖起大拇指，而后便把白天遭遇日本人的事儿说了一遍。

吴庆德点点头，在鞋底子上磕了磕烟袋锅，说道："日本人莫不是来找这个物件的？日本人怎么会知道这块地里有物件？"

叔侄俩商议一番，决定连夜把铜器挖出来。因为日本人已经盯上北洼地，随时都有可能把物件挖走。根据物件埋的深度，吴氏叔侄又找来六个本族的年轻人帮忙。按照行规，事先讲好酬劳，一行人带着家什赶往北洼地。歇人不歇家什，八个庄稼汉一刻不停地干到鸡叫头遍，才刚刚碰到物件，果然是一件铜器。吴庆德下到坑底，用撬棍撬了撬铜器，竟纹丝没动。

吴庆德抬头瞅一眼天色，回头对大伙儿说："来不及了,把土填回去,晚间再来挖吧。"

吴宝才不忍心,问道:"要是今天被日本人看到翻了新土,那就露馅了。"

"那三个日本人不是干这个行当的,赶紧填上土,早上下了霜,他们瞧不出门道来。"吴庆德爬上坑来,指着坑底说,"就凭咱们八个人,恐怕拿不走这件铜货,晚上还得多找些人手来帮忙。"

八

井道松子刚刚起床,便听到正屋客厅里传来吵吵嚷嚷的声音,她倾身侧耳,听到哥哥井道山语气里有些愤慨,说自己是堂堂正正的科学考察,不会动用军队的工兵参与,更不会在晚上进行挖掘,因为没有一项考古挖掘会在晚上进行,在晚上挖掘是盗墓贼的行径。话说到这儿就算是僵住了,沉寂了片刻之后,伊藤太乙开口了,只是语气有些阴郁:"在这片土地上,所有日本人都是入侵者,你真的以为一个入侵者,可以大摇大摆在这里进行科学考察?还有,你一个普通的考古学者何德何能,能够动用军方运输机接送?井道君,你研究中国历史,应该懂得韬略谋术,这么浅显的问题,你难道就没有思考过吗?"

"我研究的是中国的文化,而非兵家韬略,不懂这些阴谋阳谋。"井道山的语气里也是火药味十足。

"幼稚！心术攻伐才是中国文化中最有魅力的部分。"伊藤太乙的语气略带不屑，"还有一件事情可以告诉你，我于半个月前便接到上级的调函，派我前往关东待命。就在我要动身的前一天，又接到日本军方最高司令部的命令，让我继续留在安阳，配合你的考古挖掘，甚至还从前线调回来一个工兵小队，参与这个计划。"

"军方……军方为何如此热心支持我的考古？"井道山的口吻很是疑惑。

伊藤太乙看到井道山沉思，把语气缓和下来："我已经看到你的申请报告，井道君想一下，商朝举三代国力的财富厚葬他们的开国先祖，而且这个秘密恰恰被你发现了，这是上天馈赠给我们天皇陛下的一笔财富啊。日本偏居弹丸岛国，北抗苏联，东拒美国，西攻支那，还要征服南亚诸国，军费开支早已入不敷出。在这个关键节点，井道君的考古发现，无异于挽救了日本帝国、挽救了亚洲。"

井道山沉吟半晌，啜嚅道："这个……有悖于科学研究精神，我研究中国文化不是为了战争，而是……而是为了探究日中两国的文化渊源。"

伊藤太乙用决绝的口吻说道："战争期间，一切都为战事服务，包括你的学科研究成果。这个，我们不必再争执了。"

伊藤整理一下军帽，站起身来走到门口，回过头来说："自今日开始，你的所有野外科考活动，必须有军方参与。还有，井道君这次中国之行已经被列为军方的最高机密，希望你不要再同任何中国人提及此事。"

松子走进正屋，见井道山一脸茫然相，就宽慰哥哥道："伊藤君说得也有道理，我们毕竟是大日本天皇陛下的子民，从小受其恩泽，理当报效国家。"

井道山叹一口气："如此一来，科学研究就不纯粹了。"

"我们要的结果不一样，天皇陛下要的是财富，我们要的是真相和理论。发掘的财富器物能够佐证我们的理论之后，这件器物对我们来说，也就失去了意义。"松子说。

井道山觉得妹妹说得有道理，紧蹙的眉头这才舒展开来。他看看天色已近中午，便决定今天不去文官村了，想去安阳城著名的通宝街逛一逛。

安阳通宝街上，最近人气不旺。警察局的侦缉队和巡逻队，逐个铺子搜查了三遍，始终没有找到局长邱连坤丢失的那批宝贝。

邱连坤把孙发贵和苟耀才叫到办公室，臭骂一通："安阳城的贼还能比你俩笨吗？前夜偷个黄花闺女，今天就拜堂成亲？你俩别在通宝街上瞎耽误工夫，给我把安阳城划片儿,每个片儿的流氓小混混全都抓来过一遍,我不信我的东西能插翅飞走了。"

案情分析会上,苟耀才故意搅浑水,把屎盆子往林虑山土匪褚大奎头上扣。两天之后,侦缉队的眼线传来消息,说是褚大奎得了风寒,半个月没有下山。于是,侦查重点又回到了安阳城。现场没有留下任何有价值的线索,苟耀才建议还是从出货源头抓起,便在通宝街一遍一遍折腾。现在,邱连坤让他们在安阳城里过筛子,苟耀才不由得惊出一身冷汗:万一余宝驹手下哪个碎嘴子走漏风声,自己的脑袋可就保不住了。

两个人灰头土脸出了邱局长办公室,苟耀才对孙发贵说,你们侦缉队过筛子有经验,这样吧,我们巡逻队负责抓人,你们侦缉队负责讯问,如何?孙发贵摇了摇头,说不中,你们随便上街抓一大把人来,我们忙活好几天问不出个子丑寅卯来,邱局长到时候怪罪下来,咱俩的责任都拎不清,我看,还是分片儿各干各的吧。于是,苟耀才尽量把余宝驹势力范围内的区域争取到自己的管片儿,一是可以防备东窗事发,二是还能从余宝驹那里领到封口费。他清楚余宝驹生性慷慨,从不吝啬钱财,手下哪个兄弟家里遭灾遇难逢上红白喜事,余宝驹不仅亲自登门探访,还会大把大把撒银子抚恤。现如今,到了性命攸关的当口,余宝驹岂能在乎钱财。

井道兄妹自幼研习中国文化，但安阳之行，是二人第一次近距离接触中国。走进通宝街上每一家店铺，都如同浏览一遍中国的微缩历史，夏商周、秦汉晋、魏隋唐、宋辽金、元明清……他们识别不了这些器物的真伪，但器型、纹饰和风格却是耳熟能详的，打眼一看就知道是哪个朝代留下的物件。转了十几家店铺，井道山买了几块玉佩，井道松子则买了一柄一尺多长的先秦青铜矛。青铜矛铜锈斑驳，显得既古朴又厚重，矛身上刻着一个类似"井"字的图案，井道松子将其命名为"井道矛"，并声称要将其作为井道家族族徽流传给后人。兄妹二人各自摆弄着手中物件，继续在通宝街上溜达。这个时候，一辆日本宪兵队的通讯三轮摩托车急匆匆驶来，与井道松子擦身而过时几乎撞到她，气得她狠狠瞪了一眼绝尘而去的摩托车。三轮摩托车继续向前快速驶去，碰巧的是一匹大骡子拉着一车宣纸，从另一条街拐进通宝街。两车在一个小十字路口相遇，三轮摩托车与骡子几乎撞在一起，惊得骡子"咴咴"一声咆哮，高高扬起两条前腿才把摩托车避让过去。三轮摩托车倒是过去了，大骡子也受惊了，撩开四蹄在通宝街上狂奔起来。前方，刚受了惊吓的井道松子，突然看到街对面有一个吹糖人的小摊，阳光照射下的糖人、糖猴、糖马晶莹剔透，煞是可爱。她瞬间便将刚才的遭遇抛之脑后，左手捏着青铜矛，右手提着裙边，直奔马路对过而去。等她跑到街道中央时，受惊的骡子也堪堪奔到了眼前，一时间，井道松子僵立在通宝街中央。在松子的瞳孔里，此刻通宝街上，所有的人都已僵立，只有疯狂的骡子还在奔驰。就在她要把眼睛闭上，接受这一切的时候，刹那间，一个人影跃入瞳孔。人影没有像书里的侠客那样扑向受惊的骡子，而是扑向自己，瞬间，松子感觉到一股力量撞到了自己。等她醒过神来，发现疯狂的骡子已经奔出了通宝街，自己则骑在一个男人身上。而那个男人带着一脸坏笑躺在地上，任她傻呆呆地骑着，一言不发。

救下井道松子的男人是余宝驹。他带着宋小六在通宝街上闲逛，想打探一下警察局侦查仓库失窃的消息，碰巧赶上了日本宪兵队的三轮摩托车惊吓了骡子。就在疯骡子几乎踢到松子的瞬间，不及做丝毫犹豫的余宝驹飞身扑倒松子，顺势往街边滚了两圈，就这样，松子顺势骑在余宝驹身上，手上还死死攥着那柄青铜矛。余宝驹看到花儿般的姑娘吓得脸色惨白，乐得她不动弹，便喜滋滋地躺在地上，一脸淫邪地端详起来，嘴里也没忘了赚便宜："你手持凶器，这是要谋害亲夫吗？"

井道松子眼神里的恐惧尚未完全消融，表情像一只惊魂未定的兔子,煞是惹人怜爱。片刻后,松子的灵魂归窍,看到舍身相救的英俊男人正躺在自己身下,四目相向,一股由死至生的幸福感涌上心头,松子用日语说:"谢谢您!是您救了我的命,谢谢您!"

余宝驹突然听到井道松子张嘴说日本话,他腰身发力往上一挺,竟然把井道松子掀下身来。这时候,井道山失魂落魄闯进人群,来不及查看妹妹有无受伤,急忙上前搀扶余宝驹,嘴里用中文不住声地称谢。余宝驹拍了拍身上的尘土,望着眼前这两个着装不俗的男女,问道:"你们是日本人?"

井道山称是,并把妹妹松子扶起来,向余宝驹作了介绍:"请问先生尊姓大名?家住何处?容我和舍妹改日登门拜谢!"

"免了!免了!"余宝驹扭身就走,头也不回地摆了摆手,"今儿算俺手欠犯贱。"

井道山兄妹面面相觑,摸不清余宝驹为何拂袖而去。一位看热闹的店铺掌柜,跷着大拇指跟井道兄妹说:"你们这位救命恩人,那可是安阳城里响当当的人物,他站在通宝街跺跺脚,每家店铺顶棚都往下掉灰土。"

井道山问道:"这位恩人如何称呼呀?"

"余宝驹余爷。"店铺掌柜回道。

"余先生为何突然生气了?"井道松子问店铺掌柜。

"唉……两年前,你们日本飞机不小心,在安阳上面丢下了几颗炸弹,其中一颗把余爷的老爹老娘和刚过门的媳妇一起炸死了,所以,余爷不喜欢跟日本人交往哩。"店铺掌柜很小心地解释着。

"哦……"井道松子叹了一口气。

余宝驹走出看热闹的人群没两步,安顺子一把拽住他的胳膊,说有个蹊跷事儿。余宝驹斜睨了他一眼,没好气地问:"啥蹊跷,关门掩着你鸡巴了?"

"你说得俺裤裆里生疼。"安顺子贴到余宝驹耳边,"可靠消息,文官村挖出来一个比马槽还大的铜器。"

九

吴庆德和吴宝才叔侄俩顾不上打个盹儿，二人商议出来本村比较可靠的二十个人手，分头串人去了。虽说早已分家过日子了，吴宝贵好吃懒做，日子过得甚是恓惶。为了帮衬一下兄弟，吴宝才把胞弟吴宝贵也拉了进来。吴庆德嫌吴宝贵嘴大舌头长，容易走漏风声，对吴宝才说："你爹活着的时候嘱咐过你，不让宝贵干这行当，你咋忘哩？"

吴宝才圆道："这是刨地挖宝，又不是扒坟掘墓，再说了，这活儿不是要找自己人干才可靠吗？"

看到吴宝才坚持，吴庆德也就点头应允了，虽说东西在自家地里埋着，可毕竟是吴宝才打探到的。

分家单过之后，吴宝贵和他的哑巴娘住一块儿，吴宝才进门后顾不上到厢房看他娘，就直接进正屋找吴宝贵。

日上三竿，吴宝贵抱着一床破棉被还在死睡。吴宝才扯掉破棉被，跟赤条条的吴宝贵简单说了一下来龙去脉，让他养足精神晚上干活儿。吴宝贵顿时醒了觉，他兴奋地坐起身来，从壁龛里摸索了半天掏出来一荷包漠河烟叶，给哥哥吴宝才捻到烟袋锅里，说自己就剩下精神头了。吴宝才临走时还不忘嘱咐一句："管住你那张破嘴，这事儿要是传出去，光是飞来的苍蝇就能把咱们给吃哩。"

整个白天，吴庆德和吴宝才像是商量过似的，两个人轮换着出现在村北头，观望着北洼地的动静。二人忐忑不安地熬过这个白天，那对衣衫光鲜的日本兄妹竟然没有出现。看来是活该咱们发这个偏财！吴氏叔侄信心满满地套上两匹骡子的大车，装上木梁和绳子，天刚刚擦黑就进了北洼地。白天串的二十个精壮劳力，早他们之前就到了，吴庆德分派一下活路，众人便热火火干起来。二十个人轮班挖土，挖到一人多的坑深后，就算安阳机场的探照灯扫过来，都不影响坑里面干活。加上头天晚上挖了一遍，回填土又松又软，仅用一个多时辰，一只见所未见、闻所未闻的巨大铜器现身坑底。吴庆德下到坑底，吴宝才给他点上一支油火把。火光照在铜锈斑驳的铜器上，映在现场所有人的瞳孔中，泛出铜锈一般绿油油的光泽。吴宝才让三叔吴庆德估个价，吴庆德摇了摇头，说怎么也值一万块现大洋吧。听得众人连连咋舌，眼睛里泛着火把的红光和铜锈的绿光，都觉得要发一笔横财。吴庆德在火把上燃了三根香，插在铜器前的土里，二十多口人在坑底和坑上呼啦啦一齐跪下去，行了出土礼。

吴庆德嘴中呜呜噜噜念念有词，最后开声说道："曹丞相上天有灵，保佑这个大炉子出土后，没有血光之祸牢狱之灾，让俺们顺顺利利找到下家，赏俺们老少爷们几个活命钱。"

跪在地上的吴宝贵悄声问吴宝才，三叔不拜观世音菩萨，怎么拜曹丞相？吴宝才悄声回道，曹丞相是盗墓人的祖师爷，每次从地下取货时都得拜一拜。行完出土礼，拜完曹丞相，众人用三根木梁在坑口搭好支架，拴好绳划子，套上绳子吊铜炉。十二个精壮汉子使出吃奶劲儿，铜炉竟然纹丝不动。吴宝才把坑底绑绳子的五人全都招呼上来，合二十多人的气力才堪堪拉动绳子。铜炉离地刚刚半尺，安阳机场的探照灯便扫过来，吴庆德喊一声停，大家手里死死抓住绳子，原地立住一动不动。待探照灯扫过，吴庆德轻声喊着号子，再次拉铜炉。半个时辰过去后，铜炉被提升了五尺。众人已经被累得通身冒汗，眼看支撑不住的时候，突然，"砰"的一声，二十多口人全都仰面摔了出去。原来，麻绳吃不住铜炉的分量，断了。

就在众人尚未从地上爬起来的时候，突然一束电光照射过来，随即传来一声大笑："哈哈哈！麻绳怎么能提起来这么大的宝贝，赶紧回去取牛皮绳子来。"

吴宝贵喊了一嗓子"抄家伙"，众人抓起身边铁锹镐头，挡在土坑边上。吴庆德从裤腰里拔出马牌手枪，悄悄顶上了火。这把枪是去年秋上，用一只铜簋跟一个南京古董商人换的。刚才，大伙儿把精神头全部用在吊铜炉上，忽略了周边动静。这时抬头看去，南边呈扇形围拢上来十几个黑影，手里都端着一水儿的自来得短枪。

手电筒照在吴庆德的马牌手枪上停住了，刚才说话的黑影又说道："一把马牌顶不住十八把自来得，赶紧把枪收起来吧。"

吴庆德收起了手枪，冲着黑影一抱拳，高声答话："离日本人机场这么近，端着枪都是吓唬人哩，俺们在自家村口自家地里挖个破铜烂铁，就不劳诸位好汉帮忙哩。"

黑影说："这么大的家伙，麻绳吃不住劲儿，你们几个人也独吞不下，俺们兄弟几个来搭把手帮个忙，入个小股，如何哩？"

吴庆德："若是吃不下，再吐出来，也不耽误，敢问好汉尊姓大名？"

黑影回道:"安阳人余宝驹。"

"久闻余爷大名,失敬失敬。"吴庆德冲着黑影再次抱拳。

余宝驹将两把自来得插入腰间,冲着吴庆德抱拳回礼,嘴里应付着江湖套话,径直走到了坑边。他用手电筒照着坑底的大铜炉,愣了半晌后,说:"这么大的东西,不是招财就是招祸哩。"

吴庆德凑到了余宝驹跟前,问道:"那余爷还要不要入股哩?"

余宝驹说见了面就是缘分,这个股入定了:"俺都知道文官村出了宝物,日本人和警察局的眼线比俺还多,他们迟早也会知道。俺们兄弟人多枪多,帮你们把这个宝贝卖个好价钱,俺也不要多,就要四成,怎么样?"

"日娘个囟球!俺们自家娶媳妇,你插进来硬要日一下,跟你们日球拼了!"吴宝贵举着铁锹扑向余宝驹。余宝驹低头躲过劈下来的铁锹,右手顺势一推,把吴宝贵摔在地上。

吴宝贵挣扎要起身,余宝驹上前一脚踩住他的后背,说:"不让俺日一下,俺就把新媳妇抢走,让你连个骚味都闻不着。"

吴庆德急忙上前劝解,拉开余宝驹,说:"只要能卖出好价钱,四成就四成,余爷你先给这宝贝估个价。"

余宝驹下到坑底，拿着手电筒仔细端详一番铜炉，说："至少得值十万现大洋。"

余宝驹估价一出口，北洼地里除了火把上"噗噗噗"的火苗声，半晌没有人说话，大概都在心里盘算去掉四成，自己那一股还是翻了若干倍。属性在钱面前就是这般脆弱，余宝驹估完价，入股就算谈妥了。接着，余宝驹让吴庆德换支架木梁和牛皮大绳，并询问东西出土后在哪儿存放。吴庆德说运到他家马棚里，坑已经挖好了。余宝驹拧着眉头琢磨，说铜炉现在肯定运不出文官村，安阳城大小路口都有日本人把守。二人正商议着，远处传来一阵清脆铃声，宋小六推着一辆自行车跑过来，他呼呼喘着粗气对余宝驹说，警察局已经得知文官村挖出大铜炉的消息，邱连坤连夜向伊藤太乙汇报了，宪兵队和警察早晨六点出发，现在估计已经在路上了。余宝驹抬头看了一眼天色，做了一个跟吴庆德昨晚一样的决定，就地掩埋铜炉。众人一齐动手填土，余宝驹望着远处一座新坟，他问吴庆德是谁死了。吴庆德说是村中一个外来户赵小二的老婆，常年头疼熬不过去了，五天前喝了卤水。余宝驹从荷包里掏出二十块现大洋交给吴庆德，让他找赵小二商议"借坟"，并让他找几身孝衣来。吴庆德说用不了这么多，给那个穷鬼五块钱，他就能应。余宝驹说时间来不及，就给二十块吧，我们这就把坟子移过来。吴庆德应了一声,转身进村找赵小二。吴庆德觉得余宝驹这个人做事情挺场面,不像传闻说他是个打家劫舍的混混儿。而且,关键时刻临危不乱有条有理。看来,没有这么一个硬茬,大炉子真是凶多吉少。想到这一层,吴庆德心里登时稳妥起来。

刚刚把赵小二老婆的新坟移到大铜炉上面,村口便传来汽车马达响声。余宝驹让自己手下弟兄们撤出北洼地躲避,他和吴庆德、吴宝才还有村里几个人穿上孝衣,装作出殡,围拢在新坟旁。此刻,文官村已经被日本宪兵和伪警察包围,另一队人马则直奔北洼地而来。来北洼地这队人马很是奇怪,远远看上去,有的扛着枪,还有的扛着洛阳铲。待走近后,才发现扛枪的是日本宪兵,扛着洛阳铲的是安阳周边的几个有名的盗墓贼。其中一个,余宝驹认了出来,就是前不久苟耀才给的消息,自己带着安顺子和宋小六,从他家抢走三件铜器的辛家庄的辛把头。余宝驹在脑子里盘算着如何应对,突然,他发现队伍中还有一张熟悉的面孔——井道山。余宝驹心头紧了一下,他把孝帽子往下扯了扯,尽量把脸遮住,随即低声嘱咐了吴庆德和吴宝才几句。

伊藤太乙和井道山走在队伍中间,两个人用日语一边交谈,一边对着北洼地方向指指画画。根据井道山圈定的大概范围,二鬼子翻译让辛把头等六个扛洛阳铲的人分散开来,凭自己的经验打探洞。辛把头是这一行当的老手,他打量了一下北洼地四周,抬步就往余宝驹等人这边走来。辛把头抓起一把地上的新土,放在鼻子下面闻了闻,随后看了一眼新坟堆,像是自言自语又像是询问吴庆德等人,说:"又不是将相王侯,至于埋这么深?把生土都翻出来了。"

余宝驹本来蹲在坟前,听到辛把头的话后,他站起身来迎着辛把头往前迈了一步,利用辛把头的身体作掩护,他撩开孝衣一角,露出了自来得的枪把。这时,辛把头也认出了余宝驹,他下意识停住了脚步。余宝驹双眼直勾勾地瞪着辛把头,压低声音说:"俺上个月去过你家哩,娃儿没受惊吓吧?"

辛把头的眼神闪烁不定,用同样低沉的声音回道:"不知道是余爷家办丧事哩。"

余宝驹说:"黄泉路上无老少,谁家啥时候办丧事都是没准。"

辛把头脸色愈发难看,迟疑一下,准备转身走开。

余宝驹说:"别走,就在这里下探杆。"

辛把头犹疑着,问道:"那……那万一探到物件,俺咋说哩?"

余宝驹说:"就在你的脚下打探杆,探到了物件算你走运。"

辛把头看着余宝驹的眼神,确定是真的要他下探杆,这才稳住心神,打下了第一杆。远处的伊藤太乙似乎觉察到了辛把头和余宝驹嘀咕着什么,加上一座孤零零的新坟看着就让人起疑,他招呼着井道山一起走到新坟跟前。伊藤太乙问井道山,前天来的时候有没有见到这座坟墓?井道山摇了摇头。伊藤太乙挥手叫过来二鬼子翻译,让他把坟前几个穿戴孝衣人的良民证检查一遍。翻译看了余宝驹的良民证后,向伊藤太乙汇报,说他不是文官村人,是安阳城里的人。伊藤太乙拿过良民证,比照着余宝驹看了一眼,走到他跟前问道,坟子里埋的是你什么人?余宝驹指着吴庆德,说是他老婆。伊藤太乙又问道,你跟他老婆是什么关系?余宝驹说没有关系。伊藤太乙问道,没有关系为什么穿着孝衣?余宝驹又指着吴庆德说,你问他吧。

伊藤太乙看着吴庆德,吴庆德脸上竟是一脸愤怒,指着余宝驹说:"日他娘的凶球货,俺老婆到安阳城卖核桃,他就把俺老婆糟蹋了,女人家脸皮子薄,回家后喝了卤水死球了,俺们爷们儿几个就去安阳城把这个凶球绑来戴孝。"

这时候,井道山认出了余宝驹,他对伊藤太乙说:"我认识这位余先生,他在通宝街上救过松子的命。"

伊藤太乙狐疑地看着井道山,井道山便把事情的经过向他讲述了一遍。

伊藤太乙走到余宝驹跟前，拍着他的肩膀说："如此说来，你是日本人的朋友，但是你的品行不够检点。"

"是！是！下次再也不敢了。"余宝驹一脸惶恐地回道。

伊藤太乙笑了笑，挥手喊过来几个日本工兵："把坟子扒开，我要看看余先生喜欢的女人是什么姿色。"

吴庆德"噗通"一声跪倒在地，央求伊藤太乙："太君，太君，我老婆跟我受了大半辈子苦，刚刚入土为安……"

两个日本宪兵走上前来，把挡在坟前的吴庆德架着胳膊拖到一边。五六个工兵手持铁锹军镐，没用一袋烟工夫就把一口薄板新棺材挖出来。伊藤太乙示意工兵把棺材撬开，吴庆德再次扑上来抱住棺材，宪兵也再次上前把他拖回原地，并踏上一只脚。

棺材被打开了，伊藤太乙从口袋里掏出一块白色丝帕捂在鼻子上，走上前去看了一眼，又扭头瞅了瞅余宝驹，说："你真是个混蛋！"

井道山摘下眼镜来擦了擦，也凑上前去观看，发现棺材里竟是一个枯干瘦小的女人，看上去至少有三十多岁年纪。兴许是临死时异常痛苦，棺材里枯干女人的面孔略显扭曲，显得凄苦不堪。井道山转过头来，也对余宝驹投去鄙夷的目光。伊藤太乙摆了摆手，退了回来，日本工兵也懒得再去倒腾棺材，跟着伊藤太乙退到一边。二鬼子翻译把良民证还给余宝驹，让他们把棺材重新合上，重新掩埋。吴庆德继续眼泪一把鼻涕一把哭着，哭就哭吧，他还时不时腾出擤鼻涕的手来抽打着余宝驹，如丧爱妻状。

余宝驹等人磨磨蹭蹭把棺材合上盖，刚刚填埋好，便看见警察局局长邱连坤带着苟耀才和孙发贵一路小跑着过来。邱连坤跑到伊藤太乙面前，规规矩矩地立正敬礼，说是村子里面搜查完了，没有发现异常情况。

伊藤太乙脸色有些不悦："你们的消息可靠吗？"

邱连坤堆了一脸谄媚，谨慎回道："伊藤司令下过命令，凡是有出土、倒卖铜器一类的消息，马上上报，所以，我们还没有来得及对这个消息进行鉴别，就先上报给您了。"

伊藤太乙似乎不怎么待见邱连坤，任他直挺挺一副等待下文的站姿，就转身走开了。伊藤太乙走到井道山身旁，指着散落在北洼地四处打探杆的人，说："井道君，你可别小看了这些盗墓贼，鼠有鼠路，贼有贼道，他们的洛阳铲比我们的金属探测器还管用，明天，我再给你多征集一些盗墓贼来，只要东西在这一片儿，肯定找得到。"

还未等到井道山答话，就听到远处一个打探杆的马脸汉子吆喝道："有了有了。"

伊藤太乙和井道山等人闻声，急匆匆奔着马脸汉子跑过去。马脸汉子把洛阳铲铲头伸到了伊藤太乙面前,只见锋利的铲头上出现了一个锃亮的豁口。井道山脸上显出兴奋之色,他问马脸汉子会不会是石头之类东西,马脸汉子大嘴叉子一撇,说干了一辈子,一看铲头印子就知道下面是什么物件。伊藤太乙召集工兵过来,就要动手开挖,却被井道山拦住,说考古挖掘是个系统工程,野蛮挖掘会遗漏很多信息。伊藤太乙了解井道山的倔强脾气,只好任由他东南西北扯线、标记出一个个方形探格,然后在图纸上标好了地形和探格比例,这才让工兵进行挖掘。

天色已近正午,余宝驹等人不敢再在坟前逗留,以免引起怀疑。于是,一行人押着余宝驹,一路上踢踢打打,往文官村走去。日本人一到,加上警察在村里又折腾一遍,此刻文官村家家户户关门闭户,街上没有一个人影。

刚刚进了吴庆德家院子,吴庆德便抓住余宝驹的手,说:"余爷,俺刚才对您不敬了,您可不要见怪啊。"

余宝驹笑道:"没有见怪,佩服倒是有的,不承想文官村还有您这等厉害角色,放心吧,俺余某不是小肚鸡肠的人哩。"

吴庆德说:"中中中!铜炉子的事儿,咱们几个就全凭余爷把舵了。"

"只要弟兄们信得过俺余宝驹,那俺就主张了。"余宝驹接过吴庆德递过来的一大白瓷碗甜水，咕咚咕咚喝了个干净，他抹了一下嘴巴子，说咱们不能全窝在屋里，你们再叫上几个老老少少到村北口，就当看热闹，盯着北洼地那边的动静。吴宝贵说，村里人躲都躲不及，哪里还敢去看日本人热闹。余宝驹说，日本人是畜生，但不是疯狗，不会逮谁咬谁，你们就远远瞧热闹好了。

傍晚时分，吴宝才回来了，说是日本人和警察全都回城了。余宝驹问日本人挖到了什么宝贝。吴宝才说，他们挖出来一个铜镜和三把铜夜壶，被那个戴眼镜的日本人当宝贝似的，全带走了。

余宝驹说："今个晚上，一定得把铜炉子弄出来！"

十

天色擦黑，余宝驹手下的弟兄三三两两不知道打哪儿冒出来，聚齐到文官村北洼地，跟吴庆德带来的帮手会合。按照白天商量好的计划，开挖之前，先把赵小二老婆的棺材抬出来，等到挖出铜炉之后，就在原地掩埋。赵小二知道"借坟"必有缘故，他早早就来到老婆坟前。待看到吴庆德和余宝驹来了，他哭天抢地号啕起来，嘴里呜呜噜噜絮叨着，大概的意思是，苦命婆娘走后也不得安生，入土还不得安宁，搬来抬去还不得变成气死鬼。吴庆德对着赵小二屁股上踢了一脚，说不用在这吓唬俺，俺什么鬼没见过，还怕个气死鬼，你老婆死了，在俺家地里起坟，占了大便宜还在这儿卖乖。踢归踢骂归骂，吴庆德从口袋里摸出十块现大洋塞给赵小二，让他赶紧回家。

赵小二把钱塞还给吴庆德，哭丧着脸说："三哥，俺已经收了您十块钱了，再收钱好像是俺占便宜没够，这样吧，今晚有什么好事儿，给俺入上一股，咋样？"

吴庆德回头看余宝驹，余宝驹点头允是，说别耽误工夫，人多搭把手，多一股就多一股吧。吴庆德又踢了赵小二屁股一脚，说你他娘真是占便宜没够。吴庆德把剩下的十块现大洋交还给余宝驹，说早知道赵小二的出息，想分两次给钱打发他走，没想到他的胃口更大。余宝驹没有接钱，说是等干完活，给众位兄弟们买点酒肉，算是庆贺。吴庆德一声招呼，众人开始平坟挖土。赵小二新近加盟入股，干活分外卖力，抬老婆的薄板棺材时，他一马当先跳下坟坑。新棺材往旁边一扔，薄板子差点散架，赵小二都没顾上多看一眼，撸胳膊挽袖子，抓起铁锹就挖土去了。埋铜炉处已经两次回填，土质很是松软，只用一个时辰就挖到了铜炉。麻绳换成了牛皮大绳，木梁换成了海碗口粗木梁，三十多人拉动划子，不一会儿工夫就把大铜炉吊上土坑。铜炉刚刚落地，宋小六骑着吴庆德家一匹快马疾驰而来，说是有一队人马大概三四十人，大都带着长枪，直奔文官村而来。余宝驹问是日本人还是黑狗子。宋小六说都不是，穿着便服，听口音像是林州一带的。余宝驹说坏菜了，肯定是林虑山的土匪褚大奎来了。听说褚大奎来了，文官村的人不约而同发出一阵惊呼。余宝驹低声说，没准褚大奎的眼线早就到了，正在暗处盯着我们。他让吴庆德回村再套一驾马车，也用两头骡子。吴庆德不解，直愣愣盯着余宝驹没有说话。余宝驹笑了笑，附在他耳旁嘀咕了几句。吴庆德应声，带着两个族人回村备车。余宝驹指挥人手抬铜炉，八个壮汉子一齐搭手，才把铜炉抬上马车。余宝驹看着铜炉，心里估摸这件东西怎么也得一千多斤，真是旷古罕见。土坑很快被填平，赵小二老婆的新坟再一次堆好，赵小二仍旧没有瞅一眼亡妻的新坟，随着众人聚拢到一堆儿，生怕漏过什么话。

众人刚刚把气儿喘匀，余宝驹约摸一下时间，招呼大家簇拥着马车回村。北洼地四下一片漆黑，余宝驹似乎已经从黑幕里嗅到一丝危险的味道，正在慢慢逼近。

马车行至村口，余宝驹接过辕绳和马鞭，他让吴宝才跟自己上了马车，其他人各自掩去。余宝驹扬鞭抽打骡子，马车沿着村边的土路狂奔起来，半袋烟的工夫，另一辆马车也加入进来，绕着村子兜开了圈子。绕了两圈之后，两驾马车从不同的两条路进入村中，霎时匿迹。余宝驹和吴宝才驾着拉铜炉的马车，径直到了吴庆德家，安顺子和余良驹等人拥出来，七手八脚抬下铜炉，填埋进了西院马棚挖好的坑内。众人刚刚收拾完毕，吴庆德推门进入，说是把另一驾马车赶到了赵小二家的马棚。吴庆德说发现有人盯梢，估计是褚大奎的人，应该是瞒不了太久，土匪们很快就会找上门来。余宝驹说拖延一刻是一刻，咱们来商量一个退敌之策。吴宝才说，十村八乡只要听到林虑山褚大奎的名号，胆小的都吓得尿裤子，咱们如何退敌？安顺子掏出双枪，说实在不行就跟土匪们硬拼，总不至于把到手的宝贝撒出去。余宝驹说，硬拼是下下策，枪声一响，鬼子们就能杀回来，到时候惹祸上身，人财两空。余良驹绕着吴庆德家院墙瞅了一圈，随后又爬上院子里一棵杏树往外探看，下树的时候粘了一手杏树胶。他在墙上蹭了好一会儿，才把杏树胶擦掉。突然，余良驹眼前一亮，他问吴庆德，家里有没有杏树胶？吴庆德说文官村种桃树多，几乎家家有桃树胶，每年春上都有外地木匠来村里收购桃树胶。余良驹说太好了，因为他跟着他爹余万通学修补器物的时候，用得最多的也是桃树胶。吴庆德问要多少，余良驹说越多越好。吴庆德从厢房里拎出一筐子桃树胶，问余良驹够不够。余良驹说至少还得再要三筐子。吴宝才说他家还有一些，再问问其他人家，凑个三五筐子不是问题。吴庆德家里有两口大柴锅，余良驹让人把两口锅里各添三桶水，熬制桃树胶。

顶多也就半个时辰，桃树胶熬制好了。余良驹让弟兄们人手执一瓢,瓢里瓢外用豆油抹了一遍,桃树胶几乎粘不到瓢上。众人拿着瓢,抽着烟,单等宋小六的信儿。"吧嗒"一声门闩响,宋小六闪进院子,说土匪来了。余良驹便带着兄弟们开始往院墙上浇桃树胶。天气干冷,桃树胶浇到墙上,表层的胶皮眨眼工夫就硬实了,热气立马就被封住。浇完了院墙上的桃树胶,众人立刻吹灯拔蜡,猫进屋里躲藏。余宝驹让弟兄们把自来得顶上火,不到万不得已不要开枪。余良驹说放心吧,兄弟们没有开枪的机会。余宝驹有些疑惑,他问余良驹,桃树胶真的管用吗?余良驹说,你就等着瞧热闹吧。原来,安阳土匪界有个习惯,进门取货都不走门口,因为自唐宋以来,安阳人每逢春节都在门口悬挂西门豹当门神。西门豹曾为安阳邺令,在父母官面前行鸡鸣狗盗之事,兴许会让土匪们觉得不好意思。所以,安阳地界上的土匪们进宅入户从不走门口,一水翻墙头。明朝之后,门神换成了秦叔宝和尉迟恭,可土匪们的习惯已经养成,改回来也不容易,进进出出翻墙头渐成绿林界风尚。

此时,村中稀稀拉拉的狗叫声连成了片儿。一声呼哨响过后,吴庆德家院墙上"呼啦"一声冒出一圈人头,紧接着就传来无数叫骂声:"呀?呀?这是他妈的什么玩意儿?"

"粘住了,大当家,俺们被粘住了。"

"叫唤你娘个屁,老子也被粘上了。"

屋里的人长舒一口气,吴庆德拍着余良驹的肩膀,说:"听说书人讲过水困、火困,可从来没听说过粘困,余二爷真行!"

余良驹嘴巴一咧:"走吧,收枪去。"

吴庆德等人打开院门,细数之下,三十一个土匪尽数挂在院墙之上,上下不得。

余宝驹一声朗笑,问道:"哪位是褚大当家的?"

院墙上传来一声类似戏台子上的嗟叹:"洒家在此!"

循着声音,余宝驹用手电筒照了照大当家的褚大奎,发现这人非但不是传说中的凶神恶煞模样,反而是鼻直口方一脸书卷气。兴许是为了让自己显得剽悍,褚大奎脸上留起了胡子,却稀疏得不成样子。余良驹清点一下,总共收缴土匪长短枪二十五支,子弹足有两千多发。安顺子带着几个人,把村口看护马匹的两个土匪也一并擒来,还牵来十七匹快马。

眼看自己全军覆没,粘在墙上的褚大奎高声喝骂:"日你娘!你们敢算计我褚大奎,就等于文官村捅了马蜂窝了,你们这帮不知死活的囟球!"

这话真不是吓唬人,安阳地界上,褚大奎的名号是被大人用来吓唬夜晚哭闹的小孩的。吴庆德和吴宝才等文官村人,被褚大奎骂得心里七上八下,一时间竟不知如何收场。宋小六跑进院里,看到一小筐子自来得短枪子弹,兴奋地赶紧抓了两大把塞进兜里。余宝驹问他县城那边什么消息。宋小六说,邱连坤在文官村一带布下眼线,估计这边事儿,安阳很快就能得到消息。余宝驹问消息准确吗。宋小六说是苟耀才传过来的信儿,应该差不离。

余宝驹扫了一圈院子里的人,看到吴庆德和吴宝才一副紧张神色,便高声安慰道:"这事儿由俺余某人把舵,跟文官村没有干系,姓褚的再叫唤,就给他嘴巴里面灌上桃树胶。"

褚大奎知道碰上了硬茬,即刻收声,转而把语气缓和下来,说:"余先生,小可大奎这厢有礼了!自古兵者诡道也,穷两千年之兵家典籍,未见以胶退兵者,此乃诡道之化境也,佩服佩服!"

余宝驹误以为是另一个土匪答话,急忙拿手电照了照,确认是刚刚骂完日娘凶球的那张嘴喷出来的之乎者也。褚大奎先后三次开口,居然换了三种口吻,第一次浑似戏台念词,第二次则是泼皮无赖骂街状,第三次最出乎众人意料,完全是一个知书达理的谦谦君子。

安顺子憋不住了,冲着褚大奎笑骂道:"你个凶球货,自己一个人就能唱一台子戏哩。"

余宝驹招呼吴庆德、吴宝才、安顺子、宋小六和余良驹进屋，说日本人和警察肯定以为褚大奎能得手，估计他们现在把兵力集中在通往林虑山的路上，咱们可以利用土匪吸引注意力，暗中把铜炉运出文官村。安顺子喝彩，说这就是明着修桥，暗中铺道。余宝驹纠正说，是明修栈道，暗度陈仓。吴庆德和吴宝才对望了一眼，吴庆德摇头说不中，俺们老少爷们身家性命都豁出去了，一个子儿没见到，你们就要把铜炉运走，这不中！余宝驹说日本人已经盯上铜炉，这是唯一把铜炉运出去的机会，如果错失良机，恐怕大家真的就要把身家性命搭上了。吴宝才说那也不中，铜炉在手里，跟日本人和警察还有个拿手，你把铜炉弄走了，就算日本人要了一村老少的命，俺们都得挨着。

吴庆德眼看两边把话僵住了，说道："还是按照余爷的路数走，让土匪吸引鬼子兵，余爷抓紧时间回城里找买主，两下都不耽误。"

"这么大的物件，别说安阳，就算南京北平也难寻合适的主顾。"余宝驹沉吟了片刻，"这样吧，我和二爷、小六先回城，安顺子在村里先照应着，等到明天午后时分，你们就放土匪们回山。"

安顺子问道:"把枪还给土匪,他们就地翻脸怎么办?"

"褚大奎不放,先留在我们手里,土匪们就不敢轻举妄动了,让小喽啰们回林虑山,拿五千大洋来赎回他们大当家的,把时间拖延开。"余宝驹说。

十一

天色还没正经放亮,余氏兄弟和宋小六牵着三匹快马,出了文官村。行至村口,突然听见一阵货郎鼓声,一个挑着担子的货郎不知从何处冒出来,余宝驹伸手入怀抓住自来得短枪。

货郎似乎觉察到余宝驹的意图,他倒也直爽,撂下担挑冲着余宝驹双手抱拳:"阁下是余宝驹余大爷吧?李守文这厢有礼了。"

余宝驹听货郎是外地口音,更加警觉起来,他在怀里单手给自来得顶火上膛,嘴上应付道:"李先生在这里候着俺很久了吧,不知有何指教?"

李守文脸上含着示好的笑意,回道:"我是来买铜炉的。"

余宝驹扫视四周,自来得枪已经抽出了半截:"什么铜炉?"

"余爷放心,我的人都散在各处等消息,这里只有我一人。"李守文指着货郎挑子说,"钱就在挑子里,五千块没开封的现大洋,如何?"

余宝驹用鼻子哼哼两声,说五千块还不够工钱。宋小六掂着手里一块银圆,讥笑李守文,你好意思开价,俺都不好意思听。

李守文叹口气,说道:"国宝无价,这点钱确实少了,余爷若是不肯卖的话,能让我见见这物件吗?"

"价钱谈不拢,就没必要看货了。"余宝驹一口回绝。

"买卖不成,咱们成个交情吧,我帮你们来保护铜炉如何?"李守文问道。

宋小六问道:"就凭你?"

李守文知道宋小六不是把舵的角色,他直接冲着余宝驹说:"此处往南五里地是向水屯,村里的东家老李是我的落脚点,那里有我十几个兄弟,都是带家伙的,跟余爷怀里一样的家伙。余爷要是用得着我们,就派人送个信,我李守文见信必到。"

一直没有言声的余良驹问李守文:"李先生不分红利,为何非要蹚这趟浑水?"

"这个铜炉是个国宝,凡是我炎黄子孙都有责任保护它,最重要的是不能让它落入日本人手中。"李守文说完,拾起货郎担子上肩,扬长而去。

瞅着李守文渐隐在晨曦里的背影,宋小六戏谑道:"这囚球货肯定是骗子,什么炎黄子孙都有责任保护它,挖坟盗墓的有哪个不是炎黄子孙,哈哈哈!"

余良驹摸着脸上的疤痕,说:"真的是骗子,应该把他那五千块大洋抢了,我估摸着他担子的弯度,挑的五千块大洋应该不假。"

宋小六问余宝驹:"大哥,动手吗?"

余宝驹摇摇头:"办正事儿要紧,切勿节外生枝。"

回到安阳家中,看宅子的老梁头捧着两个礼盒从门房迎出来,说是一位叫松子的姑娘连续来了两天,说要当面答谢余宝驹救命之恩。余宝驹心里一紧,问她是怎么找来的。老梁头说是苟耀才带着来的。余宝驹让宋小六去找苟耀才到家里议事,另让余良驹去通宝街找宋掌柜,看看最近有没有大主顾要买铜器,今天能够交钱取货的打九折。余良驹问他哥要什么价。余宝驹说,十万。

余宝驹洗了把脸,吃着老梁头做的扁粉菜,眼睛却盯着桌子上松子送来的两个礼盒。他放下碗筷,打开其中一个礼盒,里面是一盒日式糕点。另一个礼盒里装着一顶礼帽，他拿起礼帽来试戴一下，觉得还算合适。余宝驹戴着礼帽走到镜子前照了照，突然，他从镜子里看到后面墙上悬挂的父母这辈子唯一的一张合影，他一把扯掉头上的礼帽，掷到门上。屋门"吱呀"一声打开，苟耀才走进来，他捡起掉在地上的礼帽，发现余宝驹神色不对，说道："大哥罢手吧，日本人看上这个物件了，咱们就别不知死活了。"

"这个铜炉是国宝，我炎黄子孙有责任保护它，决不能让它落入日本人手中。"不知不觉中，余宝驹把李守文的话重复了一遍。

苟耀才晃了晃手中的礼帽："你知道井道山来中国干吗，他就是日本天皇派来中国找这个铜炉的哩。"

"别他妈扯淡了！这铜炉埋地下几千年了，中国人都不知道，他日本人是掐手指头算出来的？对了，你怎么还把那个日本娘们儿带到我家里来了？"

"安阳城里没有人不知道你余大爷见义勇为救了日本娘们儿。这娘们儿前天到警察局询问你的住处，邱局长知道咱俩关系好，就让我带她过来了。"

"俺要知道她是日本人，恨不得在那骡子屁股上再踢两脚。"

"算了吧，打仗是男人的事儿，跟女人计较什么。"苟耀才不怀好意地笑着说，"这日本娘们儿的姿色比展春园那帮窑姐强多了，嫂子是被日本人炸死的，哥哥你把这日本娘们儿给日了，也算是一报还一报。"

突然，老梁头推门进来，说是松子姑娘又来了。

苟耀才冲着余宝驹淫笑着，说道："这就叫想媳妇来了娘们儿，哥哥别错过哩，我还得赶紧回去准备，邱局长要亲自带队剿匪。"

苟耀才话音刚落，井道松子便进了屋："余先生是不是一直在家里，故意躲着不肯见我？"

未待余宝驹答话，苟耀才和老梁头便闪身出屋，还把屋门悄悄掩上，屋里的气氛顿时暧昧起来。经由苟耀才引导，余宝驹不知不觉进入自己最擅长的嫖客角色，他解开皮袄领扣，用逛窑子的口气说："才见过一面，就想哥哥了？"

松子粉嫩的脸霎时涨得通红，她用怀春少女才有的口吻回道："余先生是个豪杰，也是松子一直想要的那种男人，所以……所以，这几天，松子满脑子都在想着余先生……哥哥。"

余宝驹长这么大，从未跟女人生过情愫，至于展春园里那些荒唐事顶多算是男欢女爱，做不得数。此刻，松子祖露少女真情，他竟然把一位少女的一见钟情，当成展春园窑姐们的直截了当。松子脸色绯红，把头靠在门框上侧低下来，一副温婉娇羞状。忽然间，余宝驹嗅到一股奇异

109

的味道，这是一股他从未体验过的香气，直沁心脾，顿感通体舒坦。余宝驹贪婪地嗅着，瞪大眼睛问松子，你身上是什么香味儿？松子莞尔一笑，说女孩有自然天成的香气，可一旦变成女人之后，就会失去这份上天的恩赐，所以，成年之后的女性因为怀念自己芬芳的青春，就会使用香粉或香水。余宝驹暗忖，怪不得展春园那些骚娘们儿都是一个香味儿。既然日本鬼子把自己还没洞房的媳妇儿炸死了，现在赔偿一个东洋媳妇，也是应该应分的。念及此处，余宝驹一把抓过松子，扛上肩头，直奔卧室走去。松子被这股突如其来的力量冲击得有些眩晕，她伏在余宝驹的肩背上，感觉心脏几乎跳出嗓子眼。对于即将到来的一切，她非但没有丝毫惧怕，反而充满期待，全身心的期待。余宝驹把松子扔到床上，三五下便除去了松子身上的衣物。

松子紧张地抓住他的手臂，羞涩地说："哥哥不行，这是……是松子的第一次。"

余宝驹已经把自己剥得精光，扑上身来，嘴里应付道："嗯，展春园新来的小娘们儿都这么说哩……"

经过一夜折腾，吴庆德和吴宝才等人已是疲惫不堪，大家把众土匪从院墙上"卸"下来，反捆双手塞进了吴庆德家东院马棚里。"卸"土匪比"粘"土匪麻烦，粘，一下子就得手，卸，却得一点点来。首先要用凿子，沿着土匪的手指手缝手型把双手下面的桃树胶一点一点凿碎。由于天气干冷，桃树胶早已凝固，凿起来倒也容易。最难弄的就是粘在墙上的棉裤棉袄。安顺子点子多，他让三五个人拽住一个土匪，硬生生从院墙"撕"下来。这样弄的后果，土匪倒是从墙上弄下来了，但前身半拉子棉裤棉袄都粘到吴庆德家院墙上，愣是把三十一个霸气十足的土匪撕成了三十一个叫花子。

大当家的褚大奎气得满脸涨红，不说之乎者也，改口骂起了脏话，骂人也没敢骂别人，而是骂自己手下土匪："一个个日你娘的囟球，大过年非嚷嚷着做身新裤子新袄，穿不到二月二就糟蹋成这个鸡巴样，真是他娘的败家带丧气。"

安顺子让大家扯点土匪胸前的棉花，一个个把嘴都给塞上，褚大奎这才止住叫骂。吴庆德安排两个族人看管土匪，其他人挤到吴家炕上打个盹，众人刚刚合上眼，就响起了敲门声。吴庆德示意安顺子做好准备，他才起身去开门，发现门口站着三个衣着光鲜的男人。吴庆德问三位有何贵干，其中一位戴着貂皮高帽的年轻人首先开口，说是前来买铜炉的。吴庆德说不知道什么铜炉，随手就要关门，却被另一个穿黑皮子大衣的年轻人伸手拦住。黑皮子大衣说，整个安阳都知道你们挖出铜炉，若不及时采取措施，迟早会落入日本人手里。吴庆德说自古买卖自由，只要日本人出得起好价钱，卖给日本人又咋哩？貂皮高帽一脸严肃地开了腔，说日本人迟早会被赶出中国的，如果把这么重要的国宝卖给日本人，那就是汉奸行为，政府最终会进行清算的。貂皮高帽顿了顿，说他们是代表国民政府前来收购古董的，并向吴庆德出示了证件。吴庆德接过证件，问貂皮高帽，你们是哪一级的国民政府？貂皮高帽说，南京政府。安顺子从正屋走出来，冲着门口三个男人说，你们还好意思跟俺们河南人政府长政府短，日本鬼子一来，你们炸开黄河口，把俺们河南人当地老鼠灌，活下来的人，挖点老祖宗留下来的破铜烂铁，维持活命，你们倒找上门来哩。貂皮高帽有点尴尬，说国民政府下的是全中国一盘大棋，舍掉河南也是为了保住华夏半壁江山。安顺子说，敢情河南人就是政府手里的棋子，舍卒保车，舍掉的卒子，政府还在意他是不是汉奸吗。中间戴眼镜的中年人一直没有开口说话，此刻，他往前迈出一步，冲着双方摆了摆手，说先不要争这个是非了："我是南京古董院的鉴定专家，还是先让我看看铜炉，鉴定一下物件，再说买卖吧。"

自打挖出这个铜炉，众人都不知道是个什么物件，只好暂且叫铜炉。至于这个铜炉是哪朝哪代、用来干什么的，一概不知。吴庆德和安顺子们常年倒腾老物件，都知道其中要领，若是一个物件能说清楚渊源，身价立刻就不一样，喊价喊得也有底气。吴庆德回头看了安顺子一眼，征求他的意见。安顺子点点头，侧身让出一条路来，示意吴庆德可以带人看货。于是，吴庆德先进屋，从炕上把一干刚刚睡着的族人叫醒，开始在西院马棚挖铜炉。不到一刻工夫，铜炉挖了出来。戴眼镜的中年男人忙不迭地跳下坑去，仔仔细细地摸索着铜炉，张开嘴巴老半天合不拢。中年男人从口袋里掏出一支手电，上半身探进铜炉里，撅着屁股摸索了好一阵子，抬起头来，嘴中反复嘀咕三个字："后母戊……后母戊。"

吴庆德满脸疑惑，问后母戊是个什么玩意儿。戴眼镜中年男人恋恋不舍爬上坑来，说："这的确是一件价值连城的国宝，国之重器！距今至少有三千年了，是一件祭祀用的青铜方鼎。可惜的是缺了一只鼎耳，铭文也只有三个字，就是'后母戊'，咱们暂且就叫它'后母戊方鼎'吧。"

戴眼镜中年男人把貂皮高帽和黑皮子叫到一边，三个人小声商议着什么。吴庆德在一旁催促族人，赶紧把后母戊方鼎埋好，并在上面铺上玉米秸秆。这时，戴眼镜中年男人走到吴庆德跟前，问你们谁是把舵的。安顺子抢着答话，说把舵的人是安阳城的余宝驹余爷，他已经回城寻买主。戴眼镜中年男人回头望了一眼两个同伙，黑皮子大衣说知道有这么个人，但是没有打过交道。

中年男人对安顺子说："我的权限给这件方鼎能够出的最高价，就是两万块钱，不知你们意下如何？"

安顺子和吴庆德同时摇头，安顺子说："这个价格不用问把舵人了，在我这里就通不过。"

貂皮高帽走到安顺子跟前，递给他一个纸条，说："我叫林枫，让你们把舵的余爷到大院街找我一趟，这件国宝如果不卖给政府，迟早会落入日本人手里。"

午后时分，由安顺子出面，把土匪们押解出文官村，让他们赶着一辆马车上路了。安顺子再三警告土匪们不要轻举妄动，威胁他们胆敢反扑，就把他们的大当家褚大奎就地毙了。按照余宝驹示意，土匪们的自来得短枪和子弹全部扣留，只把长枪发还给他们，还给土匪们的马车上抬上一块一千多斤重的大条石。安顺子说大条石是褚大奎的还魂石，想要大当家的能回林虑山，就得把还魂石运回山寨。

土匪们前脚离开，余宝驹和余良驹后脚就赶到了吴庆德家。余氏兄弟还带来一位买主，余宝驹给大家介绍，说这位买主是北平的大收藏家肖先生，正好来安阳鉴别几块秦朝的古玉。于是，西院马棚再一次被挖开。当肖先生见到后母戊方鼎时，吃惊的神情不亚于看到了金山银山。安顺子告诉肖先生，说是上午已经有南京古董院的专家来鉴定过了，说这个方鼎叫"后母戊方鼎"。肖先生点点头，爬上坑来，让余宝驹开价。余宝驹咬住了牙，好几次都把"十万块"咽回了肚子，他让肖先生先报价。肖先生眼睛盯着坑里的后母戊方鼎，伸出了两个手指头。吴庆德说不中，两万块钱能卖的话，上午早就出手了。

肖先生头也没回，轻声说道："我出的是二十万。"

十二

井道山端坐在书房里,专心致志地盯着那块残缺不全的青铜鼎耳,想象着鼎耳母体的壮观和神秘,就连松子推门进屋都浑然不觉。松子坐到书桌对面,手托香腮笑盈盈地望着井道山,说:"我恋爱了。"

井道山说:"我知道,你肯定会爱上伊藤君的。"

"不是伊藤君,是我的救命恩人余先生。"井道松子略带羞涩地回道。

"什么?"井道山脸色不悦,"不行!这个人品行不端,你不能爱这种人。"

"您如何知道他品行不端?"井道松子很是诧异。

于是,井道山便把前天在文官村北洼地遇到余宝驹的经过,讲述给松子听。

松子听后不怒反喜，说："心上人死了，他甘愿被情敌羞辱，还要去坟前凭吊，如此这般一个至情至性的男人，不值得爱吗？"

井道山用不屑的口吻说："他哪里是心甘情愿去坟前凭吊，分明是被文官村的乡民绑去的。"

松子一下子笑出了声："哥哥，您也看到余先生在通宝街上前呼后拥的样子，那是任凭几个乡民就能绑去的吗？"

井道山觉得松子说得很有道理，如此说来，前天北洼地里那一幕就有蹊跷了。他抓起电话，拨通了宪兵司令部，值班人员告诉他，说伊藤司令亲自率队伏击林虑山的土匪，至今未归。

井道山放下电话，自言自语道："中国的河南人狡猾，果然名不虚传。"

"为什么独独河南人狡猾？"松子问道。

井道山说："想一想中国的历史，就不难知道为什么河南人狡猾了。"

松子笑道："哥哥是学历史的，什么事儿都想跟历史扯上关系。"

井道山说："中国历朝历代更替，都是以杀伐开始，以战争结束。而且信奉得中原者得天下，中原即河南。所以，每个朝代的战乱都会殃及河南。长此以往，河南人便养成审时度势、以求自保的性格,这也便是中国人常说的一方水土养一方人的道理,不狡猾就难以生存。"

松子说:"狡猾也是一种智慧!我倒是觉得河南人很温和,试想一下,如果中国人侵略日本,日本人会这么温和地对待侵略者吗?"

井道山说:"我们不是侵略者,我们付出如此大的代价,都是为了赢得未来亚洲、为了大东亚的共荣。"

松子说:"哥哥,你被伊藤君洗脑了。"

吴庆德家里,不管是吴庆德的族人,还是余宝驹的兄弟们,都被北平的收藏大家肖先生镇住了。二十万块现大洋,是他们做梦都不敢想的价码,如今,竟被肖先生轻轻松松说出来。余宝驹心里暗喜:多亏自己绷住了,没有先喊价。既然第一步绷住了,第二步也不能露馅,他伸出了三个手指头,冲着肖先生眼前晃了晃。吴庆德的族人和余宝驹的兄弟们又被惊了一回,没想到把舵的胆子大,嘴巴也大。肖先生摇了摇头,说这个物件只值十万,他给二十万是把价格分成三截。后母戊方鼎价值十万块第一截,把后母戊方鼎分解成八大块儿是第二截,把后母戊方鼎运到北平是第三截。屋里一干人一袋烟工夫不到,着着实实被惊了三回:把这个宝贝砸了?余良驹问肖先生,把铜鼎砸了，运到北平之后再重新烧接？肖先生说手法很多，现在有一种电焊，在接缝的地方点几下就能恢复物件原状。余良驹对于物件修补技艺很有兴趣，又问肖先生，电焊是什么玩意儿？电焊修补看不出假吗？吴庆德觉得焊不焊、接不接，跟物件交易没有关系，而且，他还怕余二爷问出一些肖先生还没有考虑周详的问题，糟蹋了买卖。于是，吴庆德插话进来，说分解铜鼎前必须拿到一半定金，不然砸破了，肖先生若是中途变卦，一堆烂铜卖给谁去。肖先生笑了笑，说他自己比一半定金值钱，让大家当着他的面分解铜鼎，解开了，让把舵的余宝驹随他去安阳城的银行支取十万块钱。众人眼珠子齐齐地转了三圈，觉得这个主意不离谱。余良驹问肖先生如何分解。肖先生说为了电焊接缝方便，用钢锯锯开铜鼎。商定完毕，余宝驹打发手下到镇上的洋货五金店铺买来二十根锯条，按照肖先生比画的块儿，分解后母戊方鼎。

两个钟头过后，二十根钢锯条的锯齿全部磨平了，铜鼎的一条腿儿被锯出一韭菜叶子宽的槽儿。余良驹盯着槽儿看了看，说得用一万块钱的锯条锯上两个月，才能把这个物件锯开。肖先生盯着槽儿看了看，说用大锤砸吧。吴庆德家里就有一把大油锤，宋小六接过大油锤，对着铜鼎腿儿狠狠地砸下一锤，"吭"的一声巨响，众人的耳朵眼里就如同钻进两条蚰蜒,生疼又难受。宋小六"咣咣咣"又连砸了三锤,铜鼎腿儿连一丝裂缝都没有砸开。余良驹说不中,这动静比天宁寺的大铜钟还骇人,安阳飞机场的日本鬼子肯定听得到。

肖先生长叹一声:"此等传世神器,竟与肖某无缘呀。"

肖先生感叹完毕,带着跟班就要回安阳城,任凭众人如何挽留都执意要走。

余宝驹和吴庆德送肖先生出了文官村,在村口,肖先生握着余宝驹的手说:"传世神器于乱世出土,吉凶难测,倭寇盘踞安阳,对此物虎视眈眈,余先生护宝责任重大,请善自保重!"

余宝驹说:"肖先生的言外之意,余某人明白,放心吧,只要俺余宝驹喘气,就不会让这神器落到日本人手里。"

傍晚时分,警察和日本宪兵包围了文官村。村人进进出出都要出示良民证,外乡人进出要登记备案,马车携带货物则会受到严格搜查。原来,伊藤太乙和邱连坤得到情报,说是林虑山的土匪褚大奎前往文官村抢夺铜鼎。两下一合计,觉得褚大奎三十多条枪必然得手,于是,日伪联手在文官村到林虑山的必经要道槐树岭设下伏击圈,单等褚大奎来钻。林虑山的褚大奎,一直是伊藤太乙和邱连坤的眼中钉，他们打家劫舍骚扰百姓不说，遇到小股的警察或日本宪兵也同样不放过，枪械全缴还要打个半死。日伪曾经联手组织过两次剿匪，都被褚大奎事先得到消息，躲进林虑山深处，寻之不得。邱连坤的眼线还传来一个情报，说褚大奎是个戏迷，林虑山周围哪个村里唱大戏，褚大奎都会偷偷下山去看戏。为此，邱连坤又生一计，在林虑山最近的赵家庄搭戏台连演三日，戏码一水是瓦岗戏、封神戏、三国戏。邱连坤在戏台周围布下重兵，可褚大奎竟然连个面都不露。后经证实，褚大奎迷戏不假，迷的却是地方戏曲靠山吼。草莽出身的褚大奎，只看文戏，不喜武戏，他喜欢的是《西厢》《问月》《戏貂蝉》之类。弄得邱连坤颜面扫地，白白搭了三天请戏班子的钱。如今，褚大奎闻宝心动，领兵下山劫铜鼎，能够借此机会除掉褚大奎，可谓人财两得。

日伪联军在槐树岭守候大半天后，终于等来褚大奎手下。邱连坤看到一群土匪赶着一驾马车，车上只坐着四个土匪，车辙却陷得很深。他忙不迭地对伊藤太乙献媚，说马车拉的十有八九是铜鼎，看车辙就知道不是个小物件。土匪们进入伏击圈，一轮攻击之后，土匪们死伤过半，剩下的便缴械投降。邱连坤迫不及待地直奔马车而去，掀开苫布却傻了眼，马车上竟然是一块大条石。现场审问土匪，得知褚大奎还在文官村羁押,而且土匪们压根就没有看见过铜鼎。伊藤太乙命令兵分两路,一股人马押送土匪回安阳城,另一股人马直接开赴文官村,势必寻到铜鼎。

天色入黑之后,宋小六扒院墙走房顶躲过日伪军盘查,潜进吴庆德家,把从苟耀才那里得到的消息告知余宝驹。余宝驹从东院马棚的玉米秸堆里扒拉出褚大奎,把土匪们遇袭的经过讲述了一遍。

褚大奎闻听,"扑通"一声跪倒在余宝驹脚下,眼含热泪道:"余爷妙计救大奎,褚某人没齿难忘,只盼诸位留得褚某人一条性命,以便他日还恩报德。"

余宝驹本不想与褚大奎结怨,让他别转戏文了,赶紧趁黑上路,还塞给褚大奎一把自来得短枪和三个弹匣,并让宋小六护送他出村。

褚大奎接枪在手,一抹脸,小生变黑头:"日你娘的邱连坤小日本,敢算计俺褚大奎,不端你娘老屄窝子,算白来世上走一遭。"

送走褚大奎,余宝驹把吴庆德叫进屋里,说自打铜鼎出土以来,所有经过脉络都没有避过外人的耳目,警察、宪兵、国民政府、八路军,乃至土匪,都知晓了铜鼎的来龙去脉。吴庆德说,俺还为这事纳闷呢。余宝驹说乡下人嘴杂，文官村有二三十人参与，消息不走漏出去才叫奇怪呢。吴庆德说参与之人都是股东，他们应该不会把自己赚钱的买卖砸了。余宝驹说，股东们倒也不见得是想砸自己买卖，多半是回家跟自己婆娘显摆，婆娘们又出去显摆，那些入不上股的人家自然瞧着眼气，就会把这事儿张扬出去。吴庆德说，你是把舵人，你看怎么弄？余宝驹说，从此刻起，关于铜鼎之事，文官村里只有你和吴宝才掺和，其他族人一概回避。吴庆德问，族人的股份怎么算？余宝驹说，该怎么算还怎么算。吴庆德说，中！

打发走族人，吴庆德问余宝驹，下一步怎么办？余宝驹觉得伊藤太乙和邱连坤肯定不会死守文官村，背地里少不了收买眼线，或者掘地三尺挨家挨户搜查。于是，众人连夜从西院马棚挖出后母戊方鼎，沉入东院喂牲口的槽井里。把铜鼎沉到槽井前，吴庆德对余宝驹说，这方铜鼎把咱们哥仨绑到了一起，咱们谁都不能做丧良心的事儿。余宝驹找来三炷香，插在后母戊方鼎前，跪倒在地。吴庆德和吴宝才见状，也跟着余宝驹一齐跪下。余宝驹说，苍天在上，铜鼎在前，这个物件是中国人的，决不能让日本鬼子拿走，俺余宝驹若是心怀不轨，就让俺遭天谴、遭火烧、遭雷劈。吴庆德说行了行了，俺吴庆德若是有独吞宝物之心，必遭天谴。接着，吴宝才也跟着立了差不多的毒誓。

为了避免引起怀疑，午夜时分，余宝驹带着手下兄弟们悄悄出了文官村，回到安阳城里各自安歇。临走前，余宝驹叮嘱吴庆德和吴宝才，如果事情中途有变，尽管把屎盆子扣到我的头上来。

第二天，余宝驹一直睡到日上三竿。老梁头把扁粉菜又热了一遍，连同松子昨天送来的礼盒，一块儿端了上来，说那个日本娘们儿昨天又来了，还在屋里等了半天才离开。余宝驹没有理会礼盒，闷头呼噜呼噜吃了两碗扁粉菜，碗筷还没有放下，苟耀才便闪身进门，让老梁头给他也盛一碗扁粉菜。苟耀才吃了半碗扁粉菜，见余宝驹什么都不问，他才边吃边说道："日本人把文官村的吴庆德和吴宝才抓了，让族人拿铜鼎七日之内到宪兵司令部换人，逾期不见铜鼎就杀人，还要血洗文官村。"

余宝驹依旧不作声，自顾自地吃着扁粉菜。

苟耀才放下瓷碗，一脸郑重地说："今天早上，邱连坤把我叫到办公室，问了一大堆您的事儿，估计是已经怀疑到您的头上了。"

"你怎么说的？"余宝驹也跟着放下碗筷。

苟耀才说："俺只能实话实说，说您暗中倒卖古董，诳骗日本古董商人。大哥您想想，这些事儿就算我不说，孙发贵也会告诉他。"

余宝驹说:"你做得没错,老狐狸就是试探你跟我的交情有多深呢。"

苟耀才一脸忧色:"所以,您这儿我以后不能常来了,有事我会通知小六子。"

老梁头推门进来,脸上略显不耐烦的神色,说那个日本娘们儿又来了。

苟耀才笑着说:"看来她是被大哥迷住了,就得迷住这个日本骚娘们儿,没准还能成大哥的一道护身符呢。"

苟耀才走到门口又回过头来说:"听说伊藤太乙也看好了松子,大哥您可得留个心眼啊。"

松子进到屋里,还是满脸羞涩,她看了一眼桌子上的礼盒,问道:"您没有打开过?"

余宝驹生冷地回道:"没有。"

松子说,你应该看一看。余宝驹眼皮都没抬一下,心里一直盘算着如何应付文官村的局面,但他的手下意识地打开了礼盒,发现里面是一件白色内衣。余宝驹有些不解,他拿起内衣来,看到上面有一团暗红色的东西,问道:"你的?"

松子粉嫩的脸颊氤氲成红色,压低声音说道:"是我的第一次,所以……想留给你,做个纪念。"

"第一次?"余宝驹这才把心思拽回来,"俺姓余的睡过女人无数，倒是第一次见红。"

松子一脸娇羞："余先生以后即使在外面睡了别的女人，也不要告诉松子，这、这也是对我的尊重。"

余宝驹哈哈大笑起来："没想到这有学问的日本娘们儿，也是一副贱坯子相。"

余宝驹笑声未毕，只听到"啪"的一声脆响，左脸颊被井道松子结结实实抽了一记耳光。这在余宝驹身上是从未发生过的事情，自打生出娘胎以来，还从未有女人打过他耳光，包括自己的亲娘。

余宝驹摸着略有些发烫的脸颊，笑吟吟地盯着松子因为气恼涨红的脸，说："已经好多年没有人敢碰我了，不承想今天打我嘴巴子的竟然是个娘们儿。"

"我如何爱你，是我的事儿，你可以无视，但这一耳光，是要你知道、要你知道什么是尊重！"松子说罢，用洁白的牙齿咬住下嘴唇，一直把下嘴唇咬到失了血色。

十三

余宝驹赶到文官村,已是正午时分。村口的日本宪兵已经撤去,只留下几个警察。余宝驹等人寻了一条僻静胡同进村,待来到吴庆德家后,发现西院马棚原来埋后母戊方鼎处已经挖出来一个大坑。吴氏家族的一位族长,带着族人正在东院马棚挖坑,其中有几个人还是股东之一。余宝驹问一位股东,西院马棚里的大坑是怎么回事,股东说是日本人和警察一大早来挖的,没有找到铜鼎,就把吴庆德和吴宝才抓走了。余宝驹心里暗自庆幸,多亏把铜鼎挪了地。老族长听说余宝驹是把舵人,上前一把抓住余宝驹,说吴氏宗族世代居住文官村,可不能因为一件铜器断了吴氏宗族的香火。余宝驹让老族长先不急,等他想出个两全其美的办法,绝不会拖累文官村。两个拿总的人缠纠一袋烟工夫，族人们在东院马棚挖了四五处地方，均找不到后母戊方鼎。老族长"扑通"一声给余宝驹跪下去，央求他交出铜鼎，救吴氏宗族免遭涂炭。余宝驹说铜鼎就在文官村里，若是七日之内找不出良策，他肯定交出铜鼎。那些股东们因为有利益在其中，在一旁跟着帮腔劝告族长，说把舵人余爷一言九鼎，肯定会说话算数。老族长看余宝驹言谈举止，知道他不是个善茬，就算自己再逼下去也没用，于是，只能颤颤巍巍地回家捯气儿去了。

待吴氏族人全都走掉后，安顺子说趁着日本宪兵撤走了，赶紧动手把铜鼎运出去。余宝驹说不行，日本宪兵撤走的目的，就是勾引着我们往外运送铜鼎，别说日本鬼子的眼线过不去，就连吴氏家族也盯着咱们的一举一动呢。余宝驹还说，就算咱们把铜鼎弄出去，吴庆德和吴宝才两条命肯定是搭上了，文官村的男女老少估计也得遭殃，咱们不能做这等不义之事。安顺子说，这条道上向来存义不存命，存命不存义，大哥非得要义气，兄弟们的性命恐怕就难保了。余宝驹说放屁，自古盗亦有道，无道之盗才会日他娘的丧命又丧名。余宝驹嗓门有些大，余良驹急忙关上屋门，说他有一个办法，可保两全。余宝驹问是什么办法。余宝驹吞下一口唾沫，说用石膏铸一个模范，再起一个窑炉熔化铜水，重新造一个后母戊方鼎。安顺子问，七天时间来得及吗？余良驹说如果条件齐备，应该来得及。宋小六说，一时半会儿去哪儿找铜，而且日本人怕中国人造子弹，对铜控制得很严。

余良驹不急不躁，说道："日本人冶炼技术很好，如果用普通的铜铸鼎，很容易被他们识破。咱们就地取材，家家户户都用地里挖出来的青铜老夜壶，咱们把它收过来铸鼎，任他日本鬼子是火眼金睛，也看不穿。"

青铜夜壶在河南安阳出土众多，这类物件没有铭文也没有纹饰，如果卖只能要个破铜烂铁价，是纯粹的实用物件。因此，安阳农村如果挖出来青铜夜壶，大都自己家里留用。余宝驹把兄弟们撒出去，挨家挨户悄悄地收夜壶，没用一个时辰，吴庆德家东院马棚里堆满了各式各样的青铜夜壶。

余宝驹打趣说："咱河南人祖上真孝顺，生怕死人被尿憋诈了尸，有钱没钱的人都不忘了埋上把夜壶。"

余良驹领着几个兄弟，在东院马棚南墙根处垒窑炉，砌窑炉的土在东墙根下挖，余良驹嘱咐挖土的时候把土坑挖成一个长方形。安顺子从村里一位银匠家里借来一口坩埚，还把他家炼银子的焦炭全部买下。余良驹掂了掂一把夜壶，说这玩意儿皮薄中空，恐怕这堆夜壶的分量不够。

余宝驹问弟弟还要什么材料。余良驹思量一会儿,给哥哥开了一张单据。余宝驹看了一眼单据明细,说力争一天之内把东西备齐,随后便独自出了村子,直奔五里之外的向水屯而去。

向水屯的东家老李是村里的大户人家,随意问一个村人,便知道李东家所在。余宝驹被一个半大小子带到了李东家门口,李东家五十多岁,长相和蔼得像个寿星佬,眯着眼睛迎出来,攥住余宝驹的手就往正屋里带。落座后,余宝驹说自己是李守文的朋友,路经此处前来看望一下朋友。李东家急忙打发小儿子去后院,叫他守文叔过来会客。不多会儿,李东家的小儿子牵着李守文的手走进正屋。李守文一跨进门槛,就冲着余宝驹拱手,说余先生这么快就有差遣了,看来事情办得不顺当哩。余宝驹起身笑迎,说顺不顺当另讲,办大事就想找可靠又硬妥的人手。李守文一抱拳,说难得宝驹兄瞧得起信得过,想不卖力都不好意思。余宝驹说,俺这人有个邪性子,做事一向对人不对事,人对了,事儿就做不坏。李守文附和道,这话有道理,人不对,再好的事儿也能办砸了。李东家是个明白人,知道余宝驹绝非常人,急匆匆来找李守文,肯定有事儿。既然有事还不说事,两个人套来套去全是废话套话,肯定是当着自己面不方便说。于是，李东家站起身来，牵着小儿子的手便出了正屋，说是让老婆做个肉沫胡辣汤，要余宝驹留下来喝碗热乎的再走。眼见四下无人，余宝驹把事情脉络跟李守文简单讲了一遍。李守文满口答应帮忙，他让余宝驹先回文官村，说天黑以前肯定把夜壶备齐。余宝驹再三称谢，说方便的话再弄十斤白矾、二十斤盐卤和两百斤焦炭，一并送过去。随后，他给李守文留下五十块钱，这才回到文官村。

余宝驹走进吴庆德家大门，看到新砌的窑炉已经冒火星子，后母戊方鼎也被从喂牲口的槽井里捞上来。吴庆德原本打算开春在西院马棚盖两间西厢房，头年备下的石膏粉存在夹道里，现在提前派上用场。余良驹把吴庆德家能用的盆、桶、罐全都泡上石膏粉，石膏吃水快，不用搅拌，一袋烟工夫就滋润成了石膏浆。余良驹一手执托板，一手执抹板，在后母戊方鼎上，薄厚均匀地抹上一层石膏。这道工艺看似简单，却能彰显匠心。首先，不是模子多大，就把石膏范做多大，而是根据坩埚一次能够出多少铜水，再设计铸造多大的"范"。余良驹打小做事儿就走心，他把整个铜鼎先在心里拆解成九块，鼎身前后各两块，两侧带鼎耳各两块，鼎底一块，四条鼎腿分四块，总共九块。划分好范块，然后按照范块铸成九块石膏模范，最后分九次浇铸铜水。抹石膏的同时，在范块对称的位置上嵌入钢锯条，前天，磨平的二十根钢锯条正好做了模范嵌条。石膏浆吃完水就干，干透就算定了型，用锤子左右轻轻敲打嵌入的钢锯条，让石膏脱离模具，一块完整模范就算做成了。余良驹人丑手巧，一巧遮十丑，把一帮粗粗拉拉的爷们儿看得啧啧称奇，心中暗暗佩服这位奇丑无比的余二爷。

在吴庆德家院落四周，余宝驹布下几处暗哨，阻止可疑人靠近，若有警察巡视，提前鸣竹笛预警。向晚时分，一位暗哨带着李守文进院，余宝驹看到他的货郎担子压弯了，就知道是带东西进来了。李守文卸下担子，搬开上面一层的糖瓜、面人、皮老虎等小玩意儿，下面就是敲碎的夜壶碎铜片，担子另一头则是焦炭。李守文对余宝驹说，货郎没有搭伴进村子的，所以，晚上才能把另外几担子货送进村。余宝驹一再称谢，问他钱够不够，李守文说花不了，还剩下二十块钱，要还给余宝驹。余宝驹说就当他请哥几个喝酒了。李守文也不推辞，收拾好货郎担子，转身出了吴庆德家。余良驹让闲着的人手，把铜夜壶上的绿锈用刀子轻轻刮下来，仔细收集到一个小木头盒中。

安阳宪兵司令部里，伊藤太乙亲自提审吴庆德和吴宝才。已经动过两次大刑，两个人都说不知铜鼎的下落，是把舵人余宝驹接手了铜鼎。原来，日本宪兵和警察包围文官村后，侦缉队队长孙发贵就进村了，没用一顿饭的工夫，就摸到重要线索，抓捕了主线吴庆德和吴宝才。一顿臭揍之后，吴庆德和吴宝才承认挖出了铜器，交给余宝驹去找下家了。邱连坤分析说，安阳城各条要道上都有人把控，要七八个人才能抬动那么大的物件，不可能运出去，铜鼎肯定埋在文官村附近。伊藤太乙下令悬赏，凡是提供线索并找到铜鼎的人，赏五千块现大洋。

听说日本人悬赏找铜鼎，吴宝贵小眼珠子翻动两下，在心里盘算：就算那物件真能卖二十万块钱，余宝驹占四成股份拿走八万，三叔吴庆德和哥哥吴宝才各占两成又拿走八万块，剩下四万块钱三十口子人分，每个人还分不到一千五百块钱。想到此处，吴宝贵便不再犹豫，他找到孙发贵，问是不是挖出铜鼎来当场就给五千块现大洋。孙发贵喜上眉梢，说皇军向来说话算数，五千块现大洋就装在伊藤司令屁股下面坐着的子弹箱子里。于是，吴宝贵便带路去了吴庆德家，日本工兵几乎把西院马棚翻了个遍，没有找到铜鼎。接下来，吴宝贵又遭一顿臭揍，当场被日本工兵打咽了气。

伊藤太乙问邱连坤，余宝驹是什么背景？邱连坤说，余宝驹是安阳城黑道的头儿。伊藤太乙说，正好趁此机会清理安阳的社会治安,让邱连坤全城戒严,抓捕余宝驹。邱连坤说,他也想找机会收拾余宝驹,因为警察局仓库失窃案有可能就是余宝驹所为。伊藤太乙不悦,问他为何不动手。邱连坤说,余宝驹是井道山先生的朋友,而且还救过井道松子的命。

伊藤太乙眼珠子转了两圈,说道:"既然是日本人的朋友,那就好说了,你去问问余宝驹,他的铜鼎要卖多少钱。"

邱连坤说:"恐怕谈不拢,据说余宝驹给手下定了条规矩,不跟日本人做生意。"

"能跟日本人做朋友,却不跟日本人做生意?"伊藤太乙问道。

看到伊藤太乙脸色变冷,邱连坤急忙解释:"兴许是他胆子小,不敢赚日本朋友的钱。"

伊藤太乙说:"不管他胆子大,还是胆子小,我只想要他手里的铜鼎。"

孙发贵凑上前来,说道:"报告伊藤司令,我有一个计策,保准余宝驹乖乖地把东西送到宪兵司令部。"

伊藤太乙斜睨了孙发贵一眼:"你说说看。"

孙发贵说:"余宝驹之所以能够拢住手下一帮兄弟,是因为这人做事重义气,这是他的优点,我们也可以利用他的优点,咱们把吴庆德和吴宝才抓走,让余宝驹拿铜鼎七日之内来换人，超过期限，我们就杀人。"

伊藤太乙闻听此计，摇了摇头："抓人质很好，可为什么要等七天？"

邱连坤说："太君，七日是个虚数，也是中国人的习惯，给余宝驹一点时间，他迫于文官村族人的压力，或许三日便会把铜鼎呈上来。"

伊藤太乙点了点头，说："那就给他七天时限，七天之后见不到铜鼎，不仅要杀了这两个人，还要血洗文官村，余宝驹只要敢不送铜鼎来，就让文官村和安阳城所有人都恨他。"

主意已定，伊藤太乙带着宪兵撤回安阳城。邱连坤让孙发贵把控好文官村通往外界的各个路口，放人不放鼎。孙发贵说，明枪易躲，暗箭难防，就算俺们再卖命，也经不住家贼一扑腾。邱连坤听孙发贵话里有话，问谁是家贼。孙发贵说苟耀才是家贼，他已经调查落实过了，苟耀才是余宝驹安插在警察局的内线，警察局仓库古董失窃，就是苟耀才跟余宝驹里应外合干的勾当。邱连坤听后，气得浑身发抖，说回城后就毙了这个凶球。

邱连坤回到警察局，差两个心腹把苟耀才叫到办公室，三两句套口说完，就下了大狱。一顿收拾之后，苟耀才把知道的事儿竹筒倒豆子，全部撂出来。苟耀才在警察局混了也有七八个年头,见过大阵势,按说应该有些应对之策。可警察这个行当里,谁对谁都是内行对内行,嘴上说的倒是松快话,下的却都是重手死手。第二天,心腹们给邱连坤送来一摞材料,都是苟耀才自己供述的。从小时候偷针,到大了偷金,讲得都是清清楚楚。就连孙发贵那玩意儿不灵、弄不成事儿,也说了出来。邱连坤十分好奇,他让人把苟耀才带进来,竟没顾得上问失窃古董的下落,先问他怎么知道孙发贵弄不成事儿。苟耀才说,展春园的秦宝宝是孙发贵的相好,后来跟自己搞得溜熟,就把孙发贵命根子不灵光那点事儿说给他听了。邱连坤笑得前仰后合,眼泪都出来了。苟耀才见邱连坤好这一口,就把他从展春园窑姐们那里听来的糗事儿,一一说给局长听,把邱连坤兴奋得满脸通红。看到苟耀才满嘴冒白沫,邱连坤还亲自给他泡了一杯银毫。两个本应该仇恨成死敌的警察,溜溜说了一天"弄不成事儿",越说越觉得彼此是知己。最后,还是局长邱连坤先刹住了话题,说给苟耀才一个戴罪立功的机会,让他搜集好余宝驹偷窃的证据,再抓人。苟耀才说不成,因为余宝驹现在勾搭上了井道松子,而且已经成了事儿,关系非同小可。而且,井道山又跟伊藤太乙是同窗好友,弄不好会惹祸上身。邱连坤问苟耀才有什么良策。苟耀才说,余宝驹这几年搜刮来的宝贝不计其数,出手倒卖都是上不了台面的破玩意儿,或者是他弟弟余良驹做的赝品，好东西都被他收藏了起来。邱连坤问东西藏在哪儿。苟耀才让邱连坤沉住气，等他套出余宝驹藏宝的地儿，人赃俱获，人证物证都落实了，井道兄妹也罩不住他。邱连坤觉得有道理，就让苟耀才重新穿上警服，先行回家休息养伤。

入夜以后，李守文带着三个手下，躲过警察把守的路口，进入文官村，又送来了四挑担，挑担里面装着夜壶铜片、焦炭、白矾和盐卤。余良驹再三称谢，说这些东西足够用了。李守文是个识相之人，东西放下后也不多问，喝口茶水就走人。余宝驹望着李守文的后脊梁，对弟弟余良驹说，这人肚子里有道道，是个干大事的人。

因为担心村口的警察看见吴庆德家的火星子，余良驹把窑炉的烟筒只砌到院墙一样高，烟筒矮了没劲，抽不出火来，火候供不上，铜水就出不来，所以，只能靠人工拉风箱催火候。这一夜，光是风箱就拉坏了四个，所有人一夜没合眼。第二天，余宝驹从村里一气儿又收来六个风箱。六个旧风箱花的钱，足够买十二个新风箱，一大半价钱用来封嘴。左邻右舍心里都在犯嘀咕，余宝驹这帮安阳城里的混混们，在吴庆德家究竟在鼓捣啥哩？想爬上墙头看一眼，墙头上有小混混们守着。想去胡同里看一眼，胡同里有混混们蹲着。吴庆德家倒是来过三四拨巡逻的警察，警察们大都跟余宝驹或余宝驹手下的人相熟，撒几块银大洋也就打发走了。吴庆德家东院马棚里，歇人不歇工，三班人马轮流倒。正午时分，九块模范启封，铸出来九块巨大的铜器，一干人叹为观止。其他人轮流歇息睡觉，余良驹不能，他得瞪大眼珠子，盯每一道流程，生怕自己一不留神生出差错来。每一位工匠，都有一颗追求完美的心。余良驹比照着那只仅存的鼎耳，复制到了另一面的模范上，铸造出来两只完整的鼎耳。东院马棚迎来第二个炉火通明的夜晚，余良驹开始复制铜鼎最紧要的一步，浇铸构件。这一步工艺倒不复杂，关键在于细心。先在地上夯起一个土台，把九块预制铜器构件架在土台上，一只完整的后母戊方鼎被"码"出来了。码好构件顺序后，在每一块构件之间嵌进玉米秸。玉米秸不是整块嵌进去，而是把秸秆的硬皮剥掉，只用里面的秸秆瓤。秸秆瓤也不是整块嵌进去，而是要削成八分薄厚。

　　宋小六用刀子仔细削着秸秆瓤，对余宝驹说："大哥，我以后不上街了，我想跟着二哥学手艺，这玩意儿干着上瘾，心里也踏实。"

　　余宝驹说："中！干完这一单活儿，兄弟们就能攒下养老钱了，你们想干吗就干吗去，想寻个刺激的就跟着我干，想寻个心里踏实的,就跟着二爷干。"

余良驹停下手里的活儿,瞪着余宝驹问道:"哥哥莫不是想跟俺分家?"

余宝驹哈哈大笑,说:"这世上就剩下咱亲哥儿俩了,咱们一辈子都不分家过,将来,我媳妇要是不同意,我休了我媳妇,你媳妇要是不同意,我替你休了你媳妇。"

大家被余宝驹的话逗得乐了,余良驹这才踏实下来,接着往接缝里面嵌秸秆瓤。秸秆瓤嵌好之后,余良驹从槽井里拔上来一捆麻绳,麻绳已经在井水里浸泡了一天一宿。余良驹让宋小六和另外几个心细的兄弟帮忙,用水淋淋的麻绳把预制铜件捆扎固定。接下来一道工序,用滤去沙子的细黄泥把"铜鼎"里里外外糊上,只留下"铜鼎"顶端四条小接缝。窑炉里的坩埚早就沸开了,经过三炼的铜水闪烁着黄白色的精光。余良驹双手用力擎着坩埚,对准"铜鼎"上沿裸露的小接缝倒下去,一绺细细的黄白精光,顺着镶嵌的秸秆瓤流进接缝,秸秆瓤瞬间化成一股青烟。第一坩埚铜水用完,接着炼第二锅,顺着另外一个缝隙倒进"铜鼎"。历经一夜,精炼铜水贯通融汇于整个"铜鼎"接缝里,烧毁了秸秆瓤后,把九块铜构件牢牢锁成一个整体。

第三天清早,余宝驹、安顺子和宋小六等人围成一圈,大气都不敢出,眼珠子齐齐地盯着余良驹的一举一动。余良驹用一把锤子敲掉"铜器"上的黄泥,解开麻绳。黄泥和麻绳都已被铜水烘干,一具崭新的"后母戊方鼎"呈现在众人眼前。余良驹用锤子轻轻敲击一下,铜鼎立刻发出一声悠远沉闷的声音,众人长舒了一口气。安顺子对余良驹说,器型没有问题,就是太新了。余良驹说,不着急,还有五天时间做旧呢。

余良驹用石膏粉掺一半细黄泥,拌成糊状,把东墙根下,砌窑炉挖出来的长方土坑抹了一遍,让众人帮忙把铜鼎放进土坑里。文官村村北头有一家吴姓的醋作坊,宋小六前天就把他家的陈年浓醋和醋糟全部预订下。陈年浓醋一担一担挑进吴家,余良驹把十斤白矾倒进陈年浓醋里搅拌匀,倒进土坑里,直到把铜鼎淹没,然后用醋糟封在坑顶,最后用玉米秸秆盖住土坑。余良驹瞪着血红的眼睛,狠狠地打一个哈欠,说物件要在坑里泡上两天。随后,他甩了甩手上的醋糟,进屋后,一头栽倒在土炕上,呼呼大睡起来。

余宝驹疼惜地看了一眼弟弟,说这小子得死睡上一天一宿,才能缓过来。他把手下兄弟们召集到外屋,分派一拨由安顺子把舵,留在文官村,帮衬余良驹做铜鼎,另一拨人跟着自己和宋小六回安阳城。安顺子说,这个时候回安阳不稳妥，万一被日本人抓起来咋办哩？余宝驹说应该不会，因为他已经让吴姓老族长给邱连坤捎信了，说余宝驹会在七日之内把铜鼎送到宪兵司令部，他们不会在这个时候动手。安顺子说，那就等着吧，等良驹把铜鼎做完了，一起给日本人送过去就是了。余宝驹摇头，说最近开销大，好多天没有进项了，多余的人手在这里耍不开，干脆回城继续做生意，另外也好打探一下鬼子和警察的动向。

"噗嗤，"安顺子突然笑出声来，他用淫邪的眼神看着余宝驹，问道："大哥莫不是想那日本娘们儿了？"

十四

不是初一,也不是十五,安阳天宁寺里冷冷清清,前来上香的只有余宝驹和井道松子。

在男女之事方面,井道松子确实给了余宝驹不一样的体验,绝非展春园那些庸脂俗粉所能类比。自打成年以来,余宝驹也算是阅人无数,凡是展春园来了新人,他都会被安顺子拉去体味一番。南来北往的、翻来覆去的,展春园的姑娘们说着一样的笑话、讲着相同的粗鄙俚语,余宝驹早就失了兴趣。井道松子却不一样,她的性情能温柔如水,亦能锋利如针。松子是热烈奔放的洛阳牡丹,也是淡雅素净的岛国樱花。正所谓,男人每一步的成熟都离不开女人,松子让余宝驹找到了依存感。每每有类似想法涌现时,余宝驹又是排斥的,想到自己父母和媳妇全都死于日本人的轰炸,他又如何能与一个仇寇国女子缔结百年之欢?于是,松子在心里便又与展春园的姑娘们归并一类,余宝驹觉得这就是一次街头调情、勾引到良家妇女。他必须像以往一样,万花丛中过,片叶不沾身。一番劝慰自己之后,本以为松子就像莲宝和秋香一样,只要不踏进展春园便记不起来。谁知道井道松子像块麦芽糖,又黏又连撕扯不开,但凡脑子稍有闲暇,松子便会钻出来,一丝不挂地依偎在怀里……就连后母戊方鼎冒出来,都不曾替代过松子。此番与宋小六重返安阳城,正如安顺子所言,不信佛也不信道的余宝驹居然约了松子前往天宁寺烧香。前些年,余宝驹做了大案,常常会带着安顺子和宋小六到天宁寺躲避数日,对天宁寺倒也熟悉。

冬日天宁寺肃杀凋敝,叶子脱尽的银杏树枝杈投影在暗红色院墙上,墙面上的石灰抹面脱落得斑驳陆离,看上去有一股零乱的清冷。方丈圆一法师从禅房迎出来,他步态沉稳缓急适中,走到二人面前深施一礼:"许久不见余施主,别来无恙吧!"

余宝驹对圆一法师甚是恭敬,急忙合十还礼,并把井道松子介绍给法师。

听说松子是日本人,圆一法师略感诧异,口诵佛号:"扶桑佛事兴盛,信者如云,足见我佛法无边,不遗一叶一沙。"

松子还了禅礼，兴奋地说着她日本京都的家旁边就有一座寺院，小时候经常在寺里玩耍，哥哥照顾不及时，都是和尚们留她一起吃饭。圆一法师称赞松子有佛缘，并邀请两位进禅房喝茶。圆一法师的禅房不大，弥漫着一股常年焚香熏出来的幽香，其中夹杂着老男人常年不洗澡的味儿。禅房墙上挂着法师的亲笔篆书《增一阿含经》中的一段经文：一切行无常，生者必有尽，不生则不死，此灭最为乐……

三人分宾主落座，小沙弥奉上清茶，松子话多嘴燥，她捧起茶杯一饮而尽，觉得余香绕舌，经久不散。

圆一法师平时宝相庄严，不苟言笑，此刻见松子回味茶香，禁不住莞尔一笑，说："茶虽普通，泡茶之水却也难得。"

松子急急问道："如何难得？"

圆一法师端起杯子，在鼻子下面闻了闻，又放在茶几上，说："入冬后，首场雪脏，掩埋一年污秽；次场雪涩，洗刷一年冤孽；三场雪天澈地净，方甘美如饴。寺中每年待第三场雪来时，便将积雪扫入三大殿周围的几十口大缸中，一来可以融水防火，二来可以沏茶。"

"法师遁于世外，参禅品茶，令人神往啊。"松子又饮了一杯雪茶。

三人闲话半日，余宝驹和松子起身告辞，圆一法师相送至寺门。

余宝驹请方丈留步，说："我看寺庙大殿前的香炉破损了，等俺收集些碎铜，请个好匠人帮忙，给寺里铸一个香炉吧。"

圆一法师诵了一声佛号称谢，说二位施主尽早回城，晚间会起大风。双方作别，余宝驹和松子坐着黄包车刚刚回到安阳城，天地间便狂风大作，余宝驹不由得暗暗称奇。

文官村吴庆德家中，近两天消停下来，除了放几个兄弟在余家周围布暗哨外，其余人一概闷在炕头上昏睡。第四天早上，余良驹下了炕头，伸了个长懒腰，说该干活了。他带着人去东院马棚东墙根下，扒拉开玉米秸秆，淘出坑里的浓醋和醋糟，露出铜鼎真面目，前两天刚浇铸出来的铜器贼光没了踪影，看上去已经颇像一个老玩意儿。安顺子端详着铜鼎，说没有铜锈，糊弄不了日本人哩。余良驹说不急，还有三天光景哩。吃过早饭，坑里的铜鼎已经晾干，余良驹让人把刚刚熬完粥的大柴锅刷干净。安顺子说做午饭还早哩。余良驹说不做午饭，煮上一锅牛粪。众兄弟们已经习惯了余良驹不同寻常的安排，几个人到西院马棚里挑了两担牛粪倒入柴锅。余良驹又往锅里添了两桶浓醋，开始烧火。不一刻，锅开了，牛粪和着醋酸味儿呛得一群人不停地打喷嚏。余良驹把李守文送来的二十斤盐卤，往锅里倒进去一半，把剩下的一半抹在铜鼎上。随后，把热气腾腾的盐卤牛粪，糊满了铜鼎。余良驹扭身进了正屋，从炕上抱来一床棉被，盖住了土坑。余良驹跟安顺子说，别闲着，还得煮牛粪。一天下来，煮了六大柴锅牛粪，把东墙根下的土坑填得满满的。每次掀开棉被，坑内都热气腾腾，呛得人连眼泪带鼻涕一起往下流。

第六天晚上，宋小六潜进文官村，问余良驹铜鼎造好了没有。余良驹说没问题，明天就能交给日本人。宋小六把余宝驹安排说了一遍，让余良驹和吴家族长进城给日本人送鼎，安顺子带着人继续留在文官村，保护铜鼎。安顺子问，守到什么时候算个头？宋小六说很快，还说大哥这几天跟日本娘们儿狗咬尾巴缠在一块儿，准备通过日本娘们儿搞一张通行证，直接把物件运出安阳去。

连日来，余宝驹确实跟井道松子厮混在一处。虽说感情进展有些快，可在松子心里，自己已经是余宝驹的人了。自打在通宝街"骑上"这个男人后，他就像个魔咒一样，一下子就钻进了心里。松子宽慰自己：这就是爱情。能够把自己的第一次交给自己爱的男人，是多么幸运，至少比自己那些女同学幸运。为了支持大东亚圣战，女同学们把自己的第一次，大都给了即将上前线的士兵。坂田庆子给完了就后悔，说那个男人又矮又丑还有狐臭，让她想起那事来就恶心。大岛良子没有后悔，因为她喜欢那事儿，而且随着士兵们一起去了菲律宾，做起了随军慰安妇。门铃声打断了松子的思绪，不一会儿，女佣何婶带着余宝驹转过影壁墙，朝她卧室走来。玻璃窗内的松子急忙对着镜子梳理头发，头发也不敢梳理太久，担心让余宝驹久等。草草盘起头发，又把衣服上下整理一遍，松子旋即转身去开门。何婶笑盈盈地扭身走开，余宝驹则笑盈盈地张开双臂迎上身来。松子拍了余宝驹胸口一把，嗔怪道，你就知道那个，好好坐下跟我说会儿话。余宝驹一脸坏笑，说那个事完了再说话。松子说不行，来月经了。余宝驹说，那好吧，说会儿话。他大剌剌地坐进太师椅，掏出烟来点燃一根。

松子给余宝驹端过来何婶沏好的茶，放在茶几上，盯着他的眼睛问道："你有没有想过我们俩以后怎么样？"

"以后？什么以后？"余宝驹问道。

松子说："以后，我们在中国生活，还是去日本？"

余宝驹说："我当然是在中国。"

"那我呢？"松子有些气恼。

"你？当然……也在中国。"余宝驹回道。

松子有些着恼:"可是,中国兵荒马乱的,又处在战争时期……"

余宝驹的脸色也逐渐难看起来:"你们日本鬼子赶紧滚蛋,我们不就没有战争了。"

"你……"松子脸色涨得通红,"你是不是就没有想过我们俩以后的事情?"

余宝驹叹了一口气:"生逢乱世,想不了那么长久,俺只能想眼巴前儿的事儿。"

松子似乎下了决心,说道:"哥哥说你们今天就会把铜鼎送到宪兵司令部,找到铜鼎,伊藤君安排我和哥哥随飞机一起回日本,这是眼前的事儿,你怎么想?"

"铜鼎是我们中国的,你们像土匪一样,抢过来运到日本去,对这个事儿,你怎么想?"余宝驹反问道。

松子辩解道:"我……我哥哥是为了学术研究,中日文化同根同源,有了研究成果,受益的也是日中两国啊。"

余宝驹冷笑一声:"你到俺们家取一个物件,说要拿回家去琢磨一下,是不是得告知我一声?是不是得好言好语相求?是不是琢磨完了得还回来?"

松子道:"是。"

余宝驹脸色更加冷峻,几乎是用吼叫的声调,问道:"你们是怎么干的?把俺们家人绑去,俺不把物件送过去,你们就要杀人?这是他妈的强盗!"

"你……"松子语塞。

一时间,两个人沉默无语,各自生着闷气。余宝驹端起茶杯,发现杯子里的茶水已经凉了,他缓和一下语气,问松子,你能帮我一个忙吗?松子也把情绪缓和下来,问什么事儿。余宝驹说,他弄了一点违禁品,想倒腾到外地去赚点钱,贴补兄弟们家用,需要一张日本宪兵司令部出具的通行证。松子问,是什么违禁品?余宝驹说是一些碎铜。松子起身往外走,余宝驹问她做什么去。松子说,电话在哥哥书房里,她去给伊藤太乙打电话要通行证。

余宝驹急忙追进书房,叮嘱松子:"别说是我要通行证,就说是几个日本商人要运一批古董回日本。"

松子点头应允,抓起电话来摇了两下,回头对余宝驹说电话占线。松子没有听到余宝驹回话,便回头看了一眼,发现余宝驹盯着墙上的几幅拓片发呆。

松子问道:"眼熟吧?这就是你们挖出来那只铜鼎的一只鼎耳。"

"鼎耳?"余宝驹瞬间觉得脑袋有些晕眩。

松子说:"是啊,这只鼎耳早在两年前就被古董贩子带到了日本,辗转了几手后被我哥哥买下,是他破译出鼎耳上的秘密,我们才找到安阳来的。"

"啊?……"余宝驹一声暴喝,转身飞奔出屋外。

松子被他的怪异举动吓了一跳,在后面追问,你要不要通行证了?余宝驹喊了一嗓子,不要了,人已经绕过影壁墙。他发疯似的冲出玲珑胡同,在拐角处一把抓住宋小六:"二爷过去了没有?"

"过去一会儿了,现在应该进宪兵司令部了。"宋小六回道。

余宝驹踉跄一下,自言自语道:"完了完了!这回日球哩!"

大清早,余良驹就起来了,在院子里架起火来,熬了一小锅桃树胶。随后,他绕着东院马棚东墙根下的土坑转了几圈,心里也有些许忐忑:以前给铜器做旧都是些小物件,这么大的东西、这么短的时间,能出来效果吗?麻子脸躲不过镜子照,他招呼弟兄们起来,开始扒坑刨牛粪。两天过去了,坑里的牛粪不仅没有上冻,而且还能隐约看到一细丝热气冒着。余良驹从旁边槽井里提上来一桶井水,对着铜鼎泼上去,"哗啦"一声,一只老气横秋的铜鼎呈现于眼前,在场的人们禁不住发出一声惊呼。余良驹点了点头,难看的脸上露出一个更难看的笑容,他对自己亲手打造的物件相当满意。铜鼎用井水冲洗干净,牛粪味儿尽去。

安顺子说不对头，这铜鼎看着又黑又旧，可没有铜锈哩。余良驹端来桃树胶，从口袋里掏出前几天从铜夜壶上刮下来的那小盒铜锈，蘸着薄薄一点儿桃树胶，一块一块贴了上去。众人要伸手帮忙，被余良驹挡住了，说这是个细活，丁点儿胶不能外露。两个时辰过后，一个绿锈斑驳的铜鼎完工了，甚至比真的后母戊方鼎还显古朴凝重。

吴家老族长跟几个吴氏后生已经来了，站在门口敲门。余良驹催促从西院马棚的坑底刨来一担新土，大伙儿一起动手，用新土把铜鼎搓了个遍，尤其是纹饰缝隙里，必须用土搓平整。余良驹把铜鼎里里外外瞅了一遍，觉得再无任何破绽，这才打开院门，老族长已经套好两匹骡子的马车候在门口。

众人七手八脚把铜鼎抬上马车，老族长亲自挥鞭驾车，运送铜鼎出了文官村。在村子里蹲守了七八天的警察，一窝蜂地跟在马车后面，押送铜鼎。余良驹坐在车辕上伸了个懒腰，扯着公鸭嗓子唱起来：日头走，俺也走，一走走到马山口。买个鸡儿，叨豌豆；买个猴儿，栽跟头，一栽栽到嫂子门里头……

老族长回头瞅了一眼铜鼎，说活这么把岁数没见过这么大的铜物件，给了日本鬼子真是可惜了。余良驹嘿嘿一乐，说咱们安阳人不会让鬼子白白占便宜。老族长说，这话也就能说给自己宽宽心,临了还不是咱们把东西乖乖给人家送上门去。爷俩说着闲话聊着闲篇,马车临近安阳城,一路上关卡都得了信,守卡的警察或日本宪兵跟随马车而行,押车队伍越走越大。老族长和几个村里后生,没见过这个阵势,越走心里越害怕。正午时分,马车进了安阳城,余良驹认道儿,换下老族长来赶车,直奔日本宪兵司令部。经过玲珑胡同的时候,余良驹看到宋小六蹲在胡同口抽烟,两个人用眼睛打了个招呼,眼神告诉对方一切照常。过了玲珑胡同,再过一条街,就到了宪兵司令部。司令部外加强了一道宪兵岗哨,平时紧闭的大门,此时两扇大开,专门等候送铜鼎的马车进来。余良驹赶着马车进入大门,两扇大门即刻关闭,一个宪兵走过来拽着缰绳,朝着院子里一座三层楼走去。此处原先是安阳商会的办公楼,北面紧挨着安阳城城墙,城墙之外便是洹河。日本人占领安阳之后,便霸占此处做了宪兵司令部,接着安阳城城墙再起一道墙,围成一个大院落。圈地就圈地吧,日本鬼子圈地把北城门也圈进自己院子里,于是,整个北城门变成了宪兵司令部的北门。北门之外便是洹河,既是自然河,又做了护城河。河上一座老吊索桥,也变成了专供日本人进出的桥。安阳人背后议论,说霸路封门安家,主绝路绝户,当现世报。

一队宪兵跑步过来，亲自动手从马车上把铜鼎抬到地上。三层小楼的楼门打开，伊藤太乙和井道山一前一后走出来，款步下楼梯。待两个人走近，余良驹才看到井道山两手抱着一个物件，竟然是铜鼎的一只鼎耳，当即眼前一黑，心里暗叫，完了完了！伊藤太乙和井道山同样感到震惊，两个人呆立在铜鼎前，怔怔地望着眼前这只完整的铜鼎。井道山把手里的鼎耳轻轻放在地上，从上衣口袋里掏出一个放大镜，对着铜鼎仔细勘验。伊藤太乙也凑过来，问井道山，这是怎么回事？井道山没有吭气，他从铜鼎里面拔出脑袋来，又对着地上那只鼎耳看。他若是吱声，余良驹也许会好受一些，他不吱声，一味地拿着放大镜看，看得余良驹的心都快跳出了嗓子眼。接下来，井道山蹲下站起来，站起来蹲下，反复勘验"三只"鼎耳。

最后，井道山收起放大镜，对伊藤太乙说："三只鼎耳的形状完全一致，这个铜鼎是个赝品。"

看着眼前这个绿锈斑驳的大铜鼎，伊藤太乙有些疑惑，他问道："井道君确定？"

井道山用鼻子"哼"了一声："如果没有这只鼎耳，我真的不敢断定，但是三千年前，没有标准化生产，怎么可能做出两件一模一样的铜鼎呢？"

伊藤太乙还是有些迟疑："井道君不是说鼎器就是炊具

吗？三千年前，使用同一个模具，做几个相同的锅出来，有什么不可能？"

井道山说："首先，这不是一件普通炊具，它是一个祭祀用大铜鼎；再者，三千年前铸造这样一只巨鼎，绝非一件易事；最后，这是一件隐藏巨大秘密的地图，怎么可能做两只呢？"

伊藤太乙怒不可遏："给我把这些刁民统统抓起来！"

十五

三天之后,余宝驹亲自驾着黑白两色骡子的马车,把缺失一只鼎耳的真后母戊方鼎送进安阳城宪兵司令部。

一大清早,在文官村吴庆德家门口,把真的后母戊方鼎往马车上抬的时候,一干文官村的股东们抱着胳膊看热闹,没有一个肯上前帮忙的。不帮忙就不帮忙吧,偏偏赵小二还要拿死老婆说事儿,一个屁墩坐在马车前,号啕大哭起来,号啕的间隙,还断断续续替死老婆诉说委屈:"人家死的时候,埋个铜炉子做伴儿……俺老婆死了,挖出个铜炉子来,还让她跟着受祸害……入个股,白忙活也就算了,还要让死人跟着折腾……俺是明事理讲道义的人,怕就怕俺那个死老婆……变成个讨债鬼,夜夜上门要入股的钱哩。"

　　赵小二一把鼻涕一把泪,把大白骡子哭得心软了,它低下头伸出舌头来,替他舔脸上的眼泪和鼻涕。安顺子走上前来,勒住赵小二的脖子,硬生生拖进了吴庆德家院子,说你再敢号丧一句,就把你和你老婆一起变成讨债鬼。余宝驹指挥手下弟兄们,把真的后母戊方鼎抬上马车。宋小六和安顺子欲跟随前往宪兵司令部,被余宝驹伸手拦住,说日本人旨在要铜鼎,不会把人怎么样,若真是会把送鼎的人祸害了,去的人越多越赔。宋小六说,那就让俺替哥哥走一遭,俺也是一个人。余宝驹拍了拍宋小六肩膀,冲着安顺子说,俺救过那个日本娘们儿的命,冲着这点交情,就算伊藤太乙想要俺死,井道山也会帮着求情。安顺子点头称是,笑着说,谁也不会眼睁睁看着自己妹妹守寡。余宝驹脸色一沉,说余某人跟日本人,不仅有杀父之仇,更有夺妻之恨,俺若是跟日本人结了亲,对不起祖宗。说罢,余宝驹擎起鞭子,便要赶车上路。

　　突然,吴宝贵从人群中跳将出来,伸手拦住马车,冲着余宝驹叫嚷道:"说是拿铜鼎去换人,你若半道上拐弯把铜鼎卖了,俺们全村人眼巴巴等着花轿,你却把新媳妇拐到苞米地里……"

　　余宝驹不等吴宝贵把话说完,抡起鞭子"啪"的一声,抽在他的腮帮子上，一条血线眼看着鼓了起来。余宝驹说："为了几个臭钱，你不仅能做汉奸，还能出卖你亲哥哥，自今以后，你只要让俺看见一回，俺就揍你一回。"

余宝驹把铜鼎送进日本宪兵司令部的时候，正值午时。事先得到消息的人们，三三两两聚在街道两旁，要看看不跟日本人做交易的余宝驹，是如何把一件国宝重器亲自送到日本人手中。马车上，那件传说中的神器用苫布盖着，众人只好把目光投到余宝驹的脸上。好在余宝驹目不斜视只看路，不然，他们是万万不敢与之对视的。余宝驹用眼角余光扫视着街道两侧，看热闹的人以通宝街上的掌柜伙计居多，他们脸上的表情很是复杂，因为迫于余宝驹的淫威，既不敢讥笑也不敢嘲讽，所以，只能做痛心疾首状，宛如丢了自家的宝贝。一个人"痛心疾首"倒也可信，一大街的"痛心疾首"就显得有些怪异和滑稽。还好有一两个演技差的，脸上挂着几分幸灾乐祸。幸灾乐祸就幸灾乐祸，有两个人偏偏还要嘀咕出来，掌柜的对伙计说，做鬼子的姑爷不易呀，送这么厚一份彩礼。伙计接着掌柜的话茬，说洋屄就得有个洋屄的价，咱爷们这辈子是日不起哩。余宝驹扬起手中的马鞭，对着这对掌柜和伙计甩了过去，"啪"的一声脆响，主仆两人"哎哟哎哟"两声跌倒在地上,一个脸颊一个脖子,登时鼓起两条酱红的血印。余宝驹头也不回,赶着黑白两色骡子,径直进了日本宪兵司令部大院。

余宝驹用一件传世神器,换回来余良驹、吴庆德、吴宝才和老族长四个人。正如他所料,伊藤太乙没有发难。临走时,余宝驹要求把那只假铜鼎带回去。伊藤太乙看了一眼井道山,井道山说,赝品对于我们考古学者来说,就是一堆狗屎。于是,余宝驹等众人把那坨巨大的"狗屎"抬上马车。余宝驹走到井道山跟前,说把中国的国宝交给日本人,自己变成了中国人眼里的汉奸卖国贼,所以,至少要拿一点钱回去先堵住手下兄弟们的嘴。井道山点了点头,觉得余宝驹的要求有道理,便把余宝驹的要求翻译给伊藤太乙,伊藤太乙"嗖"地拔出指挥刀,"咔嚓"一声劈在马车车辕上,茶碗口粗细的车辕齐刷刷断开,吓得文官村一干村民急忙往旁边一闪。

伊藤太乙怒气未消,一把揪住了余宝驹的衣领,用日语呵斥道:"拿着赝品来欺骗皇军,应该治你死罪,念在你出手救过松子的分上,暂且饶了你,赶紧滚蛋!"

井道山把骂人的话省略掉了,对余宝驹翻译说,是伊藤君很恼怒诸位拿赝品来欺骗他,现在还在气头上,让大家先行回去，关于补贴钱的事儿，容他跟伊藤君商量。于是，一干人赶着马车出了宪兵司令部，吴庆德略懂一点日本话，他对余宝驹说，这个龟孙子不会付钱给咱们了。

余宝驹赶着黑白两色骡子出了宪兵司令部大门，看热闹的人还未散去，他们对余宝驹全胳膊全腿地出来似乎有些失望。不许卖古董给日本人，仅此一条就让通宝街上的店铺利润减半。盛世兴收藏，兵荒马乱的年月，大户人家只收金藏银，能保住手里的物件已是不易，怎会撒钱买古玩。因此，这两年通宝街上最大的主顾是日本商人。结果，余宝驹还不让商铺们卖真货给日本人，谁卖了就砸谁的店铺，前前后后砸了七八家。如今，他竟然把安阳出土的最大一个青铜物件送给了日本人，岂能不遭人忌恨。刚才遭鞭抽的主仆二人，待余宝驹赶着马车走远，这才摇头撇嘴，掌柜的煞有介事地说，动了那件神器，整个安阳都得遭殃。

余宝驹赶着马车出了安阳城，一马车子人谁都不作声。经过段家庄村后的树林子时，突然间，从林子里面钻出七八个持自来得短枪的人。余宝驹知道来者不善，而且肯定是冲着自己来的。他当即跳下马车，赤手空拳迎了上去。对方领头的是两个人，衣着光鲜亮丽，既不像匪，又不像盗。

其中一人端着一把马牌短枪，走近余宝驹，冷冷问道："你就是余宝驹？"

余宝驹回道:"我是余宝驹,你们是谁?"

吴庆德和吴宝才认出了这个人,正是前些日子上门买鼎的林枫和赵均铎。吴庆德赶上前来,低声对余宝驹说,是国民政府的人。

赵均铎用枪顶着余宝驹胸口,说道:"听说你给手下定了规矩,不许出卖古董给日本人,我一直以为你是条汉子,没想到你做了一个大汉奸,把国宝卖给了日本人。"

余宝驹把赵均铎的枪口推开,说:"不是卖,是送给了日本人。"

赵均铎再次举起枪:"那我今天就可以代表国民政府处决你!"

余宝驹用手一指身后,说道:"俺不把铜鼎送去,这八条人命就没了。你们政府无能,光顾着自己逃命,俺们老百姓心肠子没那么硬,帮衬着能捡回一条命来是一条。"

林枫拍了拍赵均铎肩膀,示意他把枪收起来,然后对余宝驹说:"这么重大的事情,你至少应该跟政府商量一声。"

"俺本来想去重庆找政府商量来着,可日本人就给了七天期限,来回路上不够用,俺就自作主张了。"余宝驹说。

林枫惨然一笑:"抗战期间,我们在安阳就能代表国民政府行使权力,我把地址让你手下兄弟转给你了,你为何不去找我们?"

余良驹有些不屑，坐在余宝驹后面说："俺弄丢了。"

赵均铎说："今天把国宝弄丢了，明天当心把自己的小命弄丢了。"

余宝驹说："你别吓唬俺，凶球的伊藤太乙俺都不怕，还怕你个缩头乌龟不成！"

赵均铎再次拔出枪来，被林枫用手挡住。林枫问余宝驹，你既然不怕伊藤太乙，下一步有什么打算？余宝驹说，当然是把铜鼎弄回来。林枫问有什么办法。余宝驹说："还没有想好，等俺想好了再跟你们说，俺现在还有要紧的事去办，就此别过了。"

林枫说："铜鼎是祖先留下来的，绝非一家一户之私器，乃国之重器，绝不能流落到东洋，你若是想好了万全之计，我们可以鼎力相助。"

余宝驹称善："那俺就先在此谢过了，另外，俺也没有把这个物件当作自家私器，你们看好了，这马车上坐着的人，只是这个物件的一半股东，大把的人等着它吃饭哩。"

赵均铎大声斥责道："你们只看眼前利益的小农民意识，什么时候能够改一改？什么时候能够在国家利益、民族大义面前让让步？"

"你们政府扔下老百姓，躲到重庆不敢跟日本鬼子照面，难道是为日本、为大和民族做的让步？"余宝驹口气强硬地质问道。

林枫说:"你们不要听八路军造谣中伤。不错,国民政府的确迁到了重庆,可政府依旧在发挥作用,如果不是国军将士四面阻击,中国连西南的半壁江山都保不住。"

"国民政府既然只剩半壁江山了,那俺们这半壁就不劳你们费心了。"余宝驹纵身跳上马车,一甩长鞭,驾车而去。

望着马车背影,林枫问赵均铎:"你相信他能把铜鼎弄回来吗?"

"这个囚球十有八九在吹牛。"赵均铎说,"安阳宪兵司令部的兵力和装备,就算拿国军一个正规师来,都不见得攻得下来,就凭他一个街痞混混……"

原来,林枫和赵均铎都是国民政府军委会调查处的特务,日本鬼子占领安阳前夕,他们盘下来一家商号作为掩护,专门从事情报侦察和传递工作。林枫祖籍浙江江山,祖上都是读书人,爷爷中过前清的三甲进士,曾经做过潍县主事,归隐后修过江山县县志。林枫小时候上过私塾,读过新学,进过黄埔军校,去过日本留学。进入军调处成为军人后,林枫没有像其他同僚那样给老婆写休书,而是把结发的文盲老婆接到了南京,跟自己的老娘一起供奉。日本人打过来之后,林枫差遣弟弟护送老娘和老婆去了重庆，自己则留在敌后，继续军人之使命。林枫为人随和，待人接物刚柔并济，属于绵里藏针的厉害角色。加上他与军调处的特务头子戴笠是老乡，所以深得戴笠信任，年纪轻轻已经官至中校军衔。而比林枫资格老、年纪还大两岁的赵均铎，却还是少校军衔。与林枫的其貌不扬相比，赵均铎的外貌显得过于张扬，用同事们的话说，赵均铎长了一张不适合当特务的脸。赵均铎的浓眉大眼，高鼻阔嘴，样样都拿得起来的五官偏偏堆在一张紧紧巴巴的小脸面上，瞅一眼让人心乱半天，瞅半天让人心堵一年。因为这张极富特征的脸，林枫几乎不敢安排这位情报站副站长执行任何高尖端任务，尤其是单挑一头的大活儿。林枫一度猜想，上级把这么一张脸放在安阳情报站，是不是成心想黑自己？各个情报站的负责人都是戴笠亲自点将，剩下的人事搭配，则是由副处长来安排。自己是戴笠这条船上的人，副处长那条船给自己掺沙子，也不是不可能。党国的派系之争、人事之争，耗费掉了国家和个人的大半精力，若不是如此内耗，日本人怎么会轻易拿下中国半壁江山？共产党岂能苟延残喘至今天？戴老板倒是一心想为国家做事，可是几位副处长却是私字当头，不管做什么决策，首先考虑的是自己小阵营的得失，根本不在乎大局废立。据说，军调处在全国各地已经布下了一张由五万人结织成的大网，明年将升格改为国民政府军事委员会调查统计局，对内简称军统。此时此刻，虽然外有强敌压境，内有共产党私下扩张武装势力，但是几位明年即将升格为副局长的大佬，都在拼命要经费扩充自己的实力地盘。如此搞下去，只怕是局将不局，国将不国啊。每每想到这些，林枫都觉得伤感，甚至开始怀疑自己为之服务的政府，因为从军统内部便可窥知，整个政府部门就如同一台绞肉机，自我倾轧绝不输给对日作战。

赵均铎不像林枫这么悲观，肩膀上扛着如此出众一张怪脸，非但不知道收敛，遇到屁大点事儿还咋咋呼呼，生怕没有捧人场的。安阳情报站开会，林枫从来不敢安排到公共场所，就因为赵均铎的嗓门大，且沉不住气。去年召集安阳各个分站的负责人开会，在鸿宾楼二楼最背静的大包间里，轮到赵均铎讲话的时候，鸿宾楼的老板带着几个精壮伙计竟然闯进包间里，误以为里面喝酒打架了。赵均铎去展春园逛窑子，腰里还总是别着把马牌手枪，姐妹们问他是为谁做事的，他说是为自己做事，说自己是一个职业杀手，谁给钱就为谁杀人。唬得展春园的姑娘们倒是没有一个敢在背地里传他的闲话。这是近几年窑子里的新规矩，姐妹们在一起可以讲客人的花活、糗事，但从来不说客人的职业。

吴庆德回到家中,发现院落四处坑坑洼洼,还散发着一股酸臭味儿。想起后母戊方鼎得而复失,而自己几乎命丧日本人手中,禁不住地摇头叹气。

余宝驹从口袋里掏出两封没开封的银圆,塞进吴庆德手里,说:"这些日子里,在你家祸害得不轻,这一百块钱算是贴补吧。剩下的钱发给村里的股东们,算是工钱,好在族长都替你俩担待了不少,族人们也不会再计较股份的事了。"

吴庆德有些不好意思,把两封银圆推还给余宝驹,说:"自打把舵以来,所有开销都由余爷一人承担,这有些说不过去,这事儿既然黄了,俺分摊一点损失也是分内的。"

余宝驹说:"不必推辞,俺手下有一帮兄弟,活泛钱比你来得快。"

两个人正客套着,屋门一推,李守文带着三个人闯进来。吴庆德和吴宝才不认识李守文,正要喝问,被余宝驹一摆手拦住。

李守文虽然没有像赵均铎和林枫那样掏枪,但是面色不悦,质问余宝驹道:"我们还等着余爷派活儿呢,敢情白忙活一场,你转过头就把那物件卖给了日本人。"

李守文个子不高,身材比例也不协调,头大腚肥,身长腿短。李守文挑着货郎担子走街串巷的时候，远远望上去，就像个大头木偶，因为腿太短，看不出他在走路，只觉得他整个身体在往前平稳滑行。李守文祖籍丹阳，读过两年私塾，后来跟着他舅舅到上海做小本生意，并被舅舅介绍加入了共产党。入党之后，组织上安排李守文去陕北根据地，在那里接受了一系列的培训，从跟踪到反跟踪，从侦察到反侦察，从枪械射击到徒手格斗，从传递情报到密码编排，等等。数年之后，做小买卖的李守文被磨炼得有胆有识、知进知退，已经成长为中共上海地下组织的一员得力干将。当日本铁蹄在中国肆虐之际，共产党人也在积极布局，于敌占区成立了无数个小分队，负责敌情侦破、情报传递，关键时刻也可以直接参与对敌作战等任务。李守文被安排来了安阳，任安阳敌后小分队的队长，建队两年多来，从未办砸过任何经手任务，深得上级器重。自从文官村出土后母戊方鼎以来，上级的情报指示一条接一条，先是从河南临时省委划拨来五千块钱，让李守文购买下铜鼎，然后就地藏匿并实施保护。这几年来，李守文虽说见多识广，但是从未见过这么多现钱，而且拿这么多钱去买一只铜炉子。随着上面过来的情报越来越多，他方才明晰，铜鼎里面隐藏着一个惊天秘密，是晚商时期三代帝国的财富藏宝图。李守文对于铜鼎是一幅藏宝图这个说法，一直将信将疑，觉得像是小时候听老人们讲过的故事。而上级的情报部门似乎也不太确定，只是说从日本方面得知，该铜鼎乃晚商三代帝王的藏宝图……上级只确定了一点，那就是务必保证此铜鼎不得落入日本人手中。如今，余宝驹竟然亲自驾着马车，把铜鼎送到了日本宪兵队，这让他如何对上级交差？

余宝驹对李守文印象不错，便耐着性子，把事情来龙去脉说了一遍。

李守文倒也豪爽，说："八条人命当然比个破铜炉子值钱，可这个炉子不是普通炉子，如此大的物件，堪称国之重器，绝不能因为我辈无能，落入东洋倭寇之手。另外，我这边得到的情报，说这个铜鼎是一幅藏宝图，日本人急于得到这笔财富用来扩充军费。所以，此事非同小可。"

"俺没有想那么多，就是觉得中国的宝贝不能让日本拿走，俺正在想办法，没准到时候还需要李先生出手帮忙哩。"余宝驹说。

李守文抓着余宝驹的胳膊，说："如今，这个铜鼎已不是你一个人的事了，它成了咱们全中国人的事，你下一步有什么想法得说一声，我脑瓜子里就算是个空心球，仨球总比俩球强吧。"

余宝驹点点头："既然李先生这么爽快，俺以后麻烦到你,也不用不好意思了。"

通宝街上,余宝驹的弟兄们又干起往日的勾当。安顺子盯上三个日本人,已有小半天。在一个僻静处,安顺子走上前去,从怀里掏出一个康熙粉彩盘子,一个留小胡子的日本人伸手接过盘子,在放大镜下看了一会儿,扬起手来把盘子扔上半空,"啪嚓"一声掉在地上摔个粉碎。安顺子也不气恼,笑嘻嘻冲着小胡子伸出大拇哥,说日球真鸡贼!另一个穿西装的日本人一把抓住安顺子的衣领,问他为何骂人。安顺子急忙解释,说自己夸赞日本人眼光贼,就是有眼力。另一个戴眼镜的日本人稍显温和,劝开穿西装的日本人。

安顺子又从怀中掏出一个物件,说:"看你们都是识货的人,就给你们点真宝贝瞧瞧,看!明朝的日本短刀,怎么样?"

三个日本人同时眼光一亮,这竟是一把日本武士佩戴的短刀。小胡子拔出短刀,发现的确是手工碎锻的复体暗光花纹刃,刀身上刻着五个字:山口刀锻冶。

西装日本人和眼镜日本人盯着小胡子的眼神讨结论,小胡子用日语说:"这不是短刀,而是介于打刀和短刀之间的胁差,这个中国人是个骗子,说这是明朝的日本短刀,简直是胡说八道。"

眼镜日本人问小胡子,这刀是真的吗?小胡子说,这把胁差不会有假,中国没有这样的锻造工艺。西装日本人问小胡子,这把胁差值钱吗?

小胡子说:"比明朝的日本刀值钱多了,山口是宝历年间的一位制刀大师,曾经为桃园天皇打制过太刀,经他手制过的刀都刻着'山口刀锻冶',距今也有两百年历史了。"

就在这时候,一个半大小子跑过来,附在安顺子耳边嘀咕了几句。安顺子脸上顿现惊喜色,从小胡子手中一把抢过短刀和刀鞘,跟着半大小子撒腿就跑。三个日本人好不容易相中一个物件,岂肯放过,跟在后面追了过去。半大小子和安顺子不快不慢,刚好够三个日本人能跟得上。半大小子和安顺子七拐八拐,经过一片空场子,几个农民模样的人正在挖地基。三个日本人追至此,已经累得上气不接下气,只能眼睁睁地看着安顺子跑没了影。三个日本人弯腰扶着腿捯气儿,小胡子干脆坐在地上喘,刚喘匀了气,就开始咒骂安顺子。骂着骂着,小胡子突然收声了,他看到旁边挖地基的土堆上滚下了一个物件。他抓起物件擦掉泥巴,发现是一个钧瓷的笔洗。小胡子急忙掏出放大镜,对着笔洗反反复复看了好几遍。另外两个日本人凑过身来,问是真是假。小胡子头也不抬,说绝对的真货!这两个日本人一听是真货，急忙爬上土堆，发现五六个农民蹲在地基坑里，围着一堆瓶瓶罐罐，大多数还埋在土里，只露出个边边角角。

西装日本人迫不及待地问农民："你们出个价，我们全要了。"

其中一个农民说不行，给东家干活挖地基，挖出来的东西应该归东家。西装日本人掏出两封没开封的银圆，扔给那个农民。

西装日本人说："东家把东西拿走了，你们一个子儿也捞不着。"

几个农民嘀嘀咕咕商议了一会儿，其中一个说："俺们不懂行情哩，一会儿东家还要带人过来施工，等他给你们出个价吧。"

农民们说完，开始挖地基坑里的物件，大大小小的瓶瓶罐罐挖出来九件。小胡子说，你们把东西递上来给我看看。农民说不行，这是东家的东西，得让他来看。西装日本人又掏出两封银圆丢了下去。农民还是摇头。三个日本人凑在一起，把口袋里的钱全部掏出来，数了数四百多块。

西装日本人掂着手里的银圆，对农民说："加上那两百块钱，总共是六百五十块钱，全都给你们，我们把东西拿走，如果你们还不同意，我们就把宪兵叫来，你们一块钱也别想捞到。"

几个农民又凑在一起嘀咕,其中一个领头的说:"拿了钱,俺们就得走人,要不一会儿东家来了,俺们拿着钱也走不了。"

西装日本人说:"走吧走吧,拿着钱滚蛋。"

几个人爬上坑来,领头的农民是个麻子脸,他接过银圆掂量了一下,一把夺过小胡子手中的笔洗,说:"六百五十块钱买这么一大堆宝贝,这个小玩意儿,俺就留着做个念想吧。"

说完,几个农民急匆匆散去,转头的工夫就没人影了。

躲在远处的余良驹笑着对安顺子和半大小子说:"宋小六真是个抠门的种,钓上来鱼,还得从鱼嘴里把鱼饵抠出来。"

安顺子说:"宋小六还没生下来就骗他娘,在娘胎里待了十二个月。"

余宝驹坐在院子里的老槐树下愣神,拿眼神直勾勾地瞅着余良驹给瓷胚挂釉,脑子里想的却是后母戊方鼎。苟耀才穿着便衣闪进院子,余宝驹问他脸上的伤哪里来的。苟耀才说前几天喝醉了酒摔的,他问余宝驹着急找他什么事儿。余宝驹说他明知故问,让他赶紧落实日本人把铜鼎藏在哪里。苟耀才嬉笑着说,问问松子不就知道了。余宝驹说松子跟她哥哥来安阳的目的就是找这只铜鼎，她怎会跟我说实话？苟耀才说日本人防备心很强，铜鼎现在是宪兵司令部最高机密，外围人不可能得到确切消息。余宝驹说，你尽管去打探，消息真假我自会辨识。苟耀才称是，说最近手头上比较紧。余宝驹把早已备好的两封光洋递给他，说省着点花。苟耀才点头称谢，揣上钱走了。

苟耀才离开不久，敲门声又响起，老梁头从门房里钻出来，绕过影壁墙前去开门。影壁墙后传来松子"嗒嗒"的高跟皮鞋声，余宝驹起身迎她，她却被余良驹手里的活计吸引，凑到瓷胎前东问西问，余良驹一一作答。余良驹对松子没有偏见，他甚至觉得这个女人做自己嫂子挺合适，至于她是不是日本人无所谓。关于战争，余良驹认为这是男人之间的事情，与女人无关，更不应该让女人掺和进来。在对待女人的态度上，余良驹比哥哥余宝驹的心态更为开放。

余宝驹在鸡鸣狗盗层面上，脑子甚是灵光，可在男女之事上显得有些迂腐。他至今还有些拎不清自己和松子的关系，他曾问过弟弟：松子咋样？余良驹说，日了人家就娶回来吧，咱家里该有个女人了。余宝驹还是拎不清，说日了就娶，咱哥儿俩得把展春园的窑姐们都娶回家。余良驹说，女人多了太吵，俺就娶小桃红一个就中。余宝驹笑骂道，你个囟球真要娶个妓女回来？余良驹说，俺就跟小桃红得劲儿。

余宝驹连拉带拽把松子弄进屋,余良驹冲着老梁头使个眼色,笑着说:"还没开春,我哥就撩骚哩。"

松子甩开余宝驹的手,说你不怕弟弟笑话。余宝驹说,我有正经事儿问你哩,见到铜鼎没有?松子说见到了,在地下室陪着哥哥待了一天一宿快闷死了,所以才跑出来透透风。余宝驹问,哪个地下室?松子似乎发现自己走漏了口风,急忙岔开话题,说你对铜鼎还是死心吧,伊藤太乙把这个铜鼎看得比命都重,一旦拿到手,任谁也别想夺走。余宝驹看松子嘴巴封得紧,就改口问道,你们兄妹俩把铜鼎上的事儿琢磨透了吗?松子说还没有,伊藤太乙已经申请日本陆军总部,可能要把铜鼎先运回日本,再慢慢研究。余宝驹说,天下的贼都一个球样,得手后溜之大吉。松子脸色涨红,辩白说,我和哥哥在进行史学研究,不是贼!两个人想着各自心事,一时间沉默下来。

最终还是松子先开了口:"我知道你不甘心把铜鼎交给日本人,我今天来特意告诉你,千万不要想着把铜鼎抢回来。"

"什么意思?"余宝驹问道。

松子迟疑片刻,说道:"伊藤君担心中国人硬抢,他让日本的爆破专家,在地下室通道里装满炸药,如果发生意外,一颗子弹就能引发爆炸,地下室通道立刻会被封死。"

老梁头在院子里高声问道:"大少爷,松子姑娘晌午留下吃饭吗？我也好出去买点像样的菜。"

余宝驹还未来得及答话，松子抢先回道："梁叔，我不在这里吃，我还要给哥哥送饭去。"

松子说完，不理睬余宝驹，站起身来推门走出去。余宝驹这才回过神来，随后跟出去送松子。松子走到院门口，突然"哎呀"一声，左腿一软摔在地上，余宝驹急忙上前把她搀扶起来，发现松子高跟鞋的鞋跟踩进一个土窟窿里。

老梁头闻声，也从门房里钻出来，说："是地老鼠，俺昨天就看见这个洞了，还想晚上在洞口放个老鼠夹子，没想到让姑娘吃了这个亏，都怪俺……"

余宝驹突然眼神一亮，把松子的一只胳膊交给老梁头，说："梁叔，你帮俺送送松子。"

余宝驹说完，转头就回屋了。

松子怒气未消，对着余宝驹嚷嚷："你什么时候陪我去天宁寺烧香？"

余宝驹在屋里喊道："二月初一去！"

松子前脚离开，余宝驹穿上外套，后脚也跟着出了门。老梁头问他晌午回不回来吃饭，余宝驹头也不回，甩下一句：不回来吃了，你给二爷炖只鸡补补。余宝驹出了门，叫上一辆黄包车，直奔马家胡同。他在胡同口辨认了一会儿，敲开一户人家，问是不是安阳商会葛会长家。开门的像是个女用人，问余宝驹找葛会长什么事儿。余宝驹让她通告一声，就说余宝驹前来拜见。女用人进去不大一会儿，便出来引着余宝驹进屋。

葛会长六十多岁，面色红润，体态微胖，留着三绺山羊胡子，一副有钱有势有教养的派头。原来，葛会长与余宝驹他爹余万通是朋友，葛会长家里古董甚多，经常找余万通修补器物，两家人慢慢熟络起来。余万通刚去世那几年，葛会长也会找余良驹修补器物，世交关系继续维持着。后来，随着余宝驹在安阳城的名声越来越大，尤其听说他经常半夜进盗墓贼家里，把盗墓贼挖来的货抢劫一空，葛会长就慢慢与余家疏远了。原因是葛会长收藏的古董能顶半条通宝街，这些物件祖传下来的少，盗墓上来的多。按照余宝驹的行事惯例，盗墓上来的物件都得归他，葛会长岂能不忌惮？近几年，安阳收藏界流行一个说法，说安阳有两条通宝街，一条是现有的通宝街，这条街上有一半是假货赝品。另一条通宝街，是葛会长和余宝驹，两个人家里的物件加起来能顶一条通宝街，且件件都是真货精品。

进屋后，余宝驹葛叔长葛叔短寒暄了几句。葛会长亲热地招呼余宝驹落座，让用人看茶。对于余宝驹突然登门，葛会长心里有些诧异，因为两家已多年不走动，他心里七上八下打着小鼓。余宝驹收起寒暄，脸色一正，说想问葛叔借样东西。葛会长心里暗想，果不其然，怕鬼鬼就到了。

但葛会长还堆着一脸热络，说道："贤侄不必客气，看好葛叔家哪样物件，尽管拿走就是。就算是看好这座寒舍，葛叔也二话不说，明天俺就扛个铺盖卷走人。"

余宝驹闻听此言，急忙起身肃立，说："葛叔误会了，侄儿一肚子下水就算是狼心狗肺，也不敢到葛叔家里来耍凶球，俺来其实就想借葛叔家里一张图看看，看一眼就立马走人。"

"一张图？"葛会长脸色诧异。

"一张图。"余宝驹回道。

葛会长问道："什么图？"

余宝驹重又坐下来，把声音放缓，说道："葛叔，日本人把安阳商会霸占后，你不是把商会里的家什都搬回家来了吗，那里面是不是有一张商会布局制图？"

葛会长回忆片刻，说道："有，有，早些年破损了，是你爹帮着修补装裱的，也没问俺收工钱，说是一张纸片子不值钱。"

余宝驹说："收没收工钱，俺就忘了，侄儿只记得修补完了，俺爹打发俺给葛叔送到府上的，半道上俺还打开瞅了一眼，要不也不会知道有这么一张图。"

葛会长将信将疑："侄儿要看这张布局制图？"

余宝驹点了点头，神情颇为谦恭。葛会长的心放下了大半儿，因为他早已耳闻文官村出土了一件旷世神器，而且知道把舵人是余宝驹，还知道余宝驹亲自驾着马车，把这件国宝巨鼎送到日本宪兵司令部。作为安阳首屈一指的收藏大家，愿意为葛会长提供这类信息的人，遍布整个安阳地界。余宝驹突然登门造访，要借安阳商会的布局制图看，意图再明显不过，他这是要对日本宪兵司令部下手啊。葛会长沉吟片刻，端起茶杯来，让余宝驹不要着急，说他理解喜欢收藏的人，看到一个心仪物件，恨不得立刻占为己有的心情。余宝驹说，葛叔意会错了，那件神器不是一个人两个人就能吃得下，且不说文官村里的一帮股东，现在除了日本人之外，国民政府、八路军，还有林虑山的土匪们，都想伸把手揩点油。葛会长说，既然都想进来分一杯羹，那贤侄准备跟谁合伙呢？余宝驹说，包括葛叔在内，只要是出过力的，人人有份。葛会长笑道，葛叔年事已高，物欲寡淡，就不分贤侄这杯羹了。葛会长放下茶杯又说，如今大半个中国都是日本人的天下，那么大的物件，就算贤侄有本事把它从宪兵司令部弄出来，又能安置它去何处藏觅呢？葛会长接着说，如果谋划不周，只恐怕是枉送了性命，也会牵连众位股东哩。余宝驹笑了，说葛叔不要绕这么大的弯子，铜鼎的事儿既然由俺把舵，出了事儿当然由俺一人兜着，余宝驹在通宝街上混了十二年，都知道俺不是溜肩膀，不管是大事小事，还是砍头掉脑袋的事，全由俺一个人扛着，绝不牵连一个外姓旁人。葛会长干笑了两声，显得有些尴尬，说既然贤侄敢作敢为，俺葛某也不是怕事之人。说罢，葛会长上前一步，捉住余宝驹的手，说贤侄随我来。叔侄二人牵着手，出门穿过夹道回廊，进了后院。走到一间黑洞洞的厢房前，葛会长"哗啦啦"从腰间掏出一串钥匙，试了三把钥匙才打开门锁。拉开灯绳，余宝驹看到屋子四周摆满了敞口大立橱，看样子都是安阳商会里的家什。葛会长一个橱子接一个橱子看着编号，随后打开其中一个立橱的上半拉门，在里面翻找。接着又打开下半拉橱门，从中抱出来一大摞纸卷，摊在一张榆木条案上，一卷卷打开来看。

"就是这张了。"葛会长把一张裱糊过的图纸平铺在条案上。

余宝驹一眼就能认出来，的确是他爹曾经修补过的那张安阳商会布局制图，他问葛会长："葛叔，商会里面有几个地下室？"

葛会长指着图上一座三层小楼，说就一个地下室，在这座楼下面，折深很大，有这间屋子三倍大小。

余宝驹说："葛叔，侄儿到家里来看图的事儿，千万不能对第三个人提及，侄儿在此谢过，俺这就告辞哩！"

十六

苟耀才得空就钻进邱连坤办公室,把从勾栏瓦肆里听来的风流韵事,讲给邱局长听。这些淫贱变态的闲篇儿,大都是秦宝宝前天晚上讲给他听的。为了拿到更多闲篇儿,苟耀才几乎得天天留宿展春园,脑袋装满了,身体却掏空了。苟耀才不惜血本糟身体,只为博邱连坤一乐,把柄被局长捏在手里,哪一天都可能被废掉。若是储备下足够多的新鲜闲篇儿,就算孙发贵再进谗言,局长也得起爱才惜才之心。自此之后,苟耀才性情大变,变得沉默寡言。除了跟邱连坤单独在一起扯闲篇儿之外,他基本不怎么说话。苟耀才不说话,不是不想说话,是顾不上说话。顾不上说话的时候,是他在脑子里加工润色从秦宝宝处听来的故事,以便随时讲给局长听。同是扯一个闲篇儿,从秦宝宝和苟耀才嘴里讲出来，就变得大不一样，秦宝宝把三分扯成一分，苟耀才在脑子里润色过后，能把一分讲成十分。例如秦宝宝跟他讲，某人老婆冬天在院子撒尿，把毛冻在地上，男人哈气给她解冻，又把胡子冻住了，双双动弹不得。这个闲篇儿就算扯完了。等到苟耀才给邱连坤讲的时候，就变成了县太爷行房事有怪癖，喜欢把小手解到夫人那里面。每次房事行毕，夫人都得替县太爷撒尿去。某日天寒地冻，夫人行完房事到院子里撒尿，解两个人的尿量，时间稍长，便把毛冻住在地上。夫人无奈，高呼老爷救急。县太爷见状也无良策，只好趴下身来哈气解冻。时间稍久，县太爷的胡子也被冻住在地上。两个人均无法起身，县太爷只好喊衙役，衙役见此情景，拔出腰刀就要砍地上的冰碴子。县太爷急忙喊住手，说看清楚再下手，竖着的口子下面是毛，横着的口子下面是胡子，损了夫人的毛没人看见，毁了老爷的胡子，老爷俺就没法升堂断案哩。

邱连坤听后开心大乐，说孙发贵以前也给他讲过这个闲篇儿，远不如苟耀才扯得好听。苟耀才说，肯定是孙发贵吃了闲篇儿回扣，自己留了六成，只把四成讲给局长听。埋汰着孙发贵，苟耀才脑子里又拎出另一个闲篇儿，也是经过细加工润色过的，刚要张嘴就被邱连坤打断了。邱连坤问苟耀才，余宝驹藏宝的地方找到了没有？苟耀才说，我带人去他家买过两次古董，他只用放个屁的工夫就把物件取来，所以，藏宝的地儿肯定没离开余家老宅子。

邱连坤脸色一沉："你能不能把扯闲篇儿的精力用在余宝驹身上？"

苟耀才说："余宝驹绝非等闲之辈，邱局长您想想，在通宝街上混的人，个个都是个人精，可这帮人精对余宝驹全都俯首帖耳，这可不是一般的人物哩。邱局长您再想想，安顺子和宋小六已经是顶级人渣了，可他们俩提起余宝驹来，那叫一个崇敬，不叫大哥不开口说话。邱局长您再想想……"

邱连坤一摆手："俺不用再想了！日本人拿到了铜鼎，就能消停一阵子，趁着这个空当儿，咱们得快下手，把余宝驹的贼窝子给端了。"

听说邱连坤要端掉余宝驹老窝子，苟耀才顿时紧张起来，赶忙岔开话题："说到铜鼎，余宝驹今天还找俺了，让俺调查日本人把铜鼎放在什么地方。"

邱连坤问："那你查到了没有？"

"这个我哪里敢去调查……"突然，苟耀才眼前一亮，"不过，我有一个计谋，可以借伊藤之手，除掉余宝驹。"

"除掉余宝驹？"邱连坤瞅着苟耀才。

苟耀才谄媚道："除掉余宝驹，余家老宅子就变成邱局长的了,老宅子里的物件不也就改姓邱了嘛。"

邱连坤问:"你有什么计谋,说来俺听听。"

苟耀才说:"俺给余宝驹透露个假消息,就说铜鼎藏在伊藤太君在元宝胡同的住所,他若是动手,肯定会通知俺,到时候,邱局长再给伊藤太君卖个人情,就说通过眼线得到的消息,说是余宝驹为了报夺鼎仇,想除掉伊藤太君,如此一来,余宝驹就钻进了日本人的口袋,谁都救不了他了。"

邱连坤又瞅了一眼苟耀才,心中暗忖:自己人干自己人真他妈的够狠,这小子心术不正,待听够了他的闲篇儿,一定得找个机会除掉这种人。

邱连坤想着心事,嘴上说道:"余宝驹跟井道松子相好,他从松子嘴里就能知道铜鼎放在哪里,还会相信你说的话?"

苟耀才说:"说到这一层,又是一个闲篇儿,日本人的飞机扔炸弹炸死余宝驹的爹娘和媳妇儿,打那儿开始,他就恨上日本人,跟松子相好也没安好心,别人相好,目的是亲是爱,余宝驹跟松子相好,目的是恨是仇,所以,他压根就不相信那个日本娘们儿。"

"那松子呢?"邱连坤问道。

苟耀才说:"松子对余宝驹倒是剃头挑子一头热,看来,日本缺男人啊,局长您想想,日本天皇把男人都派到中国来打仗了，国内的女人们好几个才能摊一个男人，松子呢，从性格上就能看出来，不是那种能争能抢的女人，所以，只好来中国寻个男人哩⋯⋯"

邱连坤有些不耐烦："别扯闲篇儿，说正经事！"

苟耀才立刻收起满脸谄媚，说："呃⋯⋯可是，这日本人的心思谁也猜不透，井道兄妹俩来中国不就是为找这个铜鼎，她怎么会轻易把铜鼎的事儿告诉余宝驹呢。"

自打得到后母戊方鼎以来，井道山又在宪兵司令部地下室开始了黑白颠倒的日子，除了睡觉和吃饭上来之外，他几乎日夜守在铜鼎旁，寸步不离，衣食保障全靠妹妹井道松子送进送出。井道山已经见识过安阳人的造假水平，他不再相信那些通体的斑驳绿锈，也不相信金属质地的化验报告，他只相信自己手中那只鼎耳。好在鼎耳断裂的茬口，与铜鼎的茬口严丝合缝，虽历经岁月侵蚀，但是物件出自同体的契合感，让井道山觉得这是任何造假高手都拿捏不到的。

井道山每天深夜从地下室上来，都会随身抱着那只断裂的鼎耳，睡觉时，就把鼎耳放置在床头。第二天，他再抱着鼎耳进入地下室，先与铜鼎母体对一遍茬口，然后再继续他的工作。这只断裂的鼎耳对于井道山来说，活像一把钥匙，是一把每天开启工作状态的钥匙。伊藤太乙有些看不过去了，他问井道山，要不要在地下室放置一个保险柜，专门用来存放鼎耳。井道山婉言谢绝，说他记不住保险柜的密码。七天过后，伊藤太乙又问井道山，地图的秘密找到了没有？井道山说，铜鼎很可能蕴藏了更丰富的秘密，我要抽丝剥茧一层一层研究，如果越过其他信息，单纯寻找地图的秘密，相当于野蛮挖掘，这不是我的研究习惯。面对这位迂腐的大学同学，伊藤太乙恼不得也急不得，只好耐着性子，由井道山"一层一层"抽丝剥茧。

　　伊藤太乙在东京帝国大学读书的时候，与井道山同修一个专业，都是文学部。大学第二年的暑假行将结束，准备回学校读书的伊藤太乙正在卧室里收拾行李，突然间，楼下的黄狗狂吠不止，紧接着房屋剧烈抖动起来。反应迅速的伊藤太乙，马上用肩膀撞开隔壁房门，背起瘫痪在床的奶奶、一手拉扯着尚在酣睡的弟弟，呼喊着家人逃命。把奶奶放置门外空地上，他又反身进屋，把已经吓呆了的母亲拖出房屋。最后，凭着伊藤太乙的勇猛果敢，一家七口人在关东大地震中全部脱险，这在当年东京受灾最严重的墨田区，是不可想象的。看到全家人安然无恙，伊藤太乙长舒了一口气，眼睁睁看着周围的房舍一间间坍塌下来。

忽然，一声微弱的狗吠声传入伊藤太乙的耳朵，他想起自家的黄狗还被困在笼子里面，他再次钻进摇摇欲坠的房屋，并找到已经被砸扁的狗笼子，黄狗已经受伤。就在伊藤太乙抱着黄狗往外跑的当口，房屋垮塌了，倒塌下来的门缝挤住他左手的小手指，他几乎能感觉到手指骨的碎裂声。大地在不停颤抖，整个房屋全部坍塌下来，伊藤太乙放下黄狗，腾出右手来摸到一把锉刀，他对着门缝"咬住"的小手指的根部，猛然一用力，把自己的小手指齐根切断。忍住剧痛的伊藤太乙，再次抱起黄狗，逃了出去。

伊藤太乙的父亲，一边替他包扎手上的伤口，一边数落儿子："死一条狗没关系，不管是做人，还是做事，不能样样求完美……"

伊藤太乙自幼秉性刚猛，用他们的导师大冢博文的话讲，伊藤君天生就是一个日本军人，身上有一种与生俱来的武士道精神。伊藤太乙没有辱没恩师的此番评价，大学一毕业便投身陆军，成为一名效忠天皇的军人。随后，他便被派遣到了中国战场，因为作战勇猛，伊藤太乙接连被提升。但是连年征战，任谁都会产生厌战情绪，也包括战神伊藤太乙。本来，因为风湿性关节炎发作，他被上级特批回东京疗养。可就在动身前夕，突然接到陆军总部的秘密指令，让他留在安阳接待大学同学井道山，并与之配合完成秘密考察发掘工作。对于井道兄妹的到来，伊藤太乙颇感诧异，因为井道山是东京帝国大学著名的反战派，尤其是对华作战。所以，伊藤太乙压根就没想到，井道山兄妹能在战争期间进入中国。随着陆军总部一道道密令发来，伊藤太乙才渐渐明晰，原来井道山的科考发现，等于是为大日本帝国入不敷出的财政注入一针强心剂。而迂腐的井道山本人，却还被蒙在鼓里，以为日本政府是单纯地支持他的学术研究。念及此，伊藤太乙苦笑着摇摇头，他端详着自己缺失一根小手指的左手，心里想：做人不能偏执，沉湎于某一个领域的人，领域外其他触觉就会迅速退化，变得像个单纯的孩童，就像井道山。

对于井道山，伊藤太乙觉得无法像一个军人那样去要求他，因为他跟自己是两类人，甚至是两个世界里的人。但是殊途同归，两个人都想在自己的领域里有所建树，因为所有人都需要圈层认同感，进而更高的要求是脱离圈层的成就感。井道山在甲骨文和中国史学研究方面，其素质和天赋绝不亚于中国本土学者，就像马拉松比赛中的第一集团，谁捯上气来谁就领跑一段路程。在中国史学研究的第一集团中，如果没有机缘巧合，谁都难以脱颖而出一枝独秀。后母戊方鼎的鼎耳脱落，先于母体出土，而且竟然流传到了日本，最后鬼使神差落入井道山手中，这就是机缘巧合。如果井道山的猜想没有偏差,最终在中国河南安阳找到这座晚商时期的帝王宝藏,那么,井道山的成就足可傲视中国同行们。

在军界,伊藤太乙的目标就是做一个完美的军人。战,能勇猛杀敌;谋,能运筹帷幄。常年的异国征战,使他患上了顽固的风湿性关节炎,每每发作之际,便疼得他钻心刻骨,日无宁日夜无宁夜。上级知道他的状况,所以才会在急需用人之际,特批他回国治疗。伊藤太乙的确有些厌战了,因为他已经享受到作为军人的所有荣誉,此刻,荣归东京应该是他军人生涯最好的谢幕。但是,井道山的到来,在伊藤太乙心中重新燃起了荣誉之火。找到中国晚商的帝王宝藏,就能够缓和日本的财政危机,建立一个全新的亚洲共荣圈便指日可待。然后,再为天皇献上一只极富象征意义的后母戊大方鼎,自己军人生涯才算是画上一个完美句号。除成就感之外,伊藤太乙也包藏一点私心,那就是井道松子、一个标致的日本美女。在东京帝国大学读书的时候,伊藤太乙曾经见过松子,但那个时候的松子还是一个稚气未脱的孩子。十几年倏忽而过,等到在安阳机场再次见到松子的时候,伊藤太乙立刻被她吸引了。井道松子身上的魅力有很多重,有一点可以肯定,她绝对不是那种光彩夺目的美人。松子身上的美，是纯真的自然流露，也有一种至情至性的善良，当然，还有一种难以名状的祥和，让男人会不自觉地愿意与之亲近。自打来到安阳之后，伊藤太乙就安排了便衣特务，暗中秘密跟踪井道兄妹。起先是为保护井道兄妹，现在，则添加了监视井道松子的意味，因为她与余宝驹走得太近了。最早，伊藤太乙没有把余宝驹放在眼里，只当是善良的松子在感恩报恩。再说了，一个混街的支那人，只要伊藤太乙愿意，他随时都可以一脚将其踩死。但是，伊藤太乙最近听特务汇报，说松子频繁探访余宝驹，而且还双双一起去天宁寺烧香拜佛，这让心高气傲的战神多少生出了醋意。尤其在铜鼎出土后，余宝驹作为把舵人跳出来，公然与日本皇军作对，还敢烧制假铜鼎哄骗自己。伊藤太乙本来想趁此机会灭掉余宝驹，但是顾虑公报私仇会失了松子的芳心，余宝驹毕竟是松子的救命恩人，所以，只好把一腔怨怒暂时埋在心里。

　　井道松子替哥哥井道山感到高兴，那只早先流传到日本的破烂铜块儿，果然是一只巨鼎的鼎耳。而且，哥哥按图索骥，真的寻找到了鼎耳的母体。如果不是遇到哥哥井道山这样的天才，后母戊方鼎将永远是一个谜。其间，自己因为心疼哥哥，几次劝解恰好起到画龙点睛的作用，最终帮着哥哥破译出铜鼎蕴藏的玄机，真是天意啊！想到这些，松子总有几分得意，这毕竟是她大学选择的专业。而且，她的毕业论文也将以此鼎为源头展开，方向已经拟定，叫《中国青铜巨鼎与祭祀等级考》。最让松子高兴的是遇见了余宝驹，虽说这个人邪邪的，也没有正经体面的工作，而且还是一个支那人，可自己就是没来由地喜欢他。第一次恋爱，第一次喜欢一个男人，总不能没来由吧？好多个晚上睡不着的时候，松子就会给余宝驹身上罩上无数光环，然后由她来选择究竟是哪一道光环吸引了自己。挑来选去，松子发现余宝驹身上没有自己从文学作品中认知的那些光环。最后，松子用"独特"说服了自己。既然无典籍可供查考，那不就是独特吗。也有让松子遗憾之处，情窦初开之时，她读了一位叫川端康成的人写的一本小说，小说名字叫《伊豆的舞女》，"我什么都不想，只想在安逸的满足中静睡。我的头脑变成一泓清水，滴滴答答地流出来，以后什么都没有留下，只感觉甜蜜的愉快"。与书中的主人公"我"一样，井道松子不喜欢成年男子粗俗不堪的情欲，而是期待一份像樱花般淡雅脱俗的爱情，缥缈恬淡、婉转缠绵，哪怕凄美一点，而不是像她遇见余宝驹那样，第一次去他家里探望，就把自己给了他……

松子不放心宪兵司令部炊事兵做的饭菜，只有她了解井道山的口味喜好，所以，哥哥的一日三餐都由她送去宪兵司令部地下室。连续几天，松子发现胡同口多了一位摆摊算命的瞎子，一天到晚都看不见他招揽到生意，但还是坚持天天摆摊。刚过春节，天气还冷得人揣手缩脖。算命的瞎子整天不吃不喝，端坐在条凳子上，看上去还算平稳，但两条腿冻得直打哆嗦。这天傍晚时分，松子给井道山煮的是红枣山药粥，特意用瓦罐多装了一份，走到胡同口的当节，正好赶上瞎子准备收摊。松子把瓦罐递给瞎子，让他趁热喝粥。瞎子也不言谢，接过瓦罐来，稀里呼噜喝个干净，擦一把嘴，对松子说，俺唐某人从不受人恩惠，为报答这一餐热粥，俺就白送你一卦吧。松子说自己不信这个，然后提起瓦罐就要走。瞎子竟然一把拉住松子的手，另一只手则半伸进自己嘴里，说松子若是非要让他白受这番恩惠，他就抠嗓子眼，把喝下的粥吐出来。松子皱着眉头坐了下来。瞎子握着松子的手，说仅凭摸手骨，便知松子是异域人士。松子觉得惊奇，承认自己是日本人，她问瞎子还能摸出什么来。瞎子摸索一会儿，说松子命硬克亲，因此父母早亡。闻听此言，松子忽觉悲从中来，原来父母早亡都是因为自己克亲……

瞎子劝慰松子说，亡羊补牢，为时未晚。松子含泪慨叹，双亲已故多年，还妄谈什么亡羊补牢。瞎子摇头说，双亲虽故，兄长犹在。松子吃了一惊，问道，我家兄长又如何？瞎子说，请姑娘报上生辰八字。一瓦罐热粥下了肚子，瞎子元气大增，扳着手指掐算开来，而后对松子说，令兄五行冲金，最近深陷其中不能自拔，长此以往只怕也有性命之虞。松子暗想，哥哥自从得到铜鼎之后，日夜与鼎相伴，铜鼎为金属，的确是深陷其中。

松子急得再次抽泣起来，这一回，是她抓住瞎子的手，问道："先生可有破解良方？"

瞎子问松子，我听到你每日里进进出出数次，做何营生？松子说，为我家兄长备下一日三餐，送去宪兵司令部。瞎子问，从此处去宪兵司令部，来回走的可是直线？松子称是。瞎子摇摇头，说给你一个破解之道，只要你按照我说的去做，包你家兄长度过此劫。松子点头，神态煞是虔诚。瞎子说既然令兄五行冲金，索性以金夺金，方可化解。松子问何为以金夺金。瞎子说，自今日起，你去宪兵司令部为令兄送饭食，去时走元宝胡同，回来的时候走原路，如此便没有了回头路，如此行走七天即可保令兄无虞。松子很是不解，问为何非要舍近求远走元宝胡同。元宝胡同的确可以直接进出宪兵司令部，但是必须通过伊藤太乙的家。伊藤太乙居住在元宝胡同，是一处晚清时期的三进宅院，原是当地一位富商所建。日本人占领安阳之前，富商的后裔留下一名远亲看护宅院，自己则携家带口，跟着国民政府躲避到了重庆。日本人盘踞安阳城北门之后，伊藤太乙物色到这处院落，与宪兵司令部仅有一墙之隔，他便在此安歇，并于后院开了一个小门，进出宪兵司令部更为方便。井道兄妹来到安阳之后，到伊藤太乙的住处做客或鉴赏古董，也曾多次通过后院小门进出宪兵司令部。

听到松子有疑问，瞎子说，元宝为金，故让你走元宝胡同，从此处进出元宝胡同，来回路线恰巧又是一元宝图形，此二金为阳金。听到松子频频点头，瞎子继续说，令兄为金所困，困住他的则是阴金，如此一来，两味阳金克一味阴金，当是胜算在握，这便是以金夺金的破解之方。

吴庆德躺在炕上，瞅着房梁想心事。本以为铜鼎出手，自己再也不用种地干木匠活了，置办上五十亩地，自己也做东家。这么一大笔钱，别说娶媳妇，就算再纳个妾也足够花销了。爹死娘改嫁后，整个院落里就剩下他一个人，家里冷清得从头顶凉到脚后跟。媳妇早就物色好了，就是向水屯李东家的闺女秀娥，人白腚大个子还高挑，谁看了都说秀娥是个生娃旺夫相……如今，铜鼎没了，再想起五十亩地,再想起秀娥的大白腚,此刻心如刀绞。我日你娘的小日本!吴庆德狠狠地竟然骂出声来。他的骂声刚落,便听得院子里"咕咚、咕咚"两声闷响,吴庆德急忙爬起身来,下地找鞋。待他把鞋穿上,余宝驹和宋小六已经推门进屋了。

"余爷,这么快就有眉目了?"吴庆德问余宝驹。

余宝驹问:"你怎知道有眉目了?"

吴庆德:"进屋不敲门,生怕有人知道你来,为啥怕人知道你来,肯定是有眉目了。"

"你真是个人精,干木匠算是屈才了。"余宝驹往炕上盘腿一坐,"你快去把吴宝才找来,我有事跟你二位商量。

不大会儿工夫,吴庆德和吴宝才一前一后进了屋。余宝驹说想到办法了,能把铜炉弄出来,不过需要二位帮忙。吴宝才说,日本宪兵司令部好比阎王殿,就算余爷有天大的能耐,俺也没有那天大的胆儿。吴庆德也说,俺们就是一个看天吃饭的农民,不比余爷闯过刀山、下过火海、见过大世面,只怕到时候帮不上忙,反而误了大事。余宝驹笑道,你两位若是看天吃饭的主儿,天下就都是良民了。余宝驹接着说,俺想的法子是智取,又不是强攻,只要干得巧妙,管保是神不知、鬼不觉,咱们把铜鼎拿回家了,日本鬼子还在睡大觉哩。吴庆德和吴宝才一脸惊诧,对这番话将信将疑。余宝驹从怀里掏出一张纸,是他自己画的宪兵司令部草图,具体位置一一讲给吴庆德和吴宝才听。余宝驹说铜鼎存放在三层楼的地下室,距离河边的榆树林子大概有一百二十步,中间有一道城墙。余宝驹问吴宝才,若是从城外的榆树林子打地洞,需要多久才能挖通?吴宝才说,俺只打过死人的洞,没有挖过活人的洞。余宝驹说,你打死人的洞是偷别人的东西,打活人的洞是取回自己的物件,不一样。吴宝才说如果没有沙子没有石头,都是大黄土,平行着打洞,十天就能打通。余宝驹说不行,五天能不能打通?吴宝才说,白天不能干活,城墙上的鬼子能看见。余宝驹说,你再多找两个帮手,白天在洞里挖土,晚上再往外面搬土,这样白天晚上都能干活了,五天肯定打得通。

吴庆德竖起大拇指,说:"余爷,你真是天生当东家的料哇。"

回安阳的路上,余宝驹和宋小六又去了一趟向水屯,还留在李东家吃了顿晚饭。饭后,宋小六悄声对余宝驹说,吴庆德眼光不错,秀娥是床好褥子。李守文把余、宋二人送至村口,余宝驹说,过几天得请你帮个忙。李守文问,这么快就有眉目了?

余宝驹说:"现在还不敢定,到时候我让小六给你送信,你得多带几个人手。"

李守文:"我知道,至少得抬得动铜鼎。"

回到安阳城已近午夜,路过大院街时,余宝驹突然来了兴致,他想起林枫曾经留给他的地址:大院街二十三号,祥福隆商号。祥福隆商号临街而立,夹在众多铺面里面丝毫不起眼。余宝驹和宋小六钻进旁边胡同,找到祥福隆商号后门。两个人刚刚爬上墙头,便听到院子里有动静,发现三个黑影撕扯在一起,眨眼工夫便不动了。两个黑影站起身来,另一条黑影躺在地上,显然是被干掉了。余宝驹给宋小六一个手势,两个人顺着墙头轻轻下到院里,尾随两个黑影往西院一溜厢房那边掩过去。走近厢房,屋里传来说话声。

余宝驹听出来是赵均铎的声音:"武汉派过来的特战队,明早抵达安阳,咱们计划明晚十二点动手,一会儿大家把这间仓库清理出来,让特战队的弟兄们明早一到,先睡觉休息。"

这时,前边一个黑影轻手轻脚推了一下虚掩的屋门,屋门正对着一堆箱包麻袋之类的货物,堆在门口正好做了一处"屏风"。借着屋里的光线,余宝驹看到两个黑影手里都端着自来得短枪,而且都是"大肚匣子",能够填装二十发子弹的弹匣。

"屏风"后又传来另一个声音,是林枫的,他说:"干掉三道岗哨,从地下室抬出铜鼎来,装上卡车,我觉得五分钟之内很难完成,主要是我们不了解地下室里的情况。"

赵均铎说:"如果超过五分钟,另外三处日本兵营和警察赶过来救援,我们就难以脱身了。"

林枫说:"所以,我觉得这个计划太过鲁莽。"

赵均铎接着说:"可上峰已经明示,不惜一切代价夺回铜鼎。"

听到此处,屋外其中一个黑影对另一个黑影做了一个"撤"的手势。

两个黑影尚未来得及转身,突然觉得腰间被一个硬邦邦的东西顶住了,余宝驹说:"别动,牌子跟你们一模一样的自来得。"

余宝驹和宋小六下了两个黑影的枪,屋里的人已经察觉,呼啦一声蹿出六个人来,拿枪对准了门口四个人。

其中一人发现院子远处躺下的黑影,跑过去试探,说:"小马被干掉了。"

余宝驹抓着两把自来得短枪举起双手,冲着林枫笑道:"你说要给俺帮忙,俺倒是先给你帮忙了,替你抓到了两个侦缉队的密探。"

林枫示意另外四个同党,把两个侦缉队密探押到另一间厢房审问,他和赵均铎陪着余宝驹、宋小六进屋。赵均铎用怀疑的口吻问余宝驹,你怎么来了?余宝驹说,是你们让俺来的。赵均铎说,你弟弟不是把纸条弄丢了吗?余宝驹说,他又想起来了。赵均铎问,我们刚才说的话都听到了?

余宝驹说:"都听到了,你们这么个弄法等于去送死。"

林枫问此话怎讲。余宝驹便把从井道松子那里得到的情报如实相告,说地下室的通道里布满炸药,一颗子弹便可引爆,进入地下室的人不被炸死,也会被活埋其中。赵均铎瞪着余宝驹,问道,一个到中国来找铜鼎的日本娘们儿,会把铜鼎的事儿告诉你?余宝驹说,这个日本女人反对中日打仗,还跟俺有了鱼水之欢,所以才会如实相告。赵均铎一声淫笑,说日本娘们儿有一半做了慰安妇,下身估摸着跟通宝街似的,进出倒也宽敞。赵均铎的淫笑还没来得及收尾,余宝驹一拳挥了过去,把他打翻在地。赵均铎躺在地上就拔出手枪,对准余宝驹刚要扣动扳机,被一旁的林枫死死抓住胳膊。余宝驹伸手掏枪,也被林枫按住了胳膊。林枫低声叱责道,都别闹了!余宝驹说,我好心劝你们别去犯险触霉头,这个凶球却满嘴喷粪。两个店伙计模样的人，把肥胖的赵均铎从地上搀扶起来。林枫问余宝驹，你可有更好的主意？余宝驹说有，但是需要诸位帮忙。林枫说，帮忙没有问题，你得先把想法说来听听。余宝驹说，我担心你手下的人不可靠，说出来走漏风声，就搞不成事了。赵均铎咧开大嘴叉子笑道，你们一帮痞子能成什么事儿。林枫回头对赵均铎看了一眼，赵均铎勉强收声，把脸扭到一边去。林枫回过头来对余宝驹说，你尽管去干，不管用什么法子，只要不让日本人把铜鼎弄走就成，需要我们配合的地方，余先生差人送个信儿过来。

余家老宅子外面，有三个蹲点监视余宝驹的便衣，都是警察局侦缉队孙发贵的手下。自打余宝驹作为铜鼎把舵人浮出水面后，邱局长安排九个便衣三班倒，白天黑夜候在余家老宅子门口。监视就悄没声监视吧，安阳警察局的便衣偏偏不避讳，生怕余宝驹不知道自己被监视，争着抢着给余家捎信儿。先前捎信进去的几个便衣，都得了一大笔赏钱。几个腿脚慢脑子也慢的便衣，懊悔得差点抽自己嘴巴子。每次被老梁头唤进去喝酒吃肉时，便衣们都会对着老梁头表忠心，心底下却巴望着余宝驹下回再犯事，自己也能赶来报信领赏。

时近晌午，三个便衣大呼小叫地蹲在地上下五子棋，其中一个脑子灵光,把另外两个的香烟全部赢去了。不大会儿工夫,老梁头提着篮子从大门口走出来,三个便衣看到老梁头,急忙起身笑迎,忙不迭地喊着梁叔长梁叔短。老梁头不卑不亢地点着头,来到三个便衣跟前,从篮子里拿出六包老刀牌香烟,每人口袋里塞了两包。老梁头拎起篮子,说余爷心疼各位大冷天在这儿候着,让我去买条羊腿,再弄两坛子老酒,给三位官爷去去寒气。三个便衣冲着余家老宅抱拳拱手,每人恭谢余宝驹一句,其神情不亚于口呼"吾皇万岁"。

苟耀才正好从胡同口走进来,见此情形,对三个便衣道:"当心我告诉你们队长孙发贵,看他不剥了你们的皮!"

三个便衣冲着苟耀才点头哈腰,说苟队长跟余爷一个路数,体恤我们当差的辛苦,您老刀子嘴豆腐心,才不舍得难为弟兄们哩。

苟耀才不去理会他们,一闪身进了余家老宅子。余宝驹问他铜鼎是不是有下落了。苟耀才说有下落了,铜鼎就藏在元宝胡同伊藤太乙住的大宅子里。余宝驹看了苟耀才一眼,心里有些迟疑,问他消息确切吗。苟耀才说错不了,是他花了大价钱,买通了伊藤太乙的勤务兵,话里赶话套出来的。余宝驹从口袋里掏出一封光洋,递给苟耀才。苟耀才揣起光洋,对余宝驹说,元宝胡同里面有日本宪兵把守,里里外外三道岗哨,可千万不要轻举妄动。余宝驹说知道了,让他继续探听消息。

苟耀才走到门口,又回过头来,说:"要是真想动手,提前告诉一声,我把元宝胡同外围的警察哨撤掉。"

送走苟耀才后,余宝驹差老梁头把余良驹、安顺子和宋小六招呼回来,他把苟耀才带来的消息跟三个人如实通告。安顺子说,苟耀才是自己兄弟,他的消息应该更可靠。宋小六也觉得蹊跷,认为松子和他哥哥,大老远跑来中国就是为了找铜鼎,不可能把真实情况告诉余宝驹。余良驹啐了一口唾沫,说他信不过苟耀才,觉得松子说的是实情。余宝驹对宋小六说,松子不是每天给他哥哥送饭吗,你派人盯着松子,看看她到底把饭送到宪兵司令部,还是元宝胡同。

井道松子每天三次进出元宝胡同,让伊藤太乙觉得有些玩味。松子匪夷所思的举动,一开始让伊藤太乙着实兴奋了两天,他每天特意早起,并且穿戴打扮得整整齐齐,等候着与松子匆匆一晤。三天过后,伊藤太乙觉察不对劲,从玲珑胡同到宪兵司令部东门,是一条弓弦直线,她却偏偏绕道元宝胡同走弓背,仅仅是为了与自己见一面?松子早晨进入后院,明明见过一面,两个人还会寒暄几句,可为何中午和晚上还要来一趟?虽说自己对松子颇有好感,但此等心事既未对井道山说起，也未向松子表达，何来的一日三谋其面？对于松子绕道自己的住处，去给哥哥送饭这一层，伊藤太乙百思不得其解。伊藤太乙没有对井道兄妹提及婚事，不是不想提，也不是说不出口。他觉得，目前有比婚姻更重要的大事去做，那就是早日破译铜鼎的秘密，为天皇陛下挖掘出一座帝国宝库，并献上一只完整的神器。至于与松子的婚姻，可以等到荣归日本之后，再向井道兄妹提及，也是水到渠成之事。

第四天早晨，伊藤太乙依旧早早起床，梳洗打扮停当之后，正襟危坐于后院天井里品茶。

待松子手提食盒进来，伊藤太乙忙起身相迎，接过食盒放于桌子上，问道："给哥哥送饭，为何不走东门？"

松子生性坦率，便把瞎子对她说的那番话，原原本本告诉了伊藤太乙。伊藤闻听，顿生警觉，眼神中掠过一丝失落。但他不动声色，帮着松子提着食盒，一起从后门进入宪兵司令部。进了办公室，伊藤太乙唤过来翻译，让他带一队宪兵立刻去玲珑胡同，把摆摊算命的瞎子抓来。少顷，翻译带着宪兵归队，说是没有找到摆摊算命的瞎子。

宋小六抢先日本便衣特务一步，于大院街找到算命为生的唐瞎子。唐瞎子嘴里念念有词，说天地混沌，妖魔横行，为难瞎子，人神共愤。宋小六说，落到俺手里，你还有活命，落到日本人手里，你就只能帮小鬼们算命了。唐瞎子问，俺与世无争、与人为善，怎会落到日本人手里？宋小六用一条麻袋套住唐瞎子，拎起来夹在腋下，边走边说，你看不到日本便衣特务满大街都在抓算命的瞎子吗？唐瞎子说，俺要是能看见，就不给人算命哩。

在一处柴房里，宋小六把唐瞎子从麻袋里倒出来，余宝驹走上前来问他，是谁指使他去玲珑胡同摆摊算命的。唐瞎子起初还想蒙混，后来觉得有杀气扑面，有人用刀子抵住自己的咽喉，只好如实招供。说是有人出五十块钱，让他去玲珑胡同摆摊，专门恭候一位操外地口音的妙龄女子，然后把事先编好的一段说辞，说给女子听。余宝驹问唐瞎子，雇他的人是否认识。唐瞎子说不认识，只是觉得不伤人也不害命，而且还能赚上一大笔钱，无非就是让一个女人多走两步路，所以就答应了。

余宝驹觉得唐瞎子没有撒谎，就拍了拍他的肩膀，说："俺今天也免费送你一卦，半年之内不要上街摆摊算命，如若不听，必有血光之灾。"

唐瞎子咧着嘴，微微一笑，说："这位爷，您这是磕碜俺，俺明了。"

原来，宋小六派人跟踪井道松子两天，发现她每天三趟提着食盒进入元宝胡同。余宝驹闻听后，心中甚是疑惑：松子真的骗我？余家老宅子处在玲珑胡同和宪兵司令部的弓弦上，松子几乎每天晌午都会顺道去看余宝驹。余宝驹岂是能在家里闲待着的主儿，因此，松子到余家十回，能遇见余宝驹也就一两回。为了解开心中悬疑，余宝驹当天特意待在家里，专门候着松子。晌午时分刚过，松子便提着空食盒进来。余宝驹冷着一张长脸，盯着松子的杏核眼，问她为什么每天去元宝胡同给哥哥送饭。松子闻听禁不住欣喜起来，以为余宝驹吃醋，嫉妒自己每天找借口去见伊藤太乙。松子便笑吟吟道，这是秘密，说不得。余宝驹正端着余良驹烧制的康熙粉彩盖杯喝茶，"啪"的一声掷到松子脚下，摔个粉碎，茶水也溅了松子一鞋。余良驹听见瓷碎声，忙不迭跑进来，从地上捡起来盖杯杯底，说杯子是假的，杯底儿可是真材实料的康熙底。

临出门，余良驹倒是没忘了数落哥哥："吼的声音再大也不壮阳，再说松子不是窑子里的姐妹，吼啥吼！"

松子脸色瞬变，两颗清泪紧随着茶水溅落到鞋上，立在原地哽咽起来，抽抽搭搭把事情的来龙去脉讲了一遍。余宝驹仍是将信将疑，于是，耐着性子把松子哄骗回家，忙不迭把安顺子和宋小六找来，满大街去寻姓唐的算命瞎子。余宝驹手下兄弟众多，大都是土生土长的安阳人，接地气、熟地形。天还没有擦黑，便在大院街寻到了唐瞎子。宋小六夹着装唐瞎子的麻袋，往回走的时候，发现日本便衣拿绳子拴着一溜算命的瞎子，往宪兵司令部方向走去。

落实后母戊方鼎到底藏身何处，余宝驹耽搁了两天时间。与其说是落实，倒不如说是赌博，余宝驹最后押了井道松子，让吴宝才抓紧时间挖洞。余宝驹不再猜测了，时间太紧巴，因为一旦天气转暖，自己的算盘就打空了。抛开自家兄弟，选择相信自己一贯仇恨的日本人，余宝驹掐了自己好几把大腿，才定下盘子。

宋小六每天晚上去城外洹河榆树林子，给吴宝才等人送一趟酒肉、包子、大饼之类吃食，顺便看一下地洞进展。地洞已经打了将近一半，宋小六举着手电筒进入洞中，洞壁上隔不远便有一个小洞龛，用来放蜡烛照明。临近施工处的洞壁上挂着一把桃木剑，这是盗墓贼用来辟邪的法器，此番虽不是盗墓，吴宝才也把桃木剑带了进来。地洞里面，吴宝才跟四个同伙正干得起劲儿，旋风铲、短柄锹、鹤嘴锄、竹簸箕、竹筐轮番传递着，像走马灯一样歇人不歇活儿。宋小六不干盗墓活儿，此刻看着众人七手八脚地掘土打洞，竟也看得出神。

余宝驹让宋小六每次送饭食时还带去一根根长竹竿，顺进地洞里。宋小六问余宝驹，用竹竿做什么？余宝驹笑着说，到时候你就知道了。吴宝才运气还算不错，打洞位置虽处在洹河边上，却没有遇到流沙，更没有石头。三天已过，地洞已经打通多半。第五天晚上，余宝驹也来了，顺着铺满竹竿的地洞钻进宪兵司令部地下。地洞尽头，吴宝才正把耳朵贴在洞壁上探听。看到余宝驹来了，吴宝才说不能再挖了，都能听到上面走路声了。余宝驹也跟着把耳朵贴上去，却什么动静都没听到，他问吴宝才是不是真的挖到地下室了。吴宝才说，他从十七岁之后，打洞就没有打偏过，在地底下比在上面瞅得还准。余宝驹说中，让吴宝才和其他挖地洞的四个人不要回家，随时准备动手挖开最后一段地洞。宋小六给吴宝才他们在安阳城里找了落脚处，有吃有喝有睡觉的炕，只准吃喝睡觉，不准出门瞎逛。吴宝才心里明白，余宝驹说是来回跑辛苦脚力，让他们留在安阳城里得吃得喝睡大觉，其实是怕众人走漏风声。吴宝才倒也能体谅余宝驹的心思，自打铜鼎出土，消息走得比屁还快，警察和日本宪兵知道也罢，连林虑山的土匪褚大奎都知道。想到这一层，吴宝才也安心了，接下来几天里吃饱了睡，睡醒了吃，一天三饱两倒，过得也算舒服。

一日清晨，吴宝才和另外四个人尚在酣睡。突然，一阵敲门声响起，吴宝才一骨碌爬起来。敲门声是事先约定好的"三长两短"，吴宝才还以为是宋小六，打开门却发现是余宝驹。余宝驹对吴宝才说，你随俺出去溜达一趟，咱们商议一下工钱。吴宝才一听，便知道有要紧事，因为余宝驹出手阔绰，哪里会为几个工钱亲自登门商议。出了门，两个人一前一后走过两条街，进了老宋记驴肉汤店。寻了个旮旯角落座后，余宝驹点了两大海碗驴肉汤，特意嘱咐伙计每碗加双份驴肉，又点了十个巴掌大芝麻盐挂炉烧饼，还要了四块臭豆腐。两个人稀里呼噜、连咂嘴带吧唧，吃喝个干净。吴宝才抹一把油花花的嘴巴，问余宝驹，大哥找俺有啥要紧事儿？余宝驹把两个盛驴肉汤的海碗，摞在一起推到桌角，上半身往前探了探，压低声音说，你可知道日本人为什么死皮赖脸非要这个物件吗？余宝驹用手指蘸着驴肉汤，在桌子上画了一个铜鼎的模样。吴宝才点点头，说他早有耳闻，听说铜鼎的纹饰是一幅藏宝图。余宝驹问，你相信吗？吴宝才说，俺只信洛阳铲。余宝驹说这就对了，我们只相信亲眼看到的。余宝驹又说，地洞挖完了，你立了一大功，这五百块钱算是工钱，你看着分配吧。吴宝才说太多了，费不了这么多工钱。余宝驹说多一点就当封口费吧。吴宝才不再推辞，把五百块钱揣进怀里。余宝驹从口袋里又掏出一张宣纸来，递给吴宝才，说这是那个物件另一个耳朵的拓片，你找个背人的旮旯里再看。吴宝才双手接过宣纸，仔细揣进怀里。余宝驹接着说，你通晓风水，兴许能琢磨出个蹊跷来。

地洞算是打好了，余宝驹却迟迟不敢下手，因为井道松子和她哥哥井道山一直在地下室琢磨铜鼎。井道山自打得到铜鼎，兴奋得就像娶了新媳妇，日夜不离不弃。除了大小便，他几乎就没出去过，睡觉也是在楼上临时腾出的一间房子里，搭了一张行军床。研究铜鼎就研究吧，井道山却是不分白天黑夜地琢磨，有时实在困了才上楼睡觉，刚睡下就梦到纹饰之间交叉纹理有玄机，便一个骨碌爬起来，又钻进地下室。地下室作为宪兵司令部军火库后，进行了改装，在地下室入口处加了一道水泥门，厚重异常。井道山想进地下室，必须找带钥匙的值日官，值日官还得叫醒三四个宪兵来帮忙，一起打开水泥门。伊藤太乙对此还下了命令，不管井道山何时进入地下室，必须由两名宪兵充当助手，帮助他打手电、做笔录，还兼做些端茶倒水之类服务工作。即便如此，井道山也不厌其烦，什么时候想起一点蛛丝马迹，都会一头扎进地下室。他的三餐饮食，每天都由松子在家做好，再送来宪兵司令部。对于考古研究，井道松子也有兴趣，但不会像哥哥那般痴迷。她按部就班，日出而作，日入而息，每天晚上按时回家睡觉。关于井道山的工作习惯，余宝驹用不了几句话，就从松子嘴里套出来。松子的怪物哥哥不眠不休没时没点的习性，也是余宝驹迟迟不能动手的原因。而且，地下室里面只要有井道山在，就有两名日本宪兵不离左右。

伊藤太乙对余宝驹不是没有戒备，若不是碍于井道松子的面子，或许早就把余宝驹抓进宪兵队，严刑拷打关起来了。可自从真的铜鼎进了宪兵司令部地下室后，他觉得铜鼎就算锁进了保险柜。几百万中国军队都被日本人打得节节败退，余宝驹仅仅是安阳城里一个倒卖古董的小混混，借他熊心豹胆也不敢打宪兵司令部的主意。伊藤太乙一放松，邱连坤也就放松，邱连坤一放松，孙发贵更放松，孙发贵一放松，每天负责盯梢的侦缉队便衣，就被安顺子等人请去展春园喝花酒了。所以，对余家老宅子的严密监控形同虚设。

二月初一，井道松子早早来找余宝驹，相约一道去天宁寺进香。

头天晚上，松子就跟伊藤太乙交代了，第二天不能给哥哥送饭了，让宪兵司令部的伙房代劳，为井道山准备早中晚三餐。按照唐瞎子的说法,"以金冲金"的七天法事已经做完了,松子也不用每天绕道元宝胡同了。松子突然不再来元宝胡同了,伊藤太乙颇为失落。所以,松子托付伊藤太乙为哥哥准备明天吃食时,他特意问松子第二天何事。松子照实答复,说是让余宝驹陪同自己去天宁寺烧香拜佛。伊藤太乙以长兄父辈的口吻,劝诫松子不要与余宝驹走得太近,说他是一个危险人物。松子咯咯咯地笑道,说余宝驹一点都不危险,说话也比日本男人好玩儿,而且还救过自己的命,我很喜欢这个中国人。望着松子的背影,伊藤太乙咬了咬后槽牙,决意要让余宝驹死无葬身之地。

　　七天一过,余宝驹心里倒是踏实了许多。任谁都看得出来,松子上赶着巴结余宝驹。上赶着就上赶着吧,松子偏偏不会半点含蓄,似乎还生怕别人不知道她喜欢余宝驹似的,不加一星星掩饰。余宝驹对松子的巴结,却是一副年三十撞门口一只兔子——有它没它都过年的样子。除了日本鬼子的飞机扔下炸弹,炸死父母和未入洞房的媳妇外,余宝驹还担心手下的兄弟以及外人骂他,骂他是汉奸卖国贼。因此,就算他心里渐渐有了松子,表面上仍旧是一副冷冰冰的样子。可当他在祥福隆商号听到赵均铎言语侮辱松子时,立马便挥拳相向,不计后果。余宝驹对松子的冷漠,不过是自欺欺人罢了。经此一事，林枫和赵均铎心中顿时明了，那个日本女人在这个安阳地痞心里有了分量。

前往天宁寺的路上，松子问余宝驹什么时候娶她。余宝驹说中国人成亲很麻烦，得先找个媒人，说通两方家长，交换生辰八字，再办订婚事宜，最后才能办婚事。松子问道，咱们两个人都没有家长，是不是就不用找媒人了？余宝驹说长兄如父，你书呆子哥哥就是你的家长。松子说，我哥哥不会赞成咱俩结婚，他一直有意撮合我和伊藤君。余宝驹觍着一脸坏笑，问松子，那你为什么不嫁给伊藤？松子说自己不喜欢伊藤，因为伊藤是一个很苛刻的男人，对任何事情都要求完美。松子还讲了伊藤太乙自断手指的故事，说与这样的男人生活在一起，会觉得很累。余宝驹听到此处，禁不住心中一动，觉得铜鼎的事情，倒是可以利用一下伊藤太乙的性格。松子自顾自地说着，忽然发现余宝驹若有所思想着心事，便举起一双粉拳敲打他的肩膀。余宝驹回过神来，一把抱住了松子的双臂，在她的腮帮子上使劲亲了一口，惹得路人纷纷侧目。

时逢乱世，临时抱佛脚的人多，天宁寺里，各色香客络绎不绝，大殿前烟霭弥漫，跪倒一片善男信女。余宝驹嫌人多，让松子去烧香磕头，自己一人溜溜达达，进了方丈圆一法师的禅房。圆一法师正在禅房习字,背对门口,听见脚步声,顿笔空中,长叹一口气。余宝驹口诵佛号,问方丈叹气作甚。

圆一法师仍未回头,叹道:"昨夜有一乌面佛陀托梦,说今晨第一个入贫僧禅房者,便是无常。"

余宝驹笑道:"那些盗墓的贼子,倒是背地里管俺叫无常鬼。"

圆一法师搁下笔,转过身来说:"彼无常非此无常,此无常为生无常、死无常,有道是,无常迅速,念念迁移,石火风灯,逝波残照,露华电影,不足为喻。"

余宝驹说:"法师,你别跟俺绕佛经,绕了也是白绕,俺听不懂。"

圆一法师摇了摇头,说道:"余施主慧根佛骨兼具,只是缘分未到,若能暂时寄身小寺,参禅三五载,便可破此无常。"

余宝驹笑出声来:"让俺出家当和尚?法师,像俺这种人,进庙门烧香都生怕污了佛门净地,你还让俺当和尚,就不怕俺把展春园的窑姐带进来?"

圆一法师再次摇了摇头,说:"佛门广开,普度众生,不拒一草一木、一沙一尘。"

"你们寺院怎么跟政府抓壮丁似的,什么人都要呢?"

余宝驹大刺刺地坐上禅床,接着数落方丈,"俺一吃喝嫖赌的主儿,怎做得了和尚?这一点,你们就不如人家道士,俺前年去三清观,看见一秃子哭着喊着要做道士,人家就是不收,俺琢磨来着,肯定是那帮牛鼻子嫌秃子头上绾不起发髻来,碍了三清观体面。"

圆一法师不再辩解,拾起刚刚写就的一幅隶书,说:"贫僧已经尽力,送一幅字与余施主,望施主好生参悟。"

余宝驹忙起身,接过字来,只见上面写着:积聚终销散,崇高必堕落,合会要当离,有生无不死。余宝驹把字幅三五下折起来揣进怀里,说这个俺看得懂,都是大实话哩,不用参悟。圆一法师说,此乃《阿含经》经文,其中包含大智慧,还是请余施主品味再三。余宝驹称谢,说回去就让弟弟装裱起来,吃扁粉菜的时候就着一起品味。松子走进禅房,给圆一法师鞠躬施礼,方丈忙诵佛号还礼。余宝驹借机告辞,圆一法师照旧送出庙门。

望着余宝驹的背影,圆一法师尚不死心,说:"天道无常,世道无常,人道亦无常,余施主早日回头,方能得以善终。"

余宝驹回过头,问道:"总说天道无常,方丈看看这大晴天,啥时候变天哩?"

圆一法师举目望天,回道:"三日之后,必降大雪。"

余宝驹回到家中,让宋小六跑一趟文官村找吴庆德,顺便去一趟向水屯找李守文,再去大院街的祥福隆商号找林枫,最后跑了一趟林虑山找褚大奎,告知四处人马,说三天后,二月初四晚上动手。宋小六问,为什么选在二月初四晚上动手?余宝驹说圆一法师看过天象,说是二月初四必降大雪。宋小六又问,万一从地洞进了地下室,遇到井道山和宪兵怎么办?余宝驹说他自有办法。

二月初三,仍是个晴天,余宝驹心里开始打鼓。宋小六问,那和尚会不会诓咱们?余宝驹说,诓倒是不会诓,他正想拉俺入伙哩,俺担心的是他算得不准。要不要迟些时候再动手?宋小六问。余宝驹说来不及了,洹河眼看要开河了。宋小六说,开了河也没事,可以用船。余宝驹说,伊藤太乙正等消息呢,没准哪一天就把铜鼎拉到日本了。两个人正说着,松子进门了,手里提着一个篮子。余宝驹问她篮子里装着什么。松子说是印油,为了哥哥身体着想,她想今天把铜鼎上的图案拓印下来,让哥哥在家里研究铜鼎上的纹饰。余宝驹岔开话题,说正要去找你,你就送上门来了。松子问找她什么事儿。余宝驹说,明天晚上在家里设了订婚宴,让松子把她哥哥一并请来,喝喜酒。井道松子闻听此言,满心欢喜得乱七八糟，差点把手里的篮子掉地上。送走松子，余宝驹跟宋小六说，你把狗尿苔找来。

傍晚时分，苟耀才来了。

余宝驹说："明天晚上突袭元宝胡同，把铜鼎夺回来。"

苟耀才说："好，我把元宝胡同外围的警察哨全部撤掉，大概几点动手？"

余宝驹说："十点吧。"

苟耀才说："大哥一定要小心啊！"

二月初四一大早，余宝驹尚未起床，便听到院子里传来"喀哧喀哧"扫地声音，他冲着院子喊了一嗓子："下雪啦？"

老梁头回道："大雪哩。"

十七

井道山从镜子里看到胡子拉碴的一张脸，差点都认不出自己，想来已经半个月没有离开过宪兵司令部。就算再迷恋铜鼎上的玄机，妹妹订婚仪式还是要参加的。他原本反对松子嫁给中国人，尤其是像余宝驹这样一个在安阳城里倒卖古董的小混混。若是回到日本，说起妹妹这段婚姻，大家会怎样看松子？又会怎样看自己？自己耽误了就耽误了，松子已经二十二岁，的确到了谈婚论嫁的年龄。都怪自己，从未替妹妹考虑过终身大事。初到安阳，他也曾动过心思撮合自己的大学同学伊藤太乙和松子来往，一厢情愿地认为松子也一定会被伊藤太乙吸引，二人会顺理成章地结合。可没料到的是，就在他全身心研究铜鼎的这段日子里，松子却爱上了余宝驹，竟然到了谈婚论嫁的地步。

伊藤太乙虽说年龄大一些，可家世显赫，人品也优秀，而且在圣战中屡立战功。

在这场以国家名义发动的战争中，几乎所有日本人都被洗脑，即便是井道山这样的反战派，时间稍久，也会不自觉地在脑子里冒出"圣战"这个词汇，替代他原本认为的"侵略"。

井道山在浴室里，一边刮胡子，一边检讨自己的失责。就算木讷，他也能看出来，伊藤太乙对松子也有些意思，可松子好像不领这个情，偏偏喜欢余宝驹那个小混混。自己真支持了松子的选择，会不会伤了伊藤君的心？井道山还在左右思量，要不要答应这门婚事，松子捧着井道山的和服走进浴室。井道山问她，是不是再慎重考虑一下婚姻大事？

松子说："我已经是他的人了。"

井道山一声长叹，默默地接过和服，穿戴好之后，他问松子，余宝驹都请了什么客人？松子说，除了我们俩没有其他客人。井道山说订婚宴席，这么冷清怎么行？松子说，我们在这里也没有朋友，要不要请伊藤君一起去？井道山翻动了两下眼球，说算了吧。

兴许是晚冬最后一场雪的缘故，雪片子大得像棉花朵子，且从凌晨到夜晚足足飘了一天，愣是没歇过晌。安阳的孩童们撒着欢儿在大街上奔跑，南街滚个雪球，北街堆个雪人。还把春节时没舍得放完的鞭炮，一股脑儿拿出来，不一会儿工夫，就把刚刚堆好的雪人炸得七零八落，欢愉的笑声回荡在安阳阴郁的空中。

夜晚，洹河边上的榆树林子，吴庆德牵来一匹健壮的骡子，四只蹄子上包裹着苫布，行走在雪地里悄无声息。安顺子把一个用竹竿做的简易雪橇从洞里拽出来，吴庆德接过雪橇的绳子，绑在骡子身上。安顺子看了一眼怀表，示意宋小六和另外几个手下钻进地洞。地洞尽头，吴宝才他们已经挖到了军火库地下室，吴宝才举起铁锹，轻轻敲了两下，说这就是地下室的水泥地面。安顺子和宋小六从腰里拔出自来得短枪，顶上火，对准上方。吴宝才见他两人准备妥了，这才举起镐开凿。凿了几下之后，侧着耳朵倾听一会儿，确认地下室没有人，众人这才甩开膀子干起来。一刻钟后，水泥地面被凿开了，地下室的灯光泻进地洞，照亮了几张既紧张又兴奋的脸。宋小六探上头去，看见后母戊方鼎就在自己面前五六尺远的位置。一干人鱼贯进入军火库，把铜鼎抬进地洞，地洞中事先铺设好竹竿，拖着铜鼎比抬着铜鼎走轻省了很多。洞口处，吴庆德早已把雪橇备好，众人把铜鼎抬上雪橇后，便作鸟兽散去。吴庆德和宋小六牵着骡子，沿着洹河冰面悄悄往下游走去，铜鼎架在雪橇上，滑动起来没有丝毫阻碍。虽说正在下雪，气温已远不如寒冬腊月天。一匹大骡子再驮上一只一千多斤的铜鼎，冰面不时地发出"咔嚓咔嚓"的碎裂声。吴庆德和宋小六两个人提心吊胆，一怕被日本人发现，二怕连鼎带人带骡子，一起陷落洹河。两个人一直往下游走出两三里地，确信城墙上的日本哨兵听不到声响，这才催动骡子奔跑起来。骡子跑起来后，冰面上的"咔嚓"声顿消，于是，懂事的骡子跑得更加欢实。洹河的冰面上留下一道雪橇的痕迹，不过大雪没有停下来的迹象，而且愈下愈急，约摸有个一袋烟的工夫，大雪就把雪橇的痕迹全部覆盖。

一刻钟过后，雪橇已经远离安阳城。吴庆德和宋小六赶着骡子拐出河道，上了一条马路。马路上停着一辆小型卡车和几匹快马，听见动静后，林枫和赵均铎等人从卡车里钻出来。看到雪橇架子上的铜鼎，两人吃惊不小，林枫问赵均铎："余宝驹如何知道今天下雪？"

赵均铎说："前几天，看到余宝驹的手下满安阳城里找算命的瞎子，我估摸着是瞎子帮他算的。"

吴庆德从雪橇上抽出一把大油锤，宋小六用苫布把铜鼎仅剩的一只鼎耳裹了起来，吴庆德举锤就要砸。林枫急忙伸手拦住，问他要干啥。吴庆德说，是余宝驹嘱咐他敲掉一只鼎耳，他作为股东要保留铜鼎的一部分。就在此刻，安阳城里突然响起密集的枪声，林枫和赵均铎一愣。宋小六说没事，是余大哥的疑兵之计，让林虑山的褚大奎到元宝胡同抢铜鼎。林枫问，为什么去元宝胡同抢铜鼎？宋小六说，邱连坤想借日本人除掉俺们，透露消息说铜鼎藏在元宝胡同伊藤太乙家里，大哥将计就计，让褚大奎带几个人前往元宝胡同牵住宪兵，骚扰一下就撒丫子跑人。

到目前为止，整个布局完全由余宝驹掌控。此刻，他虽然坐在家中喝订婚酒，可整个环节丝丝相扣，无一偏差。此等运筹帷幄的能力，竟然出自一个安阳街头的痞子混混，不由得让人心生敬畏。林枫和赵均铎对望了一眼，只好任由吴庆德砸鼎。吴庆德足足砸了二十多锤，才把鼎耳敲下来。铜鼎被抬上林枫和赵均铎的卡车后，宋小六从怀中掏出两张鹅黄信笺，递给林枫。林枫接过信笺，只见第一张上面写道：宋小六与吴庆德将铜器运至风来渡，交由林枫。信笺左侧留白，乃是接手人签名处。第二张鹅黄信笺则是：林枫将铜器运至错埠岭老槐树，交由李守文。林枫笑着点头，在第一张信笺上签名，交还给宋小六，把第二张信笺折叠好，装进上衣内侧口袋。宋小六装好收条，对林枫说，事不宜迟，望林先生即刻启程，李守文还在错埠岭候着二位呢。说罢，宋小六与吴庆德一人牵着骡子，一人抱着鼎耳，消失在雪夜里。

目送着二人走远，赵均铎问林枫，我们真的要把这玩意儿运到错埠岭？林枫已经钻进卡车驾驶室，回过头来对赵均铎说，我与余宝驹已有口头契约，土匪和八路军都守约了，我们作为政府岂能落下话柄。赵均铎说，上峰让我们控制铜鼎，可我们却把到手的铜鼎交出去，这是渎职失职。赵均铎接着说，余宝驹比猴子还精，铜鼎一旦交给李守文，我们就失控了。林枫说，余宝驹既然信任我们，咱们也别辜负他，日本人对这个物件这般上心，光凭咱们几个人，估计是保不住它。林枫不再理会赵均铎，催促司机赶紧开车。赵均铎无奈，只好跟着钻进驾驶室，卡车轰鸣着向西开去。一路上，风未起，雪未停，大雪洋洋洒洒，浑不知已是早春时分。

卡车在马路上开了足足一个多钟头，才临近错埠岭。错埠岭是一处十几里的连续上坡，卡车速度减缓下来，祥福隆商号的七八个伙计骑着十几匹快马，这才渐渐追赶上来，人和马的嘴里都"呼呼呼"地冒着白气。在一处陡坡上，卡车轮子陷进一个雪窝子里打滑，就地停在半坡上。林枫和赵均铎下车，指挥着伙计们拴上绳子，用十几匹马才把卡车拉上错埠岭。

错埠岭的最高处长着一棵近千年的老槐树，被当地人奉为树神。大雪之夜，错埠岭之巅，巍巍老槐树端着一身遒劲白装，透出几分不俗和诡异。逢年逢节的，老槐树上挂满了红布条，都是周围十里八乡前来祈愿的人挂上去的。至于灵与不灵，祈愿的人不知道，老槐树亦不晓得。

卡车开至老槐树旁，停下来，赵均铎和林枫从卡车驾驶室下来。赵均铎环望四周，说怪不得余宝驹让咱们跑第二棒，下这么大雪，再好使的骡子也难把这个物件驮上错埠岭，敢情是利用咱们的卡车啊。林枫说，若是李守文手里有卡车，估计余宝驹早就甩开我们了，这是明摆着的理儿。两个人正说着话，一行人护着一辆两头骡子的马车，由远而近走过来。

马车在卡车十丈开外停下，一人跳下马车走过来，朗声喊道："是祥福隆商号的林枫林老板吗？"

林枫抱拳拱手："阁下就是李守文吧？"

李守文抱拳回礼："我对林老板景仰已久，在下不才，正是李守文。"

两个人正在寒暄，远处突然传来一声闷响，远眺安阳城，一股火柱冒了起来。林枫和赵均铎正在诧异，李守文说，余宝驹为了拖延时间，借机把宪兵司令部的军火库给炸了。李守文又说，你们倘若派特战队硬攻的话，此刻恐怕早已葬身火海。

林枫感叹道："余宝驹运筹帷幄，堪比国军一个特战队。"

李守文也点头赞道："的确是一个帅才。"

验明正身之后，众人相帮，把卡车上缺了双耳的铜鼎搬运到马车上。林枫掏出鹅黄笺，让李守文签字完毕，两拨人马随即道别。李守文驾着马车，带领手下往错埠岭坡下走去。赵均铎问林枫，此等国之重器，我们就这样得而复失了？林枫望着远去的马车，幽幽地叹道，得之非福，失之非祸，今天晚上我们走了大半夜，其实都在日本人第一道关卡内，再往外走就出不去了。林枫接着对手下说，宪兵司令部的军火库炸了，估计日本人非把安阳城折腾个底朝天，咱们暂时避一避风头，各自去第二落脚点吧。说罢，众人各自骑上马，转眼间散了个干净。赵均铎见众人走远，他立在当地犹豫了片刻，拨转马头，朝着李守文驾车离去的方向，一路追了过去。

安阳城内余家老宅子里，余宝驹、余良驹、井道山和井道松子四人相坐对酌，虽说是订婚喜宴，宾主却各怀心事，气氛不仅沉闷，更显怪异。老梁头不停地往上端菜、往下撤菜，四个人找不到合适话题，只好一味地夸赞老梁头的厨艺，整个订婚喜宴，仅数下人老梁头一个人高兴。松子本来也高兴，毕竟是自己终身大事，人也是自己挑的，哥哥井道山虽说不赞成这桩婚事，可到底还是来了，也算得到默认。酒席宴间，任凭她如何转换话题调节气氛，都不见起色。这场酒喝得别扭，是四个人心知肚明的事儿，因为那只大铜鼎"搁"在他们中间。就算酒席上不说铜鼎，可四个人心里却都装着铜鼎。"四个铜鼎"倒是不打架，两个是兄妹，两个是兄弟，兄妹和兄弟之间还有一双恋人，说来说去还都是亲戚。亲戚四人，两个人想着破译铜鼎，两个人想着偷铜鼎，心里把劲儿都拧巴到了尽头，嘴里还要说风花雪月百年好合，这场酒一不留神就能喝进肺管子里。

突然，一阵密集枪声传来，屋里四人停箸侧耳。松子问哪里打枪。余宝驹说，安阳城里带枪的只有日本宪兵和警察。井道山说，宪兵不可能跟警察火拼。余良驹没心没肺，继续胡吃海塞狂喝酒。喝酒本来也没错，订婚喜宴就是要喝酒，可余良驹喝酒就是喝酒，不敬酒也不劝酒，被哪口菜噎着了，端起酒杯来"咕咚"一大口，把菜送下去后，接着再吃。余宝驹倒是礼节周到，每每端杯都要敬井道山，井道山象征性举举杯子、沾沾嘴唇就放下。兴许是气氛太过尴尬，余宝驹席间起身进了一趟卧室，捧出一只锦盒，递到井道山面前，说，俺余某人虽是次婚，但礼数上还得周全，此乃安阳曹魏大墓中出土的玉佩一枚，权当彩礼，赠与先生。井道山接过锦盒，取出玉佩，仔细把玩起来。其实，余宝驹早就从松子嘴里闻听井道山爱玉如命，所以今天才会酒席间相赠汉玉。这块玉佩，是前年中秋，左家庄几个盗墓贼扒开当地人传说的一座曹魏大墓，从中盗得。宝贝在手里还没有焐热乎，余宝驹带着手下弟兄，当夜摸黑进了左家庄，接手了曹魏大墓的宝贝，其中包括这块玉佩。

看到井道山认真的神态，余良驹放下杯筷，问道："你也懂玉？"

未等井道山开口，松子抢先插话："我哥哥最喜收藏古玉，从中国流传到日本的古玉，有一半进了井道家。"

井道山摘下眼镜，揉搓着眼睛，说道："这块古玉就算是出自汉墓，也非汉玉，而是商周之物。"

余良驹有些怀疑："井道先生怎敢如此确定？"

井道山说："你若是说到别的物件，我只能辨识其朝代纹饰和风格流派，但若是古玉，我倒是有一些拙见。商周之玉器，重神态，轻形象，拙朴单纯，细部多以双勾隐起隐落的阳线作为装饰。秦汉之玉器，虽也雄浑遒劲，但雕法细腻，隐起处使用了阴线雕刻技法，阴阳二线雕刻之法，为商周和秦汉玉雕的分界依据。既然能为曹魏重臣殉葬，必是精雕细刻之玉，而此玉佩只有阳线，没有阴线，所以，它是商周之玉,绝非秦汉之玉。"

井道山一番玉论,惊得余氏兄弟张大了嘴巴,半天合不拢。

余良驹率先回过神来,起身回到自己卧房,抱出一堆锦盒来。他打开其中一个盒子,拿出一个白玉笔洗,笔洗通体白润,色泽温和,上端有一绺绺红色血沁,自上而下弥漫贯穿,把笔洗打上一个独一无二的印记。即便是不识玉的人,看到此物件,也会爱不释手。

余良驹把笔洗递给井道山,说道:"井道先生可否说说这个笔洗的身世来历?"

井道山重新戴上眼镜,捧着笔洗细细端详。片刻后,井道山莞尔一笑,说:"此笔洗乃是独山玉,独山玉以沁为贵,这个笔洗上的血沁非天然形成,而是将玉雕烘烤加热,待玉质松懈后,再把鸡血浇注上去形成的玉沁,也就是你们河南人俗称的'牛毛纹'。"

余良驹翻弄了一下白眼,既不承认也没否认,他接过白玉笔洗装入锦盒,转手又打开另一个锦盒,从中取出一块古香古色的玉璧。这块玉璧呈焦糖黄色,通体无光,表皮上泛着油润的蜜蜡色,打眼一看便知年代久远。

井道山眼睛一亮,双手捧接过玉璧来,眼神越看越暗,最后摘下眼镜,将玉璧丢给余良驹,说:"这个物件的工艺较比先前的笔洗,倒是多了几道工序,此乃普通的羊脂玉,雕刻成型后,先经高温油炸,变其色,再把糖炒焦涂于玉璧之上,固其色,去其光,看上去颇似一块古玉,岂不知,玉已毁之!"

余宝驹坐于一旁,不动声色地自干了一杯酒,心中惊诧:只知道这个书呆子爱玉、藏玉,但不知道他如此精通玉道。

余宝驹也暗自庆幸:多亏他对青铜器仅仅是学问研究,不然如何都逃不过他这一关。

余良驹一张不亢不卑的丑脸上,丝毫看不出害臊。他装好了油炸糖炒玉璧,再打开一只锦盒,拿出一个白玉雕刻的物件,举到井道山面前,说:"这只玉虎可是个老物件,井道先生千万不要看走了眼。"

井道山的脸上已现厌恶神色,竟不愿意伸手去接余良驹递过来的物件。一旁的松子担心冷场,起身接过余良驹手中的物件,放在井道山面前道:"哥哥看一眼嘛,说道说道也让我们长长见识。"

井道山无奈地叹口气,重又戴上眼镜,低头看一眼桌子上的物件,用不屑的口吻道:"这不是虎,而是狴(bì)犴(àn),也叫宪章,龙生九子的第七子,形似虎,专司狱讼之事,你们中国的衙门、公堂、监狱的门上,刻着的就是这个狴犴，而非老虎。"

余良驹道："不管是虎是'便'，要怪只能怪这个物件太老，老得俺都看不出原先的样子。"

井道山刚刚只是粗看了一眼，便被眼前这个白玉狴犴吸引了，整个物件呈土红色，幽幽地泛着白光。狴犴的形态古朴，线条流畅，单纯中透着威严。狴犴的表皮上土花点点，血色斑斑，显示出时间的痕迹。突然间，井道山站起身来，举起白玉狴犴狠狠地摔在地上，一声脆响后，物件被摔得四分五裂。

余宝驹跟着站起身来，问道："井道先生何故这般动怒？"

井道山怒不可遏，愤愤然道："土藏古玉，常常带有两种印记，土花和血斑，土花印记多出自北方干旱地带，血斑印记多出自南方湿润地带，一块古玉上带着这两种印记，只有一种可能，就是传说中的'狗玉'。"

松子问："什么是狗玉？"

井道山说："狗玉，便是将狗宰杀之后，趁着狗血未干之际，把玉件缝进狗肚子里，再把狗埋于地下，数年后取出玉件，便有了古玉的痕迹。"

井道山长叹一声，接着说道："你们中国东汉年间，有一位大学问家叫许慎，他将玉赋之五德，仁、义、智、勇、洁，执身如玉，守身如玉，君子无故、玉不去身，玉乃天地日月圣洁之精华,尔等竟然能够这般污玉、毁玉,你们身上还有人性吗!"

井道山一通训斥过后,屋里一片静寂,老梁头推门,端上一道葱爆羊肉。老梁头精于世故,瞧出屋里的氛围不对头,便介绍起自己亲手烹制的葱爆羊肉。说了半天,老梁头见无人搭腔,便知此事不是自己能够左右的,只好关门退出屋外。

余宝驹自斟自饮一杯,放下酒杯,冲着井道山说:"不错!这些物件是俺家兄弟亲手做的,不过,都是为你们日本人做的。自打俺爹俺娘俺媳妇被日本人的炸弹炸死后,俺就给通宝街立了一个规矩,不能卖真货给日本人!当然,俺也告诫手下弟兄们,不能卖假货给中国人!"

井道山依旧愤然:"中国人做生意,向来讲究童叟无欺,在生意场上,中国人和日本人别无二致。"

"错!日本人到中国来,不是来做生意的,你们是来烧杀抢夺的。"余宝驹说。

松子急匆匆把话挤扁了,插嘴道:"我和哥哥来到中国,既非做生意,也非烧杀抢夺,我们是来进行科学考古的。"

余宝驹对松子说:"俺当初若是不交出铜鼎,俺家兄弟和文官村一干乡亲,都将死于日本人的屠刀下,由此看来,你们的科学考古也是杀人和抢劫。"

井道山说:"你说的是政治,跟你们肮脏的造假行为有什么关联?"

余宝驹说:"俺不懂什么狗屁政治!井道先生,通宝街上的人都是靠买卖古董活命的,自打俺不让他们跟日本人交易之后,有多少人饿着肚子在背后骂俺,所以,俺们兄弟才不得不出此下策,造假货打发你们日本人。你爱玉、藏玉,没有错,但你心里只有一人之喜好,俺们却要照望安阳苍生之疾苦;你可以独善其身、执身如玉,俺们却还得刀头上舔血,夹缝里求生存,这些是非曲直,你知道吗?"

余宝驹话音刚落,便听到远处传来一声巨响,震得酒杯里的酒都倾洒到桌面上,屋里的四个人面面相觑。

井道山脸上突然变色道:"会不会是宪兵司令部出了事?"

听井道山这么一说,松子也跟着站起身来,说不会那么巧吧。余宝驹说,安阳是你们日本人的天下,出不了大事儿,咱们继续喝酒。余良驹神情坦然,他把几样玉器收到锦盒里,照旧坐着吃肉吃菜,噎着了就拿酒往下顺。井道山说不行,得去趟宪兵司令部看看。临走时,井道山对着余宝驹深鞠一躬,说拜托余宝驹好好照顾松子。余宝驹鞠躬还礼,说中国人娶个媳妇都是回家照顾男人的。井道山披上大氅,长叹一声,与松子消失在大雪里。

已近深夜时分，雪却没有丝毫停下来的迹象，没有遮拦的平坦处，积雪已经没过小腿。一些上了年岁的老者，透过门缝瞅着地上厚厚的积雪，嘴里念叨：几十年没下这么一场大雪哩。

李守文等人驾着马车，一路往西南方向狂奔，大概出去二十多里路。隐约看到一片片松柏的轮廓后，李守文勒住缰绳，示意后面骑马的手下放慢速度。一驾马车，六骑马匹，悄然穿行在飘雪的巨松古柏间，除了马的喘息声，寂静一片。偶尔会有"嘎巴嘎巴"一两声，想必是积雪压断松枝的声音。前方约摸上了一条石板路，马蹄力透积雪，发出轻微的"嗒嗒"声，好在隔着厚厚的积雪，"嗒嗒"声沉闷且不致远。一彪人马行至一座寺庙前，李守文示意众人下马，只见寺庙大门上方三个斗大的隶书：天宁寺。

李守文轻步上前，推了推天宁寺紧闭的庙门，对一位干瘦汉子耳语几句，干瘦汉子走到寺庙院墙根一棵柿子树下，三五下便攀了上去，转而从树干跃上寺庙墙头，进入寺院。少顷，天宁寺的庙门被打开，李守文伙同六七个手下，"吭哧吭哧"抬着铜鼎进入寺院。后母戊方鼎太过沉重，众人铆足一口气顶多走二十步，便要停下来，喘一阵子粗气。约摸费了一顿饭的工夫，才把铜鼎抬至大雄宝殿的香炉前。大家耐着性子，把香炉里的香灰一捧一捧倒腾进铜鼎，再把空香炉移开，最后把装满香灰的后母戊方鼎移到香炉的位置。干瘦汉子找来一把扫帚，把大雄宝殿前凌乱的脚印扫平，如此一来，稍稍覆盖一层雪，便看不到人的痕迹。接下来，众人抬起香炉，悄悄地出了天宁寺。干瘦汉子如法炮制，待众人尽数出寺，他关闭庙门，随后攀上墙头，跃上寺外的柿子树，下到地面上来。

　　天宁寺门口，李守文留下一个手持自来得短枪的暗哨。随后跟踪而来的赵均铎不敢往前靠近，只能远远躲避起来瞧动静。起先，他看到李守文一干人，把铜鼎"吭哧吭哧"抬进天宁寺，心里兀自纳闷：把宝贝藏到寺庙的何处？大概一顿饭的工夫，只见这帮人"吭哧吭哧"又把"铜鼎"抬出了寺院，沿着院墙根走了不远，把"铜鼎"填进一个事先挖好的土坑，紧接着埋土埋雪，把遗留的痕迹清扫得干干净净。赵均铎一头雾水：李守文他们为何先把铜鼎抬进天宁寺，随后又抬出来掩埋？赵均铎正在凝神琢磨，忽听李守文招呼手下上车的上车、骑马的骑马，一眨眼工夫，一彪人马散个干净。赵均铎这才从树后出来，径直走到众人埋"铜鼎"的地方，愣了一会儿神，才骑上马离开天宁寺。

　　此刻，安阳城里已经炸开了锅。军火库的爆炸声，几乎惊醒了安阳城所有人。胆小的人用被子蒙上头，缩在被窝里哆嗦。胆大的家伙爬上墙头房顶，望着宪兵司令部的火光，瞧热闹。安顺子早就撤回家中。他按照余宝驹事先安排，等到铜鼎运出地洞两个钟头后，引爆地下室的炸药。中间若有其他变故，也可以提前引爆。余宝驹说的"中间变故"，是指日本宪兵突然进入地下室，或者是井道山中途返回宪兵司令部。既然中间没有变故，安顺子就得找事儿，来打发余下的两个钟头。他先是在地下室里转悠了一圈，发现满屋子里全是军用武器、弹药。安顺子犹豫了片刻，因为余宝驹先前叮嘱过，不要碰军火库里任何东西。可面对着一屋子能卖钱的物件，让安顺子空着手走，确实是比杀了他还要难受。挑来挑去选了半天，他最后相中了"王八盒子"（南部十四式8毫米手枪）。"王八盒子"是安阳人给日本军用制式手枪起的诨名，因为手枪枪套盖子又圆又大，形似乌龟壳，故命名之。安阳黑市上，一把自来得短枪卖到了三百光洋，若是进口的正宗毛瑟枪，至少能卖到四百块。日本的王八盒子射击精度不高，口碑不算好，但是短小精巧，有钱人用来防身，还是挺合适的。虽说黑市上没见过有人倒卖王八盒子，但这枪卖一百五十块，应该还是个抢手货。于是，安顺子连装子弹带配枪套，整理出十支王八盒子，全都披挂在身上。看看时间刚好过了两个钟头，他便从雷管盒子里拎出一捆引线，接上雷管，插入地下室通道的炸药中。安顺子扯着引线，钻进地洞里，长度刚好够到洹河边上的榆树林子。安顺子点燃引线，背着十支王八盒子，手里拎着自己的两支自来得短枪，"叮叮咣咣"一路小跑，隐没在黑夜里。跑出不到半里地，身后"轰隆隆"传来一声巨响，安顺子知道得手了，但也把日本鬼子惹毛了。

十八

宪兵队的三层小楼被炸塌了,顺带炸死七个宪兵,军火库完全被毁。伊藤太乙火冒三丈,先是警察局传来消息,说有人今晚偷袭元宝胡同,目标是将他置于死地。伊藤太乙早早布阵,几乎调来全部宪兵,把元宝胡同围成"口袋阵"。阵势布排好了,偷袭的人也来了,但来者不像是偷袭,倒像是来捣乱的。捣乱者在口袋阵的袋口放了一排枪,就没了人影。现场只找到一支"汉阳造"步枪,枪托上刻着三个字"褚家寨"。伊藤太乙早已下令城门紧闭,等偷袭的人马消失后,再查城门时,发现西城门的岗哨全部被干掉,城门洞开。伊藤太乙觉得此事蹊跷:既然邱连坤知道有人偷袭,必然知道偷袭者是谁,他为何隐匿不报?刚刚想到此处,忽然听到宪兵司令部大院传来一声爆炸,紧接着火光冲天。伊藤太乙暗叫上当，带领宪兵直扑大本营。待看到自己的三层办公楼被夷为平地，他估计铜鼎肯定被毁了。伊藤太乙命令工兵清理残垣断壁，挖掘地下室军火库。他接着又让传令兵把邱连坤叫来。

邱连坤坐在办公室里，先是听到元宝胡同方向枪声传来，心里暗自得意，觉得假伊藤太乙之手除掉余宝驹，的确是一箭双雕的妙计。余宝驹一直是安阳城治安的心腹大患，自己手下的人被余宝驹收买的不在少数，警察局打个盹儿，余宝驹就知道做的什么梦，警察局包个饺子，余宝驹就知道包的什么馅儿，此贼早就该除掉。除掉余宝驹的另一大收获，便是能把他多年来明抢暗夺的大批古董据为己有。邱连坤正在办公室里偷着乐的当口，宪兵队传来的爆炸声几乎把他吓个半死。他从椅子上出溜到地上，又急忙从地上爬起来打电话，宪兵司令部那边已经无人接听电话，邱连坤知道自己惹上大麻烦了。他额头上渗出一层汗珠子，第一滴汗珠子"吧嗒"一声落到地面上，办公室的门被推开了，两名全副武装的宪兵闯进来，让他即刻去宪兵司令部。邱连坤说稍等片刻，他让手下把苟耀才找来。此刻，苟耀才正躲在值班室里冒虚汗，一听邱连坤找他，差点失禁尿了裤子。

前往宪兵司令部的路上，苟耀才调整一下情绪，对邱连坤说:"邱局长,秦宝宝昨晚上又给俺讲了一个绝的,说道光年间,天宁寺有位方丈德高望重,洁身苦修,可圆寂时,最后一口气无论如何都咽不了。徒弟们问方丈有何心愿未了。方丈说修行一生未见过阴户,临终抱憾不得咽气。徒弟们见方丈折腾得厉害,便花钱租来一妓女,让方丈开眼界。等妓女脱下裤子后,方丈一声感叹,说原来和尼姑是一样的啊。说完,方丈才咽了气。"

邱连坤没好气地骂道:"你娘个屄,一会儿就轮到你咽气了。"

日军工兵找到地下室军火库的位置,打了一个"竖井",先行探勘铜鼎是否安全。伊藤太乙站在废墟上眼巴巴地瞅着,井道山和井道松子站在他的身后,也是一脸凝重。邱连坤捯着小碎步跑到伊藤太乙跟前,恭恭敬敬行一个九十度鞠躬礼。伊藤太乙斜了他一眼,问他从哪里得到有人偷袭元宝胡同的情报,邱连坤又深鞠一躬,说是巡逻队队长苟耀才提供的情报。

苟耀才一听提到自己名字,双腿就开始哆嗦,他颤颤巍巍跑上废墟,鞠了一个比邱连坤还深的躬,说:"报……报告伊藤太君,是余宝驹亲口说的,今天晚上要偷袭元宝胡同。"

伊藤太乙搓着下巴问:"余宝驹?"

"是的，太君。"苟耀才挺直腰杆，"是余宝驹。"

"胡说！"松子往前紧走两步，"今天是我和余宝驹君订婚的日子，他怎么会去偷袭元宝胡同？"

伊藤太乙回头望了一眼松子和井道山，脸上露出讶异的神情，他很难相信井道松子居然会跟余宝驹订婚。

井道山冲着伊藤太乙点了点头，解释道："今天晚上，本来也想请伊藤君一同去喝喜酒，可是考虑到您军务繁忙，就没有打扰您。"

伊藤太乙一脸嫉恨地问道："你们一直喝喜酒喝到现在？"

井道山说："我们一晚上都在余宝驹家喝酒，听到爆炸声，才赶过来。"

伊藤太乙拔出刀来，指着苟耀才："究竟是什么人偷袭我的寓所？你又是怎么得知消息的？"

"是……是余宝驹，是余宝驹的弟兄们干的，是他亲口说的。"苟耀才已经语无伦次。

松子说："余宝驹的弟弟余良驹，今晚和我们在一起喝酒，这个时候，估计他已经喝醉了。"

苟耀才："不是、不是余宝驹的弟弟，是余宝驹……手下的兄弟。"

这时候，工兵已经打通了地下室的"竖井"，一名灰头土脸的工兵爬上来汇报，说地下室里没有发现铜鼎，而且在地下室下方发现地洞，一直通向城外的河边。伊藤太乙闻听报告，已经怒不可遏，举起佩刀劈向苟耀才。一股血流差点喷到松子脚上，吓得她一声尖叫，扑向井道山。苟耀才倒在地上还没咽气，伊藤太乙便已后悔。按照惯例，至少应该严刑逼问苟耀才，查出背后的来龙去脉。但是，铜鼎在自己眼皮子底下丢失了，加上松子与余宝驹订婚的消息，让伊藤太乙有些恼羞成怒。这一刀劈下去，与其说是劈了苟耀才，倒不如说劈的是自己内心的私愤与嫉妒。

安阳通往外界的道路，全部重兵设卡，检查所有车辆和货物。安阳城戒严，日本宪兵和警察进行全城搜捕，查找铜鼎下落。军火库下面的地道里铺满竹竿，侦缉队长孙发贵把安阳城仅有的两家竹业社的掌柜抓来，让他们交代是谁最近到竹业社里买过这么多竹子。一高一矮两个掌柜矢口否认，说这绝对不是自家竹业社出来的竹子，因为他们各自社里卖出的整根竹子，都用烙铁在粗头烙上印记。地洞里的竹子粗头干干净净，什么都没有。孙发贵不放心，亲自跑到两家竹业社去看，发现果真如此，每根竹子的粗头都烙着各自印记。孙发贵问两个掌柜，安阳地界上还有谁经营竹子？高个子掌柜说没有了，开竹业社主要是破竹子做器具，很少有卖整根竹子的。矮个子掌柜趴在竹子上瞅了瞅，说这些竹子是林虑山的竹子。孙发贵问矮个子掌柜，你肯定吗？矮个子掌柜说肯定，因为他们两家竹业社都是从浙江安吉进竹子，那边的竹子便宜，韧性好，适合编制器物。高个子掌柜补充说，安吉产的是毛竹，而林虑山长的竹子则是方竹。

结合元宝胡同那支刻着"褚家寨"的汉阳造步枪，两处现场的物证都指向林虑山土匪。于是，警察局向伊藤太乙呈送了一份报告，说铜鼎是被林虑山的土匪褚大奎偷去了。伊藤太乙把报告撕成两半，扔到邱连坤脸上，他说，林虑山到安阳城可以不走大路，从安阳到林虑山带着铜鼎，至少得用马车驮着走，能不走大路吗？如果走大路，能绕得过路上的关卡吗？邱连坤擦着冷汗，溜出宪兵司令部。孙发贵问局长，是不是可以结案了？邱连坤说，结你娘个囟球，从安阳把铜鼎运到林虑山能不走大路吗？走大路能绕得过日本人的关卡吗？孙发贵说，这一层咱们也能想到，咱们不就是想把事儿一股脑儿推给褚大奎嘛，伊藤觉得铜鼎还在安阳，那就又得搞全城大搜查，搜一次，老百姓可就恨咱们一回哩。

余宝驹被列为严密监控对象，孙发贵知道手下大半人手都被余宝驹收买，于是，他亲自带着几名亲信上阵，每天都在余家老宅子外蹲点。余宝驹上街，孙发贵跟着上街。

余宝驹进展春园，孙发贵跟着借机逛窑子泡秦宝宝。接下来十几天，余宝驹和他的手下都在规规矩矩拿假古董行骗，然后去展春园分赃喝花酒。孙发贵的亲信们大骂，说这帮凶球过得真他娘的逍遥快活，比我们做警察的自在多了。孙发贵说，你只看见贼吃食，还没看见贼挨打。

邱连坤三天两头就要跑一趟宪兵司令部，向伊藤太乙汇报搜查侦缉情况。自打苟耀才被伊藤太乙劈了，邱连坤就觉得自己后脖梗子发凉，每次进宪兵队，都是抱着赴死之心。在他眼里，伊藤太乙算是个温文尔雅的日本军官，接人待物不笑不开口。而且难得的是伊藤太乙还热爱中国文化，喜欢收藏中国古董。为此，邱连坤在安阳民间大肆搜刮古董给伊藤太乙进贡。尤其是苟耀才被劈之后，邱连坤为了保住脑袋，一咬牙一跺脚，把自己家镇宅之宝——宋代越州窑的秘色瓷荷花盘送给了伊藤太乙。邱连坤生怕伊藤太乙不识货，特意解释一番，说这件越窑的秘色瓷花盘，能抵得上半个安阳城。伊藤太乙已经恢复常态，他微微一笑，说整个安阳城都是我的。伊藤太乙怎么能不识秘色瓷，这等鬼斧神工之作早就名扬日本，乾隆年间就号称存世量不足百件。如今见到邱连坤给他送上这份厚礼，禁不住心情大好，双手仔细捧着花盘啧啧称奇。看到伊藤太乙的神情，邱连坤感觉后脖梗子稍微有了点热乎气，他忙不迭告辞。

伊藤太乙说请稍等，他把秘色瓷盘小心翼翼放在桌子中央位置，问他全城搜查进行得如何，有没有铜鼎的消息。邱连坤说还没有消息，但已经把安阳城里每一个角落都搜遍了，现在把搜查重点转移到了安阳城外围的村子。伊藤太乙说，我的军旅前途能否荣耀全看这只铜鼎，鼎在，我的军人荣誉在，鼎若是没了，我下半生就毁了。伊藤太乙顿了顿，又说，我们天皇陛下的军人，跟你们中国军人不同，你们的人生就是升官发财，我们则把荣誉看得比生命还重要。伊藤太乙说这番话时和风细雨，但邱连坤听来，却不亚于雷霆万钧。铜鼎找不回来，伊藤太乙的荣誉就毁了，荣誉毁了就等于命没了，他的命都没了，自己这颗脑袋还能久留吗？听到此处，邱连坤禁不住冒冷汗，后脖梗子又开始凉飕飕的。伊藤太乙拍了拍邱连坤的肩膀，吓得他差点跪在地上。伊藤太乙说，我知道你是尽心尽力为皇军办事，关于铜鼎，你有什么想法？邱连坤稳了稳神，说伊藤太君所言极是，中国人都爱财贪便宜，我们应该悬赏，只要有足够的悬赏，不愁找不回铜鼎来。伊藤太乙微微点头，似乎对这个建议很有兴趣。他问邱连坤，你有没有想过哪些人最想得到这只铜鼎？邱连坤说，想得到这只铜鼎的人有很多，据我所知，国民党、共产党、余宝驹、土匪，都想拿到这只鼎。伊藤太乙说，其实最想得到这只铜鼎的人是余宝驹。邱连坤说，我的人一直盯着他，最近倒是没有什么反常举动，我觉得干脆把他抓起来，任他什么样的英雄好汉，也扛不过宪兵队的大刑。伊藤太乙摇摇头，说余宝驹现在成了井道松子的未婚夫，井道山是天皇陛下看重的中国历史学者，我们俩又有同窗之谊，贸然下手不可取。邱连坤问伊藤太乙，下一步怎么走？伊藤太乙说，可以从余宝驹的外围突破，比如他手下的兄弟，还有文官村的那些合伙人，只要拿到有力的证据，余宝驹就算是长了十个脑袋，也不够我砍的。

最近两天，安阳城街头巷尾议论最多的是日本人悬赏五万块现大洋，寻找文官村出土的铜鼎。通宝街上最近人流多了起来，一些不混古玩行的闲人，也开始逛古玩铺子。其中，逛得最多、看得最多、问得最多的都是青铜器，尤其是大鼎一类的物件。众人的目的再明显不过了，就是想长一点青铜器的学问，免得自己看到后母戊方鼎也认不得。五天之后，宪兵司令部的告示又被重新张贴一遍，悬赏价码由五万块变成十万块，通宝街的人流也翻了一番。

邱连坤谨遵伊藤太乙指示，开始在余宝驹外围找突破口。余宝驹手下的兄弟多与警察有交集，邱连坤担心打草惊蛇，便从文官村合伙人这条线上开始捋。结果，前往文官村抓人的警察扑了个空,据村里人讲,吴庆德和吴宝才两个人北上内蒙古贩牲口去了,什么时候回来没准。

这些日子以来,井道山算是得闲。铜鼎丢失,他也不用再去宪兵司令部,最遗憾的是没有及时把铜鼎上的图案纹饰拓印下来。铜鼎被盗前一天,松子说好带印油和宣纸过去,到地下室才发现篮子里只有宣纸,印油却不见了。当时觉得早一天晚一天拓印无所谓,现在想来,井道山追悔莫及。闲来无事,井道兄妹只好到通宝街上闲逛。吸取以往经验,兄妹俩再去通宝街都不穿和服,井道山置办来一身中式长袍,松子也订做了一件棉旗袍,加上中国话说得地道,没有人会以为他俩是日本人。井道兄妹在通宝街上闲逛了几家店铺,都没有入眼的物件。松子相中对面一家叫"藏宝阁"的大铺面,说余宝驹跟这家店铺熟识,便拽着井道山走进去。这家店铺果然与众不同,店内迎门处有一座紫檀屏风,屏上雕刻的是贵妃醉酒图,刀法细腻,丝丝入扣,连杨贵妃眼睫毛都刻得清清楚楚,一看就是东阳细工木雕。绕过屏风,店内被分成四个区域,分别是字画、瓷器、铜器、玉器。松子挑选了一块手把件古玉,没有还价,付了店家六十块钱。掌柜在一旁看得有些不忍,因为那块古玉也就值二十块钱,他觉得井道兄妹二人有些特别，因为古玩行里没有不砍价的主儿。掌柜的从阁子里拿出一块和田玉，拳头大小的摆件，雕刻的是五子登科，递给井道松子，说刚才那块古玉是配着这块新玉一起卖的。松子问，这块新玉多少钱？掌柜的说，不再另收钱，这两块玉器价值六十块钱。井道山反复掂量两件玉器，觉得余宝驹没有说谎，店铺里卖给中国人的物件没有作假。松子付过账之后，又拉着井道山转到字画的柜台。掌柜的陪在身后，给二人一一介绍字画。掌柜问井道山是什么地方人。井道松子抢在井道山之前开口，说老家是北平城的。掌柜的说，既然是北平城来的大藏家，先生和小姐有没有兴趣"包坑"？井道山问什么是包坑。掌柜的说，看来两位入这一行不久，俺看您二位是厚道人，今天就让您开开眼界。说完，掌柜的招呼来一个伙计，跟他低声说了几句，伙计转身出店，喊过来一辆黄包车。掌柜的对井道山说，您二位有请！井道山有些迟疑，井道松子有心瞧热闹，拽着哥哥的手就往外走。兄妹两个人出门上了车，店伙计跟着车夫一起步行，奔着南城门而去。井道山说不妥，要下车。松子一把拽住他，说这个掌柜的就是一个看店的，我认识他们大掌柜，跟余宝驹君都是合伙做生意的。井道山这才稍稍安心，他觉得去看看也好，没准能摸到余宝驹的底细。

　　黄包车出了南城门，拐上一条小路，越走越偏僻，不一刻便进了一片松树林子。林子里面有一块空地,早就停着二三十辆黄包车,一大群人围在一起,叽叽喳喳好不热闹。店伙计搀扶着井道兄妹下了黄包车,然后跟一个脸上有刀疤的男人说,是吕掌柜介绍过来的客人。刀疤脸上下打量着井道兄妹,脸上神情不悦,对店伙计说,今天坑大货多,不接生人。店伙计对刀疤脸说,你这是不给吕掌柜面子。刀疤脸往地上啐了一口浓痰,说吕掌柜算个囟球。店伙计似乎不敢跟刀疤脸再做理论,恰好看见安顺子往这边走来,急忙上去打招呼,称呼安爷。安顺子也瞧见井道兄妹了,走过来热络地叫嫂子叫大哥。刀疤脸见安顺子与之熟识,急忙把一个写着三十三号的小葫芦,递给井道山,躬身道一声有请!安顺子把井道兄妹带进人圈,松子这才看清楚,众人围着一个丈八大小土坑,距离地面有五米左右的坑底,歪歪斜斜露出一个类似铜卤的器物。余宝驹身披一件黑貂大氅,端坐在一块残破的石碑上,嘴里叼着一根拇指粗的雪茄。井道山鼻子里"哼"了一声,然后跟松子低声说,这个土包子开始学洋相了。松子白了井道山一眼,说,请哥哥自重,他现在已经是我的未婚夫。此刻,余宝驹也看到井道兄妹,他举起右手摆了一下,算是打过招呼。

宋小六走到余宝驹面前,低语两句,转过身来对着人群高声说道:"诸位!今天的坑已经看完了,残碑是出土之物，虽说身份难以判别，但从残碑大小来看，这可不是一个小坑哩，咱们还是老规矩，举葫芦报价，出价最高者，宝坑归他，就算是挖出金山银山，大家也都别眼馋。好了，现在开始报价！"

松子和井道山终于弄明白，"包坑"就是发现有埋藏古董的土坑，先不进行挖掘，而是找来有钱人进行竞价拍卖。宋小六撂完开场词，人群骚动起来，众人开始私下议论起来，议论归议论，眼睛却都盯着坑底露出一半的铜卣。土坑西侧一位中年男人首先举起葫芦："五百。"

宋小六指着西侧坑边的中年男人，朗声叫道："六号，范德海范先生报价了，五百块现大洋。"

中年男人旁边一位留着板寸的白发老者举起葫芦，喊道："八百。"

宋小六喊道："十一号，赵四爷报价八百块。"

片刻过后，土坑东侧一位着长衫的男人报价："一千。"

宋小六指着长衫男人，朗声喊道："方世金方先生，出价一千块了。"

安顺子把脑袋塞进松子和井道山中间，说好戏刚开场，先前报价的这几位都是小虾米，真正想"拿坑"的主儿都是等到最后叫价。果然，价码叫到一万，先前报价的范德海、赵四爷和方世金不再举葫芦。

宋小六两个嘴角冒出白沫，继续卖力怂恿着大家加价："丁梦轩丁先生报价一万二，还有哪位先生叫价？趁着没有叫价的，诸位再看看坑底，埋在这个深度的至少是王公贵族，老百姓挖这么大的坑都付不起工钱、管不起饭。诸位再看看这只铜卣，行话说得好，有簠必有簋，有簋必有卣，有卣必有鼎，有簠有簋有卣有鼎必定是大坑，这位爷问了，什么是簠？好吧，俺免费让这位爷长长见闻，簠和簋差不多，比卣厚，比鼎薄，方曰簠，圆曰簋。这位爷又问了，簠和簋是干吗用的？前几年，南京博物院来了一位专家，说簠和簋是装高粱稻米用的，俺一听当场笑喷了，日他娘的囟球，烧一个大陶缸就能装稻米，铸一对簠簋能换一座城了，用来装稻米？好了，闲篇扯完了，看哪位大爷接着叫价！"

坑上南侧一个男人报价道："一万三。"

宋小六："李龙彪李先生，第三次叫价一万三千块。"

丁梦轩紧接着又扛了一手，喊道："一万四。"

宋小六有意制造抬价："丁梦轩丁先生，第三次叫价一万四千块，李先生还要接着叫吗？"

李龙彪也不示弱，还了一手："一万五。"

宋小六不失时机赞道："李先生真是有胆有识有魄力，叫价一万五千块，丁先生看来也不想就此罢手吧？"

丁梦轩果然不想罢手："一万六。"

宋小六有些兴奋起来："丁先生叫到了一万六，盖世英雄，安阳无双，叫到了一万六。"

李龙彪似乎也跟丁梦轩较上劲了，随即叫道："一万七。"

"……"

宋小六凭着一条三寸不烂之舌，把丁梦轩和李龙彪的火气勾上来，双方一直把价码抬到两万三千块。丁梦轩祖上为官，官至四品，给子孙后代在安阳城留下一大片宅院，挥霍到丁梦轩这代已经所剩无几。李龙彪开当铺，战乱年代，当的多，赎的少，没有流水也就没有利润。余宝驹了解这两个人底细，这个价码已经超过他们身价，再抬下去纯属斗气，他给宋小六使个眼色，让他罢手。

宋小六心领神会，不再给两个人勾火，高声叫道："诸位看好了，包坑凭两样，一是眼力，二是运气，眼力到了，运气不好，也是瞎糟蹋钱，没准坑底就这一两件破铜，到时候您可就叫天天不应、叫地地不灵了，所以，包坑还得量着肚子吃馍馍。"

宋小六一桶凉水把两个头脑发热的家伙浇醒了，两万三千块落到丁梦轩手里，李龙彪不再往下叫价。没有继续叫价的，宋小六当即宣布，此坑出土所有物件归丁梦轩所有。加上中间证人，三方具字画押，办理契证。按照规矩，余宝驹的人负责维持现场，保护好坑中物件，拿到坑的东家则带着人下坑挖东西。签完字，摁完手印，丁梦轩一溜小跑下了坑，指示人手开挖。刀疤脸等人开始清理现场，把围在坑边看热闹的人往外清理，以便保护包坑人的隐私。余宝驹起身走到松子和井道山跟前，问，你们俩怎么来了？松子说，我和哥哥在街上闲逛，是藏宝阁的吕掌柜介绍过来的。余宝驹笑道，这个吕糊涂，俺们包坑不允许日本人掺和哩。三个人正说话，突然听到坑底传来一声惨叫。不一会儿工夫，丁梦轩爬上坑来，一手拎着一只缺条腿的铜卣，另一只手拎着一把铜夜壶，一屁股坐在坑沿上，号啕大哭起来。外围尚未散去的人们，见此情景，心里全都明白了，李龙彪暗自庆幸：差点死这个坑里。说罢，钻进黄包车，逃也似的回城了。

　　松子望着鼻涕一把眼泪一把的丁梦轩，对余宝驹说，你们这么做是不是太阴损了？余宝驹不以为然，说你今天运气不好，没有看见从俺手里包坑过去一夜暴富的。井道山问余宝驹，你真的不知道坑里有多少东西？余宝驹说，这一行贵在诚信，俺若捣鬼一回，下回就别想再把坑卖出去。宋小六过来问余宝驹，咋办哩？余宝驹说，冲着俺媳妇和大舅哥的面子，给丁先生减免一万块钱，余下的钱也别催他，啥时候送来都中。突然，丁梦轩止住哭声，手里拎着那两个物件走过来。宋小六挺身上前挡住，问他要干什么。丁梦轩把手里的两个物件塞给宋小六，说送给你，留个念想。然后冲着余宝驹说，俺谢谢余爷仗义，两万三千块一分不少，三天之后俺亲自送到府上。说完，丁梦轩一溜小跑，又下了坑。松子说不好，他要自杀。余宝驹、井道山和安顺子等人，赶紧跟着丁梦轩下到坑底，发现坑底已经挖出来几十件铜器，铜爵、铜觚、铜觯、铜斝、铜尊、兕觥，虽说是小物件居多，却是件件精美。丁梦轩从铜器堆里拣出一只铜觯，递给井道山，说既然是余爷的大舅哥，就送你一样做念想。松子问丁梦轩，挖出这么多宝贝，您还跑上来哭号什么？丁梦轩说，俺不上来哭一通，那些人不散，他们不散，俺也不敢往上拿东西。井道山端看着手中的铜觯，对余宝驹说，你们这个行当真诡异。

　　回城路上，井道山问余宝驹，铜鼎到底是不是你偷的？余宝驹说，这话就不中听了，铜鼎是中国人的，中国人拿回自己的东西，怎么是偷？井道山说，如此说来，铜鼎失踪，跟你有关系了？余宝驹说，跟俺有没有关系，你心里还不清楚？井道山说，伊藤太乙和警察已经盯上你了，你还是尽快把铜鼎交出来，免得大家面子上不好看。余宝驹叫车夫停车，他跳下车来，回头对井道山说，那天晚上俺跟你和松子在一起，如果说铜鼎是我拿走的，那你们兄妹也是同案犯。说罢，余宝驹上了另一辆黄包车，扬长而去。

十九

清明一过,春天就像个急着出嫁的女人,拦都拦不住了。洹河岸边的垂柳一夜间抽出嫩芽,远远望去像是披上一件毛茸茸的绿衫。河岸边、麦地里,几个破衣褴褛的女人正在挖荠菜,这是春天的第一口鲜货。挖回家的荠菜被淘洗干净,只需下到开水锅里烫一遍,拌上蒜泥盐巴,就是一道美味。

背阴处最后一小块积雪也融化了,洇湿了一片泥土,中原大地又一次活了过来。

一大早,余宝驹前往井道兄妹居所,接松子去天宁寺进香。影壁墙上的凌霄,芽苞从层叠的树皮里钻出来,水池子里的荷花也生发出翠绿色的荷叶,古朴的院落里散落着春意。井道山一早就被伊藤太乙请去宪兵司令部,家中只剩下松子和女用人。等待松子梳洗打扮的当口,余宝驹溜进了井道山的书房。他拿眼睛四处踅摸着,还打开书柜和书橱门往里面探看一番。松子梳着长发走进来,问余宝驹找什么。余宝驹说,看看你哥哥除了玉器之外买了多少假古董。松子说,买多少假古董,都是拜你哥儿俩所赐。余宝驹看到墙上挂着几幅拓片,问松子,这是什么?松子说,这就是那只铜鼎缺失的鼎耳,两年前流传到了日本。余宝驹对松子说,你确定是一体的,要不要让我来鉴定一下?松子嘿嘿一乐,说伊藤君已经预料到了,你们中国人会打鼎耳的主意,所以让我哥哥把鼎耳送到宪兵司令部了,并且作为最高军事器物代管。余宝驹装作不在意,说没准是个假耳朵,所以藏起来不敢示人。

随着对余宝驹日渐了解,松子心里明白,他对那只鼎耳是不肯善罢甘休的。铜鼎失窃,余宝驹虽说不在现场,可松子觉得肯定与他脱不了干系。若真是余宝驹所为,那么铜鼎失窃之日的订婚宴会不会是个阴谋?余宝驹真心想娶自己为妻吗?他是不是只想利用自己呢……

天气转暖,天宁寺的香客也多了起来。悬赏铜鼎的告示竟然张贴到天宁寺门口,赏金已经上涨到三十万光洋,连小沙弥瞅着都动心。看到寺庙门口的告示,余宝驹不由得心中一紧,因为告示下方还画了一张后母戊方鼎草图。悬赏价码一路飙升,从五万到十万,从十万又到二十万,从二十万再到三十万,悬赏价码越高,余宝驹心里就越不踏实。在天宁寺烧完香,余宝驹都顾不上按惯例拜见圆一法师,便急匆匆回城。一路之上,余宝驹默不作声,他正在琢磨一个新主意。把松子送回玲珑胡同,余宝驹看到身后盯梢的便衣,依旧跟得紧紧的,他便直奔展春园。老鸨见到余宝驹,就如同苍蝇见了血,扑上身来抱着余宝驹的脸蛋就嘬。余宝驹推开老鸨,笑着说,你再占余大爷的便宜,俺就白泡你家的姑娘。老鸨肥腰一扭,拧着麻花步追上余宝驹,说余大爷是安阳城最敞亮的人物,想白泡展春园哪位姑娘,都是她前世修来的福分。余宝驹说,还是莲宝吧。老鸨子一撇嘴,说莲宝上辈子得勤快成啥样儿,修来的福分一辈子都享不完。余宝驹说,别磨牙了,赶紧叫人来。老鸨子嬉笑道,难得余大爷有这么猴急的时候,今早是不是拿驴鞭当油条吃了?余宝驹索性不再搭理老鸨子,他前脚进了包间,莲宝后脚赶到。尚未来得及打情骂俏,就被余宝驹按在椅子上交代话儿,让她速去通宝街找到余良驹,让余良驹会同宋小六到窑厂会合。莲宝问,窑厂是不是个新窑子?还问余良驹是不是有了新相好。余宝驹笑骂道,你个凶球,除了窑子,你连个庙门都认不得。告辞莲宝,他在展春园里兜一个圈子,把跟梢的警察甩掉,从后门悄悄溜了出去。在后门,余宝驹招来一辆带门帘的黄包车,出安阳东城门,直奔向水屯李守文的砖窑厂而去。

向水屯村西头,新起了一座砖窑,专门烧制青砖。这是李守文一手操办的营生,一来可以解决部分活动经费,二来自己可以有个落脚处。于是,李守文由货郎变身成砖窑厂掌柜。安阳战乱频仍,起新房的人家不多,起新坟的倒是不少,可阴宅比不得阳宅,耗不掉多少青砖,砖窑厂算是勉强维持。

余宝驹和李守文,一个抽雪茄,一个抽烟斗,正在砖窑厂账房里等着余良驹和宋小六。余宝驹问李守文,你和你的弟兄们白天做货郎,晚上烧砖窑,岂不是太辛苦?李守文苦笑着摇头,说没有办法,我们上面几乎没有经费,全靠自己想生计,有时候还得自己搭上钱给山里的弟兄们买药品。余宝驹说,你应该学学林枫和赵均铎,开个商号做生意,这样自己也能轻省些。李守文说林枫他们经费足,开个商号当幌子,根本不考虑赚不赚钱,若是我们开商号,连租金都交不起。最后,余宝驹问李守文,你知道日本人把悬赏铜鼎的价码已经抬高到三十万了吗?李守文说知道。余宝驹问,你能约束好手下不出差错吗?李守文说,日本人把价码抬到十万的时候，我就把原先那拨人马全换了，打发他们回了延安，刚来的这些人对铜鼎的事儿一无所知。余宝驹说，我担心有人扛不住三十万大洋勾引，会出卖秘密，没想到你走到我前面去了。说话间天黑下来，余良驹和宋小六两人赶到砖窑厂。余宝驹对他二人说，接下来个把月，你们俩就在窑厂鼓捣吧。余良驹问，鼓捣什么？余宝驹说，我和李掌柜把你先前做的那只铜鼎，弄到窑厂了。宋小六问，不是让李掌柜砸了，当废品卖铜吗？李守文说，当初觉得铸这个玩意儿不容易，没舍得砸，一直搁在向水屯李东家牲口棚里，当马槽用哩。余宝驹说，多亏当时没砸了卖铜，如今，它可派上大用场了。余良驹问，用它做什么？余宝驹说，做什么你们先别管。他从怀里掏出一张宣纸，摊到桌面上说，这是后母戊方鼎丢失鼎耳的拓片。余良驹问哥哥，是从松子家里偷来的吧？余宝驹点点头，说松子不会知道，他们家里有很多幅鼎耳拓片，这几年，他们兄妹俩一直在鼓捣这只耳朵。宋小六问，是不是要再做一只鼎耳？余宝驹说不是，是比照着鼎耳，在假铜鼎上做出一模一样的茬口来。余良驹说，这个不容易做，得费些时日。余宝驹说，你慢慢琢磨，明天拿另一只鼎耳的缺口拓片来，也要比照着缺口做茬口。余良驹说，就是用一阴一阳两幅拓片，做出两只鼎耳的茬口。余宝驹说就是这样,要做得严丝合缝,骗得过井道山和伊藤太乙才行。

余宝驹接着对李守文说,你今晚带着良驹跑一趟天宁寺,让他把吴庆德砸掉那只鼎耳的缺口拓印下来。诸般细节一直商量至深夜,余宝驹这才返回安阳城。

安阳的春天很短,草木抽出嫩芽后,就止不住地疯长开来。

余宝驹溜溜达达走进玲珑胡同,跟梢的已经增加至两拨人,一拨警察,一拨日本便衣特务。女用人出门买菜去了,松子亲自给余宝驹开门,她告诉余宝驹,哥哥井道山去安阳的小屯找甲骨去了。余宝驹问,你怎么没去?松子说自己这两天犯懒,不爱动。余宝驹没有进屋,坐在院子里荷花池边上看荷叶。松子转身进屋,给余宝驹泡茶。待松子进屋后,余宝驹从口袋里面掏出一个纸包,打开后将一些白色粉面倒进荷花池中。松子端着两杯盖碗茶走出正屋,余宝驹面不改色,一只手悄悄地把纸袋揉作一团,装进口袋里。两个人坐在院子里闲聊了一会儿,余宝驹起身告辞。松子说明天是四月初一,该去天宁寺上香了。余宝驹说知道,明天一早过来接你。

第二天一早,余宝驹如约而至,松子穿着一身藕荷色缎面石榴花旗袍,款款走出家门,上了余宝驹的黄包车。

黄包车行至西城门，余宝驹远远看到林枫和赵均铎迎面走来，双方装作不认识，擦肩而过。两辆便衣特务乘坐的黄包车，尾随余宝驹一起出了西城门。望着三辆车的背影，赵均铎对林枫说，余宝驹图个啥，他弄那个铜鼎不就是想卖钱吗，如今日本人出价到三十万了，他会不会动心呢？林枫说，余宝驹捞钱不假，但还是有底线，他不会跟日本人交易。赵均铎说，三十万大洋呢，这事儿可不保准。赵均铎接着说，日本人真的相信铜鼎是一幅藏宝图吗？如果真的是藏宝图，那可就不是三十万的事了。林枫对于后母戊方鼎是藏宝图一说，一直半信半疑。这么大的铜鼎，肯定是帝王之器，帝王埋葬了先祖，唯恐天下人知晓埋藏所在，甚至不惜让造墓工匠殉葬，以防泄密，又怎么会造一只铜鼎，隐晦地标记先祖以及陪葬品呢？林枫曾经做了两个假设，来说服自己。第一个假设，是帝王的仇人造鼎标记；第二个假设，则是造鼎工匠所为。

天宁寺进完香，余宝驹和松子照例到圆一法师禅房小坐。圆一法师为他们沏一壶新茶，余宝驹说喝杯剩茶就可，歇歇脚就走。圆一法师说喝不得，那壶剩茶是一大早为一位施主沏的，现在早就凉了。余宝驹问，一大早就有香客来？圆一法师说，这位施主最近频频光临小寺，似乎不是为进香而来，只是四下转转就走人。余宝驹笑道，莫不是盯上寺中什么宝贝了？圆一法师说，天宁寺里有什么宝贝，余施主自然比谁都清楚。余宝驹心中一紧：原来自己的伎俩早已被方丈识破。

余宝驹面上不动声色，追问方丈一句："不知那位施主是何来历，竟敢窥视天宁寺中的宝物？"

圆一法师道："此人面无佛像，内无慧根，心无菩提，且言谈中官气十足，老衲心中不喜，故未做长谈。"

余宝驹心里毛躁起来，额头上渗出细密的汗珠。松子用手中的香帕给他擦拭了一下，问他是不是不舒服，余宝驹竟浑然不觉。

圆一法师端起一杯新沏的清茶，递到余宝驹眼前，说道："超然物外并非心中无物，乃是心中容得下，容得下方能摆得平。"

余宝驹来不及品味圆一法师话中禅机，便欲起身告辞。

圆一法师口诵佛号，对余宝驹说："与人对弈，险棋不可常用，险棋形为险，实为变招，若无变招，险棋则变凶局。"

余宝驹对着方丈深施一礼："多谢方丈指点！"

午夜时分，余宝驹刚要入睡，手下一位叫四宝的兄弟突然溜进来，说安顺子刚刚被宪兵抓走。余宝驹大为震惊，问他为什么被抓,四宝说,安顺子在黑市上卖王八盒子,被宪兵队的便衣特务人赃俱获。余宝驹问,他哪里弄来的王八盒子?四宝说不知道。突然,院子里传来几声闷响,似乎有人从墙头跳进院子。

四宝从怀里拔出枪来,余宝驹一把按住,对他轻声说:"赶紧从后窗走人,去向水屯砖窑厂找二爷,告诉他事不宜迟!"

"那大哥怎么弄哩?"四宝问道。

余宝驹说:"你快走吧,还没有人想让俺死。"

四宝刚从后窗户钻出去,房门便被踹开了,十几个人一拥齐上,把余宝驹按倒在地,塞上嘴巴,捆住手脚,装进麻袋。余宝驹感觉被人生拉硬拽上了墙头,又从墙头落到地面上,随后又七拐八拐走了很久。余宝驹明白,这伙人不是警察,也不是宪兵,因为宪兵和警察抓人用不着这么费劲。如果不是警察和宪兵,又会是谁呢?不管是谁,肯定都是为了铜鼎,只要铜鼎还在自己手上,性命便可保无虞。余宝驹心里正宽慰着自己,突然闻到一股刺鼻的恶臭,紧接着便听到流水的声音。余宝驹顿悟,这是走了臭水沟子,要把自己弄到城外。到了城外后,余宝驹感觉没走多远便被扔到马车上。随着马车晃晃悠悠,余宝驹觉得多想也没用,干脆睡觉。余宝驹昏睡了一路,中间有一段,他感觉又被抬起来爬高钻低,随后不久,又被扔到马车上。余宝驹索性继续打鼾装睡,从这群人的只言片语中听出来,这伙人竟是林虑山的土匪。余宝驹想,刚才中间被抬起来那一段,肯定是躲避公路上宪兵哨卡,从野地里迂回躲避。褚大奎抓自己是何居心?上次雇佣他们偷袭元宝胡同,一万块钱的费用早就清账了,难道他们又开始打铜鼎的主意了?

天将擦黑时,余宝驹被从麻袋里放出来,待他刚要看清周遭光景时,脑袋上又被套上一只口袋。随后,他被人搀扶着,上了一架滑竿,紧接着被人抬起来,上了山。人若是看不见光景,耳朵便机灵起来。一路上山,余宝驹听到一路溪水流淌相伴,高高低低,一直没有间断。爬山爬了约一个时辰后,一行人进了土匪窝子——褚家寨。褚大奎从一个草棚子里钻出来,冲着余宝驹哈哈大笑,气势不亚于从金銮殿里钻出来。

看到余宝驹头上套着口袋,双手被反绑着,褚大奎大声斥责手下:"我让你们这帮凶球去请余爷,你们这是去绑余爷哩。"

褚大奎身边一个土匪倒是很配合,高抬腿,小迈步,上前给余宝驹松绑。

余宝驹一脸坦然,问道:"褚兄,别演戏了,把俺绑来是想唱哪出戏？"

褚大奎说："哥哥就是一介俗人，请你来当然是唱《罗汉钱》哩。"

"果然沾了钱字，上一单生意的钱不是结清了吗？"余宝驹问道。

褚大奎哈哈大笑："余爷，咱们聚义厅里一边喝酒一边细聊。"

余宝驹苦笑着摇摇头，跟着褚大奎钻进聚义厅。狭小的聚义厅里生生挤了两排土匪，褚、余二人只能侧身往里走，每个土匪身上的汗臭味、狐臭味，闻得一清二楚。钻过两排土匪，草棚旮旯里摆了一张小木桌，桌上放着一只卤鸭、一坛酒和两个黑瓷碗。余宝驹也不客气，坐下来一把抓过卤鸭，双手捧着整只鸭子啃起来。两排土匪齐刷刷把脑袋伸过来，看得直咽唾沫。褚大奎抓起坛子倒酒，说余爷吃独食吃惯了。余宝驹没有理会褚大奎，虽仔仔细细地啃着鸭脖子，脑子里却没闲着谋划对策。啃鸭脖就啃鸭脖，余宝驹左手举着鸭脖子，右手捏着整只卤鸭不肯撒手。褚大奎倒完酒，吞咽下一口唾液，对余宝驹说两个人喝酒就一只鸭子，不应该一个人吃独食。余宝驹说，俺入乡随俗，做土匪不就是大碗喝酒、大块吃肉、啃整只卤鸭？整一天没有吃东西，余宝驹把一只卤鸭收拾得干干净净，最后，桌子上只剩一堆细骨头。肚子里有了底。他才举起黑瓷碗，跟褚大奎一饮而尽。

余宝驹随后把黑瓷碗往桌子上一拍，说："褚寨主有什么事儿，尽管直话直说。"

褚大奎说："我刚才就说了，请余爷前来唱一出《罗汉钱》。"

余宝驹问道："罗汉钱？罗汉钱？罗还钱？俺欠你的钱吗？"

褚大奎说："不欠钱怎么会让你还？"

余宝驹说："咱俩只做过一出交易，二月初四，你出兵骚扰元宝胡同，俺掏一万块钱给你，不是已经清账了吗？"

褚大奎道："咱们当时的话可不是这么讲的，我问你骚扰元宝胡同是不是为了铜鼎，你说是，我说那就给俺和弟兄们入个股，你说事成之后给我一成股，对不对？"

余宝驹说："没错，给了你一万块。"

褚大奎笑道："对头哩，那个时候铜鼎能卖十万块，俺一成股拿一万块，可现在日本人悬赏到三十万块，俺一成股就是三万块，你是不是该还俺钱，余爷，你说是不是这个理儿？"

褚大奎的话在理儿，当场噎住了余宝驹。因为铜鼎如今还在余宝驹手里，股东关系没有改变。

余宝驹干笑两声,说:"原来是股钱,我还当褚寨主是要纸钱哩,铜鼎十成股,到目前为止,分到红利的只有你褚大奎,按说铜鼎没有出手,谁都拿不到股钱。"

褚大奎说:"俺褚某人是个急性子,知道铜鼎价码涨了,就得见利。"

余宝驹说:"给俺三天时间,回去给你筹集两万块钱,如何?"

褚大奎说:"不行!擒虎容易纵虎难,余爷写封信,让你手下人操办这事儿,钱一到,俺立马放人!"

余宝驹说:"就这么一桩小事,褚寨主就兴师动众把俺余某人绑上山来?"

褚大奎嘿嘿一笑,说:"小事说完了,咱们再来说一桩大事儿。"

余宝驹问道:"什么大事儿?"

"余爷跟日本人拼了老命抢夺一只铜炉子,真的只是为了一只破炉子?"褚大奎脸色一变,"铜炉上面的藏宝图,才是余大爷跟日本人拼命的原因。既然俺是铜炉的股东,帝王宝藏俺也要占一股,铜炉子一成股是三万块钱,帝王宝藏一成股呢……俺也不问你漫天喊价,余爷把这几年抢来的宝贝分给俺一半,再给俺一百万现大洋,咱们就算结了。"

余宝驹说:"褚寨主还信这种谣言?铜鼎上若是真有帝

王宝藏，日本人早就动手挖了，哪里还会等到现在。"

褚大奎探手入怀，抽出一张宣纸，摊在破木桌子上。余宝驹瞄了一眼，发现宣纸竟然是后母戊方鼎鼎耳的拓片。

褚大奎指着拓片，说："你真的拿俺当傻子了，若是铜炉子上明明白白写着帝王宝藏在哪儿，那还叫藏宝图吗？定是那日本鬼子死脑筋，猜不出藏宝图上的蹊跷，这才迟迟动不了手。"

余宝驹说："就算是藏宝图，日本人都鼓捣不出来，俺又如何猜得出来？"

"日本人终究是蛮夷杂种，这是咱们老祖宗留下来的物件，当然也只有咱们中国人了解其中的机关奥妙。"褚大奎似乎有些不耐烦了，"这样吧，帝王宝藏的事儿，留着慢慢议，你先写封信，让你的兄弟把我铜炉子的股钱送上山来。"

余宝驹说："俺手下能办事的人都不在安阳。"

褚大奎说："那就等能办事的人回安阳再说吧。"

褚大奎一挥手，两排土匪一齐挤上来，把余宝驹捆绑起来，拖出草棚子聚义厅，关进一个山洞。说是山洞，其实是一块巨石下面的石窟窿。这块巨石远远看过去像是一头端坐的巨兽，于半山险要处拔地而起，直插雾端。整块巨石就是一座山峰，整座山峰就是一块巨石。巨石倒是高大雄浑，巨石下端的石窟窿却又小又矮，余宝驹站在里面都直不起腰来，他只好贴着洞壁坐下来。

突然，洞里传来一声喝骂："日你娘的，坐着俺的脚了。"

余宝驹觉得这声音耳熟，忙问道："阁下是哪位？"

洞中人辨出了余宝驹的声音，急忙坐起身来，说："怎么是余爷？俺是吴宝才哩。"

二十

　　四宝连夜赶到向水屯砖窑厂,把事情经过跟余良驹和宋小六一一细说。余、宋二人听说余宝驹被掳,禁不住火起,收拾好自来得短枪和弹匣,就要回安阳城。李守文伸手把三个人拦下,说余宝驹让四宝来报信,不是去救人,而是去救鼎。余良驹说,俺听得懂,可就是放心不下俺哥。李守文说你哥是个明白人,现在冲着你哥去的,不管是人还是鬼,都是为了铜鼎,只要咱们把铜鼎守好了,就等于救你哥。余良驹人丑,脑子却极为灵光,李守文稍加点拨,他便想到了这一层。于是,众人收拾起自来得短枪,把余宝驹被绑架一事先撂在一边。李守文问余良驹,铜鼎做得如何了?余良驹说,铜鼎两个耳朵的茬口已经打磨好了,昨晚烧了第二遍铜锈,过几天再上一遍,就差不离了。李守文搓了半天手掌，站起身来说，你哥说了事不宜迟，估计是那个物件被人盯上了，咱们今晚就得动手了。余良驹说也好，先把物件换回来，过几天若是没有动静，我去庙里再上一遍铜锈，担保是天衣无缝了。

说走就走，李守文让手下套了一驾马车，而后，跟随余良驹进了砖窑，众人抬出来一具铜鼎，搬上了马车。宋小六让四宝暂时回城，打探余宝驹的消息，说他们天亮后赶回安阳。四宝走后，李守文挑选了四个精壮手下，与余良驹和宋小六一行七人，带着铜鼎直奔天宁寺而去。因为要绕过路卡岗哨，来到天宁寺已是深夜时分，众人如法炮制，翻墙进入寺中打开庙门，把铜鼎抬到大雄宝殿的"香炉"前。借着月光瞧过去，一具铜鼎，一个香炉，两个物件几乎不差毫厘。除了余良驹之外，其他六个人禁不住啧啧称奇。余良驹低声说，别咂巴嘴了，赶紧把香灰倒出来。收拾利落之后，七个人抬着充当了两个多月香炉的后母戊方鼎真身，出了天宁寺。

安顺子这些日子开销大起来，原因是找了个相好的。找相好的就找相好的吧，他找的相好的偏偏有主儿。有主儿也不要紧，这主儿偏偏是安阳商会葛会长。葛会长有一房老婆，三房偏室，跟安顺子勾搭相好的是四姨太太。葛会长在安阳城也算是有头有脸的人物,日本人没来安阳之前,就连县府和警察局都会给葛会长面子。日本人占领安阳之后,抢了安阳商会的地盘,葛会长这才逐渐式微。可瘦死的骆驼比马大,与葛会长相比,安顺子就是安阳城里的混混。虽然已经是安阳城最大黑帮的二当家,但安顺子心里明白,黑帮只有老大,没有老二。若是看上其他大户人家的姨太太,事情闹大了,没准余宝驹会替他出面摆平。可葛会长与余宝驹家是世交,一旦东窗事发,这事儿只能自己扛着。葛会长的四姨太太是汤阴县人,祖上姓张,单名一个婉字。张婉面庞如满月,肌肤似凝脂,个儿高挑,也不曾缠过脚,在安阳城也算得上数一数二的新潮美女。张婉本来也出身大户人家,一个父亲加三个哥哥,把吃喝嫖赌都占全了。家道中落后,父亲想借女儿攀一根高枝,硬是把女儿嫁给六十六岁的葛会长做小老婆。兴许是老张家走了背字,女儿过门不到三个月,日本人就攻陷了安阳。曾经读过五年新学的张婉,本来心高气傲,到头来竟然给一个老头子做小老婆,这让她于心不甘。存了这股别扭劲,过门后,张婉也没给过葛会长好脸色。娶一房比自己女儿还小十岁的俊俏姨太太,老会长也觉得自惭形秽不好意思。待到同房时,张婉越是不给他好脸色,他越是恼羞,羞来恼去,十次倒有九次都弄不成事儿。天长日久,葛会长失了耐性。跟先前那几房老婆一块儿睡，至少人家还知冷知热，会帮着他暖暖被窝、掖掖被角。跟张婉同房，得哄老半天才能扒掉她身上的睡衣。接下来，又得哄老半天才能爬得上身。好歹上了身，老会长拱起草狗腰刚要鼓捣，却发现张婉瞪着一双直勾勾大眼看房梁，吓得他登时软塌了下来。在大户人家里，做小老婆的能够把日子熬下去，秘诀就是得宠。张婉让葛会长失了耐性，也就等于失宠，乐得前面三个老姐姐拍巴掌叫好。两年过后，张婉有些熬不住了。被三个老姐姐算计尚在其次，最主要的是想男人。毕竟是个开过荤的女人，白天熬日头，晚上熬月亮，一年到头摸不着男人一根毛，心头总是慌慌的。今年正月十五晚上，喝了三两白酒的葛会长一时兴起，张罗着要带着四个老婆出去看花灯。大老婆说太晚了，身子不爽，就回屋歇息了。葛会长也不介意，便带着张婉和另外两房姨太太上了街。正月十五前后闹社火，是安阳的老传统。头一年，日本人刚刚占领安阳，担心老百姓聚众闹事，不让办社火。今年，日本人兴许觉得根基稳当了，也就没再阻拦。于是，安阳又恢复了往年的热闹劲儿，白天舞社火，晚上观花灯。通宝街是安阳文人墨客相对集中之处，挂出来的灯谜也有意思，葛会长带着三个女人出了门，直奔通宝街。大街之上，看花灯的、做小买卖的、放滴滴金和窜天猴的孩子们交织在一起，络绎不绝。

正月十五这天晚上，恰逢余宝驹、安顺子等人智取警察局仓库的古董。安顺子被余宝驹最后掷过来的花瓶砸中脑门，听到撤离的口哨声，他顶着一个大血包、沿着房檐迅速往通宝街方向跑去。通宝街这个时候正达到观花灯的高潮，只要一头扎进人多的地方，就算安全了。他从房檐跳进一条胡同，出了胡同，瞬间钻入人群。因为走得急，他肩膀头撞倒一个人，安顺子回头一看，竟是一位白净美人，这个美人就是张婉。

葛会长一手牵着二姨太、一手牵着三姨太，品评花灯，考问两位姨太太灯谜，玩得很是尽兴。张婉觉得自己孤苦无依，她低头想着心事，不知不觉与三人拉开距离。就在此刻，安顺子从胡同里面钻出来，把她撞倒在地上。本就觉得自己楚楚可怜的张婉，坐在地上竟掉下了眼泪。突然，一只大手伸过来，张婉顺着手臂瞅上去，看到一张年轻后生的脸，脸上满是歉意。

安顺子刚伸出手，没想到张婉已经举起一只素手迎了上来。搀扶起张婉，安顺子也没松开她的手，他觉得这双手柔软细滑、浑若无骨，刹那间让他酥了半边身子。张婉也任由他握着自己的手，竟没有抽回来的意思，两年以来，第一次这么近距离接触到男人的肌肤，不由得脸热心跳。

大街之上，万千人中，两个人四目交织，登时点着了两颗火烧火燎的心。

自此，安顺子和张婉算是勾搭成奸。

安顺子自打他爹走失之后，便被姑母收养，如今三个表姐都已嫁人，家中仅剩一年迈姑母。守着老姑母，在自己家中行事不方便，安顺子就在距离葛会长家不远的地方租赁一处院落，以方便张婉出入。租一处院落，本不应花费多少钱，因为安顺子就此不去展春园鬼混了，省下来的钱，两下相折差不多。问题是安顺子年轻力壮，加上他精于此道，张婉又是初尝风月，大有一时半刻都离不开男人的劲儿。安顺子对张婉更是迷恋，张婉不仅读过新学，长得也是妩媚可人。最重要的是偷偷摸摸行事，让安顺子觉得刺激上瘾，张婉把展春园那帮庸脂俗粉全都比了下去。时间稍久，二人都耐不住那些见不到、摸不着干熬的日子，先是张婉提出来让安顺子带着她私奔。安顺子问她去哪儿。张婉说，去哪儿都成，只要离开安阳地界。安顺子想了想，说还是去重庆，听说日本鬼子打不过去。张婉说好，你得积攒点今后过日子的钱，去重庆不能太寒酸，怎么着也得有个三五千块钱衬底。

这些年，安顺子跟着余宝驹没少捞钱，可他是属笊篱的，捞多少漏多少。安顺子不是仗义才疏财，他是疏财买仗义，拿钱笼络了一帮小兄弟。他混街的年头比余宝驹长，余宝驹出来混街前，安顺子是通宝街上的痞子头。当年，因为争夺一个石榴，他跟余宝驹大打出手，结果被揍得鼻青脸肿，就此失了街主地位。对此，安顺子始终耿耿于怀。余宝驹的声名越是显赫，他心里越不是滋味，自觉这一切本该是他安顺子的。之所以笼络亲信，无非是想有朝一日，夺回安阳城黑帮的第一把交椅。这些年来，每逢分红利，余宝驹非但不克扣手下兄弟们，反而是谁家有急需，他都会大把撒钱资助。资助就资助吧，余宝驹帮人一把，都是悄不作声，安顺子帮人一把，则会始终挂在嘴边念叨，生怕人忘了。古语说得好，善欲人知，便是伪善。试想，谁愿意整天有个人在耳朵边念叨：你欠我的，你欠我的！所以，这些年下来，安顺子不但没有攒下钱，也没有攒下人气。因此，当张婉提出私奔时，他才觉得自己得弄点钱了。赶巧的是盗取军火库铜鼎时，余宝驹安排安顺子断后，负责引爆军火库。中间足有一个时辰无事可做，他便溜达了一圈地下室军火库，顺手偷出来十支王八盒子。前些日子，日本宪兵和警察追查得紧，他没敢动作。这些天来，张婉想私奔快想疯了，催他催得稍紧，安顺子便拿出王八盒子来，在黑市上两百块钱一支售卖。按说，三五千块钱也不是什么大钱，凭他跟余宝驹的交情，随便一张嘴就能要来这个数。可安顺子还存着另一个心眼，他想带着张婉去重庆待上几年，等葛会长死了再回安阳。自己的根基毕竟在安阳。而且，余宝驹曾经说过，兄弟们不用愁养老，他把这几年打捞来的金贵物件全部都藏起来了，等将来太平盛世了，随便拿出一件来就顶现在卖个百八十件。如果此刻问余宝驹把养老钱要走了，名义上等于退伙了，将来如何还有面子回来？回来也不仅仅是为了那份养老钱，而是想寻找时机，坐上安阳城倒卖古董的第一把交椅。基于这些想法，安顺子决定自己筹措私奔资本。当他卖到第八支王八盒子的时候，出事了。日本宪兵特务先是发现了买家持有日式军用手枪，当即逮捕了买主，买主随后便供出安顺子。

林枫再次收到上司戴笠亲拟的电报，让他务必保证铜鼎不能落入日本人手中。林枫问赵均铎的意见，赵均铎反问林枫，你相信一个流氓地痞看到三十万会不动心吗？他接着说，就算你相信，戴局长也不会相信，余宝驹跟当事人井道兄妹关系越走越近，马上就要成为一家人了，他还会在意一个破铜鼎？林枫说，看来有必要跟余宝驹谈一谈，让他交出铜鼎来。赵均铎说，不能再拖延了，现在就去找他。

林枫和赵均铎一大清早便赶去余家老宅。其实，两个人应该说是赶去余家老宅的邻居家，再从邻居家翻墙进入余家老宅，唯如此，才能避开胡同口盯梢的特务。进入余家，发现宅院里空无一人，正屋里的桌椅被掀翻在地，似乎有打斗发生。林枫在门房里，发现老梁头被捆绑手脚、嘴巴上堵着一块脏抹布塞在被窝里。解开老梁头的绳索，刚要问话，便响起敲门声。老梁头一听，说是二爷回来了，急忙前去开门。余良驹看到林枫和赵均铎在场，也颇感诧异，他问二位为何而来。林枫说，找余宝驹商量铜鼎一事。余良驹说，这些天登余家门的，都是为了铜鼎。林枫说，咱们就别吵吵了，还是问问老梁头，余宝驹到底被谁掳走了。老梁头说他也不知道，昨晚他已经钻进被窝，突然闯进来几个人，没容自己张嘴，就被连捆带绑又塞回被窝。林枫说，日本人或者警察抓人，用不着费这般周折，如果不是他们，那么安阳就剩下一支武装力量了。余良驹问，是褚大奎？林枫点点头，说就现场来看很像是林虑山人干的。宋小六问，褚大奎绑走大哥想干什么？赵均铎说，那还用问，肯定是想拿到铜鼎。宋小六拔出自来得短枪，对四宝说，集合兄弟们，都带上家伙，去林虑山要回大哥。林枫一把拽住宋小六，说林虑山少说也得有百十来条枪，就凭你们几个，去了也是白白送死。余良驹问林枫，你有什么办法救俺哥？林枫在院子里转了几圈，对余良驹说，你们先在院子里挖个坑,挖完了坑,我就有办法了。余良驹拎来了镐头铁锹,对林枫说,你要是耍弄俺,俺就带兄弟把你们祥福隆商号给端了。赵均铎用枪指着余良驹的脑袋,说你敢威胁政府官员,是不是活够了?余良驹和宋小六旋即扔下镐头铁锹,掏出自来得短枪指向赵均铎。林枫赶紧站到中间位置,抬起双手把双方的枪口按到地下,说眼下务必要精诚团结共御外寇,切记不能自相残杀。

只用了半个钟头,余良驹、宋小六和四宝就在院子里挖了个一人多深大坑。余良驹问林枫,行不行?林枫看了一眼坑底,说差不多了。余良驹爬上坑来,问林枫,说说你的办法给俺听听。林枫没有答话,径直走进正屋,找来笔墨,在正屋的白墙壁上写下六个大字:绑人者,褚大奎。而后,他对余良驹说,你去警察局报案,就说你哥哥昨晚被褚大奎绑上山了。

余良驹看了一眼院子里的大坑,问道:"借刀杀人?"

"嗯!"林枫点头说,"你就说今早上刚回家发现的,问你院子里大坑的事儿,你推说不知道。"

余良驹点点头:"俺明白哩。"

安顺子一口咬死,说王八盒子是从洛阳黑市上买来的。宪兵司令部打电话给洛阳核实,洛阳宪兵司令部说没有丢失过军用制式手枪。负责审讯的日军少佐大为恼怒,开始给安顺子上刑。安顺子也算是一条汉子,疼晕过去两次,愣是没有松口。安顺子心里盘算过,供出王八盒子就等于供出铜鼎,供出铜鼎就不是余宝驹一人的事了,安阳城里百十号兄弟、文官村三十多股东、李守文、林枫、赵均铎等一干人,会被日本鬼子全部干掉。日本特务已经把安顺子外围摸透,情况汇总到伊藤太乙那里,他指示必须撬开安顺子的嘴巴。伊藤太乙还命令宪兵,把安顺子的老姑母抓来一同关押。不一刻,宪兵回来汇报,说安顺子家已经上锁,他姑母不知去向。

原来,余良驹去警察局报案前,叮嘱宋小六和四宝前去安顺子家,把他姑母护送出城,暂时安置到李守文的砖窑厂,这才让宪兵队扑了空。

伊藤太乙很是气恼,又让宪兵把安顺子的情妇张婉抓捕。就在这个当口,邱连坤兴冲冲地来报告,说是找到了铜鼎线索,是林虑山的土匪褚大奎把铜鼎连同余宝驹一起抢走了。伊藤太乙听完汇报,沉思半晌,说别中了余宝驹的奸计,让他派人四下核实情报真伪。两天之后,情况核实回来,流向城外的臭水沟子旁,的确有人看到那天晚上后半夜,有十几个人抬着一个物件出城。另外,林虑山那边,也有目击者看到林虑山的土匪赶着一驾马车上山。伊藤太乙还有疑问，他说褚大奎既然从余宝驹家挖出了铜鼎，为何还要把人绑走？邱连坤解释说，听说年初时候，褚大奎在文官村吃了余宝驹的大亏，自己被捉不说，还被余宝驹敲诈勒索了三千大洋，褚大奎这回绑走余宝驹，肯定是要勒索赎金报复。伊藤太乙正疑虑，警察局的电话打了过来，说是余良驹第二趟去警察局报案，他接到余宝驹的亲笔信，让人送两万大洋到林虑山褚家寨。伊藤太乙还在犹豫，突然，井道山和松子推门而入，松子央求他快点派兵营救出自己的未婚夫。伊藤太乙没有理会哭哭啼啼的松子，他问井道山，这也是阁下的意思？

井道山用日语说："如果铜鼎真的在土匪手里，这倒是个机会，还有……松子怀孕了。"

伊藤太乙用轻蔑的眼神看了一眼井道松子，怀着一股复杂的愤恨，声音低沉地说："希望你不会丢了我大和民族的颜面！"

余宝驹被褚大奎绑架上山后，没想到能巧遇吴宝才。他问吴宝才，帝王宝藏可有眉目？吴宝才摇头，说是自己参看拓片上的指引，走了很多弯路，不知不觉来到林虑山下，拓片上的指引就断了。

原来，把铜鼎从宪兵司令部军火库弄出来第二天，余宝驹就派宋小六给吴庆德和吴宝才各送去一万块钱。余宝驹让吴庆德带着鼎耳前往洛阳藏身,让吴宝才暂时离开文官村,按照鼎耳拓片上的提示,结合自己的风水经验,寻找帝王宝藏。吴庆德无牵无挂,收拾个褡裢,当晚就上路了。上路之前,吴庆德顺路去了一趟向水屯,向李东家提亲,说要跟秀娥先把亲事定下来。李东家说秀娥是黄花大闺女,让吴庆德明媒正娶,回去找个媒人来提亲。吴庆德说来不及了,自己得罪了日本人,当晚就得离开安阳。李东家说,自家闺女不愁嫁,你跑到外地躲避日本人,一去十年八载,俺闺女干啥非在你这棵树上吊死?吴庆德没有言语,从随身的褡裢里掏出两千块钱,前后数了三遍,又掏出一把狗牌撸子手枪,对秀娥她爹说,你今天应了亲事,这两千块钱就是彩礼钱,若是不应这门亲事,就拿这两千块钱办丧事。秀娥她爹见到这么多钱,也不好意思动怒,说自古有强买强卖的,没听说有拿着枪强迫老丈人应亲的。吴庆德听秀娥她爹自称"老丈人",等于是变相应了这门亲事,便把两千块钱扔到炕上,说,娶你家闺女,安阳城任谁都不会下两千块钱的彩礼,俺就是要娶你家秀娥,别说等十年八年,就是等二十年三十年,秀娥也是俺的人。吴庆德说罢,抓起狗牌撸子塞进裤腰里,头也不回就去了。李东家在后面嚷嚷道,真让秀娥等上十年,两千块钱也就够饭钱……

　　跟吴庆德一样，吴宝才也是光棍一条。跟吴庆德不一样，吴宝才还有一个老娘、兄弟和弟媳妇。吴宝才反复掂量，自己躲起来容易，可日本人势必要拿老娘或兄弟顶包。于是，吴宝才把五千块钱分成两份，他娘三千，他弟弟吴宝贵两千。吴宝才对吴宝贵说，俺把日本人惹了，文官村算是待不下去了，你跟你媳妇带着咱娘，一起去西安投奔四舅去吧。吴宝贵两口子，长这么大没见过这么多钱，两千块钱揣进裤腰里，就算让他们去阴曹地府，也绝不会皱一皱眉头。吴宝才他娘也没见过这么多钱，可她一点高兴不起来。她知道儿子肯定犯了大事，她也知道自己一走，这辈子再也回不来文官村了。思量至此，吴宝才他娘仰天大哭，直至泪水鼻涕灌满两个耳朵眼，这才坐起身来，于是，鼻涕眼泪又顺着两个耳朵流下来，把偏襟黑棉袄的两个肩膀洇湿一片。吴宝才没有理会他娘的眼泪和鼻涕，正在给他娘一层一层缠着裹脚布，把三千块钱全部裹进两条缅裆棉裤腿里。吴宝才最后小声叮嘱老娘，别让吴宝贵和他媳妇知道她身上有钱。

　　吴宝才他娘捏了一把鼻涕，甩到了炕沿下，指着吴宝才的鼻子骂道："娘个屄，你把你娘这把老骨头扔到西安，看你爹会回来找你算账不。"

吴宝才全然不理会他娘的心思，催促三口人趁着天不亮赶紧上路。吴宝贵两口子乐滋滋地推着独轮车，独轮车上坐着他们干瘪的老娘，咿咿呀呀哭得上气不接下气。

吴宝才打发走他娘和兄弟，一颗心才算踏实下来。他把洛阳铲的铲头藏进褡裢里，扛着杆子随后出了门，一路往西北寻去。余宝驹给他的鼎耳拓片，一块清晰，一块模糊，毫无头绪的枝枝杈杈令人费解。其实，就算拓片全都是清晰的，吴宝才也看不明白。余宝驹说这块拓片像是安阳的地形，还说有一个地方肯定是文官村，不然井道山兄妹也不可能找到北洼地。吴宝才的专长是探墓和打洞，探墓和打洞最早不是为了钱财，而是为了寻一把能够"迎风断发、削铁如泥"的宝剑。为了早日寻得宝剑，吴宝才就得不停地探墓和打洞，在哪里下杆子，在何处下铁锹，这需要眼力，也就是俗称的风水。安阳地界上，几乎每天晚上都会有新的盗洞出现。吴宝才不放过任何一个盗洞，绕着盗洞周围一转就是一天，暗暗记下地形地貌、沟河走向、阴阳分隔，甚至连夯土颜色和味道都烂熟于胸。对于风水，吴宝才属于无师自通，全凭道听途说来的几点要领，加上自己的经验，形成自己独特的辨风识水观。凭着风水经验，吴宝才从拓片上找到一处标记，近似于文官村北洼地，接下来有一条枝蔓往西延伸而去，所以他扛着洛阳铲一路西行。往西延伸也不是一直往西，有时候也往北。往北也不是全然往北，有时候还折回头来往南。跟随拓片指引，加上自己的辨风识水经验，吴宝才在安阳地界上曲折迂回大半个月。待他来到一座山峦处时，拓片上的枝蔓也到了尽头，至于帝王宝藏，仍是一无所获。望着眼前的山川巨石，找个下探杆的地方都不容易，此处又怎会是埋藏帝王宝藏的所在呢。就在吴宝才暗自沮丧之时，突然，从巨石后面拥出几个持枪的土匪，把他连人带铲绑上了山。被绑上山之后，吴宝才才知道，自己已经到了林虑山，绑他的土匪正是褚大奎的手下。土匪们绑票之后，搜身时候下的功夫比绣花还细心。饶是如此，土匪们竟然没有搜到吴宝才身上的五千块钱，因为钱压根就不在他身上，而在洛阳铲的探杆里面。

吴宝才对余宝驹说，土匪们本来要拉俺入伙，可有个土匪认出俺了，他们就把俺关进了这个石洞。吴宝才接着说，土匪们把那张鼎耳拓片搜去了，褚大奎掂量了半天，就认定是铜鼎鼎耳的拓片。吴宝才又说，拓印的时候，把整个鼎耳的轮廓都拓出来了，识别起来一点都不难。余宝驹点点头，对吴宝才的说法表示认同。吴宝才撸起裤腿，才想起洞里光线昏暗，他起身一瘸一拐走到洞口，从洞口的石龛里端来一盏小煤油灯，放在地上。重新又把裤腿卷起来，让余宝驹看他腿上的伤痕，说是褚大奎对他用了两天大刑，最后实在熬不过去了，这才承认拓片是帝王宝藏的藏宝图。余宝驹说没关系，你精通风水，大半个月都找不出一点头绪来，他们得到藏宝图也是瞎子摸黑。吴宝才说，若是再拿到另一个鼎耳拓片，或许会有一些眉目。余宝驹皱起眉头，说文官村距离林虑山足有一百里的脚程，一个鼎耳指引的路程就有上百里远，若是再加上另一个鼎耳的路程，这帝王宝藏恐怕到山西地界了。天色已经完全黑了，狭窄的山洞里只有一盏花生米大小的油灯。一时间，两个人都闷着头，不再作声。余宝驹盯着油灯上摇曳不定的小火头，似乎想起了什么事，他问吴宝才，你可曾记得"后母戊"三个字在铜鼎底部的上下朝向？吴宝才说记得，若是正着看"后母戊"三个字，应该是右边的鼎耳缺了。余宝驹说，对哩，这块拓片就是右首的鼎耳。

吴宝才嘴里念叨着："左右，左右……右边的拓片是第二张藏宝图？"

余宝驹点头："左上右下，中国自古都是这个习惯。松子说，他哥哥参考了小屯村挖出来的龙骨（甲骨），结合着右首鼎耳的纹饰，才找到文官村的。若真是一幅藏宝图的话，右鼎耳的纹饰应该是藏宝图的最后部分，指引的就是帝王宝藏的所在吧？"

吴宝才眼前一亮，问余宝驹，帝王宝藏就在林虑山？

余宝驹说："左右，先左后右，东西，先东后西，从古沿用至今。鼎耳右首拓片应该是藏宝图的后半部分，它把你从安阳往西指引到林虑山，帝王宝藏有可能就在林虑山。日本人不用左右、东西来分上下，井道山先得到右首鼎耳，习惯性地从第二块下手，再往左首鼎耳上伸延，弄拧巴了，所以迟迟不得要领。"

吴宝才说："林虑山方圆几百里，到处都是巨石，就算咱们知道帝王宝藏在林虑山，也无处下探杆，这个帝王宝藏，兴许就是以讹传讹哩。"

余宝驹说："且不管帝王宝藏是真是假，反正铜鼎不能让日本人弄走。"

一时间，两个人无言以对。沉默了许久，吴宝才问余宝驹如何上得山来。余宝驹就把自己被绑架经过，跟吴宝才讲了一遍。吴宝才骂道，褚大奎真是想钱想疯了，要钱不要命，竟然敢绑余大哥的票。余宝驹叹口气说，早年间盗亦有道，劫道的土匪劫下钱财后，都会问问事主家乡何处，若是关里的就给足关里的盘缠，若是关外的就给足关外的盘缠，生怕事主半道上饿死，自己背上人命，背上人命倒不是怕官府追究，主要是自己良心上过不去。吴宝才说，青松岭的李二黑绑了安阳一家张姓屠户的儿子，张屠户把五千块钱如期如数送到了青松岭。李二黑见张家吐钱吐得容易,就又把张屠户给绑了,让张屠户家人再送一万块去青松岭赎人。张屠户的老婆七拼八凑,凑足了一万块钱,赶去青松岭赎人。李二黑听说张屠户的老婆亲自上山送钱,又起了邪念,非要亲眼看看人家婆娘俊不俊。要看脸就得摘下人家老婆的头套,结果张屠户的老婆又黑又胖又丑,李二黑一见大倒胃口,就把一家三口全撕了票,原因是张屠户的老婆摘下头套看见自己的脸了,怕她去告官,不撕票不能自保。余宝驹感慨一声,说等到人人都不讲道义的时候,就该变天了。

深夜时分,林虑山中一片死寂,野狸发情的尖叫声,与栅栏外土匪看守的鼾声,此起彼伏。余宝驹从地上端起煤油灯,把油绳从油海里挑出来一截,火头大了许多,石洞里顿时明亮起来。吴宝才说,土匪们不让把火头拨亮,说油海里这点煤油要用完三个月,才能再往里添煤油。余宝驹微微一笑,说,你还真打算在这里待上三个月?

趁着灯光,余宝驹打量着石洞四周。虽说是个天然石洞,可洞口居然有两根"石柱"形成支撑,"石柱"究竟是天然的还是人工的,余宝驹没有看出来。石洞里面的石头,时不时有一两处闪光,余宝驹把油灯凑上前去,用另一只手擦了擦石壁上闪光处,发现整块巨石竟然是一块火石。洞壁两侧还算光滑，有一个人工凿砌的石龛，正好用来摆放煤油灯，石龛上方是一大片黑色污迹，应该是烟熏后留下的。余宝驹举起煤油灯，隐约看到洞顶上有很规则的纹饰，且觉得这些纹饰似曾相识。从未舍得把煤油灯拨亮的吴宝才，也瞧出洞顶的蹊跷，他站起身来，用手细细抚摸着洞顶的纹路，用肯定的口气说，这是饕餮纹。余宝驹说，怪不得如此眼熟，跟后母戊方鼎上的纹饰相同。吴宝才点头称是，说后母戊方鼎鼎口是饕餮纹，下衬三周凹弦纹，底部是云雷纹。两个人端着煤油灯，继续往石洞里面探看，在石洞尽头有一条裂缝深不见底，勉强能钻进一只瘦狗去。石缝的走向，对应的是石头山的山体，即便是能够钻进去也无意义。余宝驹端着煤油灯临近石缝时，油灯的火苗突然跳动起来，似乎有一股很大的吸力，拽着火苗往石缝里钻。余宝驹生怕煤油灯被风拽灭了，急忙把煤油灯撤回来藏在身侧。吴宝才也暗自吃惊，说他晚上睡觉时也能感觉到风，还以为是从洞口吹进来的。余宝驹端着油灯，对着石缝反复试了几次，确定石缝里有风穿过。吴宝才说死穴无风，这里难道是个活口？余宝驹没有应声，他怔怔地盯着石缝一侧的石壁发呆，因为石壁上恰好刻着三条凹弦纹，靠近地面的石壁上，则是云雷纹。石洞中，自上至下的纹饰，竟然与一百多里外出土的后母戊方鼎上的纹饰完全一致。一时间，余宝驹和吴宝才呆立住了，侵入石缝的丝丝凉风，令二人身上的汗毛竖立起来。

突然间，洞口栅栏处的鼾声止住，接着传来土匪看守的喝骂声："把火头拨这么大，不怕烧死你俩，赶紧吹灯睡觉！"

第二天大清早，褚大奎哼着靠山吼，迈着台步溜溜达达走到山洞前，隔着栅栏问余宝驹，写不写信，要不要赎金？余宝驹说写，你给俺笔墨纸砚伺候。褚大奎如同变戏法一般，右手一扬便多了两样东西，纸和笔。

褚寨主接着上一段靠山吼韵味，朗声念道："林虑山，褚家寨，实乃穷乡僻壤；文无房，学无书，岂能样样齐全。"

余宝驹隔着栅栏接过纸笔，学着褚大奎的腔调，说："有纸笔，无砚墨，如何修得家书；知饥饱，无道义，乃一寨子蠢猪。"

"褚某人占山为寇，是个不会咬文嚼字的粗人，不跟你逗口舌之快。"褚大奎说完，冲着远处一挥手，两个土匪忙不迭跑过来。一个土匪手里拎着一只活鸡，另一个土匪手里端着一个黑瓷碗，来到山洞栅栏前，一刀割开鸡脖子，一股黑红色鸡血喷射到黑瓷碗里。待鸡血流干，土匪将半碗鸡血递给栅栏里的余宝驹。余宝驹站在栅栏前，冷眼旁观瞧着褚大奎演戏，并没有伸手接碗。褚大奎盯着余宝驹，说这就是褚家寨写字的墨水，余大爷就凑合着用吧。余宝驹明白了褚大奎的意图后，方才伸手接过黑瓷碗，笑着问他，褚寨主整天脱裤子放屁，你累不累？褚大奎说，闲着也是闲着，好歹憋个屁，怎能容它是个空响。

余宝驹在一张缺条腿的破桌子上，摊开一张皱皱巴巴的宣纸，执笔蘸饱鸡血，顿在半空中，问褚大奎："俺的兄弟们收到此书，便知道俺身困林虑山，接下来的后果，褚寨主都想好了吧？"

褚大奎朗声大笑，也是戏台上的念词范儿："就算余大爷的弟兄多，就算余大爷的弟兄人人都是两把自来得，恐怕也抗不过日本鬼子的正规军吧？日本的正规军都拿俺褚某人没办法，你们个把安阳城里的小混混，又能奈我如何？"

"日本人压根就没有把你当盘菜。"余宝驹说罢，运笔修书，让弟弟余良驹为他筹备两万块钱赎金，即刻送上林虑山。

书信写好之后，褚大奎高呼一声："来人呐！八十里加急文书，速速送到安阳城的余家老宅。"

望着褚大奎一步三晃的台步背影，吴宝才对余宝驹说："这玩意儿真把日子当戏来演了吧。"

余宝驹点点头："褚大奎快谢幕了，他这是自寻死路。"

三日过后，褚大奎又早起练嗓子，今天唱的是《背靴访帅》中寇准的一段儿：

西风急,斑竹摇,如泣如怨。

清风池,水叮咚,似弹哀弦。

寇平仲,哭忠良,难止泪点。

大宋朝,折柱石,谁来擎天?

将星陨落汝河畔,从此国运更艰难。

北国又把边疆犯……

褚大奎一句"北国又把边疆犯"尚未唱完,便听到一声尖厉的啸声由远而近,余宝驹急忙把吴宝才推倒在地,自己也迅即趴下身去,只听到"轰隆"一声巨响,一颗炸弹正好落在洞口,击中支撑洞口的石柱。紧接着,便听到连续二三十声爆炸,褚家寨顿时变成一片火海。石洞中硝烟弥漫,余宝驹和吴宝才几乎同时感受到地面在剧烈震动,并且从石缝中传来石头摩擦的刺耳声音,整个石洞即将坍塌下来。就在此刻,又一颗炮弹击中石柱,连同洞口的栅栏轰了个粉碎。余宝驹拉着吴宝才,一头钻出石洞,只听到身后传来震耳欲聋的碎裂声,声势之大远胜过炮弹的爆炸声。两个人压根就没敢回头观望,只盼着别被落下来的石块击中,两条腿撒着欢儿,死命往山下奔去。

二十一

　　林虑山剿匪之战，前后只用了一刻钟。土匪老巢褚家寨后面的一座石峰，受到炮击后，整个坍塌下来，比原先矮了一大截。灰尘扬上半空，直至晌午时分才散尽。没有被炮弹炸死、被石块砸死的匪徒尽数投降。往年剿匪，林虑山的土匪次次都能逃脱，要么是买通警察局内线得来消息，要么是在上山路上布置暗哨，早早提前预警。此一役，邱连坤知道自己命悬一线，出城剿匪的消息概不公布，只说是配合皇军进行作战演习。暗地里，邱连坤让孙发贵派出得力手下，先大部队一步上山，把沿途的土匪暗哨全部干掉，这才把褚家寨的土匪打得措手不及。

　　褚家寨的聚义厅早已化作灰烬，褚大奎被当场炸死，身子被炸弹拆成十几块儿。几个面容白净的土匪，平时与褚大奎有龙阳之谊,一边抹泪一边为大当家的收尸,从崖上捡条胳膊,从崖下捡条腿,有一个土匪还爬到一棵刺槐树上,摘下一绺肠子和半拉子胃,好不容易才把褚大奎拼出个人形,结果多出来一只右手。四五个面容白净的土匪对大当家的身体最为熟悉不过了,但此刻竟然无法分辨哪只手不是大哥的。

其中一个土匪感慨道:"此乃天意哇,哥哥身为山贼之首,有三只手也不足为奇。"

于是,名震一方的林虑山大土匪头子褚大奎最后以三只手入殓。

伊藤太乙在林虑山下搭起一座军用帐篷,逃下山来的余宝驹和吴宝才被两个宪兵押解进帐篷。伊藤太乙问余宝驹,铜鼎在哪儿?余宝驹一愣,问,什么铜鼎?伊藤太乙放声大笑,说,你真的以为皇军动用山炮和宪兵,是为了剿匪,为了救你这头支那猪?余宝驹说,俺没敢奢望被谁救,只想能自己救自己,所以才写信让俺弟弟准备赎金。借着翻译给伊藤太乙翻译的空闲,邱连坤上前一步,问余宝驹,你家院子里的大坑是怎么回事?余宝驹听说自家院子里有一个大坑,心中豁然敞亮:肯定是兄弟们布下的迷局,让警察和日本人觉得是褚大奎连鼎带人一起掳走,所以他们才会兴师动众前来攻打褚家寨。

伊藤太乙说得没错,他们不是来救人,而是来夺鼎。余宝驹不知道余良驹接下来怎么解释院子里的大坑,他生怕说到两叉去,索性闭上嘴,一问三不知。伊藤太乙下令,现场审讯土匪。警察们很快就把那天晚上去余家老宅子绑架余宝驹的土匪筛出来,总共去了十二个人,刚才被炸死两个,石块砸死两个,击毙三个,还剩下五个人。一顿皮鞭子过后,五个人异口同声,说没有看到过铜鼎。伊藤太乙下令毙掉两个,剩下三个土匪一齐改口,说看见铜鼎了,却说不出铜鼎的形状和去处。伊藤太乙一听,就知道说的是瞎话,土匪们根本就没见过铜鼎。

伊藤太乙瞪着眼睛怒视邱连坤,邱连坤吓得魂不附体,颤声说道:"咱们……去……去余家看看、看看现场吧。"

日伪联军把余宝驹和吴宝才以及被俘土匪,捆绑起来押上军用卡车,一路浩浩荡荡回安阳。日军的山炮一响,邱连坤就让手下安排沿途各村出人,在马路两侧摆上各类吃食,有开封灌汤包、濮阳壮馍、逍遥胡辣汤、洛阳浆面条、新乡焖羊肉、郏县饸饹面、开封凉粉、武陟油茶、道口烧鸡……河南美食应有尽有。邱连坤虽是行伍出身,却是个细致人,他要求每个村摆在马路边上的吃食不能重样,还要每一样吃食都冒着热气,让皇军看着有食欲。他虽然煞费苦心，怎奈伊藤太乙的人军纪严明，没有一辆车敢私自停下来享受美食。除了美食之外，邱连坤还安排了凯旋锣鼓，吹吹打打响个不停。除此之外，每个村还摊派了两条横幅，横幅内容由各村自行拟写：祝贺皇军剿匪大捷！皇军剿匪，为民除害！皇军和老百姓心连心！翻译把横幅内容讲给伊藤太乙听，伊藤太乙摇头感慨，说我杀了他们的同胞，他们还要夹道欢迎，中国人真不知廉耻！

一路之上，余宝驹不停地思谋对策，想着如何圆自家院子里的大坑。后来又想，兄弟们既然敢挖坑，就说明已经有了对策，自己干脆不再劳神思量。余宝驹刚刚拢回神来，吴宝才用胳膊肘碰了碰他，问道，山洞里的石缝会不会通向帝王宝藏？余宝驹说，就算不是通往帝王宝藏，至少也会有很多提示。吴宝才说，整个石洞全部都是石头，唯独地面是夯土，俺原先以为是土匪打的夯土，现在想想怎么可能呢，土匪们为绑个票，还打个夯土洞子，他们绑回来的是肉票，又不是亲爹。吴宝才接着说，石洞里那条石缝是斜的，上窄下宽，如果挖开夯土，就会越来越宽，没准就是帝王宝藏的入口……余宝驹也是一脸疑惑，说那一绺缝子正对着林虑山，若是宝藏入口，这得有多深啊？吴宝才说，我试过石缝里那股穿堂风，那个口子深不可测。余宝驹说，若真的是帝王宝藏，那就有意思了，褚大奎带着一帮穷鬼，坐拥金山，却天天打家劫舍。余宝驹又说，日本鬼子做梦都想弄清楚铜鼎的秘密，挖出帝王宝藏，却被他们自己的山炮把宝藏越埋越深。吴宝才很是兴奋，说咱哥儿俩能窥得天机，还多亏了褚大奎帮忙哩。余宝驹点点头，说那座塌下来的石山，就算日本人用炸药，也得炸上个三年五载，咱们就更别想看到宝藏了。余宝驹又说，帝王宝藏的事儿到咱哥儿俩这里就算打住了，不要再跟任何人说起此事。吴宝才说，余大哥尽管放心，只要俺吴宝才活着，这个世界上就俩人知道这事儿，若是俺死了，这世界上只有你一个人知道这个秘密。

吴宝才一句话还没说完，押车的日本宪兵的枪托就砸到了他的肩膀上，吴宝才立刻收声，不敢再多说一句。

傍晚时分，大队人马拥入安阳城。邱连坤押着余宝驹，引着伊藤太乙，直奔余家老宅子。一干人拥进院子，看到余良驹、宋小六和四宝几个人正在大坑里面砌砖填土。冲在前面的邱连坤，大喝一声住手，掏出枪来对着坑底几个人。

余良驹看见哥哥夹在人群里，算是松了一口气，忙着给他哥哥递个信儿，他扬起一张丑脸对邱连坤说："老百姓在自家院子里挖口水井，犯哪门子王法哩？"

此刻，正房的屋门被推开，井道松子一手提茶壶、一手托茶盘，走出来。看到余宝驹后，兴奋得一下子把茶壶和茶盘塞给邱连坤，扑上前去一把搂住余宝驹。伊藤太乙的脸上露出嫉恨的神情，他深吸一口气，指着院子里的那口井，问邱连坤，这就是你说的土坑？邱连坤一手提茶壶、一手托茶盘紧张地回道，是、是、是。院子里的人，能够清晰地听到茶杯碰撞茶盘的声音。邱连坤自己也意识到了这个响声，他想把茶壶茶盘扔掉，但这是井道松子递给他的，扔掉日本人塞给自己的东西很不礼貌。余良驹爬上坑来，接过他手里的茶壶和茶盘，说别给俺打碎了，这可是汝窑的薄胎青瓷，乾隆爷用过的。邱连坤还想对伊藤太乙解释，但还没等到他张嘴，伊藤太乙便抬起腿，把他一脚踹下了土坑。

伊藤太乙转头看了一眼余宝驹和井道松子，他对余宝驹恨恨地说道："如果，我拿不到铜鼎，你，没有将来；她，没有将来；我，也没有将来。"

余宝驹说："为了咱们仨的将来，俺也帮你找找看。"

伊藤太乙挥挥手，转身向门口走去，宪兵们押着俘虏也要离开。余宝驹说，请稍等。他走到吴宝才面前，对伊藤太乙说，这是我家一个远房亲戚，他是被土匪掳上山的。伊藤太乙疑惑地看了一眼吴宝才，觉得有些眼熟。孙发贵凑到伊藤太乙跟前，说这个人是文官村的，也是铜鼎的大股东之一，上次已经被我们抓过一次了。伊藤太乙点点头，说带回宪兵队。

吴宝才露出一脸绝望和恐惧，他带着哭腔喊道："余大哥，余大哥，救我呀！"

余宝驹说："你别急，俺想办法哩。"

安顺子的精神头已经大不如前几天了，整个人萎靡到像个霜打的茄子。每一次遭受酷刑，安顺子都提前闭上眼，在脑子里翻出他爹唱坠子弦的光景，最应景的唱段是"关云长刮骨疗毒"："镇荆州，十几载满城百姓安泰；桃园义，数十年兄弟情深恩重。打樊城，偃月刀天下谁堪敌手；战曹仁，中奸计遭遇小人暗箭。风雨天，左臂膀犹如万箭穿心；遇华佗，察旧伤神医刮骨疗毒。众将官，举樽杯虎帐谈笑风生；一盘棋，黑白间豪气直冲云天……"

十几趟酷刑下来，关云长刮骨疗毒十几遍。安顺子怨恨他爹半辈子，关键时刻竟然还是靠他爹的坠子弦，生挺挺熬过日本人的十几趟酷刑。日本人生性佩服硬骨头，行刑过半，日本宪兵竟然对安顺子生出几分敬意，下手的时候不再似先前那般下死手，这也是安顺子能够撑过十几趟酷刑的原因。牢门锁头"哗啦"一声响，安顺子都懒得抬头看一眼。负责审问的少佐带着翻译走进牢房，紧跟在后面的两名宪兵架着一个女人,这女人正是张婉。张婉进来后,瞅了半天才认出跟血葫芦差不多的安顺子。她没敢扑上前去,只是立在原地,瞅着情人哭号起来。少佐说,哭也没有用,快把铜鼎的事说出来,我们立刻放人。张婉对安顺子说,赶紧说了吧,要什么铜鼎,咱们要的是从今往后的日子。安顺子大声斥责,说你个贱娘们儿懂个凶球,俺哪里知道什么铜鼎!张婉说,你知道的,你以前跟俺提起过。安顺子长叹一声,闭上了眼睛,不再吭声。少佐对宪兵打个手势,两名宪兵把一张小叶紫檀桌上的刑具扒拉到地上,上前架起张婉来按在桌子上,其中一名宪兵三五下就撕开张婉的旗袍和文胸,露出一对白花花的奶子来。少佐露出一脸淫笑,他走到张婉面前,解开皮带褪下裤子。

听到张婉的尖叫声,安顺子睁开眼睛,说:"放了俺的女人……俺全说。"

入夜时分,日本翻译带着一个礼帽压得很低的男人,一前一后进了伊藤太乙的办公室。日本翻译把戴礼帽男人介绍给伊藤太乙,说这位就是赵均铎先生。伊藤站起身来,很热情地与赵均铎握手寒暄。日本翻译把一张银行支票递给赵均铎,说这是十五万,等我们见到铜鼎,验明正身后再把余下的十五万给你。赵均铎接过支票,仔仔细细看了一遍，确认无误后揣进怀里。赵均铎对伊藤太乙说，请翻译官跟我同行，再给我二十名日本宪兵和一辆汽车，不要警察和中国人参与。伊藤太乙点点头，说你是一个聪明的中国人，因为你不信任中国人。伊藤太乙拍了拍赵均铎的肩膀，接着说，人和车都已准备好了，我今天晚上就要看到铜鼎。

原来，赵均铎已经独自前往天宁寺数趟了。第三次去天宁寺，他带着一根铁棍，在李守文埋藏香炉的院墙外，试探了一下，确认"铜鼎"尚在。就在他从地上拔出铁棍时，圆一法师口诵佛号，突然在其背后现身。圆一法师说，施主三次光临小庙，不见进香也没有拜佛，想必是来寻找什么物件吧？赵均铎尽量散开他脸上拥挤的五官，故作百无聊赖状，说自己住在附近，得空就会出来闲逛。赵均铎接着又说，自己心中有佛，就不必再拘泥俗礼。说罢，便匆匆与圆一法师告别，回到安阳城。

整整一夜，赵均铎没有合眼，他想起自己当年投笔从戎时的壮怀激烈，作为一个二十出头的毛头小伙，他放弃了去法国留学的机会，跟随一帮热血青年扛枪北伐，一直打进北平城。那时候，赵均铎一心想为建立统一的国民革命政府建功立业，五官虽然拥挤，眉宇间自有一股英气。

历经十多年军界官场,脸还是过去的那张脸,眉宇间的英气散了,五官开始在脸上相互倾轧,挤出了一脸紧凑的猥琐。当年北伐会攻武汉,第八军负责进攻武昌,自己是第一个爬云梯登上武昌城的,身中一处枪伤还继续战斗,因此受过白崇禧亲颁嘉奖。北伐战争倒是打赢了,国民政府却背离三民主义越来越远,国民党党内腐败就像一条滋生了蛆的臭咸鱼,看着都让人恶心。他又想起没有任何资历的林枫,比自己小两岁,仅凭跟戴局长的裙带关系,就能平步青云升任中校,不仅军衔比自己高,还做了自己的领导。既然党国不能予以公平,那就由自己来找公平,日本人悬赏的三十万块钱权当是补偿吧。

  这一夜,赵均铎还想起了他阉猪的爹。爹阉了一辈子猪,自己倒是生了五男四女九个娃儿,赵均铎排行老三,下面还有三个弟弟和三个妹妹。做什么就念叨什么,赵均铎他爹阉猪,就喜欢说阉猪的事儿。高兴的时候,他说自己闭着眼就能把母猪的巢子摘了。愁闷的时候,他说干了一辈子断子绝孙的事,活该自己生了一圈笨猪。总之,赵均铎他爹能把一切事儿都跟阉猪搭挂上,包括中国人的习性。赵均铎他爹认为,猪被拔掉獠牙、阉割之后,就成了不男不女的阴阳猪,跟太监一个样子变成了尿货。赵均铎他爹还说,中国人祖祖辈辈就认猪肉,一代一代吃下来之后，人也变成了今天这样子的孬货，连小日本都敢欺到咱们头上拉屎。赵均铎以前不认同他爹的说法，可现在自己要把铜鼎出卖给日本人，也就变成了他爹嘴里的孬货。赵均铎也会宽慰自己，觉得把铜鼎交出去就会少死很多人。日本人真的找到帝王宝藏就会尽快结束战争。战争结束了，腐败透顶的国民党也就完蛋了，中国可以重新建立一个自由、民主、公平的国家。瞪着眼熬到天亮，又从天亮纠结到天黑，天黑时分，赵均铎最终还是说服自己，走进了安阳宪兵司令部。

军用卡车摇摇晃晃开到天宁寺，赵均铎带着翻译和宪兵，直接找到李守文埋藏香炉的墙根。等到把物件取出来之后，赵均铎傻眼了，发现这只是一具跟后母戊方鼎相似的香炉。赵均铎前后两次见过铜鼎，从外观上一眼就能分辨出来。他抹了一把额头上的冷汗，使劲回忆那天晚上的情形。

从宪兵司令部盗出后母戊方鼎的那天夜里，赵均铎躲在暗处，看到李守文等人抬着铜鼎进寺，一顿饭的工夫又抬着"铜鼎"出寺，看得他很是纳闷。因为是黑夜，他根本没有觉察抬出来的是大殿前的香炉。而余宝驹之所以让吴庆德砸掉另一只鼎耳带走，一是去掉鼎耳，后母戊方鼎与天宁寺的香炉更加相似；二是让文官村的股东们手里多一个拿手，心里也落个踏实；三是可以把两只鼎耳上的秘密隔绝，就算万一被日本人再次夺回铜鼎，也不可能得到完整的两只鼎耳。余宝驹的"断耳"之计，等于给几方面都上了保险，得不到两只完整鼎耳，日本人也就找不到晚商的帝王宝藏，且不管帝王宝藏的说法是真是假。

一阵凉风吹过，赵均铎的脑子转过弯来，他亲自攀上了院墙边上的柿子树，再笨拙地爬到院墙上，转身翻入寺院中。不一会儿，他把天宁寺的庙门打开，示意翻译和宪兵进入寺中。赵均铎率队径直奔到大雄宝殿前，一眼认出了充当香炉的后母戊方鼎。赵均铎不由得暗自佩服余宝驹的胆识，日本人悬赏三十万的宝贝，被他明晃晃地置入大庭广众之下，天天接受善男信女的膜拜。自己先后来天宁寺三趟，也曾见过大雄宝殿前的这个"香炉"，他根本就没有想到，全天下人觊觎的宝贝就亮在光天化日之下。但令赵均铎万万没有想到的是，他处心积虑找到的后母戊方鼎，竟然还是一具赝品！

就在宪兵们抬着铜鼎离开之际，圆一法师口诵佛号拦住了众人去路。圆一法师双手合十，对赵均铎说，施主果然是在寻找物件，香炉乃是佛门之物，还望施主高抬贵手。赵均铎说，出家人不打诳语，天宁寺的香炉在院墙外面，俺们一会儿帮您抬进来,这个不是你们佛门的物件。圆一法师说非也非也,这具香炉侍奉佛祖已有些日子,已属佛门之物,施主不能带走。这时,一名带队的日本宪兵少佐走上前来,拔出佩刀,一刀刺中圆一法师的胸口。

余宝驹走进玲珑胡同,他忽然发现身后只剩下警察便衣,两个日本便衣不见了踪影。女佣给余宝驹开门,说先生昨晚没回来,只有小姐一人在家。余宝驹经过荷花池时,发现池中的荷叶已经泛黄枯死,几条锦鲤也翻了肚子,漂在水面上。屋门推开,松子一身白色旗袍,穿旗袍归穿旗袍,走起路来却还是与穿和服无二,叠着小碎步走。余宝驹问松子,荷花和鱼怎么都死了?松子说不知道,前几天还好好的。余宝驹说,肯定是水不干净了,得洗池子换水。松子说,昨天我哥哥对着池子还叹气,他最喜欢荷花了。余宝驹说,我有个朋友是卖荷花的,他那里有很多名贵品种,改天我送几盆过来。两个人说着话,走出家门。

余宝驹冲着胡同口几个缩头缩脑的警察便衣喊道:"给俺叫一辆车来!"

一个便衣出了胡同,很快叫来两辆黄包车,余宝驹拉着松子上了车,两个警察便衣赶紧上另一辆车,一前一后出了安阳城直奔天宁寺。天宁寺庙门紧闭,门前围了一大群香客。香客们议论纷纷,说圆一法师身体健硕,怎么会说入寂就入寂了。余宝驹闻听吃了一惊,他扒拉开众香客,看到庙门上有一张白色宣纸,上面写着:方丈圆一法师于是日顺化,天宁寺闭门七日,超度方丈佛灵。

余宝驹心中暗叫不妙,他带着松子转到了天宁寺后面,从一个小门进入寺中。寺内一片寂静,只有大殿里面传来众僧诵经的声音,诵的像是《地藏经》或《观世音菩萨普门品》,余宝驹分得不是很清楚。来到大殿前,余宝驹发现殿前的香炉已经换成原来的香炉,伪装成香炉的假铜鼎已经不见了。摆放香炉的地上,有一摊乌黑的血迹。一位小和尚走出大殿,正是侍候圆一法师的小沙弥,他冲着余宝驹诵一声佛号,说圆一方丈圆寂,请余施主七日后再来进香。余宝驹问,圆一法师怎么会突然圆寂?小沙弥眼圈含泪,说方丈被奸人所杀。余宝驹问是哪个奸人。小沙弥说,我们也不知道,早晨起来就看到方丈躺在大殿香炉前,胸口有一处刀伤……说至此处,小沙弥已泣不成声,松子也在一旁陪着落泪。余宝驹让小沙弥节哀顺变,带着松子从后门出了天宁寺,两名警察便衣正在门口处张望。余宝驹喊住了便衣警察,走过去掏出一封光洋递过去,说你们这段时间辛苦了,拿着钱去展春园找个姑娘快活快活吧。两个警察面带尴尬神色,讪笑着说,多谢余爷体谅,我们当差的没办法，得听上司吩咐，这钱俺们不敢拿。余宝驹说，让你们盯俺的梢，不就是为了铜鼎，日本特务撤了，就证明日本人已经拿到铜鼎，只是日本人拿你们不当人看，没告诉你们罢了。两个便衣恍然大悟，接过光洋后再三称谢，然后骂骂咧咧地走开了。

余宝驹打发走了警察便衣，脑子里面开始过人，究竟是谁出卖了铜鼎的下落？安顺子被捕了，但是他只管着断后和炸军火库，不晓得铜鼎最终的落脚点；吴宝才也被日本人关起来了，可他只负责挖洞，随后便被土匪绑架上了林虑山，也不知晓铜鼎在哪儿；吴庆德接应铜鼎，负责跑第一棒，交割给了林枫之后，便远遁洛阳，也不知道铜鼎去向；林枫和赵均铎负责铜鼎的第二棒，交接给李守文后，也不应该知道铜鼎的下落；唯一知道铜鼎下落的是余良驹、宋小六和李守文，但这三个人同时也知道，天宁寺这只铜鼎是一个赝品。如此说来，出卖铜鼎的绝不可能是余良驹、宋小六和李守文三人。既然不是这三个人，那只能倒着往上找，难道会是林枫和赵均铎？

余宝驹和松子乘坐黄包车回城，松子问道："伊藤太乙真的拿到铜鼎了？"

余宝驹恨恨地说："狗日的日本杂种，抢东西就抢东西吧，为什么还要杀人！"

松子含泪道:"当初和哥哥来到中国,一心为了学术研究,没想到因为这只铜鼎闹出这么大的风波,还搭上无辜的性命,这样的研究已经失去原有的意义了!"

余宝驹此时听到松子这句话,想起了井道山,井道山是唯一一个可能识别铜鼎真伪之人,虽说他只对玉器在行,可他已经与那只假铜鼎交过手,也见识过余良驹的造假功力,就算能骗得了他一时,也瞒不过他一世。余宝驹又想,若是井道山识破假鼎,再告诉伊藤太乙,安阳城里又该是一场怎样的腥风血雨?自己的命可以豁出去,可良驹和跟着自己多年的这帮兄弟,无论如何得想方设法地去保全他们。

余宝驹想到此,自言自语道:"这恐怕只是一个开始!"

松子听了,心里愈发难过。

"对我来说,能遇见你,才是我来这里最大的收获。"她欲言又止,想了想,看着余宝驹的眼睛又说了四个字,"我怀孕了。"

黄包车进了玲珑胡同,把松子放下后,余宝驹赶往大院街祥福隆商号。天色已晚,祥福隆商号的店铺正在打烊,几个伙计从店铺里面抬出条板,一块一块对着上下的沟槽塞进去,把敞开的铺面封了个严严实实。余宝驹丢给黄包车夫一块钱,说不必等他了。黄包车车夫忙不迭地称谢,拉着车子一溜烟地消逝在黑夜里。余宝驹没有打扰正在上条板的伙计,他转身进了祥福隆商号旁边的胡同,从后门而入,直接上了商号的二楼。林枫和赵均铎正在二楼经理室议事,似乎正在为什么事情争论。余宝驹一脚踢开门,两把自来得短枪顶到二人面前。林枫很是诧异,问余宝驹,你是什么意思?余宝驹反问道,铜鼎是不是你们交给日本人的?赵均铎对余宝驹说,你把铜鼎藏到哪儿,我们怎么知道。赵均铎又说,你到底是把铜鼎弄丢了,还是偷偷卖给日本人了?林枫满脸怒气,他冲着余宝驹说,你根本不清楚这只铜鼎意味着什么,如果铜鼎丢了,你要负全部责任。余宝驹说,少他妈的跟我装囟球,那天夜里,你们是不是跟踪李守文了?林枫说,那天晚上交接完铜鼎,我们就地散了,是我下的命令。余宝驹问林枫,你敢保证你的手下没有人跟踪吗?林枫看了一眼赵均铎,说,我敢保证!余宝驹还待说什么,突然被几把手枪顶住后背,祥福隆商号的几个伙计拥进经理室。余宝驹把枪收起来,俺一定会查出来是谁出卖了铜鼎,是谁杀了圆一法师。说完,余宝驹下楼,匆匆而去。

松子怀孕了,让余宝驹有些不知所措。按说,他这个岁数的男人,成亲早的都该有三四个娃了。这些年来,他也想物色一个好女人,替余家延续香火。可挑来拣去,满安阳城找不到一个中意的。余宝驹不仅要求自己的女人本分持家能生娃,还希望能像展春园的窑姐那样善解风情。用余良驹的话说,哥哥想找一个在家里会生娃、在厨房会做饭、在床上会发骚的嫂子,这比登天还难。

松子怀孕的消息,让余宝驹的心情从未如此复杂过。初识松子时,他没想投入自己的下半生,只想投入自己的下半身。把松子摁到床上,更多是出于私愤,是他对日本人的仇恨和报复。可松子的确是他遇见过的最单纯和最热情的女子,她不仅美得不沾俗尘,而且宽容得不计得失。这样的女子让男人很难不动心,他自己都不知道在何时爱上了松子。余宝驹在心里爱上松子,在面上却总是一副冷冰冰的样子。看似玩世不恭的他,心底里也怕人家在背后戳他脊梁骨,骂他汉奸;他也曾梦见自己死去的爹娘,在九泉之下骂他是个不孝子,竟然跟日本女人搞在一起。余宝驹一直宽慰自己,觉得自己是为了铜鼎才和松子走近,只是为了利用井道兄妹和伊藤太乙的关系,打探日本人那边的消息。包括订婚宴,也是利用井道兄妹俩充当自己不在现场的证人罢了。等到铜鼎的事一了结,松子就会回日本去,那时候,他余宝驹和这个日本娘们儿再也没有半分关系。余宝驹怀着这样的矛盾心情和松子相处着,连他自己都不记得,何时对松子有过温柔的片言只语。余宝驹也一直不明白,松子为何对自己这般深情。直到松子告诉他怀孕的消息,余宝驹心里一时间竟然不知下一步该迈向哪儿。迷惑归迷惑,他心里还是禁不住滑过一丝惊喜,自己喜欢的女人怀上娃儿了!那一丝惊喜过后,他也想起了伊藤太乙的威胁:"如果,我拿不到铜鼎,你,没有将来;她,没有将来;我,也没有将来。"

如果两个人都没有了将来,孩子怎么办?余宝驹的眼神闪过一丝犹疑。

安阳的夏天像个蒸笼,蒸得人蔫头耷脑,蒸得知了"嘶哇"乱叫。

余宝驹和余良驹带着两辆马车进了玲珑胡同,松子早早在门口守候。余良驹领着几个农民模样的人,把马车上的花盆抬进院子。松子咋舌,这么大的荷花盆?余宝驹说,原先的荷花盆必定太小,才会使得土里养分不足,让荷花枯死。众人七手八脚放干了池子里的水,原先的荷花盆果然很小,余良驹让几个农民把水池子用清水刷洗一遍,才把新的大荷花盆抬进去。碰巧这个时候,井道山回来了,两名日本宪兵随行,把一辆黑色轿车停在门口候着。井道山似乎是回来找什么东西,松子帮他在书房里翻腾好一阵子,才算找到一堆甲骨文拓片。井道山把资料装进皮包,经过院子的时候,看见余宝驹他们正在往水池里鼓捣花盆,就问是什么品种。余宝驹说两盆是"露半唇",另外两盆是"重瓣一丈青",比原先的"红鹤"都好看。井道山又问,这么大的花盆是不是太浪费?余宝驹就把刚才对松子说的话,又对井道山说了一遍。井道山点点头,转身就要出门,余宝驹伸手拦下他,说,俺手下有个兄弟叫安顺子,前几天被宪兵队抓走了,你能不能通融一下,把人放了,要花钱尽管说。井道山说,他已经把你供出来了,你还要替他赎身?余宝驹笑了笑,说进了宪兵队,石头都熬不住,何况是个尿人哩。余宝驹又说,事情都是我做的,安顺子只不过跑跑腿,他既然把俺供出来了,宪兵队怎么不抓俺哩?井道山看了一眼松子,对余宝驹说,如果不是因为松子,如果不是因为松子怀孕,估计你早就成了宪兵队的阶下囚。说完,井道山甩手走出门。余宝驹追出门外,对已经钻进轿车的井道山说,你身为一个研究中国史学的学者,不觉得为这只铜鼎死的中国人太多了吗?井道山的神情愣了一下,随后用手拍了拍司机,黑色轿车开出了玲珑胡同。

余宝驹回到院子里,问松子,你哥哥这几天忙什么?松子说不知道。余宝驹脸现不悦之色,他对松子说,你不用瞒我,铜鼎是我从宪兵队拿走的,可是有人出卖了我,背着我偷偷把铜鼎卖给日本人，现在你们已经拿到铜鼎了，是不是？松子被余宝驹的眼神逼得低下头，她说，是有人把铜鼎卖给伊藤太乙，但铜鼎交易被列为军方最高机密。余宝驹说，我早晚会查出这个汉奸，扒了他的皮！余宝驹又问，你们既然拿到了铜鼎，你怎么不跟着你哥哥去鼓捣那个鼎了？

松子犹豫一下，噘着小嘴说："我想……我想是咱们俩的关系让伊藤君多心了，他规定，只有我哥哥一个人能接触铜鼎。而且，关于铜鼎的事情，我哥哥一个字也不肯对我透露。"

余宝驹进一步试探道，我一直弄不明白，你们日本人对俺们这个铜鼎，哪来的这么大贼劲儿？松子说，反正伊藤已经拿到铜鼎了，索性我就告诉你铜鼎的秘密吧。余宝驹故作不屑地问道，又是藏宝图？松子有些诧异，说原来你早就知道？余宝驹说，是别人告诉给俺听的，俺压根就不信。松子说，铜鼎真的是一个宝藏的路线图。余宝驹笑道，俺弟弟余良驹聪明透顶，他把那个铜鼎里里外外看了无数遍，也没看出个蹊跷来。松子说，铜鼎只是一个孤证，必须有洹河北岸出土的甲骨文字辅证，而且还得研读《河图》和《洛书》，才能串联起这些证据链找到宝藏。余宝驹心中一凛，继续问道，甲骨文说埋了多少宝藏？松子说，这个没有详细记载，只是说铸鼎的商王，举三代商国的财富，复葬了开国帝王。余宝驹问，找到宝藏之后，日本人要挖中国人的祖坟吗？松子说不知道，他们对我封锁所有消息。余宝驹趁机挑拨道，伊藤太乙这个龟孙子已经不拿你当日本人看待了。松子皱着眉头说，我哥哥让我回日本生孩子，他说只要你跟我去日本，伊藤君可以帮你加入日本国籍。余宝驹"呸"了一声，说嫁鸡随鸡，嫁狗随狗，嫁给猴子树上走，你怀了俺的娃儿就得留在安阳。松子的眼泪在眼圈里打转，生怕一张嘴眼泪就流出来，索性把脸扭到一边去，不再说话。

看到松子楚楚可怜的样子，余宝驹禁不住动了恻隐之心，他走过去扶了一下松子的肩膀，说："好吧，我跟你去日本。"

余良驹等人在清洗干净的池子里安置好荷花盆，荷花盆盆底填上黄土，中间垫上一层厚厚的黑色塘泥，然后把荷花栽进塘泥里。最后一道工序，则是在塘泥上面覆盖一层粗沙子，一是不让黄土和塘泥中的养分流失，二是防止黄土和塘泥沾污了池水。剩下的活儿就是往池子里挑水，七八个农民一人一担大水桶，足足挑了一上午，才算恢复了荷花池原貌。

是夜，赵均铎再次溜进宪兵司令部。一个宪兵带着他，径直走进伊藤太乙办公室。伊藤太乙开门见山，他对赵均铎说，铜鼎没有问题，但是少了一只耳朵，你把那只耳朵找到，我才能付给你剩下的十五万块钱。赵均铎说，那只鼎耳在吴庆德手里，上次已经告诉您了，我该做的已经做到了。伊藤太乙说，铜鼎的秘密，想必你们都已经知道了，少了那只耳朵，这只铜鼎就是一堆废铜烂铁，所以我们拿不到鼎耳，是不会支付剩下的十五万的。伊藤太乙站起身来，整理了一下军装，接着说，吴庆德早就带着鼎耳逃跑了，估计人已经不在安阳。赵均铎说，这一切肯定是余宝驹策划的，吴庆德去了哪里，也只有余宝驹知道，伊藤君为何迟迟不抓人呢？伊藤太乙说，余宝驹已经不是普通的中国人了，他是天皇陛下欣赏的中国历史专家井道山的妹夫，而且井道松子已有身孕，我已经把事由汇报给天皇陛下，近期就会有指示。伊藤太乙走到赵均铎面前，拍着他的肩膀说，在我还不能动余宝驹之前，找到那只鼎耳就只能依靠赵均铎君了。赵均铎说，不能抓余宝驹，可以抓余良驹，他们兄弟二人，板子打在哪一个身上，都会疼俩人。伊藤太乙沉下脸来，皇军的军务，不需要阁下指手画脚，总之，见不到鼎耳，就别想拿走钱。赵均铎知道多说无益，只能说尽力而为，随后便告辞离去。

其实，伊藤太乙不抓余宝驹，并非在意井道山是天皇欣赏的专家，而是担心干扰井道山对铜鼎的研究。松子是井道山唯一的亲人，又怀有身孕，抓走余宝驹，松子势必跟井道山哭闹。井道山是个学者，他没有经验应付这类事情，所以伊藤太乙才迟迟没有动手。但他心里早就憋足了劲，等到铜鼎身上的密码破译出来，等到井道山回到日本，余宝驹只不过是一只蝼蚁，想怎么踩就怎么踩。不过，刚才赵均铎倒是给他提了一个醒儿，不能抓余宝驹，可以抓余良驹。伊藤太乙寻思着，抓来余良驹还有一个用处，就是让他复原铜鼎。如果拿到另一只鼎耳，就可以为天皇陛下献上一只完整的重器。想到此，伊藤太乙找回另一只鼎耳的意愿更为迫切，他抓起电话，叫来负责审讯的少佐，问他吴宝才招供没有。少佐说，已经动了两次大刑，吴庆德和吴宝才各自拿了余宝驹一万块钱，准备躲避到外乡，鼎耳在吴庆德身上，他去了哪里，吴宝才不知道。伊藤太乙咬了咬后槽牙，说余宝驹真是一只麻烦的狐狸。

二十二

安阳城里，正在盛传一件大事，说余宝驹偷着把铜鼎卖给了日本人。佐证也很有力度，余宝驹已经让日本未婚妻，也是日本考古专家的妹妹井道松子怀孕，不日将同赴日本生孩子……坊间传闻历来比皇上的圣旨走得快，安阳城一时间炸了锅。

首先是通宝街上的东家们不乐意了，余宝驹不让他们的店铺跟日本人交易，卖给日本人一个烂碟子破碗，余宝驹就给他们扣上一顶汉奸的大帽子，轻则遭一顿训斥，重则砸店铺。到了后来，通宝街的铺面里只能卖余良驹做的赝品，只要卖给日本人，就是有爱国心、民族大义。他自己倒是不怎么在意民族大义，把老祖宗的旷世神鼎偷偷摸摸卖给日本人。不许百姓点灯，只能他余宝驹放火，凭什么！

安阳城的盗墓贼们更不乐意了,他们起半夜走五更,辛辛苦苦打捞一点物件,最后都被余宝驹抢走。抢就抢吧,还打出惩罚盗墓贼的旗号。打旗号就打旗号吧,偏偏还要给盗墓贼家的屋顶,挂上一条白床单,限令七日之后才能摘掉,说是盗墓贼惊扰了亡魂,引幡送灵。盗墓本来是个见不得光的行当,有些人干了一辈子,亲戚四邻都不知晓。余宝驹这么干,等于是昭告天下,断了盗墓贼的财路。凡是被余宝驹打劫过的盗墓贼,无不对他恨之入骨。此时得知这个传闻,且不管真伪,先是大肆吃喝、咒骂一番以泄私愤。

消息也传到祥福隆商号,是一个店伙计汇报给林枫的。林枫不相信,说若是余宝驹把铜鼎卖给日本人,日本人还会兴师动众围剿林虑山的土匪吗?赵均铎在一旁趁机推波助澜,说这个交易没准发生在林虑山剿匪之后,日本人救了余宝驹一命,余宝驹拿铜鼎报答日本人,还能赚日本人三十万,这对一个地痞流氓来说,是一个划算的买卖。林枫拍案而起,说余宝驹若是真把铜鼎卖给日本人,他就是我中华民国的千古罪人。赵均铎对那个店伙计说,这几天盯紧余宝驹,找机会干掉他。

余宝驹听到这个消息的时候,正在投喂鱼缸里的金鱼,是宋小六一大早跑来跟他说的。宋小六还说,用不了一顿饭工夫，估计安阳城全都知晓了。宋小六又分析道，这事儿今天早晨铺天盖地传来，想必是有人故意散布的。

余宝驹闻听心头一紧，他对着鱼缸，撒下最后一把饵料，问了宋小六一件毫不相干的事儿："房子找好了买主没有？"

宋小六说，全城都在说大哥把铜鼎卖给了日本人，你咋还问我卖房子的事儿？余宝驹说，日本人拿到铜鼎肯定不会声张，他们正撅着屁股琢磨找帝王宝藏呢，所以，这事儿肯定是偷着卖铜鼎给鬼子的人放出来的，目的就是要俺的命。宋小六看到余宝驹形色沉稳，这才说道，昨天来了三家看房子的，一听说这是大哥的房产，连价都不砍扭头就走。余宝驹说，那就别说是俺的房子。宋小六说，房契上是大哥的名字，人家能不知道吗？余宝驹说，先谈价钱，价钱谈拢了再给他看房契。两个人正说着房产的事儿，老梁头引着葛会长走进来，余宝驹急忙起身相迎。余宝驹待葛会长坐定，先行一个长揖，慌得葛会长急忙起身，说，贤侄为哪般？余宝驹说，是晚辈管教手下不严，才使得安顺子作奸犯科。葛会长一张老脸霎时涨红，说家门不幸，岂能怪贤侄。两个人都不愿意在这个话题上纠缠，余宝驹让宋小六和余良驹赶紧把物件取出来，给葛会长鉴赏。宋小六说，二爷刚才出门，说去胡同口买包烟，可一直没回来。余宝驹说，那就不等他了，你和梁叔去取吧。宋小六应声出门。葛会长问，贤侄若是缺钱，葛叔这里还有仨瓜俩枣，你尽管拿去用，何苦要把多年收藏的宝贝都卖掉哩？余宝驹说，葛叔的情谊，晚辈心领了，俺实在有个大缺口，急等着用钱。葛会长问，贤侄大概有多少物件？余宝驹说，估计有一百二十余件，件件都是不忍出手的宝物哩。葛会长说，不管外人如何评论贤侄，葛叔俺信得过你的人品。余宝驹再三称谢，站起身来，引着葛会长走出正屋。葛会长来到院子里，看到宋小六在老槐树上，正一件一件往下抛着瓶瓶罐罐，老梁头在树下一件一件用手接，院子里的古董，已经摆得琳琅满目。葛会长指着老槐树，惊讶地问余宝驹，贤侄把物件都藏在树上？余宝驹笑着说，老槐树树心烂了，良驹没事干的时候，就把树心朽木掏空，正好用来存物件。葛会长挑着大拇指说，真是高明啊！宋小六跳下树来，清点一遍器物，共计一百二十七件。余宝驹对葛会长说，葛叔，这一件件鉴赏下去，恐怕得费几天光景，您老干脆开个价，把这些物件一并取走。看见满院子满目琳琅的宝贝，葛会长早就被唬得目瞪口呆，直到余宝驹让他开价，他才清醒过来，说，贤侄啊，不瞒你说，葛叔就算倾家荡产，也买不下这些宝贝的一成。葛会长又望了一眼满院子的器物，忍痛对余宝驹说，贤侄还是另寻买家吧。余宝驹说，您最多能出多少钱，给侄儿交个实底。葛会长在心里盘算一会儿，说大概二十一二万块钱。余宝驹说，葛叔，您给我二十万，院子里的物件全部拉走。葛会长愣怔片刻，以为自己听错了。余宝驹又说，今天就把所有物件送到您府上，这两天您筹齐了钱，我让小六上门取。葛会长说，这如何使得，这些件件都是可以传世的宝物，别说二十万，就是二百万也拿不下哩，贤侄这不是卖东西，是送东西。余宝驹说，这些物件是俺们众兄弟刀头上舔血抢来的，俺抢了，但是抢得有底气，谁让这帮不长进的凶球扒人家祖坟。

余宝驹捧起一只哥窑开片梅瓶，说："俺余家祖辈三代吃古玩这口饭，从未碰过一户有名有姓有后人的坟，挣的都是明面上的钱。俺也包过坑，那也是俺抢过来的坑，所以，这些宝贝都是干净的哩。"

葛会长说："这些事儿，葛叔早有耳闻。"

余宝驹说："俺相中葛叔，是相中葛叔的人品，第一，你不跟日本人穿一条裤子，当然也不会把宝贝卖给鬼子。第二，民国二十一年闹蝗灾，葛叔卖掉祖产换粮赈灾，救活安阳百姓无数，直至今日，安阳的孩子们还会唱'大馒头，扁粉菜，葛家心肠真不赖'。小时候，俺爹就说过，做商人就要像葛叔，做个义商。俺倒也没辜负俺爹，只是俺做了义贼。"

葛会长："能够聚拢一帮江湖侠士，引导他们不为非、不作恶，这才是大善之举。"

"葛叔过誉了。"余宝驹说罢，忽然想起一事，转身回了正屋。

不一刻，余宝驹从屋里捧出一只拳头大小的石榴，是上等的鸡血石雕刻而成。余宝驹把"鸡血石榴"交给葛会长，说这是俺的心爱之物，送给葛叔。葛会长坚辞不收，余宝驹说俺还有一事相求，葛叔收下这个物件，俺才好开口。葛会长见余宝驹真诚相赠，便接手过来。余宝驹说，安顺子与府上四姨太已经生米做成熟饭，等日本人放了安顺子，还请葛叔成全这双孽障。

这是一单半卖半送的交易，卖者慷慨，买者欢欣。次日，葛会长便将二十三万银票交与宋小六。宋小六问葛会长，昨日讲好了是二十万，如何多出来三万？葛会长说，我一把老骨头，有早上没晚上，就给四个姨太太每人存了三万块养老钱，如今四姨太太已随了安顺子，她的那份养老钱就凑了进来。葛会长说完，拿出余宝驹昨日相赠的鸡血石榴，说这个物件的确惹人怜爱，想必是宝驹挚爱之物，你还是给他捎回去吧。宋小六没有接石榴，而是把余宝驹和安顺子十多年前争夺一个石榴的故事，讲给葛会长听。

葛会长听罢，长叹一声："宝驹和安顺子的情分，这是自石榴始，自石榴终哩。"

余宝驹撒开手下全部弟兄寻找余良驹，整个安阳城几近寻遍，也不见余二爷踪影。宋小六去了展春园，小桃红说已经十多天没见到二爷了，还让宋小六给余良驹捎口信，说自己已有半年不接客了，就等着余二爷给她赎身。

宋小六还想去向水屯砖窑厂找找看，余宝驹说别找了，肯定是被宪兵队绑去了。宋小六说，伊藤太乙这么快就要收网了？余宝驹说他不收网，俺心里还不踏实哩，他动手了，俺才知道下一步棋怎么走。

果不其然，傍晚时分，邱连坤带着两个警察亲自登门送信，说余良驹被伊藤太乙请去宪兵队做客，让余宝驹带上鼎耳前去接人。余宝驹说，鼎耳被股东吴庆德带去外乡，俺都不知道他现在何处。邱连坤问，如何才能寻到吴庆德？余宝驹说，当时约定好了，要有我的亲笔书信，要安顺子亲自去联络点候着，吴庆德才会交出鼎耳。邱连坤笑道，你真的觉得自己能牵着日本人的鼻子走？余宝驹说，能够被人牵着鼻子走，肯定是鼻子太长。邱连坤冷笑道，你也别太得意，等着日本人跟你了了账，别忘了咱们之间还有一笔账要算清楚。余宝驹说，俺不记得欠你邱局长的账。邱连坤说，今年正月十五警察局仓库失窃案，除你之外，安阳城还有人有这个胆量吗？余宝驹哈哈大笑，说邱局长抬举小人了，俗话说抬头三尺有神明，做了亏心事，不光是安阳城老百姓盯着，天上的神，地下的鬼，没准都盯着您呢。邱连坤恨恨地瞪了余宝驹一眼，骂了一声"刁民"，转身出了堂屋，走到院子里，一脚把一个马扎踢飞到墙根下。

余宝驹在屋里嚷嚷了一声，说："那马扎是紫檀的，踢坏了，你得赔。"

因为有松子这条线牵扯着，邱连坤此刻倒也真的不敢惹余宝驹。他听从苟耀才的主意，本想借伊藤太乙之手除掉余宝驹，结果丢了铜鼎不说，还差点把自己的小命赔上。余宝驹被褚大奎绑架，也是自己不慎，中了余宝驹手下人设计的圈套，让皇军兴师动众前往林虑山剿匪夺鼎，结果还救了余宝驹一命。从正月十五警察局仓库失窃开始，三番五次与余宝驹过招，自己一次便宜都没捞着，让邱连坤异常恼火。他到了日本宪兵司令部，向伊藤太乙复命时，添油加醋说了一箩筐余宝驹的坏话。伊藤太乙听后，便知道邱连坤要借自己的手除掉余宝驹。伊藤太乙微微一笑，说你们中国人把《孙子兵法》都用在自己人身上了，所以，你们才会在大日本皇军面前，一败涂地。

次日，安顺子和张婉一前一后，被从日本宪兵司令部放出来。安顺子被折磨得失了人形,两个警察拦下一辆黄包车,把他送回家中。在安顺子家门口,宋小六早就安排手下兄弟盯梢,安顺子刚进家门,余宝驹在家里就得了信。余宝驹让宋小六登门探望,并叮嘱留下两个兄弟照顾安顺子。

张婉因为与安顺子通奸受到牵连,被抓进日本宪兵队的消息,在安阳城已是尽人皆知。张婉无颜再回葛府,只能回她娘家汤阴县。回到娘家第二天,便有人前来敲门,是葛会长打发来一位伙计,送来一封休书和三千块钱。张婉捧着休书,泪如雨下,感叹自己身世悲酸。

宋小六最终把余家老宅卖掉了,买主是安阳老进士的儿子,但出钱却是老进士的孙子房祖轩。房祖轩曾在东洋留学,回国后去了上海,据说是做了汪精卫的日语翻译。余宝驹与房祖轩曾经是私塾同窗,他爹跟老进士也算是世交,两下把价格谈拢之后,当天就在房契上签字画押。

余家老宅子刚办完交接手续,林枫那边就得到消息。线报买通余家老宅的邻居,已盘踞隔壁数日。甚至将余宝驹藏于老槐树的古董,一股脑抵卖给葛会长,也都一一记录。赵均铎说,余宝驹果然是汉奸,他不仅把铜鼎卖给日本人,还跟房祖轩这样的汉奸走狗交易。林枫问赵均铎,你有没有想过，余宝驹为什么卖房产？赵均铎说，这个还用问，他要跟着松子去日本。林枫说，若余宝驹跟日本人的关系到了这个程度，宪兵队为何抓余良驹？赵均铎说，余宝驹向来在意自己的名声，估计是跟日本人合着演戏，以掩中国人耳目。

余宝驹暂时还住在老宅子里，他让房祖轩他爹宽限十日腾房子，说是要处理一下家务。余宝驹卖房产带卖古董，加上原先积蓄，凑了将近四十万现大洋。他把铜鼎作价三十万块钱，给文官村的小股东们如数发放。手下弟兄们人手一份，遣散开去，已经用去了大半。最后还有十五万块钱，余宝驹一并交给宋小六，让他给余良驹、安顺子、吴庆德和吴宝才各三万块。剩下三万块钱，是宋小六的。宋小六问余宝驹，大哥真的要去日本？把俺也一块带过去吧，你要是走了，俺这心就没着落了。余宝驹说，你回山东老家，买上三十亩地，再娶个媳妇好好过安稳日子吧。宋小六还待反驳，余宝驹说，你走的时候带着良驹和小桃红一起去山东。宋小六有些惊讶，问余宝驹，为何让良驹去山东？余宝驹说，咱们在安阳地界上得罪小鬼无数，弟兄们散了伙，没准就会招鬼上身，所以得让良驹走远些。接下来，余宝驹给吴庆德写了一封信，交给宋小六，说你和安顺子上路之前,先放出风去,就说要去洛阳找吴庆德,取回鼎耳。宋小六问,一旦放出风去,日本人若是半道上抢走鼎耳怎么办?日本人抢走了没关系,反正也是要交给日本人换回良驹。宋小六还是不解,又问道,大哥此举用意是什么?余宝驹说,我要引出偷铜鼎的贼人,他交给日本人一个少只耳朵的铜鼎,日本人肯定不会兑现三十万,会逼着他找回另一只耳朵来。余宝驹又说,你放心吧,我让李守文暗中接应你,到洛阳拿到物件之后,你就让安顺子脱身,让他找机会去汤阴县接走那个娘们儿。宋小六称是,说安顺子昨天说想见见你。

余宝驹说:"不必再见了,你让他好自为之吧。"

安阳火车站,一间比牲口棚大不了多少的候车室里挤满了各色人等,气味儿甚是难闻。一声凄厉的汽笛传来,火车由远而近驶进车站。一个穿铁路制服的中年男人,从一扇破木门挤进候车室,嚷嚷了一声,候车室里的人们诈尸般地跳起来,提包拎箱子挤向那扇破木门。宋小六和安顺子夹在人流中,穿过破木门,挤上站台。宋小六在站台上看到李守文,而隔着李守文不远的背后,则是赵均铎。李守文对着宋小六使个眼色,示意宋小六背后也有情况。宋小六装作不经意转身,看见身后十几步外有两个神情木讷的男人，从装扮上就知道是宪兵队的便衣特务。

宋小六对安顺子悄声说道："各路人手都凑齐了。"

一路无事，火车抵达洛阳。宋小六和安顺子下车后，在火车站门口招来一辆黄包车，两个人装模作样兜了一个圈子后，直奔吴庆德的寄居处。吴庆德暂住的房子是宋小六舅舅家的一间老房子，先前经宋小六介绍，租赁给吴庆德暂时栖身。找到舅舅家老房子后，发现门上挂着铜锁，吴庆德赶巧出门了。宋小六三五下就把铜锁鼓捣开，两个人进到屋里，发现室内极其简陋，一副寄居暂住状。宋小六和安顺子刚刚坐定，便响起敲门声，两个人齐齐拔出自来得短枪。宋小六说，这帮孙子莫不是要明抢？两个人躲到门后，安顺子抬起一只手，拉开门闩。屋门"吧嗒"一声被推开，一个五短身材的年长男人走进来，宋小六急忙收起短枪，叫了声舅舅。宋小六的舅舅看见外甥手里有枪，脸上顿现慌张色，问道，你做了土匪还是汉奸？宋小六说，两样都不是。舅舅又问，不做土匪也不做汉奸，你哪来的枪？宋小六有些不耐烦，说你别问了，我过来找吴庆德有急事儿。舅舅说，吴庆德昨天说要回老家处置一些家务，我刚才打这儿路过，看见门上没上锁，还以为他没走哩。宋小六问，他什么时候回来？舅舅说，吴庆德没说。宋小六把舅舅推出屋外，还给他口袋里塞了几十块钱，说这里危险,你还是先回家吧,俺明天买点东西再去看你和妗子。打发走舅舅,安顺子问宋小六怎么办。宋小六说,吴庆德回文官村肯定是偷偷摸摸回去,他不敢随身带着那个物件。安顺子点点头,说物件还在这间屋子里。于是,两个人开始翻箱倒柜,找鼎耳。屋子很小,一袋烟工夫就能来回翻两遍,还是没有找到鼎耳。宋小六不死心,又把地面、墙角、炕头上细细搜寻一遍,还是没有找到丝毫踪迹。天色黑下来,安顺子点亮煤油灯。屋子的旮旯里有一张八仙桌,安顺子说,咱们把桌子搬过来,我上房梁上看看。两个人抬起桌子,宋小六说不对劲儿,这桌子这么重?两个人把八仙桌翻过来,发现鼎耳竟然镶嵌在桌面下面。安顺子说,吴庆德不愧是个木匠,能把这么重的物件嵌在桌面里。两个人把鼎耳从桌面上撬下来,宋小六找来一只破皮箱,用一条麻袋裹住鼎耳,装进破皮箱里。突然,屋门被撞开,两名宪兵队特务持枪闯进屋里。宋小六和安顺子被逼到墙根下,其中一个特务准备上前抢夺安顺子手里的皮箱。就在此刻,小屋里又闯进两个持枪男人,正是赵均铎和他手下的伙计。两个人还没有站稳,又有两个男人进了屋,是李守文和他的手下。见此情景,宋小六和安顺子也掏出短枪,对准宪兵队特务和赵均铎。小屋里,八个男人八支枪,相互指着对方,一时间成掣肘之势。宋小六使个眼色,安顺子会意，他掂了掂手里的破皮箱，说既然你们想要，我就送给你们。说完，安顺子把皮箱放到屋子中央的八仙桌上，两个人贴着墙边溜出屋子。出来后，安顺子问宋小六，咱们如何回去交差？宋小六说，那物件在谁手里谁倒霉，不过谁拿到手里，都得回安阳，咱俩尽管去火车站候着就是。宋小六和安顺子刚说到此处，便听到身后的屋里"砰砰砰"传来数声枪响，两个人拔腿就跑。

井道松子终于把井道山盼回来了。她盼哥哥回家不是想哥哥，而是想告诉井道山，余宝驹同意跟她去日本了。听松子说完，井道山脸上却有一种异乎寻常的平静，说伊藤君已经告诉他了。松子问，伊藤君如何知道？井道山说，宪兵特务一直监控余宝驹，据说他把房子卖了。松子很兴奋，说余宝驹君下决心很不容易，她问哥哥什么时候回日本。井道山沉默了一会儿，长吁一口气，说是遥遥无期吧。松子问为何。井道山说，伊藤君准备把另一只鼎耳找回来，让余良驹修复成一只完整的铜鼎，献给天皇陛下。松子说，那也应该有个期限吧。井道山犹豫一番，说，这只铜鼎是假的。松子大惊，说您是怎么看出来的。井道山说，开始并未察觉，昨天才发现铜鼎的铜锈有异样，我便做了铜锈成分的化学筛检，今天早晨结果出来，发现其中含有大量植物胶。松子说，即便是赝品也不妨碍，我们的研究只需要纹饰和图案。井道山说，他们把纹饰和图案也做了改动，失之毫厘谬以千里，再研究下去，也是白费时间。井道山脸上的川字眉拧巴得更紧了，显现出痛苦的神色，他接着说，我们做的是学问、是研究，没承想因为这只铜鼎死伤了那么多人，我若是对伊藤君说这只铜鼎是假的，不知道又会有多少中国人丧命，就算我们的研究发现将来会成为世界考古史上的奇迹，那也会让我的良心不安的。

此刻，松子的心情更为复杂，她的《中国青铜巨鼎与祭祀等级考》论文已接近尾声，可考证对象竟然是一只假鼎。虽说也曾接触过那只真鼎，而且，假鼎与真鼎几乎难辨真伪，可学术精神容不得掺假作伪。凭借日本军队的优势，还有伊藤太乙的精明，假以时日必能找回真鼎。若是那样，自己的未婚夫余宝驹和他弟弟余良驹势必遭遇厄运。不行，决不能让肚子里的孩子没出世就失去父亲。想至此，松子问哥哥，您准备如何应对？井道山说，今天回来就是跟你商议此事。

松子抚摸着微微隆起的小腹，斩钉截铁地说："余宝驹君若遭不测，必定是三条人命。"

洛阳火车站的条件比安阳好得多，站前整条街商铺错列，贩夫走卒、商旅娼盗熙来攘往。天色微明时分，宋小六和安顺子来到火车站前一个胡辣汤摊子，各自点一大海碗胡辣汤，又要了十个热乎乎的挂炉烧饼，呼呼噜噜吃起来。洛阳到安阳一天只有一趟火车，大概是早晨七点半左右。宋小六和安顺子刚喝完胡辣汤，便看到远处蹒跚走来一个满脸是血的人，手里拎着一只破皮箱。宋小六仔细辨认，正是昨晚的宪兵特务。特务身后二十步开外，是抱着一条胳膊的赵均铎，似乎是胳膊上中了枪。再看赵均铎身后，李守文一瘸一拐紧跟着。看三个人的状态，应该是弹尽力竭，而且身上都挂了彩。安顺子看一眼宋小六，说多亏咱们溜得早，他们把六个人打成了三个人。此刻，远处传来"咔咔咔"的脚步声，一队日本兵正列队走过来。受伤的日本宪兵特务正待举手呼救，宋小六和安顺子急忙抢上前去，一人堵嘴，一人架胳膊，将其拖进胡辣汤摊子后面夹道里。安顺子在宪兵队里吃尽苦头，终于逮到复仇机会，他骑在宪兵特务身上，双手死死卡住他的喉咙，不一会儿宪兵特务便气绝而死。胡同里面正好有一个煤窝子，宋小六和安顺子把尸体抬起来，扔进煤窝子。两个人拎着破皮箱子走出胡同，看到赵均铎和李守文也堪堪赶到。宋小六过去拍拍赵均铎肩膀，问，你也来赶这趟浑水？赵均铎说，余宝驹勾结日本人做汉奸，我代表政府前来调查。

宋小六说，谁是汉奸还没准哩。说完，他和安顺子上前扶住李守文，朝火车站走去。

宋小六只买了两张火车票，安顺子问他，宝驹真的不要俺了？宋小六说，你出卖了大哥，大哥还想着把你捞出来，也算仁至义尽。安顺子一脸惨然，说日本鬼子不是人，任谁进去都扛不住。宋小六把一张银票交给安顺子，说这是大哥给你的三万块钱。宋小六一手拎着破皮箱，一手搀扶着李守文，挤上去安阳的火车。火车缓缓开动，宋小六又把脑袋探出车窗，对安顺子说，大哥让你找机会去汤阴县，接上你的娘们儿过寻常日子。安顺子冲着宋小六双手抱拳，一张嘴待要说什么，声未出眼泪却先涌出眼眶，抱拳的双手随即抱住头哭出声来。大概是身体虚弱的原因，安顺子哭着哭着便蹲下身来，随即双膝跪倒，趴在地上，冲着安阳方向磕了一个头，随后便号啕大哭起来。一股狂风裹着沙土吹过来，安顺子这才闭上嘴、站起身来，往汤阴县的方向走去，打小抱团混街的弟兄就此江湖隔绝。

回到安阳余家老宅子，余宝驹让老梁头请来教会医院的医生詹姆斯，给李守文治疗枪伤。这几年，自打有了教会医院，余宝驹的弟兄们遇有刀枪伤，都是请詹姆斯医生来处置。余宝驹觉得这些洋医生个顶个都会心疼人，不光是治你的病，还会说一些让人听着舒坦的话。有一回，余宝驹肺炎发高烧昏迷数日，也是詹姆斯医生帮他医治好的。待余宝驹退烧清醒过来，他还以为自己已另世为人。詹姆斯医生在胸口比画着十字，说上帝不想让安阳少一个有爱的人。搞得余宝驹以后做人行事，若是施爱少了，自己都会觉得不好意思。

詹姆斯医生从李守文大腿上取出两个弹头，因为用了麻药，李守文已经昏睡过去。余宝驹捡起盘子里两个弹头，仔细查验，辨清一个是王八盒子弹头，另一个既不是王八盒子，也不是自来得。宋小六说，赵均铎和他的伙计用的都是狗牌撸子，这个弹头应该是他们的。余宝驹点点头，说赵均铎向李守文开枪，看来他想独吞这个物件，还要捎带杀人灭口。宋小六搬起鼎耳，对余宝驹说，还是先藏到老地方吧。余宝驹点头，随后起身与老梁头送詹姆斯医生至门外。待余宝驹返回时，宋小六已经从老槐树上下来，他跟余宝驹说，物件已经安置妥了，三根麻绳，黑麻绳绑着物件，白麻绳和黄麻绳绑着炸药，可别拽错。余宝驹说知道了，你收拾歇息，今晚就住这里吧。

夜半时分，余家老宅子里一片沉寂，突然一声爆炸传来，惊醒四邻八舍。余宝驹披着衣服出屋，见老槐树下躺着一个人，一支亮着的手电筒在他身边滚来滚去。

宋小六提着自来得短枪奔出来，掀过躺在地上的人，惊呼道："是赵均铎。"

余宝驹捡起手电筒照了照，看到赵均铎满头满脸都是血，左侧耳朵已被炸掉。

赵均铎睁开眼睛问道："不是……不是说，黑麻绳上……绑着物件吗？"

宋小六说："我是说给贼听的，其实是白麻绳上绑着物件哩。"

赵均铎叹了口气："你们……真他妈的，他妈的阴毒。"

余宝驹对宋小六说："他人不行了，你跑一趟祥福隆商号，让林枫过来收尸体。"

赵均铎说："我……还没死呢，先别管我……叫尸体。"

余宝驹问赵均铎："你出卖铜鼎给日本人也就罢了，为何要杀害圆一方丈？"

赵均铎说："方丈……上前阻拦、阻拦日本人抬走铜鼎，被……被宪兵刺死，我……想阻止，已经来不及了。"

余宝驹又问："说俺把铜鼎卖给日本人，是你放出去的口风吧？"

赵均铎努力地抬起头，看了一眼自己被炸开的腹腔，自知命不久矣，便苦笑一下："我总得找个替罪羊吧。"

一袋烟工夫，宋小六和林枫一前一后进了余家老宅子。

余宝驹指着地上的赵均铎，问林枫："林老板，你得给我个说法。"

林枫顾不上回应余宝驹，蹲下身来查看赵均铎伤势。他轻轻摇晃赵均铎，嘴里唤他的名字。赵均铎勉强睁开眼睛，用手指着胸口。林枫会意，从他西装内口袋里掏出一个信封。宋小六用手电照亮信封，林枫从里面掏出一张银行支票，整整十五万块钱。

林枫问赵均铎："是你把铜鼎卖给日本人了？"

赵均铎点点头，气若游丝说道："国难当头，党国……依旧贪腐成性，我等……我等有心报国，但无责报党，与其……与其国废党立，倒不如……不如尽废之，推倒重来。"

林枫说："你我都是军人，忠党爱国乃是本分，党国腐败不是你勾结日本人的借口，另找一个。"

赵均铎摇摇头，说："没有了。这些……这些钱，弟兄们……分了吧，剩下……多少，给我老娘……寄一点……"

赵均铎一口气没续上，就此毙命。林枫站起来，对余宝驹说，很抱歉，一直怀疑是你把铜鼎卖给了日本人。余宝驹说，坏蛋汉奸卖国贼都在你们政府里面，俺们老百姓实在找不到祸国殃民的机会。林枫不想与之争口舌，便把那张带血的支票递给余宝驹，说这个应该给你。余宝驹没有接支票，他对林枫说，按赵均铎的意思办吧。林枫说，虽然党国贪腐成性,但我林枫是例外。余宝驹说,那就都寄给赵均铎的老娘吧,权当俺替你们党国发了抚恤金。

林枫把门外几个店伙计招呼进来,抬走赵均铎的尸体。宋小六把手电筒递给林枫,说这是赵均铎的遗物。林枫苦笑着接过手电筒,照了照老槐树,问余宝驹,真打算把鼎耳交给日本人?余宝驹说,不交出去,俺兄弟就没命了。林枫说,我已经把安阳的情况向戴局长汇报了,戴局长指示,要不惜代价阻止鼎耳落入日本人手中,必要时,可以将你除掉。余宝驹问,你还等什么?林枫沉吟片刻,说我们已经犯了一次错,不能再错第二次。林枫接着说,我相信你的人品,不会跟日本人沆瀣一气,你究竟如何打算?余宝驹问林枫,你知道日本人手中也有一只鼎耳吗?林枫点头,说知道。余宝驹说,俺想以这只鼎耳为诱饵,钓出日本人的鼎耳。林枫问,如何计划,需要我配合吗?余宝驹说需要。随后,他便引着林枫进屋,与受伤的李守文相见,几个人一直商议至天色见亮。余宝驹将受伤的李守文托付给林枫,林枫爽快应承,说是小伤,静养几日便无大碍。

送走林枫和李守文,余宝驹把老梁头叫来,说道:"房子卖掉了,俺也要走,您老回乡下过活吧,逢年过节,别忘了替俺到爹娘坟上烧炷香,俺这儿有些钱,足够您老熬晚年了。"

跟随余宝驹这些年来，老梁头已经是个有很多见识的人了，他默默接过装银圆的布袋子，知道此别便再无相见之日，禁不住老泪纵横，哽咽着对余宝驹说出四个字："余爷保重……"

说罢，老梁头背起一个鼓鼓囊囊的大包袱，抹着眼泪出了余家老宅子。

二十三

安阳的夏天越来越热了，热得人们眼皮都耷拉下来眯着眼，偶尔碰上两个睁大眼的，双方都能看到彼此眼里的火星子。平日里热闹的展春园，生意都寡淡下来，两个大茶壶陪着窑姐们在厅堂里嗑瓜子、吃西瓜，就是懒得说话。晌午过后，一位客人走进展春园，当即搅动一池春水，老鸨、窑姐、大茶壶一齐起身请安问好，来人竟然是久未在展春园露面的余宝驹。余宝驹进门，抓着一把钱挨个打赏，惹得众人暑意顿消。

余宝驹能在这个时候走进展春园，起因还得从松子说起。松子最为熟悉的男人是哥哥井道山，井道山木讷寡言，说话行事彬彬有礼。打小与这样一个无趣的男人生活在一起，因此，松子更喜欢那个狂浪不羁的余宝驹。自打老梁头走后，松子便开始打理余宝驹的起居饮食，一日三餐不重样伺候着。松子在大热天里跑来跑去，且有身孕，余宝驹甚是心疼，每次接过食盒都会念叨，你不要做了，又不是没钱请下人，累坏身子怎么办？余宝驹看似不经意的体贴话，让松子心头一热，她扬起一双杏核眼温柔地看着余宝驹，说道，别人料理你，我怎能放心？只要你不嫌弃我做得不好，我愿意天天伺候你。余宝驹这时会忍不住伸手把松子抱在怀里，嘴里说，你真是个好婆娘坯子。而此刻，余宝驹的心却感到一阵莫名的恐惧。这份恐惧正是缘于他对松子与日俱增的情分。他害怕和伊藤太乙之间的私怨仇恨，有朝一日会伤害到无辜善良的松子。万一自己的计划落空，万一自己深陷万劫不复，松子孤苦伶仃地带着孩子怎么办……

是日晌午，松子与往常一样，提着食盒走进余家老宅子。这一次，余宝驹故意拉着脸，自顾自地想心事。松子把食盒端到桌子上，催促着余宝驹趁热吃饭，他却不理不睬。松子似乎没有在意，她轻巧地走到余宝驹身边，突然发现余宝驹头上有一根刺眼的白发。松子仔细挑选着那根白发，一使劲把白发拔下来。余宝驹一激灵，一甩手把松子推出去，呵斥一声。松子颇感委屈，手扶着墙边的条案，眼泪扑簌簌地跌落下来。余宝驹没有理会，他"腾"地站起身来，对松子说，以后不要送饭了，俺去展春园吃。松子心里一寒，问道，展春园哪里是吃饭的地方，我是哪里做得不好？余宝驹说，展春园的姑娘们不会像你这般婆婆妈妈惹俺心烦。说罢，余宝驹甩手出门。松子眼泪夺眶而出，叠着小碎步追出来，一路跟随余宝驹到展春园门口。余宝驹在门口站定，回过身来对松子说，俺以后就在这里吃饭，你不必给俺送饭了，你怀着身孕就不要跑东跑西。看到松子似乎有跟着他进展春园的意思，余宝驹又说，你怀着孩子，不要进这种不干净的地方。望着余宝驹的背影，松子站在展春园门口伤心欲绝，哭了半晌。

余宝驹不再理会松子，他叫来一桌丰盛酒席，点了一个有口臭但是会说宽心话的老鸨作陪。老鸨在一旁叨叨地说个不停，余宝驹就着她的絮叨，一个人闷头喝酒，一直喝至深夜，才回家睡觉。待他出门的时候，已经不见了松子身影。

邱连坤来敲门的时候，余宝驹正在熟睡。老梁头不在，余宝驹只好亲自去开门，他一边开门一边骂街，哪个囟球，不让老子睡个囫囵觉。邱连坤嘴上不肯吃亏，站在门外说，做贼的才大白天睡觉哩。余宝驹敞开大门，看到邱连坤和孙发贵站在门口，两个人身后还有一小队日本宪兵。余宝驹说，不知道是邱局长挠门，您现在都给日本宪兵带队哩？邱连坤笑道，怕你这个日本姑爷挟洋自重，所以俺邱某只好带几个宪兵一起来。余宝驹也调笑道，挟洋哪能自重，挟仁挟义才自重哩。邱连坤收起脸色，说伊藤司令请余爷把那个物件亲自送到宪兵司令部。余宝驹搬来梯子，登上老槐树，抓起黄色麻绳，把裹着毯子的鼎耳，从树洞里面拖出来。邱连坤看得啧啧称奇，说你真想得出来，宝贝都塞进树肚子哩。

　　余宝驹怀抱鼎耳，鼎耳被一条破毯子裹着，因为被邱连坤和一群宪兵押送，路人纷纷猜测毯子里面包着什么。安阳城里大多数人都认识余宝驹，大多数人也知道余宝驹平日里干的勾当，亦正亦邪亦黑亦白，虽然摆不到台面上，但至少不祸害百姓。相反，对那些偷偷摸摸的盗墓贼还起到震慑作用。近些年，安阳周边盗墓的明显少了很多。安阳城有七八家铁匠铺，各个铺子里掌锤的师傅都快忘了如何打制洛阳铲了。因为知道余宝驹的背景营生，街上看热闹的人大都猜测他怀里抱着的是稀世珍宝。警察局邱局长亲自带队，日本宪兵武装押送，这珍宝十有八九是送给日本人的。余宝驹长得高大魁伟，抱着怀里的物件相当吃力，这物件莫不是金佛金船或是金山？听见路人议论得热闹，邱连坤突发奇想，带着余宝驹拐弯去了通宝街，他想让通宝街的东家们看到，平日里不让他们跟日本人做交易的余宝驹，今天亲手捧着宝物送到日本宪兵司令部。余宝驹明白邱连坤的用意，他往上掂了掂怀中的鼎耳，一脸坦然地走在通宝街上。

进了安阳宪兵司令部，余宝驹把物件放在桌子上，对伊藤太乙说，把俺兄弟放了。伊藤太乙没有理会余宝驹，他冲着井道山点头示意，让其验明真伪。井道山走上前去，把毯子打开，掏出一只放大镜和一个小手电，仔细看了会儿，然后卷起毯子，抱着鼎耳出了伊藤太乙的办公室。余宝驹知道，井道山这是抱着鼎耳找铜鼎对接茬口去了。茬口对上了，十有八九是真的。茬口对不上，肯定是假的。

伊藤太乙盯着余宝驹的眼睛，用低沉的声音说："你利用女人盗取铜鼎，你是一头卑鄙无耻的支那猪。"

待翻译译毕，余宝驹咧嘴一笑，说道："松子是俺老婆，怎么能说是利用？还有，俺们是中国人，不是猪。"

伊藤太乙脸色有些铁青："你们中国人只知道房事和生孩子，跟发情的猪有什么两样，你们知道爱情吗？你们知道女人需要什么吗？"

余宝驹说："展春园的窑姐才需要爱情，俺老婆松子只要俺跟她睡觉，啧啧，得劲儿。"

伊藤太乙的脸色越来越难看："日本有个作家叫川端康成，他说过一句话，女人在未坠入情网前，是不知道男人下流的。"

余宝驹说："你们日本是不是只有一个作家？松子也总是提他，他说得不假，可松子坠入情网后，又迷上了俺的下流。"

伊藤太乙"嗖"的一声拔出太刀，对着余宝驹劈过去。余宝驹心中一惊，他觉得伊藤太乙不应该此刻对他下杀手。念头至此，他便觉得右肩膀一阵剧痛。伊藤太乙双手握刀，做的是劈刀状，却只是用太刀刀柄狠狠砸在他的肩膀。余宝驹一口气没有喘上来，疼得他弯下腰来，左手按住右侧肩膀，才发现伊藤太乙果然是在虚张声势。

此时，井道山走了进来，把那只鼎耳放在桌子上，对伊藤太乙说，是真的。井道山说完，看都没看余宝驹一眼，甩手肃立一旁，脸上竟无半分悦色。余宝驹的额头渗出一层细密的汗珠，他忍痛问道，俺兄弟在哪儿？伊藤太乙说，现在还不能放余良驹。余宝驹问为何。伊藤太乙说，你们兄弟二人炸掉皇军的地下军火库，这笔账咱们还没算呢。余宝驹撇了撇嘴，说画个道道吧，怎么着才能了账。伊藤太乙说，看在井道君和松子的情面上，让余良驹把铜鼎修复,咱们之间的账就一笔勾销。余宝驹说,那得看余良驹是不是愿意。伊藤太乙说,用你们中国话说,你兄弟就是粪坑里的石头,又丑又臭还又硬。余宝驹说那没办法,只有他会修这玩意儿。伊藤太乙说,据说余良驹最听你的话,你来劝劝他,他若还是固执,我只能翻旧账了。余宝驹说,我试试看吧。

余宝驹被两名宪兵搜完身,带进牢房,由一名负责审讯的少佐陪同。少佐把兄弟俩见面的地方安排在牢房审讯室,余宝驹坐下不一会儿,余良驹便被两名宪兵带进来。余宝驹上下打量着弟弟,见他浑身完好没用过刑,这才放心。

余宝驹说:"俺把另一只耳朵送来了。"

余良驹问道:"换俺出去?"

余宝驹说:"还得让你帮忙修复铜鼎。"

"修个卤球!"余良驹骂道。

"给都给了,修就修嘛。"余宝驹轻松地说。

余良驹知道哥哥已有打算,他抬起丑脸,瞅着哥哥的眼神,说道:"哥说修,俺就修。"

余宝驹也直瞅着余良驹的眼,意味深长地说:"估计只能在这里面修鼎,可得挑个风水好地哩。"

余良驹瞬间读懂了哥哥的眼神,便顺着他的话往下说:"风水不好,毁了物件可不关咱们球事儿。"

余宝驹接着引话儿:"还得找几个挺妥的帮手。"

余良驹心领神会:"没有好帮手,谁都修不成。"

余宝驹继续提示:"你一个,俺一个,再加上吴庆德和吴宝才,咱四个差不多吧?"

余良驹点点头:"嗯,够使唤了。"

余宝驹款步走出宪兵司令部,宋小六早就候在门外。看到余宝驹无恙,宋小六才算松了口气。余宝驹让宋小六赶往文官村找吴庆德前来帮忙修复铜鼎。

吴庆德自洛阳悄悄潜回文官村,本想处置家产,再回洛阳安身。把后母戊方鼎从宪兵队军火库里鼓捣出来,他知道自己闯的祸有多大,安阳肯定待不下去了。盗鼎之前,余宝驹找到他,让他与林枫交接铜鼎前,砸掉一只鼎耳带走,即便是铜鼎再次落入日本人手中,他们也拿不到一个完整物件。吴庆德原本有些犹豫,余宝驹劝他说,事已至此,带着鼎耳岂不多个护身符。吴庆德觉得已无退路,索性依计行事,抱着鼎耳连夜奔了洛阳。洛阳的住处早前就寻好了,是宋小六亲自跑到洛阳,本想托他舅舅帮忙租赁,赶巧舅舅家有一处闲置房,肥水不流外人田,便租给吴庆德。至于必须"有自己的亲笔信和安顺子送信"才能找到吴庆德,完全是余宝驹自己编造的,目的是帮安顺子从图圈脱身。临回文官村前,吴庆德琢磨如何安置鼎耳,思来想去又回到自己的拿手营生——木匠。他到街上买来刨子、凿子、刻刀几样简单家什,一晚上工夫便把鼎耳镶嵌进八仙桌桌面底部。第二天,吴庆德挤上回安阳的火车,一路上打起精神,生怕被人盯上。从安阳到文官村没有多少路程,他一直挨到天黑才敢进村,直接去了本族一位信得过的堂兄家,托付房契让堂兄帮忙把祖屋卖掉。吴庆德想尽快卖祖屋,要价不高,两天就找到买主,是本村开醋作坊的吴掌柜。重修房契,签字画押后,吴庆德回家收拾了几样珍爱物件,原本打算半夜去一趟向水屯看一眼秀娥。结果他人还没出门,宋小六就到了。听明白宋小六的来意,吴庆德连忙摆手,说宪兵队比地狱还作贱人,打死也不去。宋小六说,吴宝才也被宪兵队抓了,你若不去,余良驹和吴宝才在劫难逃。吴庆德问,干吗挑俺,你怎么不去?宋小六说,你会木匠活儿,大哥说要让你做一个"鬼关门"的窑炉。吴庆德说,俺这辈子倒霉就倒霉在会干木匠活上了。宋小六掏出银行支票,说是余宝驹给他的。此前去洛阳,余宝驹已经给吴庆德和吴宝才每人一万块钱,这回又给三万块,这么一大笔钱,他干两辈子木匠活儿也挣不来。吴庆德手里攥着支票,心里还在盘衡:若是去,上下嘴唇一碰就能定下来;若是去了,还能回来吗?宋小六说,我大哥提前谋划好了退路,保你和吴宝才平安出来。吴庆德说,你给俺念叨念叨,怎么才能平安出来?宋小六说,俺大哥说到时候就告诉你,李守文和林枫负责护送你们出安阳。吴庆德还是犹疑不定,宋小六说,自从我家大哥掌舵以来,凡事都做得入情入理入丝入扣,你还有什么信不过的?看到吴庆德还不表态,宋小六又说,只要是花钱的地方,全部由我家大哥垫钱,所有股东哪里出过一分钱的本钱?吴庆德还是没有吱声,从腰间掏出烟斗,蹲在地上"吧嗒吧嗒"抽着。宋小六接着说,日本鬼子悬赏铜鼎三十万,我家大哥变卖所有宝贝和房产,按三十万给每个股东分了钱,他却变成了穷光蛋。吴庆德仰起头来,说余宝驹眼光远,他盯着铜鼎上的藏宝图哩。宋小六叹一口气说,没错,余大哥生怕日本人找到帝王宝藏,据李守文讲,日本人因为打仗,把国内的钱都糟蹋没了,就等着挖帝王宝藏扩充军费买枪炮呢。吴庆德说,事儿办砸了,余宝驹可以拍拍屁股,跟着日本娘们儿去东洋享福去,俺们只能在这里等死。

　　宋小六也蹲下身来,从吴庆德手里拿过火柴,给自己点燃一根纸烟,接着说:"余大哥根本就没想去日本,他给俺留下一笔钱,是给松子和孩子日后过活的,你想想,他若是打算去日本,把钱留给俺做什么?他这是要以命相搏,保全铜鼎哩!"

修鼎的人手备齐了,伊藤太乙让邱连坤调查每个人的背景来历。邱连坤拿到名单之后,禁不住起了疑心,余宝驹、余良驹、吴庆德、吴宝才,这四个人从一开始就绑在一起,挖鼎、移坟、造假、凿洞、盗鼎、毁鼎、分鼎、藏鼎,如今又合在一起修鼎,难保不出么蛾子。邱连坤给孙发贵两天时间,把四个人的身世背景、技艺专长,查个底朝天,汇总成一份报告,交到伊藤太乙手上。这一次,邱连坤没敢再冒失进言,规规矩矩立在一边候着。报告上已经列得清清楚楚,而且报告是孙发贵搞出来的,即便出了纰漏,也跟自己无关。伊藤太乙戴上眼镜,仔仔细细看了一遍报告,让翻译官把余宝驹带进来。余宝驹进屋后,大刺刺地坐到伊藤太乙对面的椅子里。他似乎是故意做给邱连坤和孙发贵看,顺势还跷起二郎腿,冲着他们俩上下晃着脚。

伊藤太乙看了余宝驹一眼,眼光中露出几分厌恶,他忍住没有发作,问道:"为什么要挑选吴庆德和吴宝才来修鼎?"

余宝驹说:"吴庆德擅长造窑炉,能顺着风水地形造出好烧的炉子。"

伊藤太乙冷笑道:"吴庆德是木匠,怎会造窑炉?"

余宝驹说:"安阳匠人大都一专多能,俺兄弟余良驹是修补瓷器的,他也能修补铜器。"

伊藤太乙又问:"吴宝才能干什么?"

余宝驹说:"吴宝才会看风水,选窑址就靠他哩。"

伊藤太乙说:"窑炉就修在宪兵队大院里,不用看风水。"

余宝驹说:"任何一处地方都有风水讲究,就算是在这间屋子里修窑炉,兴许北墙根合风水,就能修复铜鼎,南墙根不合风水没准就毁了铜鼎。"

伊藤太乙捻着下巴颏儿,说:"你们中国人最会故弄玄虚,明明很简单的事情,偏偏说得复杂无比。"

余宝驹说:"你若是不信,俺让吴庆德出个图,你们来修造窑炉,想修在哪儿就修在哪儿,俺们只管按工艺走过程,铜鼎弄成个啥球样,别怪俺们。"

伊藤太乙最终同意吴庆德和吴宝才参与修鼎。余宝驹前脚出门,孙发贵便撅着屁股向伊藤太乙建言,说自打铜鼎出土以来,这四个人就抱团跟皇军对着干,咱们还用这四个人来修鼎,风险是不是太大了?伊藤太乙冷冷一笑,说,就算余宝驹有通天彻地之能,在宪兵司令部大院里、在皇军的眼皮底下,他能折腾出什么花样来?

在伊藤太乙面前,孙发贵屡屡抢先说话,让邱连坤很不高兴,他早就窝着一肚子火,便没好气地揶揄道:"孙队长,你以为皇军是你们侦缉队,一听枪响就尿裤子。"

余宝驹出了日本宪兵司令部,抬起头来长吁一口气,他知道任由自己东奔西跑的日子不多了。一旦开始修鼎,伊藤太乙肯定会把四个人死死圈在宪兵司令部,别说出门,就算进茅厕都会派人盯着。余宝驹信步走进通宝街的藏宝阁,让吕掌柜去找宋小六,说是有要事商议。吕掌柜安排手下一个伙计,出门去寻宋小六,自己则张罗着给余宝驹沏茶。待他端着盖杯进屋,发现余宝驹已没了踪影。余宝驹出藏宝阁,走进通宝街西头的万福轩酒楼。余宝驹翻看一遍菜谱,点了一桌上等酒席,都是松子平时喜欢吃的中国菜。他特意叮嘱厨子少放盐、不勾芡、少腥荤、多清淡,并让店伙计将饭菜做好后,送至玲珑胡同。余宝驹抬头看一眼天色,约摸时辰差不离,折头返回藏宝阁。宋小六果然已经候在藏宝阁,见余宝驹进屋,吕掌柜忙带着伙计下阁楼,剩下余宝驹和宋小六,两个人一直嘀咕到天色擦黑。

余宝驹下得楼来,辞别宋小六和吕掌柜,径直去了玲珑胡同。松子和女用人已经把万福轩送来的酒菜布好。看到余宝驹进门,女用人忙去书房请井道山入席。松子问余宝驹,今天又不是节日,为何要这般好的酒菜?余宝驹笑道,俺的女人怀上娃儿,理当吃点好的补补身子。松子脸上露出一股纯真的娇羞,她把头靠向余宝驹的肩膀,接着问道,听说你把房产全部卖掉,莫不是日后也不回中国了?余宝驹爱抚着松子圆润的肩头,沉吟片刻,说中国人大都故土难离,俺余宝驹岂能独外?松子仰起头,瞪大眼睛问道,什么意思?此刻,一脸阴沉的井道山步入厅堂,他冲余宝驹点点头,算是打了招呼。余宝驹倒也不介意,他反客为主张罗井道兄妹入席。井道山木讷地坐上主位,冷冷地看着余宝驹举止。看也不是直勾勾地看,而是偏转身子,斜睨着余宝驹。余宝驹打开一坛陈酿状元红,先是捧着坛子闻了闻,一脸满足状。他把竹勺伸进坛子里舀酒,给井道兄妹和自己各自斟满一杯酒。松子说有身孕不能饮酒。余宝驹说,儿子喝状元红,将来才能考上状元。松子问,你怎么知道是儿子,我想要个女孩。余宝驹说,兵荒马乱的年头,小子比闺女省心好养活。松子说,我们回日本生孩子,让孩子在日本长大,不回中国了。余宝驹笑了笑,没有答话。井道山坐正身子,问余宝驹,你心里到底打什么主意,是不是压根就没想过去日本?余宝驹权当没有听到井道山的问话,举起酒杯来说,容我敬你们兄妹一杯酒。松子尚未端起酒杯,余宝驹便一饮而尽。他擦抹一把嘴角,称赞好酒。

随后,余宝驹又给自己斟满一杯,站起身来,对井道山说:"俺此番被逼着给伊藤太乙修复铜鼎,若是修得好,万事大吉,若是修不好,万事皆休。"

余宝驹看了一眼松子,接着说:"好在俺余某人也算留下个后人,大哥,俺敬你这杯酒,还有个请求。"

井道山端起酒杯,也一饮而尽,问道:"什么请求?"

余宝驹说:"万一俺有个三长两短,还拜请大哥替俺照顾松子她们娘儿俩。"

井道山站起身来,愠怒道:"你弄个假鼎来,糊弄得了伊藤,糊弄不了我,修复个假鼎,你搞得这般生离死别,演戏给我妹妹看吗?"

余宝驹心头一沉,没想到井道山果然识破机巧。好在他早就想好两套对策来针对井道山。余宝驹不慌不忙,他又干了一杯酒,问井道山:"鼎是干什么用的?"

井道山端起酒杯来,抿了一口,说:"是祭祀祖先之物。"

余宝驹索性自斟自饮起来,他推开酒杯,给自己倒满一大海碗状元红,瞪着井道山,说:"自打你兄妹来了,俺学会一个新词——人文,俺不懂什么是人文,俺听松子说,人文是现代文明,是人本至上,是重视人、尊重人、关心人、爱护人,如此说来,人文也就是孔老夫子倡导的仁爱,你们日本人大舌头,把仁爱生生叫成人文。"

井道兄妹对望了一眼,没有言语。

余宝驹又自斟一碗状元红,接着说:"你们抢走中国人的鼎，中国人拿什么祭祀祖先？尔等自诩信奉现代文明，若说人本至上，何故为一具铜鼎戕害若干生灵？何故因我们的古代文明，搭上你们的现代文明？日本人在中国烧杀掳掠的土匪行径，到底是仁还是爱？是仁爱还是人文？"

余宝驹说完，"咕咚咕咚"喝干海碗的状元红，"啪"的一声，把海碗掷在地上，抽身而去。

翌日，余宝驹带着吴庆德走进宪兵司令部。搜完身后，两个人被带进一间牢房，在两名宪兵监视下，从头到脚换了一身行头，白布对襟衣、白布缅裆裤、黑布鞋。等到两个人被带出牢房时，看到同一打扮的余良驹和吴宝才，已经站在院子里。吴宝才动了两次大刑，身体有些虚弱。余宝驹急忙走过去将他扶住，问他碍不碍事。吴宝才说，大概是伤了腰眼子，站不了多久就得坐下歇会儿。余宝驹说，日本人让咱们帮着修复铜鼎，你得把持着看看风水，选个上风上水地儿修窑炉。说到此处，余宝驹用眼神示意吴宝才看北城门台阶口。吴宝才会意，嘴上却说道，他们下手太黑，俺恐怕得吃顿像样的补补脑子，才能看风水。

这时，伊藤太乙带着井道山和翻译走过来，他问余宝驹准备何时动工修窑炉。余宝驹指着吴宝才，对伊藤太乙说，在哪儿修窑炉得指望吴宝才掌眼神，他被糟蹋成这样子，还是让他吃顿肉喝口酒，过了晌午再看风水吧。伊藤太乙看一眼井道山，想跟他要个意见，井道山把脸扭到一边去。伊藤太乙本来就不太相信风水之说，见井道山这副样子，就对吴宝才说，既然看不了风水，那就直接枪毙吧。井道山一挥手，两名宪兵架着吴宝才往外拖。

吴宝才忙不迭喊道："我看，我看！"

吴庆德搀扶着吴宝才，绕着院子转了一圈，随后沿着北城门的台阶，登上城墙，瞭望四周地势。北城门外便是洹河，城门口对着一座吊索桥，两根铁索横跨洹河两岸，铁索四端固定在两岸四头铁牛上，每头铁牛下端各有六根七尺长的铁柱，深埋于地下加固。北城门的两头铁牛固定在城墙上门楼两侧，铁索距离地面不足三尺，从城墙垛口延伸出去，直至洹河对岸。吴庆德扶着吴宝才走下台阶，两名持枪的宪兵也跟下来。

走到伊藤太乙跟前，吴宝才指着城墙台阶右侧，说："那儿是院子里风水最好的地儿。"

余宝驹、余良驹、吴庆德和吴宝才，被关进一个条件稍好些的牢房，牢房内有床、有桌子。伊藤太乙让他们画出窑炉图纸，所需材料理出清单，还要注明每一道修复铜鼎的工艺流程。伊藤太乙还命令，自即日起，四个人不得出宪兵司令部大院半步，直至铜鼎修复完成。

进入牢房后，余宝驹抓笔先在纸上写下八个字：隔墙有耳，说话谨慎。

此前，余宝驹曾听苟耀才说过，日本人有个神奇玩意儿，人在屋里说话，他们在另一间屋子里能听得一清二楚。三个人见到余宝驹写的八个字后，都闭嘴不言语。余宝驹却亮起嗓门说，日本人的活儿还得干，不干谁都出不去，庆德把窑炉的图画出来，良驹把怎么干活列出来，俺来开清单。吴庆德听完，瞪着一双大眼看着余宝驹，差点脱口而出：俺不会砌窑炉哩。

余宝驹摆了摆手，三个人凑过来。

余宝驹压低声音说："咱们演戏给小鬼子们听，这两样活儿，良驹一人就干了，庆德只管把窑炉的窑口设计成'鬼关门'就成了。"

吴庆德低声说："'鬼关门'俺会，就算是当着鬼子的面做活儿，他们也瞧不出机巧来。"

余宝驹把声调压得再低一些，说："材料明天就能备齐，还得出城去挖黏土，鬼子肯定不会让咱们四个人都去，不管派谁去，都记得去马家营后坡挖黏土，就说那里的黏土才经烧。马家营后坡有棵枣树，枣树正北方十五步有个黏土坑，一定看仔细了，黏土坑里有四棵艾草，宋小六在每棵艾草下面都埋了一把狗牌撸子,下铁锹的时候,铲得深一点,一铲就得把枪铲进车里面。"

吴宝才小声问:"小日本眼都不眨,盯着咱们干活,弄进来后,把枪藏哪儿?"

余宝驹说:"掺和到黏土中,封到窑炉里面。"

果然不出余宝驹所料,负责监工的少佐只允许余良驹和吴宝才两个人去挖黏土,并派了四个宪兵监工。六人赶乘着一辆马车,出安阳南城门,直奔马家营后坡。马家营北坡上是一大片黏土地,方圆几十里用黏土都来这里挖,坡上密密麻麻遍布黏土坑,远远看过去就像麻子脸长了牛皮癣。坡上有几个人在挖黏土,余良驹不停用手捻着各个坑里黏土,磨磨蹭蹭朝着坡上的枣树走过去。临近枣树时,余良驹看到宋小六正在往一驾独轮车上铲黏土,双方拿眼神打过招呼。余良驹从枣树往正北方迈了十五步,停在一个黏土坑前,看见坑里果然有四棵艾草,他抓起黏土试了试,回头冲着吴宝才说,这个坑里的黏土中用。

吴宝才拉着马车过来,四个宪兵端着长枪,紧跟过来。余良驹和吴宝才开始往马车里铲黏土,两个人先是避开艾草铲土。待马车装到一半时,四个宪兵注意力不似先前那般集中了,开始唧唧歪歪抱怨天气炎热。不远处,宋小六从独轮车上抱下一个大西瓜，垫着草帽子"咔嚓咔嚓"切成十几块儿，坐在坑边大吃起来。时值头伏天，天气正热，四个宪兵全副武装，早就热得汗流浃背。看到宋小六吃西瓜，四个日本宪兵扛不住了，他们嘀咕一番，留下一个人守着余良驹和吴宝才挖黏土，另外三个过去把宋小六轰走，坐下来吃西瓜。趁着监工宪兵咽唾沫的时候，余良驹和吴宝才把四棵艾草下面的狗牌撸子，铲进马车中。

晚上，余宝驹问伊藤太乙讨来一桌酒席，说是开工前得用好酒祭拜风水神伏羲，护佑铜鼎修复顺利。伊藤太乙知道是余宝驹等人馋酒了，借机勒索。好在四个人都被握在掌心里，伊藤太乙也懒得跟余宝驹计较。时值三伏天，天黑得晚，太阳尚未落山，一桌酒席送进牢房。四个人各自点的酱猪肘子、桂花鸭子、南门酥鸡、八宝鲈鱼都在其中。余宝驹为三人斟满酒杯，说明天就要开工起炉子，咱们得吃饱了喝足了，打起精神来，别出了差错。三个人举起酒杯，一饮而尽，唯独吴庆德端着杯子，沾了一下嘴唇便放下。吴宝才问吴庆德，三叔怎么不喝酒？

吴庆德叹一口气，压低声音问余宝驹："余爷先前给俺吃了定心丸，保证俺全身而退，可您冒死弄进来四把枪，这是存心要跟鬼子们拼命哩。如今，俺已经成了过河的卒子，只能跟着余爷的棋路走。跟着狼走吃肉，跟着狗走吃屎，跟着余爷走，俺心甘情愿。走就走吧，可这路怎么走，这命怎么拼，余爷也该让俺心里有底吧。"

吴宝才一旁附和说："明天修窑炉，就得用黏土，余大哥弄进来那四把家伙迟早要露馅。"

余良驹被噎住了，端起酒杯一干到底，把一口肘子肉送进肚子里，说："你俩囟球被鬼子吓坏脑瓜子了，俺哥哥啥时候亏过帮手。"

余宝驹点点头，低声说："明日里砌炉子，上午先砌地基，晌午时分，鬼子们又热又困之时，再砌炉膛。趁鬼子们不经意时，良驹把四把枪砌到外炉膛里面。"

吴庆德说："你当鬼子是睁眼瞎？"

余宝驹没有理会吴庆德，他接着说："明天上午，宝才先和黏土，记得只和没有埋枪的那一半黏土，等黏土吃透水，晌午就能用了。"

吴庆德又嘟囔一句："鬼子不是睁眼瞎。"

余宝驹对吴庆德说："到时候，俺找茬跟你打架，吸引鬼子的注意力，良驹把另一半黏土里的枪裹住了，砌进外炉膛，鬼子们不会发现的。"

接着，余宝驹起身取来笔和纸，他让余良驹和吴宝才猜拳热闹一下，自己则在纸上写道：修鼎之日，铜鼎入炉，闭内炉门，取枪，才、德各执鼎耳上城楼，宝、良断后，挂鼎耳于缆桥索，良、才合抱一鼎耳，宝、德合抱一鼎耳，顺缆桥索滑下，有人接应。

四个人一边猜拳，一边传看余宝驹写的纸条。三人看完，点头会意，禁不住暗自佩服余宝驹心思缜密过人。余宝驹划着一根火柴，把刚才写字的纸条点燃。突然，牢房门打开，负责审讯的少佐带着宪兵闯进来。少佐上前夺下正在着火的纸张，发现只剩下一小片，他递给翻译看。翻译说纸上只有一个字，是"鼎"字。

少佐一把揪住余宝驹的衣领，喝问道："烧的是什么？"

余宝驹笑道："祭祀风水神，当然要敬酒烧纸。"

少佐拿着纸片，问："这个鼎字是什么意思？"

余宝驹："明天修鼎，就写'鼎'字，明天若是修锅，俺就写'锅'字哩。"

待少佐带着宪兵走后，余宝驹小声说："良驹在排火道上设计了一道门，铜鼎推进炉子，排火道上的门自己就闭上，只要炉火烧得旺，到不了一袋烟的工夫，炉子就能爆炸，这个时候，咱们至少得登上城墙，不然就会被炉子炸伤。"

三个人点头会意。

是夜，祭祀伏羲的酒菜被一扫而光，伏羲滴酒未沾，余宝驹四人倒是喝得酩酊大醉。

第二天，动工修窑炉前，吴宝才在起窑炉处排摆香案，烧香烧纸，祭酒跪拜。不远处，伊藤太乙、邱连坤和孙发贵等人冷眼观望，井道山则未露面。礼毕，余宝驹四人刚要动手挖地基，伊藤太乙带着翻译走上前来，他命令两个日本宪兵把吴宝才关押起来。余宝驹急忙上前阻拦，问伊藤太乙为何。伊藤太乙说，吴宝才的作用是看风水，既然风水看完了，他也就没用了，所以要关押起来。余宝驹问，是不是等到铜鼎修好了，四个人都要被关押起来？伊藤太乙说，等到铜鼎修复之日，会将四个人一并放出去。日本宪兵一把推开余宝驹，架着吴宝才去了牢房。吴宝才扭头看着余宝驹，嘴里不歇气地喊着"余大哥救我、余大哥救我"，像是被押往刑场。余宝驹高声回道，兄弟放心，俺必定在你之后走出宪兵队。吴宝才闻听后，这才噤声。余宝驹回过头来，对伊藤太乙说，把吴宝才关起来，俺们干活的人手不够用。伊藤太乙一摆手，从邱连坤和孙发贵背后，钻出来四个穿便衣的警察。日本翻译告诉余宝驹，说去掉一个吴宝才，补上四个帮手。

余宝驹无奈，知道自己再纠缠下去，只能令伊藤太乙疑心更甚，只好分派四个警察干活。吴宝才被关押起来，余宝驹让吴庆德掺水和黏土，并分派一个警察去南院墙根下挑水。因为安阳城半数警察都得过余宝驹好处,所以孙发贵特意挑选了四名心腹前来帮工,以便监视余宝驹。

　　天气燥热异常,几条大狼狗趴在地上,张着大嘴巴"呼呼呼"喘气,哈喇子流到两条前腿上,竟也懒得舔舐。四个警察早就跑到树荫下去歇息了,看到管事儿的日本宪兵出来,四个人才一齐拥过来干活。余宝驹也不予计较,生怕这四个人毛手毛脚,戳穿了黏土里的秘密。临近晌午时分,窑炉的地基已经砌好。余宝驹看看天色,说是该歇晌了,招呼余良驹和吴庆德到树荫下歇息。吴庆德抽了一袋烟的工夫,一名勤务兵从厨房里提来两只铁桶,一个桶里装着炖豇豆,一个桶里装着白米饭,招呼余宝驹三个人吃饭。不远处的另一片树荫下,四个警察围坐在一张石桌前,勤务兵提过去三只铁桶,只比余宝驹他们多了一桶绿豆汤。虽说只是多一桶绿豆汤,四个人也觉得比余宝驹们的待遇高出一筹,除了"吧唧吧唧"品着绿豆渣,还不停嘴地夸赞日本人厚道,说这桶绿豆汤里至少放了半斤白糖,齁嗓子。趁着四个警察矫情的间隙,余宝驹对余良驹和吴庆德低声说,歇晌完了咱们砌炉膛,我找那四个警察打一架,你们两个人趁机把枪砌进炉膛里。余良驹点点头,继续闷不作声吃饭。吴庆德问余宝驹,吴宝才咋弄哩?余宝驹说,俺不会丢下兄弟不管,还有几天时间,待俺想想办法。

三个人吃完午饭，就地躺在树荫下歇晌。窑炉旁和城墙上站岗的日本宪兵，已经换了两班，却还是无精打采，头顶烈日苦熬着。连吃饭带歇晌，总共也就一个时辰，监工的宪兵少佐便来轰赶众人干活。余宝驹站在窑炉旁，把着埋枪的那堆黏土，布派四个警察帮着余良驹和吴庆德打下手。人多好干活，加上余良驹眼快手巧，迎火砖一层层垒上去，装上精钢炉门，窑炉已见雏形。待余良驹给炉膛的迎火砖上完第一层黏土，余宝驹给余良驹和吴庆德使一个眼色，径直走向树荫下乘凉的四个警察。走到跟前，余宝驹对准一个警察裆部，狠狠踢了一脚。那个警察双手捂着裆部，在地上翻滚惨叫着。另外三个警察见同伴遭袭，一拥齐上跟余宝驹撕扯扭打在一起。

打骂声果然吸引了宪兵们的视线，他们端着长枪，笑滋滋地看五个中国人打架。趁此机会，余良驹和吴庆德将四把手枪嵌进外炉膛的黏土里。吵嚷嬉笑声也惊动了伊藤太乙，他在楼上看到余宝驹跟四个警察滚战在一起，而远处的余良驹和吴庆德却还在兀自干活，禁不住心生疑窦。伊藤太乙快步走下楼来，没有看打架众人，而是直奔窑炉方向。他走到窑炉前，围着窑炉转了一圈，眼睛又盯着余良驹和吴庆德，似乎没有看出任何蹊跷，这才回过头往树荫下走过去。伊藤太乙走到跟前，呵斥了一声，四个警察赶忙松手立正站好，其中一个还捂着裆部。

伊藤太乙问余宝驹，为什么打架？余宝驹站起身来，掸了掸身上泥土，说四个警察不干活，只在树荫下聊天，自己叫他们干活，没有把话说拢，所以才动手打架。几个警察一齐插嘴，辩解说是余宝驹先动手打人的。未等伊藤太乙开口，监工少佐抡起手来，打了四个警察每人一记耳光。伊藤太乙对监工少佐说，余宝驹三个人可以休息，四个警察不许休息。

窑炉砌成后，又风干了两天，准备第三天开始修复铜鼎。

按照余宝驹事先估摸好的时间，宋小六找到李守文和林枫，把余宝驹的计划全盘托出：第六天夜里，宋小六等人潜伏到北城门外铁索桥，将炸药置于桥底木板下，待余宝驹等人滑下铁索后，便引爆炸桥。林枫听完后，说余宝驹他们仅凭四把手枪，从宪兵司令部脱身堪比登天。李守文也摇头，说是没有重武器掩护，就算上了城墙，也过不了桥。宋小六说，余大哥已经考虑周详，一是炸掉窑炉，让鬼子们先乱成一锅片汤；二是绑架一名日本军官，掩护四个人上城墙。李守文说，就算上了城墙，日本人的歪把子重机枪也能把挂在铁索上的四个人干掉。宋小六说，这就得依靠两位帮忙了,余大哥说至少要预备两挺重机枪,在河对岸压制城墙上的日本兵。李守文和林枫对望了一眼,李守文说,我手下倒是有两个机枪手,可没有重机枪。林枫说,枪不是问题,我商号地下室就有三挺重机枪,但是距离太远,重机枪的射程就算够到了,准确度也难以把握。宋小六问道,林老板有什么更好的主意?林枫说,还有六天时间,我发电报给重庆,看看能否补充过来两名狙击手,方可保这次行动成功。宋小六和李守文闻听,大为振奋。林枫接着说,我之所以惊动重庆调兵遣将,一半为公,保全铜鼎,一半为私,看重余宝驹的为人,可余宝驹只拿到两只鼎耳,铜鼎还是留给了日本人,有何用?宋小六瞅一眼李守文,对林枫说,余大哥早就将铜鼎掉包了,日本人现在拿到的铜鼎还是假货。林枫听后有些将信将疑,问道,既然是假鼎,余宝驹为何费这般周折,先是给日本人送真鼎耳,接着又是修鼎,还要在宪兵司令部毁鼎?宋小六微微一笑,脸上不乏得意,说余大哥通过松子了解到伊藤太乙的性情,肯定会为他们天皇献上一只完整的铜鼎,而修复铜鼎肯定还得找余良驹,所以才会用手中的鼎耳钓出日本人手里的鼎耳。宋小六舔了舔两个嘴角的唾沫,接着说,毁掉假鼎,一是不让日本人参考鼎上的纹饰找到帝王宝藏,二是为了让日本人死心,不必再因为铜鼎死人。宋小六一番讲解，直把林枫听得云里雾里，他在心里合计了半天，觉得宋小六说得入情入理没有破绽。林枫沉吟片刻，突然醒悟道，是余宝驹利用了赵均铎，害得他丧命。宋小六反问道，赵均铎若是不起歹心，若是不把铜鼎出卖给日本人，咋会丧命哩？林枫感叹一声，说自己还是低估了余宝驹。

最后，林枫问宋小六："既然日本人拿到的是假鼎，真鼎又藏身何处？"

宋小六说："俺也不知道真鼎藏身何处，知道真鼎下落的，只有余宝驹和余良驹。"

重庆派来的两名狙击手，于第五天夜里赶到安阳。两个人不苟言笑，吃完饭便下到祥福隆商号地下室，组装、校验德国毛瑟98K狙击步枪，一直忙活至深夜。李守文把手下两个机枪手也带来了。林枫对李守文心存芥蒂，没有让他们进入地下室，而是把机枪和弹药提前放在商号后院一间密室里。两个机枪手各自整理出来两箱子弹，随后又检查一遍枪械，确认无误后才把枪弹装进麻袋，放到门口一辆轿车上。

第六天深夜，一切准备停当，一干人驾驶两辆轿车，准备出安阳城。李守文拦住林枫，问道，咱们车上拉着武器，大摇大摆出城门，万一被查出来怎么办？林枫推开李守文的手，说日本宪兵巡逻队刚刚返回司令部，西城门查岗的警察早就被买通了，不会盘查他们的车辆。李守文点点头，说你们国民党敛财有术，有花不完的钱，办事比俺们容易多了。林枫反唇相讥，说你们共产党会过日子，把钱都用在渗透国民党身上了。李守文说，我们也在抗日啊。林枫冷笑道，你们在抗日，日本人怎么感觉不到呢？

宋小六急忙从中劝阻，说："大敌当前，国共合作，和为贵，大局为重，大局为重。"

果不其然，两辆轿车顺利出了安阳城西门，往西绕行四十多里后，才有一座桥过洹河。桥上亦有警察把守，林枫的手下下车，与守桥的小头目耳语几句，也被顺利放行。林枫面露得意之色，从副驾驶位置上回过头来对李守文说，国民党的钱都花在正道上，没有从上海买女大学生。

李守文一脸愠色，反唇相讥："国民党的官员丢掉三民主义后，一人可以娶好几房姨太太，女大学生们不愿意做姨太太，只能选择更民主、更自由、更符合人性的信仰。"

两辆轿车临近安阳城北城门时，提前关闭车灯摸黑行驶。宋小六会同林枫和李守文，三天前已经前来摸清了地形，临近洹河岸边有一片榆树林子，正好可以用来隐蔽藏车。把守桥头的两名警察正在打瞌睡，宋小六和李守文各自抱着炸药包，顺着河沿攀上铁索桥，正好绕过打瞌睡的警察。林枫不放心，让两名机枪手潜伏到距离岗哨不远的地方，若是守桥警察发现宋小六和李守文，即刻上去干掉两名警察。好在北城门里面就是日本宪兵司令部，洹河北桥变成一座"死桥"。平日里，除了宪兵司令部的车辆进出外，根本没有其他人或车辆来往。因此，在桥头守夜岗的警察，从来都是安心睡大觉。约摸一刻钟的时间，宋小六和李守文安全撤回来，说是已经把炸药安放停当。林枫看看时间尚早，留下一个隐蔽岗哨，命令其他人回到树林的车里睡觉养神。林枫还让两个司机每隔一个小时启动一次轿车，以确保不会误事。

天亮时分，祥福隆的司机再一次启动轿车时，把车内的众人全都吵醒了。林枫看一眼手表，说差不多了。宋小六说不着急，得等到窑炉冒黑烟才行。于是，一干人下了车，分别在树林边缘寻找合适的隐蔽位置，架好重机枪和狙击步枪。林枫问李守文，余宝驹的计划能成功吗？李守文说，余宝驹的计划从来没有落空过，这回也不应该出问题。李守文接着说，若是你们国军能够多几个像余宝驹这样工于心计的人物，也不会节节败退，把大半个中国拱手让给日本人。林枫笑道，说到工于心计，还得是你们共产党，抗日这些年以来，国军越打人越少，你们共军倒是越打人越多。李守文说，这便是所谓的得道多助，失道寡助，跟心计决策没有关系。宋小六、两个狙击手和两名机枪手，各自伏在草丛中，听着林枫和李守文打嘴仗，倒也好打发时间。

大概又过了两个钟头，宋小六眼尖，指着安阳城头说："快看，冒烟了！"

城墙里冒烟的地方，确是余宝驹修筑的窑炉。窑炉四周，宪兵们荷枪实弹，布满了城墙和宪兵司令部大院。距离城墙根的窑炉大概二十步开外，摆着两张桌椅，椅子后面竖起一把大油伞。余宝驹、余良驹和吴庆德走出牢房，几个宪兵上前例行搜身，确认没有异常，才放三个人走近窑炉。余宝驹点火后，余良驹和吴庆德开始往窑炉加焦炭，挑的都是上好的焦炭，加上用了电鼓风机，一袋烟工夫就把炉火催起来。此时，伊藤太乙和井道山一前一后走出办公室，径直走到油纸伞下坐定。那位监工的少佐对伊藤太乙耳语几句，伊藤太乙含胸点头。井道山坐在一旁，两只眼睛瞅着别处，一副浑然世外的表情。监工少佐转身跑步进入楼房，少顷，四个宪兵推着一辆四轮铁板车走出来，板车上便是后母戊方鼎。另外两个宪兵跟在后面，各自怀里抱着一只鼎耳。待铁板车推到窑炉口前,突然从炉口内喷出一股火舌,坐在椅子里的伊藤太乙立刻站起身来,一脸紧张神情。监工少佐急忙示意宪兵们,把四轮板车拉开,他走上前问余宝驹怎么回事。余宝驹瞅了一眼窑炉的烟囱,说火苗本来应该走烟道,不知道怎么会倒灌回来,走窑炉口。监工少佐也是一脸紧张神情,他问余宝驹如何处理。余宝驹说,按照老规矩,本来应该让懂风水的吴宝才来点火,你们偏偏把他关起来,现在出了蹊跷,你们还是去问问他吧。监工少佐急忙跑到伊藤太乙跟前汇报,伊藤太乙虽然不信风水之说,但窑炉的烟火突然间不走烟道,他也觉得甚是奇怪。他同意监工少佐的提议,去牢房提来吴宝才。几番较量下来,伊藤太乙虽然不信任余宝驹,知道这个安阳的街头混混确实非等闲之辈。但是,他也没有更好的人选来修复铜鼎。

吴宝才算计着日子,约摸余宝驹今天该动手了。但是迟迟不见响动,吴宝才心里开始犯嘀咕:余宝驹向来一言九鼎,他应承过,说是会在自己之后离开宪兵司令部,但是今天应该是修复铜鼎之日,自己却还被关在牢房里。就在他胡思乱琢磨的当儿,"吧嗒"一声,牢房门被打开,监工少佐带着两名日本宪兵进来,架起吴宝才就往外走。这一回，吴宝才没有鬼哭狼嚎叫嚷着救命，他知道肯定是余宝驹谋划好了，日本宪兵才会在修复铜鼎之日，把他从牢房架出去。

鼓风机和树上知了的叫声混在一起，把宪兵司令部大院搅出一片噪声。城墙台阶边上的窑炉口"呼呼呼"地喷着火舌，窑炉的烟囱却不见一丝烟冒出来。吴宝才看到这番光景，心里也纳闷，不知道余宝驹搞的什么鬼。快走到窑炉旁时，余宝驹迎上来说，早上俺替你点了炉火，原本烧得挺好，可这会儿炉火不走烟道了，估计是风水不对头，你快过来看看。吴宝才是个机灵人，经余宝驹一点拨，便知道是他们在窑炉里做了手脚，为的是让自己今天露面。吴宝才藏住声色，提高声调说道，不掐算点火时辰，火龙当然不走正道。两个人来到窑炉旁，余宝驹一边走一边低声嘱咐吴宝才，说先关掉鼓风机，窑炉口右首外炉膛有个把手，扳上去，烟道就打开了。吴宝才依计行事，扳把手前，别出心裁地拎着一桶水，绕着窑炉洒上一圈，嘴里还念念有词。洒完水，念完咒语，吴宝才才把手探进窑炉口右首，摸到把手扳上去，窑炉烟道果然通畅。烟道通了，余宝驹让吴庆德重又打开鼓风机，余宝驹开始往窑炉里添加焦炭，窑炉烟道开始冒出黑烟。余良驹蹲下身子，瞅一眼窑炉里的火势，说差不多了，把铜鼎推进去。吴庆德端着一根长长的铁钩，探进窑炉，打开另一扇炉门。余宝驹挥挥手，示意身后的日本宪兵把安放铜鼎的板车推进去。

伊藤太乙突然站起身来，大声说："停下！"

伊藤太乙从椅子上起身，走到窑炉跟前，低头望炉内瞅，一股热浪喷涌出来，逼得他急忙直起腰来。伊藤太乙转头逼视余良驹，问铜鼎要在炉内烧多久。余良驹仰着一张丑脸说，时辰很短，淬一遍火就中。伊藤太乙问，你能掌握好时间？余良驹说，淬火是个大学问，安阳地界上，就我一人能掌握。伊藤太乙点点头，示意继续干活，他走回油纸伞坐下。伊藤太乙见井道山神色茫然，问他是不是身体不舒服。井道山叹口气，说，自打接触到这只铜鼎，我的身体就没有舒服过。伊藤太乙拍拍井道山的肩膀，劝慰他不要急躁，说等到铜鼎修复了，对破译藏宝图会更有帮助。井道山苦笑了一下，没有回应。

余宝驹跟监工少佐说，需要多几个宪兵帮忙推铁板车，才能把铜鼎送进窑炉里。少佐挥手，把距离窑炉最近的一排宪兵招呼过来。余宝驹摇头，说窑炉火势太旺，宪兵们持枪挂弹，万一炸了怎么办？监工少佐觉得余宝驹说得有道理，便命令宪兵们放下枪、解下弹药袋。众人合力，把铜鼎缓缓推入窑炉中。吴庆德随后将铁棍探入炉中，轻拨炉内上方铁钩，炉内第一道门"咔嚓"一声闭合。余宝驹示意另外两个宪兵，把鼎耳交与吴庆德和吴宝才，说准备放入炉中淬火。两个宪兵用眼神征询监工少佐，少佐点头，吴庆德和吴宝才这才接过鼎耳。

余良驹随后提来一只水桶，桶里装着半桶清水，他把水桶拎着放在第二道炉门里。监工少佐问道，拿水桶何用？余良驹说，试着水桶温度才好掌握火候。余良驹说完，拿一把锤子伸进第一道炉门，在炉壁内敲击起来。监工少佐见状觉得奇怪，准备上前询问余良驹。余宝驹拦住监工少佐，说余良驹在把控火候，不要打扰。余宝驹接着对监工少佐说，下一道工序有风险，得请伊藤先生亲自验看点头才行。监工少佐翻看着余良驹写的修鼎工序，说这道工序是给鼎耳淬火，哪里来的风险？余宝驹说，鼎身子大，鼎耳小，放在同一个炉子里淬火，身子还没暖透，耳朵没准就化成铜水了，你说有没有风险？监工少佐闻听，不敢怠慢，急忙跑过去，向伊藤太乙汇报。

伊藤太乙闻听，也不敢托大，小步跑到窑炉前，斥问道："修鼎会有什么风险，你们支那猪又想耍什么花招？"

余宝驹指着余良驹，回应道："他正在试探外炉膛的温度，准备给鼎耳淬火，鼎耳比鼎身小，火候掌握不好，会毁了鼎耳。"

此刻，余良驹半个身子都探进外炉膛，用铁锤敲打膛壁，待他把外炉膛壁上四把手枪撬出来，再将四把手枪的子弹顶火上膛，装入水桶。最后，他顺手将外炉门右首的把手扳下来，烟道瞬间闭合。几道工序操持下来，余良驹觉得脑袋被烤得生疼，头发和眉毛几乎全被烤焦，自己已闻到毛发煳味。确认没有遗漏后，余良驹这才把热气腾腾的水桶拎出来，并对余宝驹几个人说，都来试试水温。吴庆德和吴宝才一手抱着鼎耳，另一只手探入水桶。"哗啦"一阵水声，四个人同时抬起身子，各自手中多了一把手枪。趁着所有人愣怔的当口，余宝驹快步抢上前去，一把搂住伊藤太乙的脖子，将枪口顶在他的太阳穴上。

场面顿时骚乱起来，所有日本宪兵"哗啦哗啦"，全都将子弹上膛，却没有人敢开枪。伊藤太乙受制于余宝驹，腰里的王八盒子也被余良驹拔走，他只能跟着四个人一步一步上了城墙的台阶。

此刻，井道山突然拨开宪兵，步上台阶，他对余宝驹说："请你不要使用暴力，伊藤君只是请你们帮忙修复铜鼎，你们不要害了他性命。"

余宝驹对井道山冷笑一声，说："安阳人谁个不知道，伊藤太乙是个心狠手辣的笑面虎，他岂能放过俺们弟兄，俺们的鼎，俺们自己会修，不劳你们日本人操心。"

井道山的话提醒了伊藤太乙，他挥舞着双手，指着窑炉喊道："快！快把炉门打开！把人截住！快！快！！"

听到伊藤太乙叫嚷，宪兵们转头扑向窑炉。因为宪兵们只知道打开窑炉炉门，而不知道该如何把人截住。第一道炉门很快被打开，第二道炉门却如何都开启不了。宪兵们直接把枪上的刺刀插进炉门缝隙，任凭他们左右撬动，吴庆德制作的"鬼门关"竟是纹丝不动。就在此刻，窑炉炉门突然发出刺耳的"呲呲"声，且声响越来越大。宪兵们混乱成一团，一时间不知如何是好。窑炉奇怪的声响也吸引了井道山，他扭头看窑炉时，发现窑炉的烟道没有一丝黑烟冒出来，而"呲呲"声却更加刺耳。井道山心知不妙，他呼喊着宪兵，赶紧离开窑炉。井道山话音刚落，突然"轰隆"一声巨响，窑炉炸开，火红的铜水喷涌而出。试图打开炉门的六七个宪兵，被当场炸死。外围的宪兵，也被爆炸的气浪掀翻在地。

此刻，余宝驹四人挟持伊藤太乙已经上了城墙。监工少佐被爆炸的窑炉划伤了脸，他知道自己失职，伊藤太乙必定将他治罪。于是，他顾不得头上"咕咕"冒血的伤口，从地上捡起一支长枪，吆喝着其他宪兵，快步登上台阶。这时，余宝驹四人押着伊藤太乙，撤到了缆桥铁索处，吴庆德和吴宝才已经把鼎耳挂上了两根铁索。凹字形的鼎耳，倒挂在铁索上，像是一个铜滑子，煞是合适。监工少佐也在此刻登上了城墙，余宝驹举手开了一枪，说别让鬼子上城墙。于是，四个人开始射击，压制住了即将上城墙的宪兵。四个人打光了手枪里所有子弹，余宝驹一脚把怀里的伊藤太乙踹倒在地，高呼一声，撤！按照事先约定，余良驹和吴宝才各抓住鼎耳一端，余宝驹和吴庆德各抓住鼎耳一端，双双顺着缆桥铁索，滑了下去。

伊藤太乙已经怒不可遏，他从地上爬起身来，抽出指挥刀，呼喊着宪兵们上城楼。监工少佐带头，宪兵司令部所有宪兵一齐拥上城墙，准备瞄准挂在缆桥铁索上滑行的四个人开枪射击。突然，两声枪响，伊藤太乙被击中肩膀，重又摔倒在城墙上。而监工少佐则被击中头部，当即毙命。紧接着，一排机枪子弹射过来，城墙上的日本宪兵，纷纷卧倒在地，或躲在垛口里不敢抬头。伊藤太乙顾不得肩膀剧痛，他匍匐爬到城墙边上，让院子里的宪兵赶紧打开城门，开车出城追赶四名逃犯。

顷刻间，安阳城北城门"吱呀呀"打开，两辆满载士兵的卡车，呼啸着冲出北城门。井道山也上了城墙，不知是心疼假鼎被熔成铜水，还是替妹妹担心余宝驹安危，一脸忧心忡忡的样子。待伊藤太乙趴在垛口眺望时，发现余宝驹四人刚刚滑到洹河对岸。

这时，对岸的枪声止住了，伊藤太乙从地上捡起指挥刀，呼喝道："活捉余宝驹，其他人格杀勿论！"

伊藤太乙话音刚落，紧接着传来"轰隆隆"两声巨响。伊藤太乙和井道山瞬间被爆炸的气浪掀翻在地。两个人尚未爬起身来，一块木桥板"吧嗒"一声，跌落在两个人身边。

二十四

秋雨日夜不停肆意地下了三天，洹河河水裹挟着上游的肮脏物，浩浩荡荡擦过安阳泄向下游。每一场盛大豪雨，都像是天地间一次疯狂交媾，云开雨歇时剩下一地苍茫与凌乱，好在时日会将其滋养和复原。

水池里的荷花已显露败象，绿色荷叶卷起一圈黄褐色边沿，枯萎渐渐蔓延。大概用不了半个月光景，整片荷叶就会卷曲萎缩成一张老人脸，最终枯黄破败。井道山半卧在躺椅上，眼睛似是而非地盯着某处，不知是看渐败的莲蓬，还是看渐枯的荷叶。安阳城玲珑胡同的小庭院里，已然是一番深秋景致。

一声婴儿啼哭打破小园的宁静，于晚秋败象中宣示着生之不息。女用人端来一杯红茶,井道山接过茶杯,问孩子怎么样了。女用人说,孩子刚喝下半瓶子奶粉,大概是缓过来了。女用人还说,七活八不活,早产两个月的娃儿,也就是托生在您这样的家庭,要是搁在俺们老百姓家里,早就成死孩子,扔乱坟岗喂野狗了。井道山听到女用人一番话,皱了皱眉头,说,你去街上日本料理店,给小姐买些寿司,她有些日子没吃家乡的饭菜了。女用人说,俺一早上街买菜了,买了两条鲫鱼和两个前猪手炖汤,俺们安阳都用这个法子下奶,不论畜生还是人,管保有用。女用人接着说,前年,俺们村里贩卖猪崽的段东家,刚下了十六个小猪仔,老母猪就死了,段东家用鲫鱼炖猪蹄汤喂另一头母猪,喂了两天,您猜怎么着?另一头没下崽的母猪就下奶了。

井道山摆摆手,催促女用人不要再唠叨了。女用人这才捯着小碎步,学着松子平日里走路的样子,上街去买寿司。

自打余宝驹从宪兵司令部抢走鼎耳后,井道山连惊吓带心痛,便大病一场,在陆军医院里躺了足足一个月。军队医院治的都是硬碰硬的伤病,像井道山这种心病,他们是如何都医治不了的。井道山是日本研究甲骨文最顶尖的专家,他从一只辗转流传到日本的鼎耳,结合甲骨文找到鼎耳母体。虽说是吴宝才碰巧探得后母戊方鼎，但井道山只是参考河图、洛书，仅仅依靠鼎耳和甲骨文提示，便找到安阳文官村后洼地，的确是一个奇迹。更为神奇的是，他破译出后母戊方鼎纹饰传达的信息，极有可能是晚商时期一座帝王宝藏的藏宝图。虽然，这个信息没有得到最终印证，但此前的猜想却一一成为现实，也大大增加了最终谜底的可靠性。若是能够找到帝王宝藏，井道山在世界考古史上肯定会留下浓墨重彩的一笔。但日本军方介入，使这次考古演变成一场以命相搏的拼争，为争夺铜鼎接二连三地死人，让井道山开始怀疑自己这次考古探索的价值和意义。他反对本国军国主义的扩张战争，更不愿意看到死人，这也是他最终没有戳穿余宝驹"假鼎诱饵"的原因。眼睁睁看着一个中国骗子行骗自己的日本同胞，井道山非但不能戳穿骗局，还要因为妹妹的原因帮助中国骗子遮掩，这让一个专注史学研究的专家如鲠在喉，几乎憋到肺气肿。

　　婴儿哭声止住了，松子走出堂屋来，把一条毯子横裹在井道山干瘪的身子上。井道山问松子，孩子怎么样了？松子说缓过劲来了，多亏伊藤君推荐的医生，吃了医生开的药方，算是把孩子保住了。井道山长吁一口气，接着问道，孩子的名字取好了没有？松子说给儿子取名字了，叫余和平。井道山说，还是给孩子取个日本名字吧，他父亲活不见人、死不见尸，他这种刀头上舔血的街头混混，没准哪天就丧命江湖了。松子打断井道山的话，嗔怪哥哥不应该这样说余宝驹，她说余宝驹肯定在惦念着她娘儿俩，迟早有一天会回来接他们的。井道山用鼻子哼了一声，说且不论余宝驹这种江湖流氓讲不讲信誉，单说伊藤太乙在安阳布下的天罗地网，他余宝驹就算吃了熊心豹子胆，也不敢再踏足安阳半步。松子正视着井道山，一字一顿地说，余宝驹是我的丈夫，他若有闪失，我也不能独活！兄妹二人眼看要把话说僵，院门"吧嗒"一声打开，女用人提着食盒，捯着小碎步进来。此刻，松子正无处撒气，便对女用人说，你以后不要学我小碎步走路的样子。女用人一愣神，回道，俺们从小裹脚，迈大步子走路怕摔着，俺心里还纳闷哩，姑娘一双好好的大脚板，咋还学俺走小碎步哩？女用人一边唠叨一边打开食盒，从里面拿出一盒寿司递给松子。突然，女用人"咦"了一声，从食盒里捏出一个纸团，说哪来的这么个物件。松子见是一张宣纸，里面似乎还裹着物件，便没有接寿司，把女用人手里的纸团拿过来。她打开纸团，只见宣纸上用毛笔小楷写着：明日午时天宁寺后佛塔见，带上孩子。

　　松子再看宣纸里面的物件，是一枚精美的田黄石印章，印章上有四个阳刻篆书：余宝驹印。

深秋时分,安阳郊外田地里的庄稼早已收割归仓,刚刚种下的麦子抽出嫩绿新芽,绿芽过于单薄,让人担心会禁不住深秋的肃杀和霜冻。

松子抱着儿子余和平早早出门,她没有耐心等到午时。孩子早产两月,现在能缓上这口气来实属不易,虚弱的余和平就像田野里嫩绿的麦芽。临出门,女用人问松子带着孩子去哪儿。松子说孩子保住了,带着他去天宁寺烧香还愿。女用人说,过了白露,屋外寒气太重,孩子在野地里时辰久了会生病,嘱咐松子早去早回。松子说她给孩子的夹袄外面罩了件斗篷,大抵不会碍事。担心孩子受风,松子叫了一辆带门布帘的黄包车。黄包车车夫搀扶松子娘儿俩上车,并询问她去往何处。松子说去天宁寺进香。

车夫盖好车门布帘,对着一旁两个车夫使个眼色,高声嚷道:好嘞!大活儿一趟,天宁寺进香。

吆喝完了,车夫这才拉起黄包车直奔西城门。另外两个车夫,一个车夫拉着空车,尾随松子的黄包车后;另外一个车夫,拉着空车直奔宪兵司令部。

原来,自打余宝驹带着两个鼎耳逃出宪兵司令部后,玲珑胡同就成了监控重地,日本宪兵、警察两拨人马三班倒，一天不落地严密监视。有人建议逮捕井道松子，迫使余宝驹自首。伊藤太乙说，井道松子是日本女人，余宝驹这种没有道德感的流氓，压根就不会把女人放在心上，何况是日本女人。说这番话的时候，伊藤太乙心里已经有了盘算：逮捕井道松子，等于跟井道山翻脸，抛开同学关系不讲，井道山是日本天皇欣赏的中国史学专家，轻易得罪不得。伊藤太乙不逮捕松子，不是要放过余宝驹，而是有更阴辣的一步棋候着，这步棋最重要的一枚棋子，就是松子肚子里的孩子。伊藤太乙深谙中国人传宗接代的心理，自此，他天天巴望着松子能生出一个儿子来。余宝驹是余家长子，余宝驹的儿子是余家长孙，其地位和意义非同寻常。井道松子是日本女人，儿子却是你余家宗亲骨肉。你余宝驹可以不要女人，但不会不要自己的儿子。

不负伊藤太乙厚望，松子果然生下个男孩，不过是个早产儿。松子早产两个月，伊藤太乙比孩子他舅舅井道山还着急，忙从沈阳调来最好的儿科医生给孩子诊治。伊藤太乙叮嘱医生，保不住孩子，你就回不到沈阳了。唬得医生每日里如履薄冰，误以为余和平是伊藤太乙的儿子，愈发小心谨慎。自打余和平出生之后，伊藤太乙把重点由抓捕改成监控，监控玲珑胡同的井道一家。井道山大门不出，二门不迈，倒也省心。女用人出门买菜，至少也有两个便衣盯梢。监控重点放在松子和孩子身上，只要松子出门，他就会前前后后调动所有伪装便衣，进行监视跟踪。用伊藤太乙的话说，只要井道松子出门，盯梢的人眼睛都不能眨巴一下，谁跟丢了人，谁交上自己脑袋。

两辆黄包车先后出了安阳西城门，朝着天宁寺方向蹒跚前行。接连三天秋雨，把安阳的马路浸泡得像个烂茄子，不管是行路还是走车，都让人皱眉叹气龇牙花子。从安阳城去天宁寺，途中需经过一条河，当地人管它叫小白河。小白河是洹河的支流，虽远不及洹河宽，却也是有丈把深的河沟子。大河流水小河满，一场秋雨把洹河大大小小支流灌得沟漫河涨。小白河上原先有一座石桥，前年秋天一场大雨，把石桥冲毁。天宁寺的方丈圆一法师，率领弟子们四处化缘，用化缘来的善款重修了一座木桥。当时，有一位小沙弥问圆一法师，为何不修一座石桥，石桥耐久，几十年后人们也会知道是圆一法师修得此桥。圆一法师说，化缘一年方得木桥，化缘三年才得石桥，石桥修罢，贫僧的名字倒是有后人知晓了，百姓苍生却两年没有桥走。

松子于午时前赶至天宁寺。兴许是近日道路泥泞，前来天宁寺的香客不多。松子抱着儿子余和平，穿寺而过，径直走进寺后塔林。两个黄包车车夫跟着进寺，紧紧尾随松子。今年初春时分，余宝驹曾带着松子来过此处，恰巧赶上塔林中一株白玉兰开花，松子在树下流连许久不忍离去。此刻的白玉兰，树叶已经落尽，只剩下湿漉漉的枝杈伸向碧空。松子于树下徘徊转着圈，不时四下张望一番，希望能快点见到朝思暮想的男人。松子一只手抱着儿子，腾出另一只手安抚一下自己的胸口。等到再抬头时，发现余宝驹已经立于眼前。躲在塔林外围的两个黄包车夫，看到余宝驹现身，急忙拔出腰里的自来得短枪，刚要上膛顶火，便被余良驹和四宝制住，并缴了枪械。

　　松子一把抱住余宝驹，几乎把怀里的孩子扔掉。余宝驹忙不迭接住孩子，对松子说，此处是佛门净地，亲热不得，俺先看看娃儿。松子觉察自己失态，一脸窘红，低声说，是儿子，我给他取名余和平。松子接着说，你若是觉得名字不好听，就另取一个，孩子早产俩月，身体太弱，女用人说早点取个大名，才能留住孩子。余宝驹说，和平好，天下和平，日本鬼子就不会到中国抢夺掳掠了。他扒拉开孩子的斗篷，看到一张白嫩嫩的小脸，正兀自酣睡。余宝驹几乎失声笑出来，他用手指轻轻触碰一下儿子的脸蛋，疼惜之心全然写在脸上。他头也不抬地问松子，这是俺的娃儿？俺余宝驹有儿子哩？松子急忙把孩子接过来，说不能一只手托着，容易伤了孩子的腰。余宝驹咧嘴笑着，说小娃儿哪里有腰。余宝驹接着对松子说，此地不宜久留，赶紧跟我离开安阳。松子一脸诧异，问余宝驹，去哪儿？余宝驹说，已经托朋友帮忙安排好了，去重庆。松子说，孩子身体太弱，走不了那么远的路，再说，医生配的药还都放在家里。余宝驹说，来不及了，只有这一次机会了，沿途之上再寻个郎中给孩子配药吧。松子说不行，为和平治病的儿科医生是伊藤君从沈阳特意请来的，他熟知和平的情况，用的都是西药。松子又强调说，和平这两天刚刚缓上气来，我今天把他带出来，已经冒了大风险，如果就这么长途跋涉去重庆，这孩子肯定活不成。就在这时，宋小六一路小跑过来，他对余宝驹说，小白河上的木桥拆完了，我们撤走的时候，已经看到两辆卡车，拉着宪兵赶到了小白河。余良驹也走过来，冲着松子叫了声嫂子，接过她怀里的孩子，端详了半天，说，哥，这娃儿的眉眼鼻子嘴巴都随你哩。宋小六说，咱们赶紧走吧，一条小白河阻挡不住日本宪兵。余宝驹眼睛盯着松子，又瞅了一眼孩子，眼神中露出迟疑，这是他第一次在大事面前拿不定主意。宋小六催促道，大哥还犹豫什么，过了这个村可就没有这个店了。松子一把抓住余宝驹的手，说再等一个月吧，等孩子身子骨硬朗些，我问医生多拿一些药备着，别说是重庆，就算是天涯海角，我也随你去。余宝驹点了点头，冲着余良驹说，把那两个黄包车夫带过来。不多会儿，四宝押着两个黄包车夫走过来。余宝驹给两个人松了绑，又往每人口袋里塞了一封银圆，说，你们今天回去若是对伊藤太乙说实话，估计你俩的小命也保不住。两个人倒也乖巧，其中一人说，我们俩都是当差的，奉命行事没办法。另一个人说，我们就当什么都没看见，就说松子小姐烧完香，我们就拉着她娘儿俩回城了。余宝驹说，算你俩识相，伊藤太乙已经赶过来了，你们返程时候就能遇见他，若是泄露半句口风，就算伊藤那个凶球能放过你俩，俺余宝驹也会半夜找上门去。

　　天宁寺前，余宝驹搀扶着松子娘儿俩上了黄包车，他忍不住再次把头探进车门帘子，扒拉开儿子的斗篷仔细端详，就在这时，孩子"哇"的一声哭了出来。余宝驹急忙掩上斗篷，催促黄包车夫启程上路。望着两辆黄包车渐行渐远，宋小六自言自语道，失了这次机会，只怕是再救她娘儿俩出来就难哩。余良驹说，你放屁哩！

　　余宝驹没有言语，径直走进寺门，天宁寺新任住持聆云法师口宣佛号迎了上来。余宝驹没等他问候，便将一袋银圆双手奉上，说，烦请方丈在小白河上重修一座石桥，就叫圆一桥吧。

当日，余宝驹、余良驹、吴庆德和吴宝才逃出日本宪兵司令部，一干人马分别乘坐两辆轿车，接连闯过两道路卡，一路往北疾驰。车过安丰，再往北开便是河北地界，林枫让司机拐下路边一片杨树林。李守文问道，怎么不走了？林枫说，冀豫交界处有日本重兵把守，我们一路往北连闯两关，伊藤太乙肯定早就得到消息，此刻，估计他已经在冀豫交界处布下口袋，就等着我们去钻。林枫说完，瞅了一眼余宝驹，问他下一步有何打算。余宝驹说，俺们兄弟如今已是丧家之犬，不如暂时去林虑山躲避些时日。李守文说，那我们折头往西走，先送你们去林虑山。余宝驹说不必了，两辆车加上这么多人，目标太大，不如大家就此分散，让伊藤太乙摸不着底细。

李守文和林枫都没有接话茬，各自琢磨着心事。余宝驹心里明白：他们想知道铜鼎下落，还想知道两只鼎耳如何处置。余宝驹此番生死逃逸，幸亏有李守文和林枫相帮，不然肯定葬身宪兵司令部。既然是生死关头信任的朋友，也就不必隐瞒实情。想至此处，余宝驹说，铜鼎一直留在安阳城，现在管保安全，至于藏在何处，恕兄弟不能奉告。林枫说，你等于没说。李守文问道，两只鼎耳如何处置？余宝驹说，井道兄妹一直相信铜鼎是一幅藏宝图，俺被褚大奎绑上山后，关在一个石洞中，结果发现石洞里的纹饰图案跟铜鼎一模一样,所以,俺想带上两只鼎耳前往林虑山,探看一番。

李守文和林枫心里都清楚,若是没有余宝驹,此刻,铜鼎早已是日本人囊中物。为了钓出日本人手中的鼎耳,余宝驹不惜祭出自己手中的真鼎耳,并以身犯险把两个鼎耳完好无损保护下来。至于铜鼎是一幅藏宝图之说,李守文和林枫也是将信将疑。既然鼎耳被余宝驹夺回来,他又要带着鼎耳去林虑山探寻宝藏,也没有什么不对。李守文问余宝驹,日后有何打算?余宝驹说,安阳肯定待不下去了,只能找机会把松子和孩子接出来,再远走他乡。林枫对余宝驹说,去重庆吧,我派人一路护送你们过去。李守文对余宝驹说,去重庆路途遥远,带着女人和孩子不方便,还是去延安吧。余宝驹笑了笑,说多谢二位兄台,至于去哪里,日后再定。

于是,一彪人马于安丰话别,三拨人各奔东西。

自打日本人剿灭褚大奎、炮轰褚家寨之后,林虑山周边村落安稳了许多。安稳倒是安稳了,有关褚大奎的各色传说却随之而起。传说一,褚大奎天赋异禀,竟然长有三只手,要劲儿时候总能用来救命,平生未见示人,直至入殓时才被察觉;传说二,褚大奎在林虑山寻到一处地府,把平生抢夺来的宝贝尽藏于地府中,足足能装满八十辆大车;传说三,褚大奎的土匪队伍足有三千人,每人配一支三八大盖和两支自来得短枪,见八路灭八路,见国军灭国军,见鬼子灭鬼子,因为击毙了一个日军大官,日本鬼子不惜调来一百多门山炮和一万鬼子兵,才拿下褚家寨;传说四,是日本人的山炮炸塌了林虑山山基,褚家寨后面的娘娘峰齐整整矮了一截,吉凶未卜。

余宝驹、余良驹、宋小六、吴庆德和吴宝才五人昼伏夜行,十日后到了林虑山褚家寨。余宝驹和吴宝才带路,寻到昔日被关押的石洞,石洞已经被日本人的山炮尽皆摧毁。吴宝才在石洞前的乱石堆里点了一小堆火,烟和火苗全都往上走,没有一丝被石缝吸入。吴宝才摇了摇头,说这条通路被卡死了。接下来的日子,五个人循着娘娘峰周围转来绕去,再也没有寻到半点端倪。吴宝才和余良驹最为劳心,两个人日夜参详两只鼎耳的纹饰图案,始终不得要领。余宝驹说,术业有专攻,按图索骥这类高深学问,还是等到日后请教井道兄妹,方可破解。

山中日月,流逝无凭。转眼间,五个人于林虑山中耗了两个月。其间,他们在一个水潭边搭了几间草棚,算是有一个固定歇息地。吴宝才的风水学问,在山里几乎没有作用，他的经验积累全部来自安阳的平原，什么坡高地陡，什么阴阳和合，他打眼一瞧就能估摸出门道。好在天下学问万变不离其宗，在林虑山转绕两个多月后，他也积累不少心得。搭草棚就是吴宝才选的址，傍山朝阳，左临清泉，右倚松石，是一处绝佳风水宝地。吴宝才说，这里不光是风水好，日本人那只鼎耳上的饕餮纹、凹弦纹、云雷纹，全都汇集在一个点上，接下来就没有标记了，我估摸这里就是那个点。

某日，山野寂静，秋阳高挂。远山近水，巨石松林，全都笼罩在秋色里。

余良驹端坐一块巨石上晒太阳，眼睛盯着草棚下面的一潭碧水发呆。不知道愣怔了多久，余良驹突然间打一激灵，因为他发现水潭上方石壁上有一道痕迹，是常年流水擦磨出来的，可水潭下方却寻不见出水痕迹。入秋时节，林虑山的雨水多起来。有一天晚上，下了一整夜秋雨。水潭上方的雨水越聚越多，最终混成一条瀑布直泻潭中，发出"轰隆隆"的巨响，震彻山谷。来不及等到天亮，余良驹就冒雨钻出草棚，来到水潭边察看。果不其然，水潭上方水流注入，水潭却不漫不扬，还是与往常一般的水位。余良驹急忙跑回草棚，把其他酣睡的人叫醒，让他们一起到水潭边观看这一奇景。吴庆德专工各种巧妙机关，他观望了一会儿水潭，说这不奇怪，定是水潭边上有一处洞口，水漫上来时，水顺着洞流走了。众人觉得吴庆德说得有道理，于是，大家沿着水潭边寻觅洞口。余良驹薅来几把草叶扔进水潭中，不多会儿，草叶便聚拢到对面水潭的边缘，转瞬间踪迹全无。水潭对面岸上，长有一株巨大的连理藤，因水分充足，连理藤枝繁叶茂遮蔽了半个池潭。余良驹指着连理藤说，洞口肯定就在那里。余宝驹点点头，说等到水消了，咱们进洞看看，兴许帝王宝藏就在这里面。

当天夜里，四宝从山下带来消息，说是松子生下一个男娃。得知自己当了爹，余宝驹兴奋得一夜未睡。余良驹问道，哥，咱们是不是该把嫂子和侄子接出来？四宝说，安阳城外搞路查的日本宪兵都撤回去了，但玲珑胡同周围全是警察和日本便衣，只怕是连只苍蝇都飞不进去。余宝驹说不着急，待俺想想办法，一定得把俺儿子和女人弄出来。

山洪来得快，去得也急。翌日，水潭上方的瀑布便断了，只剩下一小股细流，沿着石缝流进水潭。余良驹一直惦记着水潭边上的石洞，大清早便爬起身来，把连理藤的枝枝蔓蔓用草绳子捆扎起来，再拴到后面的松树上，藤蔓下的洞口完全暴露出来。余宝驹没有急于进洞，他说让洞里的洪水消退干净，再进去不迟。当天，众人做了进洞前筹备。余良驹和吴宝才砍伐藤蔓,编制绳索。吴庆德和四宝采集松树油,制作火把。宋小六一人下山,采购吃食。余宝驹则独自一个人,攀上池潭上方的悬崖,一路寻觅上去。晚间,众人回到草棚里集结,各自筹备的活儿一样不落。宋小六还特意买来一坛子烧酒,众人许久没有喝酒,如今闻到酒香,早已耐不住性子,酒坛子在六个人手中轮番传递,不一会儿便喝个精光。

第二天一大早,余宝驹等六人攀着连理藤,鱼贯入洞。进入洞口,便是一个倾斜往下的大斜坡。没走出多远,就伸手不见五指。吴庆德掏出火镰,点着一根火把,打头领路。一路之上,随处都能听到水滴之声。除此之外,再无丝毫其他响动。接着往前走,众人突然觉得脚下湿滑起来。余宝驹又点着一根火把,蹲下来察看,才发现周围的石头不再是黑褐色,而是乳白色,并且湿漉漉的。余宝驹站起身来,高举火把望向四周,只见洞中到处都是一根根粗细不一的石柱,有地面上立起来的,也有洞顶倒挂下来的,黄灿灿亮晶晶的煞是好看。四宝赞叹道,这该不是黄金做的柱子吧?余宝驹上前,用手抚摸着石柱,觉得很是眼熟,可又想不起于何处见过。再往前走不多远,是一处悬崖绝壁。余良驹卸下肩上背负的藤蔓绳索,把上端固定在一根石柱上,率先沿着绳索滑下去。好在悬崖没有太深,大约有四五丈高，绳索堪堪够用。余宝驹禁不住自言自语道，刚才若是有洪水冲下来，咱们都得活活摔死。

　　下到悬崖之后，石洞豁然开阔起来，光亮所及之处，如同一座巨大的宫殿。地面上，到处都是一摊一摊的"石湾"，湾子里盛满清水，清澈见底。前面打头的吴庆德突然发出一声响，众人急忙往前围拢过去，发现地面上有一堆一堆黑色东西。吴宝才上前，用手指捏起一点，放在鼻子下面闻了闻，似乎判断不出是什么东西。再往前走，吴庆德脚下绊了一跤，待他坐起身来，发现地面上竟然有一块粗笨的青砖。众人越发称奇，莫非此处有人来过？四宝接过吴庆德手里的火把，往前面照过去，只见到处都是散落的青砖。而且，洞顶上方不再是黄灿灿亮晶晶的乳白色，而是一大片黝黑色。余良驹忙不迭点着手中火把，往前紧走两步，竟发现一座坍塌的窑炉，地面上的青砖正是砌窑炉所用。再往前面，地势渐渐呈上坡，地面也随之干爽起来。这时，轮到余良驹发出一声惊呼。只见前面一块平整地面上，竟然摆放着一具众人熟悉的铜鼎——后母戊方鼎。一瞬间，一行六人的汗毛全都竖立起来，久久合不上张大的嘴巴。还是余宝驹率先醒过神来，他走上前去摸了一把"铜鼎"，发现这是一块石头雕凿出来的石鼎。但是器形竟然与后母戊方鼎丝毫不差，就连鼎身上的纹饰都毫厘不差。

众人谁都不再言语，不再言语不是不想言语，而是谁都不知道该说什么。

　　石鼎后面有一块大石头，石壁上用黑颜色描出很多图案，一看便知道是各种器形的铜鼎。再往前走，地面上四处都是碎裂的石头，吴宝才借着火光察看一番，说这些石头茬口是新的。石洞尽头，是一块巨大的石头，如一面墙一般竖立眼前。余宝驹举高火把照上去，石壁上到处是星星点点的亮光，这竟然是一块巨大的火石。往前再也走不动了，众人把目光一齐转向余宝驹。余宝驹拍了拍眼前的火石说，如果俺没有猜错，这块大火石外面就是林虑山的褚家寨。吴宝才恍然顿悟，问道，这就是咱们俩被关在石洞里的火石？余宝驹说没错，俺当初被褚大奎绑上山，一路上被蒙着眼，耳朵里只听到流水声，想必就是这处石洞里流出去的水。吴宝才说有可能，俺被关在石洞里，晚上隐约也听到过流水声。余宝驹说，其实，铜鼎指引的不是藏宝图，而是记录铜鼎铸造、祭祀、埋藏的路线，三千年前铸造这样一只巨鼎，没有一两年工夫搞不成，因此人们找到这样一处天然石洞，不光能遮风避雨，取水淬火也方便。余宝驹接着说，褚家寨的石洞原本是一个很大的洞口，工匠们在那里设计了铜鼎的纹饰，在这里的石壁上设计出器形，然后在这里修建窑炉铸鼎。吴宝才说，刚才看到一堆堆黑土，肯定是炉渣。余良驹抬头瞅了一眼洞顶，说看这烟熏火燎的劲儿，至少干了三五年。吴庆德有些失望，嘟囔道，原来不是帝王宝藏哩。余宝驹说，压根就没有帝王宝藏。宋小六问道，那井道兄妹会诳咱们不成？余宝驹说，那倒是不会，他们也是凭着小屯出土的龙骨（甲骨）推断的，龙骨上记载着"举三代帝王之才祭祀"，其实指的就是后母戊方鼎。

接下来几日，众人倒是消停了，因为没有"帝王宝藏"的引诱，一个个卧在草棚里呼呼大睡。余宝驹却是睡不着的，他一门心思惦记着松子和儿子，挖空心思地盘算，如何从天罗地网的安阳城救出母子二人。连续两天大雨，余宝驹突然有了主意。他唤醒众位兄弟，细细叮嘱一番，众人分头下了林虑山。

先是宋小六，携带余宝驹的书信和印章，半夜里从下水道混进安阳城。暗中跟踪井道山家女用人，趁其外出买寿司结账时候，宋小六将书信塞进她的食盒。宋小六随即出城，在小白河便会合吴庆德和吴宝才，三个人一直候到第二天，待松子乘坐的黄包车一过桥，便立刻动手拆除木桥。吴庆德是木匠出身，修木桥兴许费些时日，拆木桥只需一会儿工夫。三个人刚刚拆完桥，日本人两辆满载宪兵的卡车便开了过来。看到木桥被毁，宪兵们急忙下车，拆掉卡车车厢修补木桥。天宁寺这边,余良驹和四宝把跟踪而来两个黄包车车夫双双拿下,余宝驹与松子母子会合一处。

一番谋划,本来天衣无缝。可松子担心儿子身体虚弱,执意要回安阳取药。余宝驹也顾虑重重,他不敢拿儿子性命冒险,只能同意松子带儿子暂回安阳将养。

此后数天,余宝驹几乎都在掐着手指算日子。

十日过后,四宝从安阳城带回一个不好的消息:伊藤太乙把井道松子母子请进了宪兵司令部,说是方便给余和平治疗,实则是实施软禁。

原来,余宝驹与松子天宁寺塔林相会之日,伊藤太乙得知松子母子出城的消息后,随即安排两辆卡车宪兵随后赶至天宁寺。不料行至半途,被小白河断桥阻拦。伊藤太乙大发雷霆,自己苦心经营数月的天罗地网,竟然被余宝驹这般轻巧化解,让他如何不恼。待日本工兵修好木桥,还未过桥之时,远处两辆黄包车载着松子已经返程了。伊藤太乙甚是疑惑,因为木桥上有斧凿的新鲜茬口,说明有人故意拆毁木桥。这事儿除了余宝驹,还有谁人干得出来。余宝驹干这事的目的,就是要接自己的女人和儿子远走高飞,可松子怎么又抱着儿子回来了?伊藤太乙把松子送进自己的轿车,假意寒暄几句,便下了轿车。他把两个黄包车车夫叫到跟前，问他们在天宁寺发生了什么事。两个车夫一口咬定没事，说是松子烧完香就返城，其间一刻没有离开自己的视线，眼睛都没有眨巴一下。伊藤太乙瞅着两个人耷拉下来的上衣口袋，走上前去从每个人口袋里掏出一封银圆。两个便衣警察傻了眼，"噗通、噗通"两声跪在地上求饶。伊藤太乙拔出腰里的王八盒子，顶火上膛。两个便衣磕头如捣蒜，把事情经过一五一十讲了个仔细。话音刚毕，"砰砰"两声枪响，两人仰面倒在地上。伊藤太乙把两封银圆扔给翻译，说给他们两家发抚恤金吧。松子坐在轿车里，目睹了这一经过，当即给伊藤太乙吐了一车秽物。

回到安阳，伊藤太乙越想越生气憋火，被余宝驹牵着鼻子走了大半年，如今自己仍处于被动位置。余宝驹四人盗走鼎耳，逃出宪兵司令部后，伊藤太乙给邱连坤下命令，以偷盗破坏罪逮捕余宝驹手下的所有弟兄。邱连坤不敢怠慢，责令孙发贵率全部警察出动，全城抓捕嫌犯。一夜忙活下来，竟然一个人都没抓到。原来，余宝驹变卖古董和家产后，除了按三十万抵价给铜鼎的股东们之外，剩下的钱财全都分给手下弟兄们，让他们外逃躲避。伊藤太乙得知消息后，气得暴跳如雷，对余宝驹和余良驹兄弟的仇恨又加深一层。伊藤太乙心狠手辣，在中国战区屡立战功，有关他的消息常常见诸日本报端。他本想借助铜鼎，找到在安阳的晚商宝藏，为自己的军人生涯再添一笔辉煌。不承想，余宝驹兄弟俩竟然敢在宪兵司令部把铜鼎化成一摊铜水，自己一世英名居然毁在安阳城一帮街痞混混手里。令伊藤太乙更为沮丧的是，针对铜鼎被毁事件，日本陆军总部已经派出调查组，不日将赶至安阳。伊藤太乙横下一条心，要不惜任何代价，逮捕余氏兄弟，找寻回两只鼎耳，也算挽回一点"军神"的颜面。

蹲守玲珑胡同、监控松子，从军事理论层面上讲属于被动防御状态。必须主动出击！伊藤太乙在心里暗暗下决心。至于如何主动出击，他想过很多方式方法，全城拉网式搜查、全安阳地毯式搜查、通缉余宝驹和他的手下等。几个月过去，这些办法全然不顶用。余宝驹非但没有被吓破胆，还敢跑去天宁寺跟妻儿相会。为什么仅仅是相会，而不是带着松子和儿子远走高飞？余宝驹还在等什么？难道余宝驹不爱自己的儿子？伊藤太乙用一块雪白的毛巾擦拭着桌子上的太刀，一把刀没有擦完，他就想明白了：余宝驹是因为太爱自己的儿子，所以才没有冒险带儿子上路。他将太刀入鞘，唤进来一名少佐，吩咐他前往玲珑胡同，把井道松子和她的孩子一起请进宪兵司令部陆军医院，由沈阳来的儿科医生一天二十四小时监护治疗。

又过了十天左右,一辆载着两盆荷花的马车赶进了玲珑胡同。自打松子母子进了宪兵司令部,玲珑胡同蹲守监控的特务就撤走了。井道山刚刚从宪兵司令部回来,他是前往陆军医院探望妹妹和孩子。刚刚进门,便听到敲门声,女用人颠着小脚、叠着小碎步跑去开门。敲门人竟是宋小六,他身后停着一辆马车,四个农民模样的人从马车上抬下两个花盆,盆里有两株开着的荷花。宋小六说明来意,女用人叠着小碎步,把他引到井道山的躺椅前。宋小六对井道山说,俺是余宝驹的朋友,他前些日子在俺们柜上订了两盆秋荷花,说是待开花后再送来。井道山坐直身子,问道,这个季节哪来的荷花?宋小六说是秋荷花,一盆"小舞妃",一盆"白千叶",都属深秋开花的新品种。井道山觉得稀奇,说搬进来吧。

宋小六招呼一声,四个农民把荷花盆抬进来,选准位置,沉入水池中。白千叶为纯白花色,花瓣叠叠重重,煞是惹人爱怜。小舞妃花色泛白,花瓣稀疏且细长,纤纤宛若淑女。深秋时节尚能看到荷花,井道山的精神头大好,绕着水池细细观赏起来。收拾停当,四个农民模样的退出院子。宋小六走至井道山身边,小声说,俺是余宝驹手下的兄弟，特来打听一下松子和孩子的消息。井道山眉头紧锁，说你给余宝驹捎个信儿，不要让他惦记松子和孩子，为人夫，他没有尽到做丈夫的责任，为人父，他没有尽到做父亲的责任。宋小六一旁赔笑道，这也怪不得俺家大哥，是伊藤太乙这个凶球想要俺弟兄们的命哩。井道山说，我刚才去见伊藤君了，他已经安排好后天早晨的飞机，我和松子带着孩子后天就回日本，你让余宝驹安心，我会替他照顾好松子和孩子。

仅用两天时间，余良驹、宋小六和四宝便把散落在安阳各处的兄弟召集起来，总共三十七人。余宝驹还向林枫借来两挺机枪，林枫问他借枪干什么用。余宝驹说，伊藤太乙要把松子和俺儿子送去日本，俺得在半道上把人抢走。林枫说，这是个陷阱，伊藤就是要让你半道抢人自投罗网。余宝驹说，俺也知道这是个陷阱，可俺不冒这个险，又怎么对得起老婆孩子？林枫说，去日本就去日本，至少老婆孩子还能活命，你若冒险去抢人，没准害了老婆孩子，还搭上自己的小命。余宝驹说，放屁！

余宝驹把伏击抢人的地点设在风帽岭，此处是安阳通往机场的必经之路。宋小六提前在安阳城里布下眼线，必须亲眼看见松子带着孩子上车。如果有假，就用黑火焰的审天猴提示，取消伏击抢人行动。一切安排停当，众人趁着夜色，分头赶往风帽岭埋伏。余宝驹把余良驹叫到一边，说，你带上钱先去重庆，物色一套好点的房子，等俺带着你嫂子和侄子随后赶过去。余良驹应了一声，拎出来一坛烧酒，斟满两个海碗，说喝一碗酒，俺就上路。余宝驹接过余良驹递过来的海碗，兄弟俩碰了碰碗沿，双双一饮而尽。余良驹瞅了余宝驹一眼，一张丑脸露出憨憨浅笑，说，哥，俺这是头一回不听您的话哩，俺在碗里下了药，管保您睡到明天日上三竿。余宝驹试着站起身来，觉得脚下软塌塌，吃不住劲儿，他抓着余良驹的胳膊怒骂道，你个囚球，竟然敢暗算你哥。余良驹一咧嘴，说谁让你先对俺下手，你去拼命要劲儿的时候，一竿子把俺打发到重庆。余宝驹两双眼皮开始打架，余良驹急忙上前扶住，把他搀到炕上躺下。余良驹掏出两把自来得短枪，检查一遍，又把七八个弹匣塞进裤腰。他伸手从炕上扯过一条破棉被，给余宝驹盖在身上，咧着大嘴笑着对余宝驹说，您不仁，就别怪俺不义。余宝驹微微抬一下眼皮，已经说不出话来。

临近晌午时分，安阳方向开过来一辆轿车和一辆军用卡车，卡车之上足足有三十名全副武装的日本宪兵。远处，天空一碧如洗，没有黑色火焰的审天猴出现。余良驹掏出两把自来得短枪,大声嚷道,先干掉后面卡车上的鬼子,开枪时别甩大哩,若是伤着咱嫂子和侄子,俺就活剥你们兔崽子的皮。两辆汽车进入伏击范围,往前行驶不远,便被横在路上的一棵大树拦住。从轿车里出来一个少佐,他查看一眼路上的树,回头招呼卡车上的日本宪兵。"呼啦啦"从卡车上跳下来半车宪兵,抱着大树往路边移动。余良驹觉得时机已到,对着领兵的少佐首先开了一枪,正好命中胸口。日本宪兵被打了一个措手不及,纷纷退守到卡车后面。余良驹抢先冲向轿车,其余弟兄紧随其后。余良驹拉开车门,把司机拖出车外,看到后座上的井道山和井道松子,松子怀里抱着孩子,眼里露出惶恐。余良驹急忙招呼四宝,让他过来开车。四宝把怀里的机枪扔给身旁一位弟兄,说别弄丢了,这是大哥问人家借的,要还的。四宝抢进轿车里,刚挂上一挡,便被井道山从后面抱住脖子。

井道山吼道:"混蛋!你们这样胡搞,会害死松子和孩子。"

余良驹拉开后车门,用自来得短枪后托击中井道山的脑袋,井道山当即晕了过去。井道松子又惊又惧,问余良驹,你干什么?余良驹说,死不了,睡一顿饭工夫就能醒。松子又问,余宝驹在哪里?余良驹说,他也被俺弄晕了,现在正睡觉哩。四宝突然插嘴说,咱们走不了哩。余良驹抬头一看，发现前方公路上开过来两辆日军卡车，车上装满了日军士兵。待余良驹回头张望时，发现安阳方向的公路上，也开过来两辆装满日军士兵的卡车。他急忙打开车门，从车里拖出松子，招呼弟兄们往西南方的一条土沟里撤退。前后四辆卡车，转眼间就开到了跟前，日本人显然做好了充足准备。会合了先前护送松子的一卡车日本宪兵，足足有一百五六十人，两边呈扇子形包抄过来。余良驹倒也没乱方寸，他让吴庆德和吴宝才护送松子和孩子，先行撤进土沟，留下四宝和十几个兄弟断后。两挺机枪暂时压制住了两翼的日本士兵，延缓了扇形包抄。

安阳方向开过来的最后一辆卡车上，走下来伊藤太乙。他用望远镜观察了一下前方，示意使用迫击炮，打掉两挺机枪。两发迫击炮弹校正完射程和方向，余良驹等人周围便响起了雨点般的爆炸，两挺机枪很快哑火，五六个兄弟已经断了气。余良驹的额头被炸弹片削掉一块头皮，鲜血流满一张丑脸，神情越发狰狞。他扒拉开一个兄弟的尸首，端起一挺机枪对着冲上来的一群日本士兵，打光了弹匣中所有子弹。突然，余良驹觉得右肩一沉，手中的机枪跌落脚下，一颗子弹穿透了肩胛骨。余良驹双腿一软，跪倒在地，他跪着扭回头望了一眼土沟尽头，一行人护卫着井道松子正在拼命逃窜，日军士兵紧随其后。他伸出左手，想抓起地上的机枪,不知道何方飞来一颗子弹,正当当命中他的后脑勺。余良驹当即扑倒在地,再也没有动弹半分。

待余宝驹醒过来的时候,已是第二天晌午。他躺在炕上寻思半晌,才把头一天的过往接上:弟弟在酒里下了迷药,他替自己去抢松子和孩子了。余宝驹捏紧拳头,狠狠砸在炕上,嘴里念叨着:完了,完了。余良驹心知肚明,伊藤太乙送松子母子回日本,目的就是引诱自己半道劫人,用儿子当鱼饵钓老子这条大鱼。余宝驹心里已经谋划妥当,他准备将计就计,派一小股人马在风帽岭假装劫人,大批人马袭击安阳宪兵司令部,绑架伊藤太乙置换松子和儿子。余宝驹的计划虽说冒险,但非常有道理。伊藤太乙肯定把重兵布置在安阳到飞机场的路上,安阳的宪兵司令部必定空虚,冒险偷袭,胜算较大。因怕走漏消息,余宝驹想在当天夜里出发时,再把计划详细告知弟兄们。不料,余良驹却提前下手,用迷药放到了自己。

整个后半晌,余宝驹傻呆呆地躺在炕上,一动都不想动。他心里清楚,此刻已经回天乏术了。若是单纯中途劫人,就算有两百个弟兄前去,也不够伊藤太乙的正规军收拾的。此役,一干兄弟必是凶多吉少。鲁莽截击不仅会搭上兄弟们的性命,只怕连无辜的松子和孩子也难以保全。

余宝驹本来存了私心，让余良驹先行前往重庆置办地产，借故支开弟弟。因为，他对偷袭安阳宪兵司令部、生擒伊藤太乙作为交换人质没有十足把握。余宝驹做了几种猜想分析，每一种可能都对余良驹不利。猜想到天色擦黑，他听到院子里面有响动。余宝驹坐起身来，从破被絮里掏出自来得短枪。这是偏居安阳城西北方向一处农村，前有沟，后有山，进退有路，十分安全。果然，潜进院子里的人是宋小六、吴庆德和吴宝才，吴宝才怀里还抱着一个娃儿。余宝驹急忙接过吴宝才怀里的孩子，扒拉开斗篷，看到儿子余和平已然熟睡，只是粉嫩的小脸上还印着一道道泪痕。孩子似乎长大了一些，脸色比一个月前在天宁寺的时候红润不少。余宝驹问道，松子呢？良驹呢？其他兄弟呢？吴庆德说，良驹和四宝他们断后，就算不死也被鬼子抓了。余宝驹又问，松子呢？吴庆德看了一眼吴宝才，吴宝才说，嫂子被流弹打中要害处，人……走了。吴宝才又说，俺们也差点被鬼子抓住，后来亏着遇上宋小六和李守文，干掉了十多个鬼子，俺们才能活着回来。宋小六接着说，俺昨晚去了向水屯砖窑厂，找到李守文，跟他们说了大哥的想法，守文二话没说答应帮忙，俺们后半夜就潜进了安阳城，可今天一上午也不见大哥影子，一直到城外传来炮声，俺估计事情有变，就伙同守文他们出城，接应到了庆德和孩子他们。宋小六还说，剩下十一个弟兄，我打发他们暂时散去了。余宝驹不知道有没有仔细听三个人的话，两个大眼直勾勾望着窗户棂子，豆大的眼泪跌落在自来得短枪上，摔得七零八落。

三日之后，安阳城贴出告示：限令余宝驹五日之内，前往安阳日本宪兵司令部自首，可换回胞弟余良驹之性命。五日逾后，将于南城门枪决余良驹……

自告示张贴之日始，中原大地秋雨如注，不歇晌地一下就是一天。告示贴上去，就被大雨冲下来。贴上去，冲下来。邱连坤下令，警察局一半警察负责在局里写告示，另一半警察负责上街贴告示，接连贴了三天，安阳的秋雨下了三天。

第四日，余宝驹头戴一顶草帽，走进安阳宪兵司令部。伊藤太乙见到余宝驹之后，脸色很平静，他说的第一句话是，让你怎么个死法，我已经想了很久。余宝驹的神情更轻松，他说，这回进来，俺就没打算活着出去。听余宝驹说不打算活着出去，伊藤太乙似乎有些失望。余宝驹问道，什么时候放俺兄弟出去？伊藤太乙说，等你交出两只鼎耳，我才能放你兄弟。余宝驹微微一笑，说咱俩做个交易吧。

伊藤太乙冷笑道，你真的认为还有能力骗我上当？余宝驹说，随便你信与不信，俺找到了比俺哥儿俩性命值钱的帝王宝藏。伊藤太乙沉默片刻，说，你弟弟的性命就值两只鼎耳，帝王宝藏你自己留着吧。余宝驹说，俺和弟弟两条命，用帝王宝藏换。伊藤太乙冷冷一笑，说井道君重新研究了甲骨文资料，觉得两只鼎耳上的路线图，也许记录的是铜鼎铸造的过程，根本就没有帝王宝藏。余宝驹说，俺已经找到了，俺可以带你们进去。伊藤太乙再次迟疑起来，他说，那就带我去看看，若是真有帝王宝藏，我立刻放了你们兄弟俩。余宝驹说不行，俺得先见到俺兄弟。伊藤太乙点点头，让翻译和宪兵押送余宝驹去见余良驹。

翻译没有带余宝驹去牢房，而是直接奔日本陆军医院，走进了一间独立病房。病床上躺着一个人，头上、肩膀上裹满绷带，两只眼睛傻呆呆地望着天棚。余宝驹走上前去，轻轻唤了两声：良驹，良驹。余良驹连眼睛都没有眨一下，仍旧愣愣地盯着天棚。余宝驹情知不妥，他抓住余良驹的手，使劲握了一把，还是不见半点反应。余宝驹心里"咯噔"一下，他把手指伸到弟弟鼻子下面，试探着，忽然发现一滴泪珠，从余良驹的眼角滚下。翻译说，不用试了，还活着呢，就是有口气喘着，吃喝不知，屎尿不觉。

一辆轿车，四辆卡车，满载着日本宪兵朝着林忠山进发。其中一辆卡车上押着余宝驹，还有一辆卡车上躺着余良驹。伊藤太乙对于余宝驹找到帝王宝藏，将信将疑。一只铜鼎，余宝驹都会以命相搏，他又岂肯舍出来一座帝王宝藏？余宝驹说可以亲自带路进入帝王宝藏，又让伊藤太乙心里直痒痒。所以，他干脆把余氏兄弟一起带上，省得余宝驹再闹鬼花样儿。临行前，伊藤太乙亲自去了一趟玲珑胡同，本来想邀请井道山一同前来，随余宝驹寻找帝王宝藏。伊藤太乙进门后才发现，井道山已经瘦得皮包骨，在屋里站着都打晃，如何上得了山。伊藤太乙假装寒暄，又安慰了一些节哀顺变之类的话，就回宪兵司令部了，压根就没有提帝王宝藏一事。

自打井道松子遇难后，井道山几乎没有吃过一顿正经饭。终日里以泪洗面，任凭女用人端来什么饭菜，他都没有丝毫胃口。女用人甚至都有些害怕，怕井道山万一饿死，日本人会让她来抵命。为了安慰小脚女用人，井道山每顿饭勉强喝一点汤水算作应付，免得她总是想辞工。接下来，井道山把自己关在书房里，日夜长吁短叹，悲恸万分。松子短命就短命吧，到头来，松子的孩子也生死不详。井道松子死后第三天，井道山拖着虚弱的身体，去找过伊藤太乙。伊藤太乙说，整个战场都找遍了，确认没有看到松子的孩子。伊藤太乙安慰井道山,说松子的孩子十有八九落到余宝驹手里,孩子跟了父亲,也算是顺理成章,让他不必再为此劳心。

卡车开至林虑山山脚下,日军士兵弃车登山,足足又爬了半天山路。一副军用担架上躺着余良驹,他仍旧睁着眼睛,像是要望穿长天。上山的路异常难行,余宝驹主动要求替换一名日军士兵,亲自去抬弟弟的担架。伊藤太乙担心余宝驹再生幺蛾子,便拒绝了他的要求。余宝驹走在日军队伍前面,他回头望了一眼担架上的胞弟,忽然发现担架下面滴滴答答有东西流下来。余宝驹一阵心酸,急忙转回头,眼圈中溢满泪水。

转过一处山坳,便到了余宝驹等人昔日栖身的水潭。此时的水潭,平静如镜,上方的瀑布消失了,只有一小股水流,紧贴着石头缓缓流淌。伊藤太乙打量一下四周,发现池潭边上有一个新土堆,他挥手叫来两个工兵,三五铁锹挖下去,竟然挖出来一个小孩子尸体。伊藤太乙抽出太刀,挑开斗篷,看到斗篷衣襟上面三个刺绣字:余和平。

伊藤太乙问余宝驹,你儿子是怎么死的?余宝驹说,早产的娃儿本来就弱,连惊带吓就死了。伊藤太乙摆摆手,两个工兵把孩子尸体掩埋回土坑。他随后派出三组哨兵,寻了三处制高点，连侦查带瞭望。伊藤太乙问余宝驹，帝王宝藏在哪里？余宝驹走到水潭边上，扒拉开连理藤，露出一个天然洞口。伊藤太乙也被这一奇特构造吸引，他走近水潭，盯着洞口观望，发现里面黑咕隆咚，什么都看不清。余宝驹拽着一根藤蔓，下到洞口，说俺带你们进去。伊藤太乙摇了摇头，说不行，你先上来。见日军士兵没有动作，余宝驹只得攀着藤蔓，回到水潭上面。伊藤太乙问道，这个洞口下面有多深？余宝驹说很深，一直到山脚下。伊藤太乙迟疑一会儿，说，你和我留在上面，让我的手下抬着余良驹进去。余宝驹说下面地形很复杂，余良驹什么都不知道，我得亲自下去带路。伊藤太乙没有理会余宝驹，他把队伍分成两拨，一半日军士兵留在上面，一半日军士兵抬着余良驹，进入山洞。伊藤太乙这一回打定主意，绝不能被余宝驹牵着鼻子走，凡事都拧巴着来。余宝驹也看出端倪，他对伊藤太乙说，山洞很深，来回一趟需要半个时辰，你得让炊事兵开灶做饭。伊藤太乙略一沉吟，命令手下说，不许生火冒烟，不许烧水做饭。余宝驹暗暗庆幸自己赌中，心中稍微宽慰一丝。原来，井道松子死后，余宝驹跟井道山的状况差不多，都是茶饭不思。直到此时，余宝驹才明白松子在自己心里的分量。此前，他以为自己只是想儿子，现在才知道，他更想松子。想松子，也就更憎恨伊藤太乙和日军士兵，恨不能把整个安阳宪兵司令部炸掉，才能解心头之恨。安阳连续下了三天大雨，余宝驹抱着儿子余和平坐在余良驹经常歇坐的那块巨石上，盯着泻入池潭中的瀑布发呆。儿子已经哭了整整一天，是饿哭的。余宝驹无奈，只得让宋小六去山下，寻一户人家代养。宋小六转悠两个村子，才找到一户刚死了孩子的人家，小孩才两个月，已经用一条破被子裹好，准备扔到乱坟岗去。宋小六赠送了一些钱物，让这户人家代为奶养余和平。拿到了这么多钱，还有一个孩子慰藉丧子之痛，这家人爽快应承下来。

宋小六临走时，对孩子他爹说："俺帮你把孩子埋了吧，别丢乱坟岗喂野狗了，怎么说也是一条性命。"

送走儿子，余宝驹心绪平静了下来，他不再盯着池潭上的瀑布发呆，脑子里突然生出一个复仇的想法。他招呼宋小六、吴庆德和吴宝才，三个人攀上瀑布上面的悬崖，一路溯流而上，竟然找到一个更大的池潭。余宝驹脑子里突然冒出来的复仇想法，是在瀑布上游把洪水截留，然后把伊藤太乙和日军士兵引到石洞里，再放水入潭，灌入石洞。寻到瀑布上游的大水潭后，发现水潭另有一个出水大豁口，流向瀑布上游的仅是一小股水流。四个人仔细探看一番,吴庆德指着水潭的一处边沿,说只要在这里放些炸药,炸开这块石头,水就全部流到这边了。于是,宋小六连夜下山,找到李守文讨来足足六十斤炸药,第三天晌午时分,便安放好了炸药。眼看着雨势减缓,余宝驹独自一人下山,走进日本宪兵司令部自首。临走前,余宝驹打发走了吴庆德和吴宝才,说你俩跟着俺受累了。吴庆德和吴宝才两个人忙不迭地称谢,说若不是跟余大哥合伙,哪能赚这么多钱、长这么多见识。至于如何炸掉瀑布上游的水潭,如何把伊藤太乙淹死在石洞里,两个人没敢多问。没敢多问,不是不想知道,而是怕问多了,余宝驹脑子里又生出想法来,想把安阳城翻过来,他们俩又脱不了身了。打发走吴庆德和吴宝才,余宝驹让宋小六第三天到瀑布上游候着,见到瀑布下面有炊烟冒出来,就给炸药点火。宋小六问余宝驹,炸完之后呢?余宝驹说炸完之后,你便远走高飞,哪儿舒坦就去哪儿。宋小六问道,那大哥和二哥如何脱身?余宝驹笑了笑,说只管走你的,俺哥儿俩自有妥当之处可以去。

余宝驹刚刚迈出两步,又回过头来,对宋小六说:"过个一年半载,等到和平不用喂奶了,你就把孩子领走,多给那户人家一点钱财就是了。"

余宝驹的复仇谋划出了偏差。先是伊藤太乙不肯进石洞,再是伊藤太乙也不让他入石洞,而是让日军士兵抬着余良驹进去。此举,是伊藤太乙担心余宝驹使诈,便将哥儿俩分开,洞里一个,洞外一个。洞里洞外都有人,手心手背都是肉,即便是有诈,也会有所顾忌。这时候,若是日军士兵起灶做饭,上游的宋小六只要看到冒烟,便会炸开水潭,余良驹也会被淹死在石洞里。余宝驹看出来,伊藤太乙对自己提防得紧,凡事都拧巴着来。所以,他索性冒险建议让日军士兵生火做饭。而伊藤太乙恰好多想了一层,下令不许起灶生火。伊藤太乙命令一出口,余宝驹长舒了一口气,在裤腿上擦了擦手心里的汗。

此刻,另一半日军士兵,抬着余良驹已尽数入洞。余宝驹心里有些悲凉,悲凉不是为自己,而是为弟弟余良驹。他这次亲赴宪兵司令部自首,确实没有打算活着,一是想救弟弟余良驹出虎口,二是想跟伊藤太乙同归于尽,为老婆松子复仇。如今,余良驹虽说还有一口气吊着,但已形同僵尸。自己谋划的救人计划,本来可以做到天衣无缝……突然,一阵骚乱声起,打断了余宝驹的思绪。原来,在洞外守候的日军士兵闲极无聊,便拿纱布蘸着机油擦枪。擦完枪的纱布,被士兵们随手扔在枯草中。随后,不知是哪个士兵又把烟头丢在蘸满机油的纱布上,火便着了起来。余宝驹一看见火,顿时跳将起来,急忙扑过去救火。本来火势不大,只是机油着火容易冒黑烟,一缕黑烟瞬间升腾上了半空。余宝驹急得两眼冒火,就地躺下打滚,想扑灭地上的火苗。余宝驹突然间的怪异举动,惹得一干日军士兵哈哈大笑。伊藤太乙也心生疑惑:余宝驹为何如此担心生火冒烟?伊藤太乙一个念头尚未下去,便听到头顶上方传来一声巨大的爆炸声。一瞬间,躺在地上的余宝驹不打滚了,伊藤太乙不琢磨事了,日军士兵也不再大笑了。所有人都竖起耳朵来,听着一阵"轰隆隆"的响声,由远而近。紧接着,"哗啦"一声,头顶上方凭空多出来一条瀑布,直泻潭中。池潭里的水很快涨上来,涌入石洞……

二十五

余宝驹已被折磨到失了人形,右小腿早在第一次动刑时,便被行刑手用鹤嘴锄锄柄打断。接下来的审讯中,行刑手多次用皮鞋踩踏余宝驹的断腿,使其痛不欲生。宪兵队里的酷刑,几乎在余宝驹身上轮番使用一遍,他却未曾吐露半点鼎耳的踪迹。负责审讯的宪兵少佐早就失去耐心,如此硬气之人,当真闻所未闻。伊藤太乙每天都要把少佐叫到办公室训斥一顿,就差给他上刑。少佐说,以我的经验来看,动刑对他没有用,这种人天生不惧怕疼痛,扛到死也不会招供。

余宝驹躺在牢房里,半眯着一双眼,眼神里已然没了往日风采。自己一手谋划的圈套,竟然把自己的胞弟余良驹溺毙于山洞，这是余宝驹万万没有料到的。在此之前，他甚至打起另一个主意，想用鼎耳来换余良驹一条命。是自己把弟弟带上这条路的。本来，良驹应该成为古玩行当里一顶一的修补高手，完全可以富甲一方，过安稳太平日子。余良驹天赋奇高，其悟性和灵性超过父亲余万通不知多少倍，最终却落得这般结局，岂能不让余宝驹心痛。余宝驹用双手撑起身体，吃力地在破床上转个身，再用手把断腿摆弄过来。做完这两样事儿，余宝驹疼出来一脑门汗珠，眼前一阵阵眩晕。恍惚中，他看到井道松子朝自己走来，手里拿着一沓宣纸。等到松子走近时，他才看清楚，宣纸上拓印的是后母戊方鼎上的纹饰图案。松子举着手里的拓片，对余宝驹说，没有什么东西比生命更金贵的，搭上那么多条生命去换一只脏兮兮的破铜鼎，值当吗？松子越说越生气，使劲一甩，把一沓拓片摔到余宝驹脸上。余宝驹浑身哆嗦了一下，悠悠醒转过来。原来，他刚才转身搬动断腿太耗力，一下子疼昏了过去。想起井道松子来，余宝驹心头又一阵痛楚。第一次见面，在通宝街上出手相救松子，余宝驹根本不知道她是个日本人。如果事先知道松子是日本女人，自己会救她吗？以前，想到这一层的时候，余宝驹觉得自己不会去救一个日本女人；如今再想到这个根节上，余宝驹觉得自己肯定会出手相救，且不管她是不是井道松子、是不是日本人。在安阳街头上混了近二十年，他余宝驹从未干过欺男霸女之事，这也使他赢得安阳人的好口碑，任谁提起余宝驹，都会竖起大拇指。自己偷过，也抢过，甚至使过无数下三滥招数，但针对的都是盗墓贼，或者是欺负过自己的人。

井道松子是自己睡的展春园以外的第一个女人。虽说跟窦铁匠的女儿成了亲拜了堂，可她还没入洞房就让日本鬼子炸死了。因此，把松子日了，余宝驹觉得是复仇。复仇就复仇吧，复仇也会演变成惯性。余宝驹日复一日地"复仇"，到了松子那里竟成了爱情。最后，松子怀了身孕生了娃，还打算带上他和儿子一起去日本生活。可他余宝驹压根就没想过要去日本。卖古董卖房产，松子以为他要去日本。其实，他想给手下弟兄们分最后一次红利，把铜鼎的损失弥补上。祭出手中的鼎耳，只不过是想钓出伊藤太乙手中的鼎耳。从松子给他讲的"断指故事"，余宝驹摸清了伊藤太乙的性格，凡事都要拼尽全力做到最好。伊藤太乙想给天皇献上一只完整的铜鼎，他余宝驹更想留下一只完整的铜鼎，就算不为了祭祀老祖宗，也不能让日本人拿走中国的宝贝……一阵剧痛袭来，余宝驹又晕死过去。

邱连坤坐在办公室里，一边喝茶一边品鉴一块古玉。

突然电话铃声响起，是伊藤太乙的翻译官打来的，让他即刻去一趟宪兵司令部。邱连坤知道伊藤太乙最近处境不妙，铜鼎被余宝驹填进窑炉炼成铜水，就连井道山从日本带来的鼎耳，也被余宝驹从戒备森严的宪兵司令部弄了出去。说到余宝驹，邱连坤在心里暗暗赞叹，安阳城里一个街痞混混竟然能把伊藤太乙玩弄于股掌之间，一扣接一扣，扣子系得密实又顺溜，一直勒到伊藤太乙嗓子眼。邱连坤脑子里过着余宝驹的扣子，人已经到了伊藤太乙办公室。每次去宪兵司令部都不亚于进一遭鬼门关，他把心悬到嗓子眼，准备迎接一顿劈头盖脸的训斥。不料，伊藤太乙竟是一脸温和，他让邱连坤坐下说话。邱连坤只好把半拉屁股搁在椅子边上，上身保持笔挺，全身绷着劲儿听下文。

伊藤太乙问："你对余宝驹了解多少？"

邱连坤旋即起身，立正站好，说："卑职与余宝驹无任何交往，今年给伊藤太君筹备的生日礼物，就是被余宝驹等人盗走的，我恨此人绝不亚于伊藤太君。"

伊藤太乙微笑着摆手，示意邱连坤坐下说话。邱连坤擦了一把额头上的汗珠，复又坐下，但还保持刚才半拉屁股支撑的坐姿。伊藤太乙说，你误解我的意思了，我想知道，还有什么东西对余宝驹来说是至关重要的。邱连坤说，父母、老婆、孩子、兄弟、家业全都没了，他好像没有什么在乎的东西了。伊藤太乙说，肯定有，只是你还不了解余宝驹。邱连坤大眼珠子转了转，说是性命，余宝驹什么都没有，只剩下一条命了。伊藤太乙说，要他的命是迟早的，我想在要他的命之前，让他痛苦不堪，也就是你们中国人说的杀人诛心！邱连坤突然眼前一亮，说是声望，余宝驹最看重自己的声望，他在安阳老百姓中的口碑比警察好。

伊藤太乙微微点头，问道："安阳城里随便拎出一个人来，口碑都比警察好，我问你，余宝驹的声望好到什么程度？"

邱连坤难掩一脸愧色，擦了一把额头上的汗，说："余宝驹从来不欺负老百姓，哪家有难有灾，他还经常给个仨瓜俩枣，收买人心。"

伊藤太乙在屋里来回踱了两趟，站住对邱连坤说："我给你一个发财的机会，你要不要？"

邱连坤不知道伊藤太乙的用意，一时间不知如何作答。

伊藤太乙说："你贴告示出去，就说五日之后，在南城门公开枪毙余宝驹，罪名嘛，就说是杀害无辜的日本女学者井道松子。"

"余宝驹杀了井道松子？"邱连坤惊愕地问道。

伊藤太乙点头，说："随后，你放出风声，就说余宝驹偷偷把国宝巨鼎卖给了日本皇军。"

邱连坤似有不解，问道："既然余宝驹把国宝偷偷卖给日本皇军，那皇军为何又要枪毙他呢？"

伊藤太乙说："这些都是你放风的内容，就说余宝驹把国宝巨鼎卖给日本人后居功自傲，不但糟蹋日本女人还将其杀害。而日本皇军半买半抢得到巨鼎后，早就想杀人灭口，正好逮住余宝驹杀害井道松子的把柄。"

"这个道理讲得通……前一段时间就有传闻，说是余宝驹偷着把铜鼎卖给了皇军。"邱连坤点头称是，"可是……可是这里面没有、没有发财的机会啊。"

伊藤太乙斜睨邱连坤一眼，说："安阳有二十万人口，按每个人头缴纳两块钱杀人税，作为余宝驹杀害日本女学者的赔偿。"

安阳各地开始大肆收"杀人税"，这是旷古未闻的重税，老百姓怨声载道，愤愤咒骂余宝驹。普通老百姓骂，那些昔日被余宝驹敲诈过的盗墓贼，更是跳着脚骂。老百姓骂余宝驹连累他们交"杀人税"，盗墓贼骂余宝驹倒卖国宝给日本人，是汉奸卖国贼。这些人骂就骂吧，那些受过余宝驹恩惠的人也跟着骂，他们骂余宝驹缺德，不该把日本女学者杀了。战争归战争，妇孺无罪；打仗归打仗，男人杀女人算什么本事？两国交战还不斩来使，余宝驹狼心狗肺才会对女人下手；余宝驹杀人，凭什么让俺们缴税；余宝驹家的祖坟在东郊短松冈……

五日之后，四十万"杀人税"如数收进宪兵司令部军火库，安阳百姓的愤怒也被彻底点燃了。安阳城南门的刑场，两天前就布置停当，此刻已经被看热闹的人群拥拢得密密实实。挤不进人圈的，急忙掉头进城，抢占日本宪兵司令部到南城门的必经之路。看热闹就看热闹吧，这些看热闹的人却在地上四处踅摸，捡起一些石头、瓦块、西瓜皮、菜帮子，攥在手里。警察们看见了，只是把头扭到另一边去。看到警察们的态度，老百姓们顿时来了精神头。一个游手好闲的家伙，竟然跑回家里拎出来一桶粪便。

还有一个家有九口人的菜贩子，提来一筐子西红柿和一筐子臭鸡蛋，高声嚷嚷道："收了俺家十八块杀人税，俺也不在乎再搭上一筐子鸡蛋和洋柿子，谁要自己来拿哩！"

伊藤太乙早有布置，不干涉老百姓的行为。邱连坤心里明白，伊藤太乙这是泄私愤：你余宝驹图惜名望撑好汉，我偏偏让你声名扫地；你余宝驹图惜死后留个好口碑，我就让老百姓毁了你的口碑。邱连坤被伊藤太乙打赏了五万块钱，此刻，他乐得睁一眼闭一眼，巴不得赶紧毙了余宝驹，伊藤太乙立刻滚蛋。

日上三竿，一辆老式囚车被两匹骡子驮着，驶出宪兵司令部。所谓老式囚车，就是一个木笼，犯人拘于囚笼内，脑袋露在囚笼外。余宝驹脸上刚刚收拾过，血污被清理干净，头发也被剪得很短，而且衣服也换了，一身新的白色棉布裤衫。囚笼太矮，身材高大的余宝驹置身于笼内，只能哈着腰，还得仰起头，这个姿态既怪异又难受。囚车离开宪兵司令部，街上聚拢的人逐渐多起来。

被押上囚笼后，余宝驹明白：自己的大限已到。今日是个阴天，可惜不是毒日头，听老人们说大清朝砍犯人的头遇到毒日头天，能够看见脖颈子里的血喷出彩虹……日本鬼子应该是用枪处决自己，会打爆自己的脑袋，而不是砍掉自己脑袋。他曾经叱咤风云的安阳城、曾经呼风唤雨的通宝街、随自己出生入死的兄弟、脂粉气醉人的展春园，还有自己未成人的娃儿……过了今天，这一切对他来说都不存在了。想至此，余宝驹心里突然觉得空空如也，他禁不住鼻子发酸，差点落泪。待到拉囚笼的马车出了宪兵司令部的大门，来到大街上。余宝驹望见了街道两边的人群，他的精神头稍微好起来。余宝驹努力睁大眼睛，并挺了挺身子。他挺了挺身子，实际上只是撅了撅屁股，一条腿被打断了，这几天伤口开始红肿溃烂，只能依靠另一条腿支撑身子。余宝驹心里暗暗嘱咐自己：今日里绝不能犯尿，要像传说中的侠客豪杰一般从容赴死。他决意要把自己的侠义豪杰形象扛到死，让自己的好口碑荫及子孙后代。等到日后多年，有人对儿子余和平提到自己的时候，都会伸出大拇指，夸一句：你爹余宝驹，那才叫英雄盖世！

思量至此，余宝驹的嘴角甚至漾出一丝微笑。他用眼睛扫视着群众，心中暗忖：这些来为我送行的人，大概都是往日里受过俺的恩惠之人吧。余宝驹的笑意从嘴角延伸开来，蔓延到了整张脸。

余宝驹收集一口丹田气，豪声道："诸位乡邻！俺余宝驹去也！"

余宝驹本以为，这一句类似靠山吼的叫板叫毕，人群中会有一两句喝彩声。谁知道，街道两边的人群倒是都在盯着他看，但是没有一个人出声。如此众多的人，怎会如此寂静？简直像是做梦般的场景。余宝驹眨巴两下眼睛，他想看清楚人们脸上的神情。咦？人们的神情怎会这般木讷？似乎不是木讷，分明是仇视……

越往前走，街边的人越多，辛家庄的盗墓贼辛把头在人群里喊了一句："日球狗汉奸！"

骂声刚落，一片瓦块飞来，正好击中余宝驹的额头，一股鲜血涌出，瞬间漫过左眼，染红了胸前一大片。黑色囚笼、白色布衫、红色血迹，三股颜色混杂在一起，有一种说不出来的吊诡和刺激。既然有人开了头，接下来，大街两侧无数物件被掷到囚车上。就连赶车的两个警察也未能幸免，一个被臭鸡蛋砸中，另一个身上被淋上一坨粪便。

余宝驹被第一块飞来的瓦片砸中，立刻感到一阵晕眩，他暗自纳闷，谁会在这个时候对自己……刚想到这里，后脖颈子又一阵剧痛，紧接着飞来了无数物件……余宝驹用右眼看过去，不是某个人，而是所有人都在向他掷东西，所有人都用仇恨的眼光瞪着他。一瞬间，余宝驹感觉天旋地转，一条腿再也支撑不住身体了，他屁股一松瘫软下来，整个身体仅靠脑袋悬挂在囚笼里。等囚车出了安阳南城门，余宝驹已经死了一大半。恍惚间，他觉得不再有东西砸到身上，接着他感觉囚笼被抬起来，而后又被重重放到地上。囚笼被重重放在地上那一刻，余宝驹感觉到自己的脖子差点被扯断，被扯断的脑袋会不会喷出血彩虹呢？

余宝驹用力睁开右眼，发现伊藤太乙就站在自己面前。伊藤太乙的嘴巴不停地动着，他身边翻译的嘴巴也在不停地动，可余宝驹一句也没有听到。原来，他左右两个耳朵，都被鸡蛋清灌满，蛋清被风一吹，很快凝固了。既然听不见，索性也不看了，余宝驹把头扭到一边，他突然看见人群里有一张熟悉的脸，正是宋小六。

伊藤太乙和翻译走开，一队日本宪兵在囚笼前列队举枪。余宝驹知道时辰已到，他拼尽最后一丝气力，用一条腿支撑起身体，不再让自己像个"吊死鬼"毛虫一样挂在笼子里。他顺着宋小六看过去，在不远处人群里又看到了李守文和林枫，这三个人眼神里没有仇恨，只有闪亮亮的泪光，余宝驹长吁出一口气，嘴里叨咕说："这才对嘛。"

一排枪响过后，人群里的叫骂声沉寂了。城门楼里"扑棱棱"飞出来几只黑色乌鸦，惊慌失措地窜向天边。

民国三十四年八月十五日，日本天皇宣布无条件投降。紧接着，日本陆军总部又下达一纸密令，让所有侵华军队立即销毁绝密文件，将不便于销毁的化学武器、珍贵古玩字画等，安排武装军队秘密押运至上海、青岛、大连三处港口，偷运回日本本土。

伊藤太乙将搜刮来的古董珍玩装了满满两辆卡车，连夜上路准备运抵上海装船。卡车尚未出城，便被等待受降的中国军队截了回来。伊藤太乙封锁了日本政府宣布投降的消息，组织所有士兵准备硬闯出城。双方交火后，中国军队开始喊话，用大喇叭宣读日本政府的投降书。闻听此消息，士兵们军心动摇，已经无心恋战，很快被中国军队逼回到宪兵司令部大院。

玲珑胡同与宪兵司令部相隔不算远，井道山坐在荷花池边上乘凉，对于四周响起的枪炮声竟浑不在意。突然间，一阵啸声由远而近，一颗迫击炮炮弹正好命中荷花池。爆炸的气浪把井道山掀出去老远，女用人急忙从屋里跑出来，把他搀扶起来。井道山抖擞着身上的和服，发现自己竟然没有受伤。主仆二人正相互宽慰，忽然听到荷花池中传来一阵"咕噜咕噜"的流水声。井道山走近观看，见是荷花池池底被炸弹洞穿，池水顺着弹孔汩汩流走。井道山转过身去刚要回屋，忽听到水池中"哗啦"一声，待他再次转回身来，登时愣住了，原来池中的荷花大缸被炮弹震碎，刚才被池水托着不见有恙，待池水流空后，荷花大缸无处吃力，"哗啦"一声碎裂开来。

荷花大缸碎裂后，居然露出一只黑漆漆的物件，正是后母戊方鼎。

第六稿完稿于北京2014年5月28日

第七稿完稿于番禺2023年9月1日